언제나 그리고 영원히, 라라 진

always and forever, Lara Jean

언제나 그리고 영원히, 라라 진

제니 한 지음 ㅣ 이성옥 옮김

한스미디어

독자 여러분에게,

이 글은 여러분을 위한 이야기입니다.

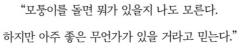

"모퉁이를 돌면 뭐가 있을지 나도 모른다.

하지만 아주 좋은 무언가가 있을 거라고 믿는다."

_ L. M. 몽고메리, 《빨간 머리 앤》

01

　내가 자기를 바라보고 있다는 걸 알지 못하는 피터를 보고 있을 때가 좋다. 곧게 뻗은 턱선과 광대뼈의 곡선을 바라보며 감탄하다 보면 그 어느 때보다도 즐겁다. 때 묻지 않은 피터의 얼굴은 순수함을 지니고 있어서 다정한 분위기를 풍긴다. 그 다정함이 무엇보다도 내 가슴에 깊이 와 닿는다.

　금요일 밤, 라크로스 시합이 끝나고 다들 게이브 리베라의 집에 모였다. 우리 학교가 이겨서 모두 들떠 있었고, 그중에서도 결승점을 올린 피터가 몹시 즐거워했다. 피터는 지금 방 저쪽에서 라크로스 팀원 몇 명과 포커를 치고 있다. 의자를 뒤로 살짝 기울여 앉아서 등이 벽에 닿아 있다. 시합이 끝난 후 샤워하면서 젖은 머리에는 아직 물기가 남아 있다. 나는 루커스 크라프, 패미 섭코프와 함께 소파에 앉아 있다. 두 사람은 《틴 보그》 최신호를 획획 넘기며, 패미가 앞머리를 자르는 게 나을지 말지에 대해 이야기하는 중이었다.

　"네가 생각하기엔 어때, 라라 진?" 패미가 당근처럼 붉은 머리카락을 손가락으로 쓸어 넘기며 물었다. 새로 사귄 친구 패미는 피터의 절친 대럴과 사귀는 사이다. 정말 인형같이 생긴 패미는 얼굴이 케이크 팬처럼 동그랗고, 얼굴과 어깨가 주근깨로 뒤덮여 있다.

"음, 앞머리를 자른다는 건 굉장히 중대한 일이기 때문에 충동적으로 결정하면 안 돼. 머리가 자라는 속도에 따라 원상복구하는 데 1년이 걸릴 수도 있고 2년이 걸릴 수도 있어. 정말로 앞머리를 자르고 싶으면 가을까지 기다리는 게 좋아. 확신이 없는 상태에서 여름에 잘랐다가 땀이 나면 앞머리가 얼굴에 들러붙어서 굉장히 짜증 날 수 있고……." 말하는 동안 시선이 자연스레 피터 쪽으로 향했다. 그때 피터가 고개를 드는 바람에 나와 눈이 마주쳤다. 피터는 눈썹을 까닥거리며 무슨 일이냐는 듯한 표정을 지어 보였다. 나는 미소를 지으며 고개를 저었다.

"그럼 자르지 마?"

가방에 넣어둔 전화기에서 진동이 울렸다. 피터였다.

—가고 싶어?

—아니.

—그럼 왜 그렇게 쳐다봤어?

—그냥 쳐다보고 싶어서.

루커스가 어깨너머로 내 문자를 훔쳐봤다. 내가 루커스의 몸을 떠밀자 루커스가 고개를 절레절레 흔들며 말했다. "고작 몇 미터 떨어져 앉아 있는데 문자를 주고받냐?"

"진짜 귀엽다." 패미가 코를 찡긋거리며 말했다.

내가 막 변명하려는데 피터가 방을 가로질러 이쪽으로 왔다. "내 여자친구 집에 데려다줄 시간이네."

"몇 시야? 벌써 시간이 그렇게 됐어?" 내가 물었다. 피터는 나를 일으켜 세우고 재킷을 입혀주고는 내 손을 잡고 밖으로 이끌었다. 나는 뒤를 돌아보고 손을 흔들며 외쳤다. "안녕, 루커스! 안녕, 패미! 패미 넌 앞머리 잘라도 잘 어울릴 거야!"

피터는 나를 이끌고 앞마당을 지나 길가에 주차해둔 차를 향해 갔다. "왜 이렇게 급히 가?" 내가 물었다.

차 앞에 멈춰 선 피터가 나를 끌어당겨 입술에 키스했다. 이 모든 게 아주 짧은 순간에 이루어졌다. "네가 그렇게 쳐다보면 내가 카드 게임에 집중할 수가 없잖아."

"미안." 내가 막 대답하려는 순간, 피터가 다시 입을 맞추며 두 손으로 내 허리를 꼭 감싸 안았다.

차에 올라 대시보드를 확인하니 아직 자정이었다. "한 시간 더 있다가 가도 되는데, 우리 뭐 할까?" 친구들 중에서 진짜 통금이 있는 사람은 나뿐이었다. 시계가 정확히 1시를 가리키면 나는 호박으로 변신한다. 이제 다들 그 사실에 익숙해졌다. 지나치게 모범생인 피터의 여자친구가 밤 1시까지는 반드시 귀가해야 한다는 사실 말이다. 통금이 있어서 불편했던 적은 없다. 1시 전에 집에 들어간다고 해서 아주 멋진 경험을 놓치는 건 아니니까. 그런 말도 있지 않은가. 새벽 2시 이후에는 결코 좋은 일이 일어나지 않는다는. 몇 시간씩 앉아서 컵 뒤집기 게임*을 구경할 수 있

---

* Flip Cup. 팀을 이룬 사람들이 한 명씩 플라스틱 컵의 맥주를 원샷한 후 빈 컵을 테이블 가장자리에 놓고 손가락으로 컵 바닥을 튕겨서 180도 뒤집는 게임. 뒤집기를 먼저 끝내는 팀이 이긴다.

는 광팬이라면 모를까, 나는 아니다. 절대 아니다. 나는 융털 파자마 차림으로 차 한 잔을 옆에 두고 책 읽는 게 훨씬 좋다. 그걸로 충분하다.

"너네 집으로 가자. 가서 네 아빠한테 인사도 드리고 잠깐 놀다 갈래. 〈에이리언〉 마저 봐도 좋고." 우리는 내가 고른 영화(내가 가장 좋아하는 영화지만 피터는 아직 보지 못한)와 피터가 고른 영화(피터가 가장 좋아하는 영화지만 나는 아직 보지 못한), 그리고 둘 다 아직 보지 못한 영화로 목록을 만들어서 하나씩 지워나가고 있었다. 피터는 로맨틱 코미디가 별로라고 하더니 〈시애틀의 잠 못 이루는 밤〉은 꽤 집중해서 보았다. 〈시애틀의 잠 못 이루는 밤〉을 좋아하지 않는 사람과 같이 다닐 수 없다고 생각하는 나는 피터가 그 영화를 좋아해서 마음이 놓였다.

"아직은 집에 가기 싫은데. 집 말고 다른 데 가자." 내가 말했다.

피터는 손가락으로 핸들을 두드리며 잠시 생각에 잠기는가 싶더니 곧 이렇게 말했다. "어디 갈지 생각났어."

"어딘데?"

"가보면 알아." 피터가 창문을 내리며 대답했다. 상쾌한 공기가 차 안을 가득 채웠다.

나는 등을 기대고 앉았다. 거리는 텅 비었고, 집들도 대부분 불이 꺼져 있었다. "내가 맞혀볼래. 블루베리 팬케이크 먹으러 가는 거지?"

"아니야."

"으음. 스타벅스 가기엔 너무 늦었고, 비스킷 솔 푸드도 문 닫았는데."

"내가 먹을 생각만 하는 건 아니거든?" 피터가 반박하더니 곧 이렇게 물었다. "근데 그 통 안에 쿠키 좀 남았어?"

"다 먹었어. 키티가 다 먹어치우지 않았으면 집에 좀 남아 있을 거야." 나는 창밖으로 한 팔을 쭉 내밀고 그대로 걸쳐두었다. 이렇게 시원한 공기를 즐길 수 있는 날도 얼마 남지 않았다. 아직은 재킷을 입을 수 있을 정도로 날이 시원하다.

나는 곁눈질로 피터의 옆얼굴을 흘끗 바라봤다. 아직도 피터가 내 남자친구라는 게 믿기지 않을 때가 있다. 잘생긴 남자애들 중에서도 가장 잘생긴 애가 내 남자라니.

"왜 그래?" 피터가 물었다.

"아무것도 아냐." 내가 대답했다.

10분 후 차는 버지니아 대학교 캠퍼스 안으로 들어갔다. 하지만 거길 캠퍼스라고 부르는 사람은 아무도 없다. 다들 '그라운 즈Grounds'라고 부른다. 피터가 길가에 차를 세웠다. 대학가의 금요일 밤치고는 무척 조용했다. 봄방학 기간이라 학교에 학생들이 많지 않았다.

피터와 손을 잡고 잔디밭을 거니는데 갑자기 공포가 엄습했다. 나는 걸음을 멈추고 물었다. "피터, 난 아직 합격 전인데 여기 이렇게 들어오면 부정 타는 거 아닐까?"

피터가 웃었다. "그건 결혼식이나 그렇지. 버지니아 대학교랑 결혼할 거 아니잖아."

"넌 벌써 붙어서 마음이 편하니까 그렇게 말할 수 있겠지."

피터는 작년에 버지니아 대학교 라크로스 팀에 구두로 입학을 약속받았고, 가을에는 조기지원까지 마쳤다. 대학 운동선수들이 대부분 그런 것처럼 피터도 성적을 웬만큼만 유지하면 거의 합격이나 다름없었다. 지난 1월, 정식으로 합격 통지를 받자 피터 엄마가 파티를 열어주었는데, 나는 그때 축하 케이크를 만들고 그 위에 노란색으로 '내 실력을 기대해라, UVA*!'라고 적었다.

"그러지 마, 커비. 행운은 자기 하기 나름이야. 그리고 두 달 전에도 버지니아 대학교의 밀러 센터에 갔었잖아." 피터가 내 손을 잡아끌며 말했다.

그 말을 들으니 마음이 놓였다. "아, 그랬었지."

우리는 계속 잔디밭을 걸었다. 우리가 어디로 가는지 알 것 같았다. 로툰다Rotunda에 가서 계단에 앉으려는 것이다. 로툰다는 하얀 기둥들과 거대한 원형 돔을 보면 알 수 있듯이 이 학교 설립자인 토머스 제퍼슨이 판테온을 모델로 설계한 건물이다. 피터는 영화 〈록키〉의 주인공처럼 벽돌 계단을 뛰어 올라가 계단에 털썩 주저앉았다. 나는 그 바로 아래 칸에 앉아서 피터의 무릎에 두 팔을 올리고 몸을 기댔다. "너 그거 알아? 버지니아 대학교가 다른 대학들과 다른 점 중 하나는 학교 중심부인 로툰다 안쪽 건물이 교회가 아니라 도서관이라는 거야." 내가 말했다.

"안내 책자에서 읽은 거야?" 피터가 내 목에 입을 맞추며 놀리듯 물었다.

---

*   버지니아 대학교(University of Virginia).

"작년 캠퍼스 투어 때 들은 거야." 나는 꿈에 취한 사람처럼 대답했다.

"캠퍼스 투어 했단 얘기 안 했잖아. 이 동네에서 나고 자랐는데 투어는 왜 했어? 이 학교에 벌써 백만 번은 들락거렸겠다!"

피터 말이 맞다. 여기 백만 번은 와봤을 거다. 어릴 때도 가족들과 자주 왔었다. 엄마가 아카펠라 음악을 좋아해서 함께 홀라바후스* 공연을 보러 온 적도 여러 번 있었다. 대학교 잔디밭에서 찍은 가족사진도 있다. 날씨가 좋은 날이면 교회 예배를 마치고 이곳으로 소풍을 오곤 했다.

나는 몸을 돌려 피터를 바라봤다. "난 버지니아 대학의 모든 걸 알고 싶어! 이 동네에서 나고 자랐기 때문에 알 수 없는 것들도 있잖아. 그런 것까지 다 알고 싶다고. 그래서 말인데, 넌 이 학교에 여학생 입학이 언제부터 허용됐는지 알아?"

피터가 목덜미를 긁적였다. "글쎄…… 모르겠는데. 학교가 설립된 게 언제지? 1800년대 초였나? 그럼 1920년?"

"아니야. 1970년이야." 나는 다시 돌아앉아서 정면의 운동장을 응시했다. "150년이 지난 후에야 입학이 허용됐어."

"우아, 진짜 말도 안 돼. 다른 것들도 더 말해봐." 피터도 흥미를 느끼는 모양이었다.

"버지니아 대학교는 미국 전역에서 유일하게 유네스코 세계문화유산으로 지정된 대학이야."

---

* Hullabahoos. 버지니아 대학교의 남학생들로 구성된 아카펠라 그룹.

"아니야, 됐어. 이 학교에 관한 정보는 그만 알고 싶다." 피터가 말했다. 나는 피터의 무릎을 찰싹 때렸다. "우리 다른 얘기 하자. 너는 이 학교에 들어오면 가장 하고 싶은 게 뭐야?"

"네가 먼저 말해봐. 너는 뭐가 가장 하고 싶은데?"

피터는 곧바로 대답했다. "생각해놓은 게 있지. 잔디밭에서 너랑 알몸으로 달리기."

"다른 것들도 많은데 *그게* 가장 하고 싶다고? 알몸으로 뛰어다니는 게?" 나는 재빨리 덧붙였다. "난 절대 안 해."

피터가 웃었다. "그것도 버지니아 대학 전통이야. 이 학교 전통이라면 다 알고 있는 거 아니었어?"

"피터!"

"농담이야." 피터는 두 팔로 내 어깨를 감싸고 내 목에 코를 문질렀다. 피터가 좋아하는 자세다. "이제 네가 대답할 차례야."

나는 잠시 꿈을 꾸며 무얼 가장 하고 싶은지 생각해봤다. 이 대학에 입학한다면 가장 하고 싶은 게 뭘까? 하고 싶은 건 정말 많은데 하나만 딱 집어내려니 어렵다. 매일 피터와 함께 학교 식당에서 와플을 먹고 싶다. 눈이 내리면 오힐에서 피터와 썰매도 타고 싶다. 날이 따뜻해지면 소풍도 가고 싶다. 밤새 같이 수다를 떨다가 잠들면 다시 일어나서 계속 수다를 떨고 싶다. 늦은 밤에 세탁기도 돌려보고 싶고, 방학이 끝나기 직전에 급하게 자동차 여행도 떠나보고 싶다. 그러니까…… 모든 걸 다 해보고 싶다. 결국 나는 이렇게 대답했다. "안 돼. 미리 말하면 부정 타."

"어우 야아!"

"알았어, 말할게. 내가 가장 해보고 싶은 건 말이지…… 맥그레거 룸에 원 없이 가보는 거야." 맥그레거 룸의 카펫, 샹들리에, 가죽 의자, 초상화 같은 것들 때문에 사람들은 그 방을 '해리 포터의 방'이라고 부른다. 바닥부터 천장까지 책장으로 벽이 가득 채워져 있고, 책들은 귀중품처럼 쇠창살 안에 보관돼 있다. 맥그레거 룸에 들어서면 마치 다른 시대에 와 있는 것 같다. 이 방에선 다들 어찌나 숨을 죽이는지 경건한 느낌마저 든다. 예전에(키티가 태어나기 전이니 내가 대여섯 살 때일 것이다) 엄마가 이 대학교에서 수업을 들은 적이 있는데 그때 맥그레거 룸에서도 자주 공부했었다. 엄마가 공부하는 동안 마고 언니와 나는 색칠놀이를 하거나 책을 읽었다. 그 안에서는 마고 언니와 내가 절대 싸우지 않아서 엄마는 그 방을 '마법의 도서관'이라고 불렀다. 그 방에서 우리는 교회의 쥐들처럼 아주 조용히 놀았다. 벽에 빼곡한 책들과 공부하는 대학생들을 보면서 경외심을 느꼈던 것 같다.

피터는 실망한 표정이었다. 아마도 내가 자기와 관련된 무언가를 이야기할 거라고 기대했던 모양이다. 둘이 함께할 수 있는 무언가를. 하지만 지금은 그런 희망사항을 혼자 간직하고 싶다.

"너도 나랑 같이 맥그레거 룸에 가자. 단, 조용히 있어야 해."

내 말에 피터가 애정이 담긴 목소리로 대답했다. "도서관에 가는 걸 가장 기대하는 라라 진."

사실 아름다운 도서관에서 시간 보내는 걸 좋아하는 사람은 꽤 많다. 핀터레스트*만 봐도 알 수 있다. 피터 주변에는 그런 사람이 없지만. 피터는 내가 꽤 별난 아이라고 생각하는 것 같다. 하지만 내가 그렇게 별난 사람이 아니라는 걸 굳이 알려주고 싶지는 않다. 집에서 가만히 시간을 보내거나, 쿠키를 굽거나, 스크랩북을 정리하거나, 도서관에서 시간 보내는 걸 좋아하는 사람이 나 말고도 꽤 많다는 걸 말이다. 그런 사람들은 주로 50대 어른들이긴 하지만 어쨌든 말해주지 않을 것이다. 피터가 나를 바라보는 관점이 좋다. 피터는 나를 어느 날 우연히 숲에서 발견하고 집에 데려가 소중히 지켜줘야 하는 숲의 요정이라고 생각하는 것 같다.

피터가 후드티 주머니에서 전화기를 꺼냈다. "12시 반이야. 가야겠다."

"벌써?" 나는 한숨을 내쉬었다. 밤늦도록 이곳에 있고 싶었다. 여기 전체가 우리 둘만의 공간인 듯한 기분에 젖어 있었는데……

내 마음속에는 버지니아 대학교밖에 없었다. 다른 대학에는 가고 싶지도 않고, 다른 대학에 간다는 건 생각조차 해본 적이 없다. 피터가 이곳에 지원할 때 나도 조기지원할 생각이었지만 지도교사인 듀발 선생님이 만류했다. 선생님은 대학들이 내 3학년 중간 성적을 보고 결정할 수 있게 조금 더 기다리자고 했다.

---

* Pinterest. 'pin(핀)'과 'interest(관심사)'의 합성어로, 관심 있는 이미지를 포스팅하며 서로 공유하는 SNS.

　　　　　　　　　　　　　라라 진의 세 번째 이야기

성적이 가장 좋을 때 지원하는 게 언제나 가장 좋은 전략이라는 거였다.

그래서 나는 모두 다섯 개의 대학에 원서를 냈다. 가장 가고 싶은 학교는 당연히 버지니아 대학교이다. 들어가기는 가장 힘들지만 집에서 15분밖에 걸리지 않는다. 윌리엄앤드메리 대학교는 두 번째로 입학이 까다롭고 내가 차선책으로 생각하는 곳이다(집에서는 두 시간 거리다). 그다음 선택지는 리치먼드 대학교와 제임스 매디슨 대학교로, 둘 다 집에서 한 시간 거리다. 이 학교들은 모두 버지니아주 안에 있다. 그런데 듀발 선생님이 만약을 위해 다른 주에 있는 대학도 한 곳 지원해보라고 부추겨서 노스캐롤라이나 대학교 채플힐 캠퍼스에도 원서를 넣었다. 타 주 대학에 입학하기는 정말 쉽지 않지만 이 학교는 버지니아 대학교와 비슷한 점이 많아서 마음에 들었다. 일단 교양 과목 프로그램이 아주 좋고, 집에서 그리 멀지도 않아서 집에 오고 싶을 땐 조금만 서두르면 된다.

하지만 내게 선택권이 있다면 첫째도 둘째도 버지니아 대학교를 선택할 것이다. 정말 난 집에서 멀리 가고 싶지 않다. 나는 마고 언니와 다르다. 멀리 떠나는 건 마고 언니의 꿈이었다. 언니는 항상 세상에 나가고 싶어 했다. 하지만 나는 집이 필요하고, 내게는 버지니아 대학교가 집이나 마찬가지다. 그래서 다른 대학들과 버지니아 대학교를 계속 비교하게 된다. 이 대학교는 동화책에나 나올 법한 캠퍼스를 비롯해 그 밖의 모든 것이 완벽하다. 피터가 이 학교에 있을 거라는 사실도 당연히 중요하다.

우리는 좀 더 앉아서 이야기했다. 나는 피터에게 버지니아 대학에 관한 정보들을 얘기해줬고, 피터는 내가 이 학교에 대해 지나치게 많은 걸 알고 있다며 놀렸다. 피터가 나를 집까지 데려다줬다. 집 앞에 차를 댔을 땐 거의 새벽 1시였다. 아래층 불은 모두 꺼져 있었지만 아빠 방에는 켜져 있었다. 아빠는 내가 귀가하기 전까지 절대 주무시지 않는다. 차 문을 열려고 하는데 피터가 나를 붙들었다. "굿나잇 키스해줘."

나는 웃음을 터뜨렸다. "피터! 나 얼른 가야 해."

피터가 고집스럽게 눈을 감고 입술을 내밀며 버티는 통에 나는 피터의 입술에 재빨리 입을 맞췄다. "자, 됐지?"

"아니." 피터는 이 세상의 시간이 모두 우리 거라도 되는 양 다시 내게 키스했다. "가족들 다 잘 때 내가 너한테 가서 밤새 같이 있다가 새벽 일찍 몰래 나올까? 해 뜨기 전에 말이야. 만약에 그러면 어떨 것 같아?"

나는 미소 지으며 말했다. "안 돼. 그러니까 그럼 어떨지는 나도 몰라."

"만약에 말이야, 만약에."

"우리 아빠가 날 죽일 거야."

"아니야, 아저씨는 너 안 죽여."

"그럼 너를 죽일 거야."

"아니야, 나도 안 죽여."

"그래, 너를 죽이진 않을 거야. 하지만 나한테 엄청 실망하시겠지. 너한테도 엄청 화내실 거고."

"그건 우리가 들킬 때 얘기고." 피터는 이렇게 말했지만 마음은 반쯤 돌아선 것 같았다. 피터도 위험을 무릅쓰고 싶지는 않을 것이다. 피터는 우리 아빠의 호감을 사려고 무척 애쓰고 있었다. "내가 대학생활에서 가장 기대하는 게 뭔지 알아?" 피터가 내 땋은 머리를 살짝 잡아당기며 말했다. "잘 자라고 인사하지 않아도 되는 거. 잘 자라고 인사하는 거 싫어."

"나도."

"대학 갈 때까지 기다리는 거 너무 싫다."

"나도." 나는 피터에게 한 번 더 키스한 뒤 차에서 내렸다.

달과 별이 밤하늘을 담요처럼 덮고 있었다. 나는 집 현관으로 달려가며 달과 별을 향해 소원을 빌었다. *하느님! 제발, 제발 버지니아 대학교에 들어가게 해주세요.*

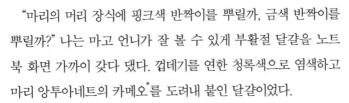

02

"마리의 머리 장식에 핑크색 반짝이를 뿌릴까, 금색 반짝이를 뿌릴까?" 나는 마고 언니가 잘 볼 수 있게 부활절 달걀을 노트북 화면 가까이 갖다 댔다. 껍데기를 연한 청록색으로 염색하고 마리 앙투아네트의 카메오*를 도려내 붙인 달걀이었다.

"더 가까이 대봐." 마고 언니가 눈을 가늘게 뜨고 화면을 바라보았다. 언니는 파자마 차림에 얼굴에 마스크팩을 붙이고 있었다. 머리가 어깨 약간 아래까지 자란 걸 보니 조만간 머리를 자를 것 같다. 앞으로도 언니가 머리 길이를 짧게 유지할 것 같다는 예감이 들었다. 짧은 머리가 언니에게도 잘 어울린다.

지금 스코틀랜드는 밤이고 여긴 아직 오후다. 스코틀랜드와 버지니아는 시간상으로 다섯 시간, 거리상으로는 약 5600킬로미터가 차이 난다. 언니는 지금 기숙사 방에서 통화 중이고, 나는 주방 식탁에 앉아 부활절 달걀과 염료, 라인스톤, 스티커 등에 둘러싸여 있다. 몇 년 전 크리스마스 장식을 만들 때 쓰고 남겨둔 솜털 보송보송한 하얀 깃털들도 있다. 나는 요리책을 여러

---

* 접시조개 껍데기 등에 인물의 옆모습을 양각 조각한 장신구.

라라 진의 세 번째 이야기

권 쌓고 그 위에 노트북을 올려놓았다. 언니는 내가 달걀을 장식하는 동안 말동무를 해주고 있었다. "이 아이는 가장자리를 진주로 장식할까 봐. 언니, 결정할 때 참고해." 내가 말했다.

"그럼 나는 핑크색으로 할래. 핑크색이 눈에 더 잘 띌 거야." 언니가 마스크팩을 바로잡으며 말했다.

"나도 그렇게 생각했어." 나는 오래된 아이섀도 브러시로 반짝이를 붙이는 작업에 착수했다. 어젯밤엔 달걀에서 노른자를 빼내는 데 몇 시간이나 걸렸다. 예전처럼 키티와 함께 했다면 재밌었겠지만, 키티가 매덜린 클링거네 집에 초대받았다고 해서 그냥 보내줬다. 매덜린이 친구들을 집에 초대하는 건 흔치 않은 중대한 사건인 만큼 그 일로 키티를 원망할 수는 없었다.

"이제 곧 결과가 나오겠네?"

"이번 달 안에 나오겠지." 나는 진주 장식을 한 줄로 정렬하기 시작했다. 이 지난한 기간이 어서 끝나기를 바라는 마음도 있었지만, 아무것도 모르는 상태로 희망을 품고 있는 것도 좋았다.

"붙을 거야." 언니가 선포하듯 말했다. 내 주변인들은 나의 버지니아 대학 합격을 기정사실로 받아들이는 것 같았다. 피터, 키티, 마고 언니, 아빠까지 모두. 듀발 선생님도 마찬가지였다. 나는 부정 탈까 봐 그런 말은 절대 입에 올리지 않지만 내 생각도 별다르진 않았다. 정말 열심히 공부했다. SAT 점수도 200점이나 올렸다. 마고 언니만큼 좋은 성적을 받았고, 마고 언니도 대학에 갔다. 내가 해야 할 일은 다 했다. 그걸로 충분한지는 모르겠다. 지금은 희망을 품고 기다리는 것 외에 할 일이 없다. 희망을 품고 또 품으면서.

나는 달걀 꼭대기에 조그만 하얀 리본을 붙이다 말고 의심 가득한 눈길로 언니를 바라봤다. "잠깐만. 설마 내가 버지니아 대학에 합격하면 먼 곳에 있는 학교에 가서 네 날개를 펼쳐라, 뭐 그런 소리 할 거야?"

언니가 웃음을 터뜨렸다. 그 바람에 마스크팩이 얼굴에서 떨어졌다. 언니는 마스크팩을 다시 붙이며 말했다. "아니야. 넌 너한테 가장 좋은 게 뭔지 잘 알잖아. 나는 너 믿어." 언니가 진심으로 하는 말이라는 걸 안다. 언니가 그렇게 말하면 그게 진실이다. 나도 나 자신을 믿는다. 때가 되면 어떻게 하는 게 나에게 가장 좋을지 알게 될 것이다. 그리고 나에게는 버지니아 대학교가 최선이다. 나는 그걸 안다. "너한테 해줄 말은 네 친구를 만들라는 것뿐이야. 피터는 라크로스 선수니까 친구를 엄청 많이 사귀겠지. 그런데 그 애들은 피터의 친구잖아. 네가 고른 네 친구가 아니고. 네 친구는 네가 직접 사귀도록 해. 네 사람들을 찾으라고. 그 학교는 넓으니까."

"그럴게."

"아시아인 협회에도 가입해. 외국 대학에 다녀서 아쉬운 게 딱하나 있다면 아시아계 미국인 그룹에 들어가지 못하는 거야. 대학생이 되어 인종 정체성을 확인하는 것도 꽤 중요한 일이거든. 팀처럼 말이야."

"팀 누구?"

"나랑 같은 반이었던 팀 모너핸 말이야."

"아, 그 팀." 팀 모너핸은 어릴 적 입양된 한국인 남자아이다. 우리 학교에는 아시아계 학생들이 많지 않아서 적어도 서로 안면은 익히고 지낸다.

"고등학교 땐 아시아인들하고 어울리는 법이 없더니 버지니아 공대에서 한국인들을 엄청 많이 만난 모양이더라. 지금은 아마 아시아계 남학생 클럽 대표인가 그럴 거야."

"우아!"

"영국에선 클럽 활동이 그리 대단한 일이 아니라 다행이야. 너도 여학생 클럽 같은 건 안 할 거지?" 언니는 재빨리 덧붙였다. "네가 클럽 활동 한다고 해도 이상하게 생각하진 않을게!"

"생각 안 해봐서 모르겠어."

"피터는 남학생 클럽에 들어갈 것 같은데."

"피터도 그런 얘기는 한 적 없어." 피터가 클럽에 대해 얘기한 적은 없지만, 남학생 클럽에 들어간 피터의 모습을 상상하는 건 어렵지 않다.

"커플 사이에서 남자가 남학생 클럽 회원인데 여자가 여학생 클럽에 들어가지 않으면 힘들다고 하더라. 클럽 연합 파티 같은 거 있잖아. 여학생 클럽에서 친구를 사귀면 더 편하겠지. 나는 잘 모르겠어. 내가 보기엔 다 바보짓 같지만, 그래도 해볼 만할 것 같아. 여학생 클럽 회원들은 공예를 좋아한다더라." 언니가 나를 보며 눈썹을 위아래로 까닥거렸다.

"말이 나왔으니 말인데……." 나는 달걀을 들어올렸다. "짜잔!"

언니가 전화기에 얼굴을 바짝 붙였다. "달걀 장식 사업해도 되겠다! 다른 달걀들도 보여줘."

나는 달걀판을 들어 보였다. 속을 비운 달걀 열두 개가 한 판이었다. 연한 핑크 바탕에 네온 핑크로 지그재그 장식을 그린 달걀, 선명한 파란색과 담황색이 섞인 달걀, 라벤더색을 칠하고 말린 라벤더 꽃을 붙인 달걀 등. 말린 라벤더를 쓸 일이 생겨서 다행이었다. 몇 달 전에 라벤더 크렘 브륄레를 만들려고 라벤더를 한 봉지 샀는데 계속 식품 저장고에 처박혀 있었던 것이다.

"그 달걀들은 어디에 쓸 거야?"

"벨뷰 양로원에 가져가려고. 로비에 진열하면 좋을 것 같아. 거기가 워낙 칙칙하고 병원 분위기잖아."

"거기 분들은 다들 잘 계셔?" 언니가 베개에 기대며 물었다.

"응. 졸업이랑 대입 준비 때문에 요즘엔 자주 가지 못했어. 게다가 이젠 거기서 정식으로 일하는 것도 아니잖아." 나는 달걀 하나를 손에 들고 빙 돌렸다. "이건 스토미 할머니 드려야겠다. 딱 스토미 할머니 스타일이야." 나는 마리 앙투아네트 달걀이 마르도록 받침대에 올려놓고, 알록달록한 캔디 컬러의 원석들을 라일락 달걀에 붙이기 시작했다. "이제부터라도 자주 가봐야겠어."

"쉽진 않지. 봄방학 때 나랑 같이 가자. 스토미 할머니한테 라비도 소개할 겸."

라비 오빠는 마고 언니의 새 남자친구다. 두 사람은 사귄 지여섯 달 됐다. 라비 오빠네 부모님은 인도에서 이주했지만, 오빠는 런던에서 태어나 상류층 억양을 구사한다. 스카이프로 라비 오빠와 인사할 때 내가 윌리엄 왕자와 말투가 똑같다고 말하자, 오빠는 웃으며 윌리엄 왕자 같은 말투로 "고마워"라고 했다. 라비 오빠는 언니보다 두 살 많다. 나이가 더 많아서인지, 영국인이라서인지는 모르겠는데, 라비 오빠는 굉장히 교양 있어 보이고 조시 오빠하고도 분위기가 완전히 달랐다. 라비 오빠가 그렇게 보이려고 허세 떠는 게 아니라 원래 그런 사람 같았다. 오빠는 연극도 자주 보러 다니고, 오빠네 엄마가 외교관이라 고위 공직자들도 자주 만난다고 했다. 대도시에 살아서 그런지 무척 세련돼 보였다. 내가 이런 말을 하자 언니는 웃으면서 아직 내가 라비를 잘 몰라서 그런 소리를 한다고 했다. 사실 라비는 엄청난 샌님이고, 말주변도 없고, 윌리엄 왕자와도 전혀 비슷하지 않다고 했다. "그 억양에 속으면 안 돼." 언니가 말했다. 이번 봄방학 때 언니가 라비 오빠를 집에 데려온다고 했으니 머지않아 직접 보게 될 것이다. 라비 오빠는 우리 집에서 이틀 밤을 자고 친척들을 만나러 텍사스에 갈 예정이었다. 마고 언니는 주말까지 우리와 함께 지낸다고 했다.

"라비 오빠 얼른 보고 싶다." 내 말에 언니가 활짝 웃었다.

"너도 라비가 완전 마음에 들 거야."

당연히 그럴 것이다. 언니가 좋아하는 사람이라면 나도 좋다. 정말이지 다행이다 싶은 건 이제 언니도 피터를 잘 알게 되었다는 사실이다. 언니도 피터가 특별한 사람이라는 걸 알고 있다. 언니와 라비 오빠가 오면 우리 넷이 함께 놀러 다닐 수 있다. 진짜 더블 데이트를 하는 것이다. 언니와 내가 모두 연애를 하고 있어서 이런 경험을 공유할 수 있다는 게 얼마나 멋진 일인지!

03

다음 날 아침 벨뷰 양로원으로 향했다. 스토미 할머니가 내게 어울린다고 했던 양귀비색 립스틱을 바르고, 부활절 달걀을 담은 하얀 고리버들 바구니를 들고서. 먼저 안내 데스크에 들러 섀니스에게 달걀들을 건네주고 잠시 수다를 떨었다. 새로운 소식을 물으니 버지니아 대학생 두 명이 자원봉사자로 새로 왔다고 했다. 자주 들르지 못해서 죄송했는데 그 말을 들으니 마음이 조금 놓였다.

스토미 할머니의 숙소로 가자 감색 기모노 차림에 거기 어울리는 립스틱을 바른 할머니가 큰 소리로 외쳤다. "라라 진!" 할머니는 나를 꼭 끌어안고 조바심을 내며 말했다. "지금 내 머리카락 안쪽 보는 거지? 그렇지? 염색할 때가 되긴 했어."

"별로 티 안 나는데요?" 나는 할머니가 안심하게끔 말했다.

마리 앙투아네트 달걀을 건네자 스토미 할머니가 무척 마음에 들어 하면서 할머니의 친구이자 라이벌인 얼리샤 이토 할머니에게 빨리 보여주고 싶다고 했다. "혹시 얼리샤 것도 만들어 왔어?" 할머니가 따지듯 물었다.

"할머니 것만 만들었어요." 그러자 스토미 할머니의 밝은 눈동자가 더욱 환하게 빛을 발했다.

나는 할머니와 함께 소파에 앉았다. 할머니는 앉자마자 손가락을 내저으며 말했다. "날 보러 올 시간도 거의 없는 걸 보니 그 잘생긴 남자애한테 홀딱 빠진 모양이야."

나는 깊이 반성하는 표정을 지어 보였다. "죄송해요. 대입 원서도 다 넣었으니 이제 자주 올게요."

"흥!"

이럴 때 할머니의 기분을 풀어드리는 가장 좋은 방법은 기분 좋은 말로 달래며 아첨하는 것이다. "할머니, 요즘 제가 할머니 말씀을 열심히 따르고 있어요."

"내가 뭐라고 했는데?" 할머니가 턱을 살짝 들고 말했다.

"데이트도 많이 하고 모험도 많이 하라고 하셨잖아요. 할머니처럼요."

할머니는 웃지 않으려고 오렌지 빛이 도는 붉은 입술을 오므렸다. "내가 너한테 훌륭한 조언을 해줬구나. 이 스토미의 가르침만 잘 따르면 멋지게 살 수 있단다. 그래, 요즘 재미있는 일은 뭐니?"

나는 멋쩍게 웃었다. "제 인생이 그다지 재미있지는 않아서요."

할머니는 나를 보며 혀를 찼다. "댄스 파티 같은 거 안 하니? 프롬*이 언제냐?"

---

* prom. 미국 고등학교에서 고학년 과정에 공식적으로 열리는 댄스 파티. 졸업을 앞두고 특히 성대하게 열린다.

"5월에 해요."

"그때 입을 드레스는 골랐어?"

"아직요."

"서둘러. 네 드레스를 다른 애가 낚아채 가면 그 꼴을 어떻게 보려고 그래." 할머니는 내 얼굴을 찬찬히 뜯어봤다. "네 피부색엔 핑크가 잘 어울리겠다." 그때 할머니의 눈동자에서 반짝하고 빛이 나더니 할머니가 손가락을 튕기며 말했다. "생각났다! 너한테 줄 게 있었어." 할머니는 자리에서 벌떡 일어나 침실로 가더니 두꺼운 벨벳으로 감싼 반지함을 들고 왔다.

나는 반지함을 열어보고 놀라서 숨을 삼켰다. 할머니의 핑크 다이아몬드 반지다! 전쟁에서 한쪽 다리를 잃은 군인에게 받은 반지라고 들었다. "할머니, 저는 이거 못 받아요."

"그런 말 말고 받아라. 그 반지는 너한테 제일 잘 어울려."

천천히 반지를 꺼내 왼손에 올려놓자 반지에서 반짝반짝 빛이 났다. 우아! "정말 예뻐요! 그래도 제가 받으면 안 될 것 같은데……."

"네 거라니까." 할머니는 나를 향해 윙크를 날렸다. "내 충고를 잊지 마라, 라라 진. '예스'라고 말하고 싶을 때 '노'라고 말하면 안 되는 거야."

"그럼…… 받을게요! 감사합니다, 할머니! 정말 애지중지 다룰게요."

"안 봐도 훤하다." 할머니가 내 뺨에 입을 맞추며 말했다.

나는 반지를 안전하게 보관하려고 집에 돌아오자마자 보석

함에 넣어두었다.

그날 오후 나는 주방에서 키티, 피터와 함께 내가 구운 초콜
릿칩 쿠키가 식기를 기다리고 있었다. 나는 지난 몇 주 동안 '완
벽한 초콜릿칩 쿠키 만들기'라는 미션에 도전 중이었고, 키티와
피터는 내 옆에서 이 여정을 꾸준히 지켜보고 있었다. 키티는 납
작하고 얇은 초콜릿칩 쿠키를 좋아하고, 피터는 약간 쫀득한
걸 좋아한다. 이 두 가지 특성이 혼합된 완벽한 쿠키를 만드는
게 내 목표다. 바삭바삭하면서도 부드러워야 하고, 기본적으로
밝은 갈색을 띠면서 맛이나 색깔에 부족함이 없어야 한다. 또
너무 얇아도, 너무 두꺼워도 안 된다. 이게 내가 추구하는 가장
이상적인 쿠키다.

나는 모든 블로그 게시물을 확인했다. 백설탕만 썼을 때와
황설탕과 백설탕을 섞어 썼을 때, 베이킹소다를 썼을 때와 베이
킹파우더를 썼을 때, 바닐라 열매를 썼을 때와 바닐라 추출물을
썼을 때, 칩으로 만드는 경우와 두툼한 덩어리로 만드는 경우,
그리고 길게 만들어서 칼로 써는 경우까지 모든 사례를 사진으
로 확인했다. 반죽을 동그랗게 얼려서 컵 밑바닥에 넣고 크기가
똑같아지도록 납작하게 누르는 방법도 써봤다. 반죽을 길게 빗
어서 칼로 썬 다음 동그랗게 떠서 얼려보기도 하고, 순서를 바
꿔 얼린 다음에 동그랗게 떠보기도 했다. 그런데도 쿠키가 너무
많이 부풀었다.

이번에는 베이킹소다의 양을 확 줄였지만 그래도 쿠키가 약

간 두툼했다. 완벽한 쿠키를 만들지 못하면 한 판을 모두 내다 버릴 작정이었다. 하지만 그러면 많은 재료를 낭비하게 되니 그 대신 키티에게 말했다. "지난주 독서 시간에 떠들다가 혼났다고 했지?" 키티가 고개를 끄덕였다. "선생님한테 이 쿠키 갖다드리면서 죄송하다고 말씀드려. 네가 직접 만들었다고 하고." 쿠키를 줄 수 있는 사람이 점점 줄어들고 있었다. 우편배달부, 키티네 버스 운전기사, 아빠 병원의 간호사실까지 쿠키를 안 돌린 곳이 없었다.

"완벽한 쿠키의 해답을 찾으면 어떻게 할 거야?" 키티가 입안에 쿠키를 가득 넣고 물었다.

"아니, 근데 왜 이렇게까지 하는 거야? 쿠키 맛을 8퍼센트쯤 향상시키는 게 그렇게 중요해? 어쨌든 그냥 초콜릿칩 쿠키잖아." 피터가 말했다.

"완벽한 초콜릿칩 쿠키를 만들 수 있게 됐다는 사실에 기쁨을 느끼는 거지. 그리고 앞으로 태어날 송씨 집안 여자들에게 내 비법을 전수해줄 거야."

"남자들한테도." 키티가 말했다.

"남자들한테도." 나는 키티의 말을 그대로 따라 했다. "키티, 쿠키 담게 위층에 가서 큰 유리 그릇 하나 가져와. 리본이랑."

"내일 학교 올 때 조금 가져다줄래?" 피터가 물었다.

"봐서." 나는 피터의 뿌루퉁한 표정이 보고 싶어서 이렇게 말했다. 피터는 뿌루퉁한 표정을 지을 때 정말 귀엽다. 이번에도 역시 뿌루퉁해졌다. 나는 손을 뻗어 피터의 뺨을 톡톡 두드렸다. "이럴 땐 꼭 아기 같다니까."

"자기도 좋으면서." 피터가 쿠키를 하나 더 낚아채며 말했다. "이제 얼른 영화 보자. 엄마한테 이따 가게에 들러서 가구 옮기는 거 도와드린다고 약속했어." 피터의 엄마는 '린든 앤드 화이트'라는 앤티크 숍을 운영하는데, 피터는 시간이 날 때마다 가게 일을 돕는다.

오늘 볼 영화는 레오나르도 디캐프리오와 클레어 데인즈가 주연한 1996년 버전의 〈로미오와 줄리엣〉이다. 키티는 이 영화를 열 번도 넘게 봤지만 나는 드문드문 한 번 본 게 전부였다. 피터는 한 번도 본 적이 없었다.

키티는 빈백 쿠션을 아래층까지 가지고 내려와 거실 바닥에 펼쳐놓았고, 팝콘까지 전자레인지에 돌려 왔다. 휘튼 테리어 믹스인 우리 제이미 폭스피클도 팝콘 부스러기가 떨어질 걸 노리고 키티 옆에 자리 잡았다. 피터와 나는 소파에 앉아 마고 언니가 스코틀랜드에서 보내온 양털 담요를 덮고 서로 끌어안았다.

레오나르도가 네이비색 정장을 입고 등장하자 나는 가슴이 콩닥거렸다. 정말 천사가 따로 없었다. 아름답지만 완전히 망가져버린 천사.

"로미오는 왜 저렇게 괴로워하는 거야?" 피터가 키티의 팝콘을 한 움큼 슬쩍하며 물었다. "왕자나 뭐 그런 거 아니야?"

"왕자는 아니야. 부잣집 아들이지. 저 지역에서 권력 좀 휘두르는 집안의 아들이랄까." 내가 말했다.

"저 남자가 내 이상형이야." 키티가 소유권을 주장하듯 말했다.

"저 배우 이제 나이를 많이 먹었을 텐데." 나는 화면에서 눈을 떼지 않고 말했다. "거의 아빠 나이 아닌가." 어쨌든…….

"잠깐. 난 내가 네 이상형인 줄 알았는데." 피터가 말했다. 내가 아니라 키티에게 한 말이었다. 피터는 자기가 내 이상형이 아니라는 걸 이미 알고 있었다. 내 이상형은 〈빨간 머리 앤〉에 나오는 길버트 블라이드다. 잘생기고 성실하고 공부 잘하는.

"웩! 오빠 그냥 오빠지."

키티의 말에 피터가 너무 상처받은 표정을 지어서 내가 피터의 어깨를 토닥토닥해줬다.

"로미오가 너무 마른 거 같지 않아?" 피터가 우기기 시작했다.

나는 피터에게 조용히 하라고 손짓했다.

"자기들은 실컷 떠들어놓고 나한테만 조용히 하래. 불공평해." 피터가 팔짱을 끼며 말했다.

"여긴 우리 집이니까." 키티가 말했다.

"네 작은언니는 우리 집에서도 나한테 이러거든!"

키티와 나는 둘 다 못 들은 척했다.

희곡에서는 로미오와 줄리엣이 겨우 열세 살인데, 영화에서는 열일고여덟 살로 보인다. 아직 10대라는 건 확실하다. 두 사람은 서로가 운명이 짝지어준 인연이라는 걸 어떻게 알았을까? 욕실 어항 너머로 한 번 보는 걸로 충분했을까? 그것만으로도 목숨 걸 만한 사랑이라는 걸 알았던 걸까? 두 사람은 분명 그렇게 알고 있었다. 그리고 믿었다. 옛날 사람들은 요즘 사람들보다 훨씬 어린 나이에 결혼했다. 옛날에는 수명이 그리 길지 않았으니 '죽음이 우리를 갈라놓을 때까지'라고 했을 땐 현실적으로 15년에서 20년 정도를 의미했을 것이다.

하지만 어항을 사이에 두고 두 사람의 눈이 마주칠 때…… 로미오가 줄리엣의 발코니 아래에서 사랑한다고 고백할 때…… 그럴 땐 나도 어쩔 수가 없다. 나도 두 사람이 운명이라고 믿는다. 로미오와 줄리엣이 서로 잘 알지 못하는 것도 사실이고, 관계가 제대로 시작되기도 전에 끝나버리는 것도 사실이다. 온갖 장애물에도 불구하고 두 사람이 함께하기로 마음먹었다면 둘 사이에 힘든 일이 매일같이 일어났을 것이다. 하지만 살아 있었다면 어떻게든 헤쳐나갔겠지.

엔딩 크레디트가 올라갈 때 눈물이 양 뺨을 타고 흘러내렸다. 웬일로 피터도 슬픈 얼굴이었다. 그러나 쉽게 감상에 젖지 않는 키티는 아무렇지 않게 자리에서 벌떡 일어나더니 오줌을 누인다며 제이미 폭스피클을 데리고 나갔다. 키티가 제이미와 함께 나간 후에도 나는 감상에 젖은 채 소파에 앉아 계속 눈물을 닦았다. "저 두 사람은 첫 만남이 참 깜찍하고 신선했던 것 같아." 내가 잠긴 목소리로 말했다.

"그게 어떤 건데?" 한 팔로 머리를 받치고 소파에 누워 있던 피터가 물었다. 순간 피터가 너무 귀여워서 볼을 꼬집어주고 싶었지만 꾹 참았다. 이미 심한 자뻑에 빠져 있는 녀석이라 굳이 보탤 필요가 없었다.

"남자 주인공이랑 여자 주인공이 처음 만날 때 아주 매력 넘치는 상황이 연출되는 거야. 그래서 두 사람이 결국 연결되리라는 걸 알 수 있지. 깜찍하면 더 좋고."

"〈터미네이터〉 같은 거구나. 리스가 터미네이터한테서 새라 코너를 구해줄 때 그렇게 말하잖아. '살고 싶으면 나랑 같이 가요.' 진짜 죽이는 대사라니까."

"뭐, 그것도 멋지긴 한데…… 내 생각엔 〈어느 날 밤에 생긴 일〉이 더 그럴듯한 것 같아. 우리 영화 목록에 그것도 넣자."

"컬러 영화야, 흑백 영화야?"

"흑백."

피터가 낮게 신음을 뱉으며 소파 쿠션에 몸을 기대고 누웠다.

"우리한테 그런 첫 만남이 없었던 게 너무 아쉽다." 내가 혼잣말로 중얼거렸다.

"네가 학교 복도에서 나한테 달려들었잖아. 그것도 꽤 귀여운 것 같은데."

"우린 이미 아는 사이였잖아. 그러니 첫 만남이라고 할 수는 없지." 나는 얼굴을 찌푸렸다. "처음에 어떻게 만났는지도 기억 안 나고. 너무 슬퍼."

"난 너 처음 만났을 때 기억해."

"어허, 거짓말하지 마!"

"네가 기억 못 한다고 해서 나도 기억 못 하는 건 아니거든? 나도 기억하는 거 많아."

"알았어. 그럼 우리가 어떻게 만났어?" 나는 사실 확인에 들어갔다. 피터가 뭐라고 대답하든 거짓말일 게 뻔했다.

피터가 입을 열다가 다시 꾹 다물었다. "말 안 해."

"거봐! 아무것도 생각 안 나잖아."

"그런 거 아냐. 날 믿지 않는 사람한텐 얘기 안 할 거야."

"어쨌든 뻥이면서." 나는 피터에게 눈을 흘겼다.

피터와 나는 티비를 끄고 베란다에 앉아서 전날 밤 만들어놓은 스위트 티를 마셨다. 바깥 공기가 시원했다. 아직 공기가 찰때도 있지만 이제 봄이 머지않은 것 같다. 앞마당의 층층나무가 꽃을 피우기 시작했고 바람도 상쾌하다. 오후 내내 여기 앉아서 흐늘거리는 나뭇가지와 아울러 춤추는 잎사귀를 보고 있어도 좋을 것 같다.

피터가 엄마 일을 도우러 가기까지 시간이 조금 남아 있었다. 나도 피터를 따라가서 피터가 가구를 옮기는 동안 카운터를 봐주고 싶지만 그럴 순 없었다. 지난번에 피터를 따라갔을 때 피터네 엄마가 눈썹을 추켜올리며 가게는 아줌마 일터지 '애들 데이트 장소'가 아니라고 딱 잘라 말했던 것이다. 피터네 엄마가 나를 티 나게 싫어하는 건 아니다. 속으로 나를 싫어하는 것 같지도 않다. 다만 작년에 피터에게 헤어지자고 했던 일을 아직 용서 못 하는 것 같다. 아줌마는 나를 친절하게 대해주지만 아직은 완전히 믿지 못하고 경계한다는 느낌이 들 때가 있다. 일단 지켜보자는 생각인 것 같다. 이 애가 내 아들 가슴을 또 후벼 팔지 어떨지 일단 시간을 두고 지켜보자, 뭐 그런 마음 말이다. 나는 아이너 가튼*처럼 내 첫 번째 남자친구인 피터의 엄마

---

*　Ina Garten. 미국의 유명한 요리 연구가. 수많은 요리책을 썼고 방송에도 출연해 인기를 끌고 있다.

와 좋은 관계를 맺고 싶다. 같이 저녁을 준비한다거나, 차를 마시며 속내를 털어놓는다거나, 비 오는 날 오후에 함께 스크래블*을 하는 그런 관계 말이다.

"무슨 생각을 그렇게 해? 걱정 많은 얼굴인데." 피터가 물었다.

나는 아랫입술을 깨물었다. "너희 엄마가 나를 더 좋아해주셨으면 좋겠어."

"우리 엄마는 너 좋아해."

"피터." 나는 피터를 빤히 쳐다봤다.

"진짜야! 네가 싫었으면 저녁식사에 초대하지도 않았겠지."

"너네 엄마가 나를 초대한 건 내가 아니라 네가 보고 싶어서 그러신 거야."

"그렇지 않아." 피터는 지금까지 이런 생각을 안 해본 것 같다. 하지만 내 생각이 완전히 틀리진 않다는 걸 피터도 어느 정도는 느끼고 있었다.

"너네 엄마는 우리가 대학 가기 전에 헤어지길 바라실 거야." 나는 무심결에 이렇게 말했다.

"너네 언니도 그렇잖아."

나는 탄성을 내질렀다. "하! 그럼 너도 인정한 거네. 우리가 헤어지길 너네 엄마도 바란다는 거 말이야!" 내가 이런 말을 왜 이렇게 의기양양하게 하는 건지 나도 모르겠다. 안 그럴 수도 있겠지만 어쨌든 생각만으로도 기운이 빠진다.

---

* Scrabble. 영어 철자가 적힌 플라스틱 조각으로 단어를 만드는 보드 게임의 한 종류.

라라 진의 세 번째 이야기

"엄마는 어릴 때 너무 진지한 관계를 맺는 게 안 좋다고 생각하는 것뿐이야. 너하고는 상관없는 일이야. 나도 엄마한테 얘기했어. 엄마랑 아빠가 헤어졌다고 해서 우리도 그렇게 될 거라는 생각은 하지 말라고. 나는 우리 아빠가 아니야. 너도 우리 엄마가 아니고."

피터의 부모님은 피터가 6학년 때 이혼했다. 피터의 아버지는 지금 30분 거리에서 새 아내와 어린 두 아들을 데리고 산다고 했다. 피터는 아버지 이야기를 거의 하지 않는다. 아버지 이야기를 꺼내는 일조차 거의 없었다. 그런데 올해 들어 갑자기 피터의 아버지가 피터와 관계를 회복하려고 연락하기 시작했다. 농구 경기나 가족들과의 저녁식사에 피터를 초대하는 식으로. 피터는 아직까지 요지부동이었다.

"너희 아빠도 너처럼 생겼어? 그러니까 너는 아빠를 닮은 거냐고 묻는 거야."

"응. 사람들 말은 그래." 피터가 뚱하게 대답했다.

나는 피터의 어깨에 머리를 기댔다. "그럼 너희 아빠도 엄청 잘생겼겠네."

"예전엔 그랬던 것 같기도 하고." 피터가 마지못해 말했다. "이제 키는 내가 더 커."

피터와 나는 이런 공통점이 있었다. 피터는 엄마만 있고, 나는 아빠만 있다. 그래도 피터는 내 사정이 더 낫다고 생각하는 것 같다. 자기 아빠는 살아 있지만 얼간이고, 우리 엄마는 돌아가시긴 했지만 나를 사랑하셨으니까. 내 생각은 그렇지 않다. 그래도 피터 마음을 조금은 이해할 수 있다. 나는 엄마에 대한 좋은 기억이 많지만 피터는 아빠에 대한 좋은 기억이 거의 없으니……

목욕 후 내 엉킨 머리를 엄마가 빗질해주는 동안 엄마 앞에 책상다리를 하고 앉아 티비를 보던 게 내게는 좋은 기억으로 남아 있다. 마고 언니는 그럴 때 가만히 앉아 있질 못했는데, 나는 엄마가 머리 빗겨주는 게 좋았다. 그게 내가 가장 좋아하는 기억이다. 사실 기억이라기보단 느낌에 가깝다. 기억의 장난질이라고 할까. 일부분은 흐릿해졌고 별로 특별할 것도 없이 아련한 느낌만 남아 있는 등 온갖 기억이 뒤섞여 있다. 또 다른 기억 하나는 마고 언니를 피아노 레슨에 데려다주고 오던 길에 엄마랑 단둘이 맥도날드 주차장에서 선데이 아이스크림을 사 먹었던 일이다. 시럽은 항상 캐러멜과 딸기였다. 엄마가 엄마 아이스크림에 있던 땅콩까지 내게 주어서 나는 항상 땅콩을 많이 먹었다. 한번은 엄마한테 왜 땅콩을 싫어하는지 물었더니 엄마도 땅콩을 좋아하지만 내가 땅콩을 *사랑하기* 때문에 내게 주는 거라고 했다. 엄마는 나를 사랑하니까……

나는 엄마에 대한 좋은 기억이 많고 그 무엇과도 그 기억을 바꿀 수 없는 것도 사실이지만, 그래도 그보다는 엄마가 살아 있는 게 훨씬 더 좋을 것 같다. 엄마가 아무리 형편없는 엄마라고 해도……. 언젠가 피터도 아빠를 받아들였으면 좋겠다.

"지금은 무슨 생각 해?" 피터가 다시 물었다.

"우리 엄마."

피터는 유리잔을 내려놓고 스트레칭을 하더니 내 무릎을 베

040 　　　　　　　　　　　　　　　　　　　　라라 진의 세 번째 이야기

고 누웠다. 그리고 나를 올려다보며 말했다. "나도 너희 엄마 만나보고 싶다."

"우리 엄마는 너 좋아했을 거야." 나는 피터의 머리를 어루만지며 잠시 망설이다 이렇게 물었다. "내가 나중에 너희 아빠한테 인사드릴 기회가 있을까?"

먹구름이 피터의 얼굴을 스치고 지나갔다. 그 얘긴 꺼내지 말걸 그랬나 보다. "안 만나는 게 좋을 거야. 만날 필요 없어." 피터가 내게 더욱 깊이 파고들었다. "올해 핼러윈에는 로미오와 줄리엣 하자. 버지니아 대학 사람들은 죄다 핼러윈에 참여한대."

나는 기둥에 등을 기댔다. 피터가 일부러 이야기를 딴 데로 돌린다는 걸 눈치챘지만 조용히 맞장구쳐줬다. "그럼 우린 레오나르도와 클레어 버전의 〈로미오와 줄리엣〉으로 하자."

"그래. 빛나는 갑옷을 입은 기사가 되어주겠어." 피터가 땋아 내린 내 머리를 살짝 잡아당기며 말했다.

나는 다시 피터의 머리를 쓰다듬었다. "머리를 조금 더 길러보는 건 어때? 그리고…… 금발로 염색하자. 안 그러면 사람들은 네가 그냥 기사로 분장했다고 생각할 거야."

피터가 웃음을 터뜨렸다. "와, 진짜! 커비, 너는 왜 이렇게 웃기는 거야?" 너무 크게 웃는 바람에 내 말을 다 듣긴 한 건지 의심스러웠다.

"그냥 농담이야!" 반은 농담이었다. "내가 의상을 중요하게 여긴다는 거 너도 알잖아. 어중간하게 할 거면 뭐하러 하냐고!"

"알았어. 그럼 가발을 쓰는 것도 괜찮겠네. 그래도 장담은 못

하겠어. 버지니아 대학에서 처음으로 맞는 핼러윈이 될 테니까."

"난 핼러윈 날 버지니아 대학에 가본 적 있어." 마고 언니가 운전면허를 딴 해 가을에 언니와 함께 키티를 데리고 사탕을 받으러 버지니아 대학 잔디밭에 갔었다. 그때 키티는 배트맨 분장을 했다. 키티가 또 핼러윈 날 그 대학에 가고 싶어 할까?

"내 말은 우리가 버지니아 대학교 핼러윈 파티에 참여할 수 있다는 거야. 몰래 들어가는 게 아니라 정식으로 참여하는 거 말이야. 2학년 때 게이브랑 몰래 SAE* 파티에 숨어 들어갔다가 쫓겨났는데, 살면서 그렇게 창피했던 적은 처음이야."

나는 놀란 얼굴로 피터를 바라봤다. "네가? 너는 창피한 걸 모르는 애잖아."

"뭐, 그날은 그랬어. 클레오파트라 의상을 입은 여자한테 말 좀 걸어보려다가 남자들한테 걸려서 '당장 꺼져라, 이 고딩아' 그런 소리나 듣고…… 그 여자는 친구들이랑 낄낄대면서 웃고 난리더라. 바보들."

나는 고개를 숙여 피터의 양 뺨에 차례로 입을 맞췄다. "나였으면 절대 안 웃었을 텐데."

"넌 맨날 나 보면서 웃잖아." 피터가 두 손으로 내 얼굴을 끌어당겼다. 우리는 스파이더맨처럼 거꾸로 입을 맞췄다.

"내가 널 보고 웃을 때 너도 좋아하니까." 내가 미소 지으며 말하자 피터가 어깨를 으쓱했다.

---

* 1856년 앨라배마 대학교에서 처음 생긴 남학생 사교 클럽 'Sigma Alpha Epsilon'의 약어.

04

오늘은 '시니어 위크' 첫날이다. 시니어 위크에는 그날그날의 테마가 있는데, 오늘의 테마는 '우리 학교school spirit'이다. 나는 피터의 라크로스 유니폼을 입고 머리를 양 갈래로 땋은 다음 우리 학교 대표 색인 담청색과 흰색 리본으로 묶었다. 피터는 얼굴을 파란색과 흰색으로 반씩 칠했다. 그 얼굴로 오늘 아침 나를 데리러 온 피터를 본 순간 나는 비명을 꽥 질렀다.

화요일은 '1970년대', 수요일은 '파자마', 목요일은 '캐릭터'로 (내가 눈 빠지게 기다리는 날이 이날이다) 테마가 정해졌고, 금요일에는 다 같이 졸업여행을 떠난다. 뉴욕시와 디즈니월드를 놓고 투표했는데 뉴욕이 이겼다. 우리는 주말 3일 동안 전세버스를 타고 여행하게 된다. 지금이 졸업여행을 떠나기 딱 좋은 때였다. 우리 3학년들은 합격자 발표를 기다리느라 미칠 지경이었고, 이것저것 안 해본 게 없어서 시간 때우기도 지쳤다. 세라로렌스 대학에 가기로 한 루커스 크라프나 피터처럼 조기지원해서 결과까지 통보받은 애들을 제외하면 다 그랬다. 우리 학년 동기들 대다수는 버지니아에 남는다. 듀발 선생님은 항상 이렇게 말했다. 버지니아주에 이렇게 훌륭한 대학들이 많은데 그 이점을 누리지 못

한다면 버지니아에 사는 게 무슨 소용이냐고. 세계 구석구석으로 흩어지지 않고 대부분이 버지니아에 남는 것도 좋은 것 같다.

점심시간에 피터와 함께 카페테리아로 가는데, 한 2학년 여학생 앞에서 노래를 부르고 있는 아카펠라 그룹을 보았다. 그들은 〈내일도 나를 사랑해줄래?Will You Still Love Me Tomorrow?〉를 "지나, 나와 프롬에 가줄래?"로 개사하여 부르고 있었다. 우리는 줄을 서기 전에 잠깐 멈춰 서서 노래를 들었다. 프롬파티까진 아직 몇 달이 더 남아 있었지만, '프롬포즈'라고 하는 파트너 신청은 이미 본격적으로 시작되었다. 지금까지 제일 인상 깊었던 프롬포즈는 스티브 블러델이 학교 게시판을 해킹해 그날의 행사를 죄다 "나랑 프롬에 가줄래, 리즈?"로 도배해놓은 것이었다. 전산팀이 게시판을 복구하는 데 이틀이나 걸렸다. 오늘 아침에는 대럴이 패미의 사물함을 빨간 장미로 가득 채우고 사물함 문에 꽃잎으로 '프롬?'이라는 글자를 만들어 붙여놓았다. 그 일 때문에 관리인한테 야단을 맞았지만 패미가 인스타그램에 올린 사진은 무척 근사해 보였다. 피터가 어떻게 할 계획인지는 나도 모른다. 피터는 로맨틱한 이벤트와는 거리가 먼 편이었다.

음식을 받으려고 줄 서 있는데 피터가 브라우니를 집으려고 해서 얼른 말렸다. "그거 담지 마. 쿠키 가져왔어."

"지금 하나 주면 안 돼?" 피터가 흥분한 얼굴로 물었다. 내가 가방에서 쿠키 통을 꺼내자 피터가 한 개 집어 들었다. "다른 애들은 주지 말자." 피터가 말했다.

"이미 늦었어." 친구들이 이미 우릴 보고 있었다.

피터와 내가 테이블로 향하는데 대럴이 노래를 부르기 시작했다. "소녀의 쿠키가 모든 남자들을 운동장으로 불러 모아……." 내가 쿠키 통을 테이블에 내려놓자 남자애들이 서로 밀치며 달려들어 쿠키를 낚아채 트롤처럼 게걸스럽게 삼켰다.

쿠키를 집으려고 때를 노리고 있던 패미가 말했다. "어우, 진짜 짐승들이야."

대럴이 고개를 젖히며 야수 소리를 내자 패미가 깔깔 웃었다.

"진짜 끝내준다!" 게이브가 손가락에 묻은 초콜릿을 쪽쪽 빨며 탄성을 내질렀다.

나는 겸손하게 대꾸했다. "그냥 먹을 만한 거지. 끝내주는 맛은 아냐. 완벽하지 않거든." 나는 피터가 들고 있던 쿠키에서 한 조각 떼어내며 말을 이었다. "오븐에서 막 나왔을 땐 훨씬 맛있어."

"우리 집에 와서 좀 구워주면 안 돼? 오븐에서 갓 나온 쿠키 맛이 어떤지 너무 궁금하다." 게이브가 쿠키를 한입 베어 물더니 눈을 감고 황홀한 표정을 지었다.

피터가 쿠키를 낚아챘다. "내 여자친구 쿠키 그만 좀 먹어!" 1년이 지났는데도 피터가 '내 여자친구'라고 말할 때면, 그리고 내가 피터의 여자친구라는 사실을 떠올릴 때면 가슴이 떨린다.

"너 그렇게 먹다가 배 나온다." 대럴이 말했다.

피터는 쿠키를 한입 깨물더니 셔츠를 걷어 올리고 자기 배를 툭툭 쳤다. "식스팩이다, 이 자식아."

"라지, 넌 좋겠다." 게이브가 말했다.

이 말에 대럴이 고개를 절레절레 저었다. "아니지, 운이 좋은 건 카빈스키야."

피터가 나를 향해 윙크를 날렸다. 심장 뛰는 속도가 빨라졌다.

이 순간들은 내가 스토미 할머니 나이가 될 때까지 오랫동안 기억에 남을 것 같다. 고개를 기울이고 열심히 초콜릿칩 쿠키를 먹는 피터, 카페테리아 창을 통해 들어와 피터의 갈색 머리를 쓰다듬는 햇살, 그리고 다시 나를 바라보는 피터.

수업이 끝난 후 피터는 라크로스 연습이 있었다. 나는 스탠드에 앉아 숙제를 하면서 연습 경기를 지켜봤다. 라크로스 팀 선수 중에 '디비전 1[*]' 학교로 가는 사람은 피터가 유일했다. 그래서 화이트 코치는 피터가 졸업하고 나면 팀이 어떻게 될지 걱정이 이만저만이 아니었다. 나는 게임 규칙을 잘 알지 못하지만 언제 환호성을 지르고 언제 야유해야 하는지 정도는 안다. 피터가 경기하는 걸 보고 있으면 기분이 좋다. 피터는 항상 골이 들어갈 거라고 믿으며 공을 찬다. 그리고 피터의 믿음은 대부분 실현된다.

작년 9월부터 사귀기 시작한 아빠와 로스차일드 아줌마는 이제 공식 커플이 되었다. 가장 기뻐하는 사람은 키티다. 키티는 기회가 있을 때마다 자기 덕분이라고 떠들어댔다. "그게 다 내가 그린 큰 그림의 일부였다니까." 키티는 자랑을 멈추지 않았다. 나도 인정한다. 키티는 사람을 볼 줄 안다. 어려움이 많긴 했지만 피터와 나를 다시 맺어준 사람도 키티다. 덕분에 피터와 나

---

[*] 미국 대학 라크로스 팀의 리그. 디비전 1에서 3까지 있으며 '디비전 1'이 최상위 리그이다.

라라 진의 세 번째 이야기

는 다시 사랑하는 사이가 되었다.

로스차일드 아줌마와 아빠는 공통점이 별로 없는데도 훌륭한 한 쌍이 되었다(이것도 피터와 나하고 크게 다르지 않다). 가까이 산다는 게 중요한 요소로 작용했다. 외로운 두 이웃, 넷플릭스, 강아지 두 마리, 화이트 와인 한 병. 내가 보기에 두 분은 참 사랑스러운 커플이다. 로스차일드 아줌마가 아빠 인생에 들어오면서 아빠의 생활도 더욱 활기를 띠었다. 두 분은 어딜 가든 함께 다니고 무슨 일이든 같이 했다. 가령 토요일 아침에는 우리가 일어나기도 전에 함께 산에 올라 해 뜨는 광경을 보았다. 나는 아빠가 등산을 한다는 것도 몰랐다. 그런데 아빠는 물고기가 물에서 숨을 쉬는 것처럼 자연스럽게 산에 오르곤 했다. 아줌마와 함께 저녁을 먹으러 나가거나 와이너리에 가기도 했다. 아줌마의 친구들과 함께 어울릴 때도 있었다. 물론 아빠는 집에서 다큐멘터리 보는 것도 여전히 좋아하지만, 아줌마가 아빠 인생에 들어오면서 아빠의 세계도 훨씬 넓고 풍부해졌다. 이제 아빠는 예전처럼 외로워 보이지 않는다. 나는 엄마가 떠나고 8년 동안 아빠가 외로워한다는 사실도 몰랐다. 지금 이렇게 활기 넘치는 모습을 보니 이전엔 분명 외로웠을 거라는 생각이 들었다. 아줌마는 일주일에도 몇 번씩 우리와 함께 식사를 한다. 그래서 이제 주방의 아줌마 자리가 비어 있거나, 허스키한 목소리로 요란하게 웃는 소리가 들리지 않거나, 아빠의 맥주잔 옆에 아줌마의 와인잔이 놓여 있지 않으면 허전하기까지 하다.

그날 저녁식사 후에 내가 디저트로 쿠키와 아이스크림을 내놓자 아빠가 말했다. "쿠키가 아직도 있어?" 그러더니 로스차일드 아줌마와 시선을 주고받았다. 아빠는 숟가락으로 쿠키에 바닐라 아이스크림을 펴 바르며 말했다. "요즘 쿠키를 자주 굽는구나. 합격 소식을 기다리느라 스트레스가 심한가 보네."

"그거랑은 상관없어요." 나는 변명을 늘어놓았다. "그냥 완벽한 초콜릿칩 쿠키를 만들려고 하는 것뿐이에요. 맛있게들 드세요."

아빠가 입을 열었다. "어떤 연구 결과를 읽었는데, 베이킹이 실제로 긴장을 푸는 데 효과가 있대. 반복해서 재료를 계량하고 무언가를 만들어내는 행동이 긴장 해소와 관련이 있다는 거지. 심리학자들은 그걸 행동활성화라고 한다더라."

"라라 진, 뭘 하든 효과가 있을 거야." 로스차일드 아줌마가 쿠키를 쪼개 입에 넣으며 말했다. "난 소울사이클*에 가. 거기 가면 마음이 안정되더라고." 마고 언니가 함께 있었다면 이 말에 눈을 흘겼을 것이다. 나도 아줌마를 따라 한번 가봤었는데 속도를 따라가기가 쉽지 않았다. 어떻게든 따라잡아 보려고 했지만 소용없었다. "라라 진, 언제 나랑 또 가자. 정말 좋은 선생님 한 분이 새로 왔는데 매일 모타운 음악**만 틀어줘. 너도 마음에 들 거야."

"저는 언제 같이 갈 수 있어요, 트리 아줌마?" 키티가 물었다. 키티는 로스차일드 아줌마를 이렇게 부르기로 정했다. 나는 아

---

* 고강도 사이클링을 하는 일종의 피트니스 센터. 한때 엄청난 인기를 끌었으나 비싼 수강료와 광적인 분위기 때문에 비난을 사기도 했다. 우리나라의 스피닝과 비슷하다.
** Motownmusic. 소울(soul) 뮤직과 아티스트들을 탄생시킨 유명한 흑인음악 음반사이자 음악의 한 장르.

라라 진의 세 번째 이야기

직 로스차일드 아줌마라는 호칭이 익숙해서 말할 때 가끔씩 실수를 하지만, 아줌마와 같이 있을 땐 되도록 트리나 아줌마라고 부르려고 노력 중이다.

"키티 너는 열두 살이 되면 갈 수 있어. 거기도 규정이 있거든."

키티가 벌써 열한 살이라니 믿기지가 않았다. 키티는 열한 살이고 나는 5월이면 열여덟 살이 된다. 시간이 참 빨리 간다. 식탁 맞은편의 아빠가 울적한 미소를 지으며 키티를 바라보다가 내게로 시선을 돌렸다. 아빠도 나와 같은 생각이 들었던 모양이다.

나와 눈이 마주친 아빠가 노래를 부르기 시작했다. "라라 진, 조금도 걱정할 거 없어……." 아빠가 스티비 원더 목소리를 완벽하게 흉내 내서 다들 낮게 탄성을 질렀다. 아빠는 즉석에서 만든 아이스크림 샌드위치를 베어 물며 말했다. "열심히 했잖아. 노력한 만큼의 결과가 반드시 따를 거야."

"네가 버지니아 대학교에 떨어진다는 건 불가능한 일이야." 로스차일드 아줌마도 말했다.

"나무를 두드려." 키티가 손가락 마디로 식탁을 톡톡 두드리며 말했다. "언니도 해봐."

나는 키티가 시키는 대로 식탁을 두드렸다. "나무를 두드리는 게 무슨 의미가 있어?"

아빠가 갑자기 기운 넘치는 목소리로 말했다. "그리스 신화에서 유래된 믿음이야. 사람들이 위험에 처했을 때 나무를 두드리면서 나무에 사는 드리아드라는 요정들을 불러냈대. 그래서 나무를 두드리면 나무 요정이 보호해준다는 미신이 있어."

이번에는 아빠를 제외한 우리 세 사람이 서로 눈길을 주고받았다. 아빠가 이렇게까지 고지식한 사람이라니! 아빠와 몇 살 차이 나지 않는 로스차일드 아줌마가 아빠에 비해 너무 젊게 느껴졌다. 뭐, 그래도 어쨌든 좋은 커플이다.

그날 밤 잠이 오지 않아서 침대에 누워 지원 서류들을 검토해 봤다. 가장 인상적인 활동은 벨뷰 양로원 자원봉사와 작년 여름에 한 도서관 인턴 활동이었다. 내 SAT 점수는 버지니아 대학교 평균보다 높다. 나보다 점수가 높긴 하지만 40점밖에 차이 나지 않았던 마고 언니도 합격했다. 나는 AP US 역사* 시험에서도 가장 높은 5등급을 받았다. 나보다 등급이 낮아도 이 학교에 합격한 사람들도 있었다.

에세이에서도 좋은 점수를 받을지 모른다. 나는 우리 엄마와 송 자매에 대한 글을 썼다. 엄마가 살아 계셨을 때와 돌아가신 후 우리가 어떻게 자랐는지에 대한 글이었다. 듀발 선생님은 최근 몇 년간 읽어본 에세이 중 가장 훌륭하다고 했지만, 그 선생님은 송 자매들이라면 마음이 약해지는 경향이 있어서 그리 객관적인 평가라고 할 수 없다.

몇 분을 더 뒤척이던 나는 결국 서류를 내던지고 아래층으로 내려가 초콜릿칩 쿠키 재료를 계량하기 시작했다.

---

* AP 시험의 미국 역사 과목. AP(Advanced Placement)는 미국의 대학 과정 인증 시험으로, AP 과목의 학점이 대입 점수에 반영되거나 대학 학점으로 인정된다.

05

오늘은 목요일이자 캐릭터 데이다. 일주일 중 내가 가장 기다렸던 날이다. 피터와 나는 캐릭터를 정하지 못해 한동안 갈팡질팡했다. 나는 알렉산더 해밀턴과 일라이자 스카일러*를 강하게 밀었지만 식민지 시대 의상을 빌리려니 돈이 너무 많이 들어 포기해야 했다. 커플이라서 가장 좋은 점 하나는 이럴 때 커플 의상을 입을 수 있다는 것이다. 물론 내 남자친구가 피터라는 사실, 피터가 운전해주는 차를 탈 수 있다는 것, 그리고 피터와의 키스도 당연히 좋다.

피터는 스파이더맨이 하고 싶어서 내게 빨간 가발을 쓰고 메리 제인 왓슨을 하라고 했다. 이미 스파이더맨 의상이 있다는 것도 중요한 이유였지만, 라크로스로 다져진 멋진 몸매를 자랑하고 싶다는 것 역시 중요했다. 사람들이 보고 싶어 하는 걸 보여주는 게 당연하지 않은가. 물론 이건 내가 한 말이 아니고 피터의 말이다.

---

* 미국 건국의 아버지 알렉산더 해밀턴(Alexander Hamilton)과 뉴욕 최초의 사설 고아원 창립자인 일라이자 스카일러(Eliza Schuyler)는 부부 사이다. 2015년 이들의 이야기를 중심으로 한 뮤지컬 <해밀턴>이 초연되어 지속적으로 큰 인기를 끌고 있다.

그러다 결국 〈파이트 클럽〉의 타일러 더든과 말라 싱어로 결정했다. 이건 사실 내 절친인 크리스의 아이디어였다. 우리 집에서 키티, 크리스와 함께 〈파이트 클럽〉을 볼 때 크리스가 말했다. 나랑 카빈스키한테는 저 두 사이코가 잘 어울린다고, 저 두 사람으로 분장하면 굉장히 충격적인 효과를 거둘 수 있을 거라고. 그러니까 나한테 하는 말이었다. 처음에는 나도 망설였다. 말라 싱어는 아시아인이 아니라서 오로지 아시아인 의상만 입는다는 내 규칙에 어긋났다. 그런데 마침 피터네 엄마가 유품을 저가에 처분하는 사람에게서 빨간 가죽 재킷을 사다 주셨고, 그렇게 자연스럽게 결정됐다. 나는 1990년대에 20대를 보낸 로스차일드 아줌마한테서 옷을 빌려 입기로 했다.

오늘 아침 로스차일드 아줌마가 출근 전에 우리 집으로 건너와 준비하는 걸 거들어줬다. 나는 아줌마의 검은 슬립 드레스와 인조 모헤어 재킷을 입고 가발을 쓴 다음 주방 식탁에 앉았다. 키티는 자다 일어난 것 같은 말라 싱어의 괴상한 헤어스타일을 만들어내기 위해 내 머리를 신나게 헝클어뜨렸다. 나는 무스로 범벅된 키티의 두 손을 찰싹 때리며 말렸지만 키티는 포기하지 않았다. "이렇게 해야 모양이 난다고."

"내가 물건을 못 버리는 성격이라 다행이야." 아줌마가 보온병에 담아 온 커피를 홀짝이며 말했다. 그리고 가방에서 굽이 엄청 높은 검은색 플랫폼 힐을 꺼냈다. "20대 땐 핼러윈에 모든 걸 바쳤거든. 분장의 여왕이었다고나 할까. 이제 그 여왕의 왕관을 너에게 물려줄 차례인 것 같다, 라라 진."

"아직도 여왕 같으신데요." 내가 말했다.

"아니야. 코스튬 입고 분장하는 건 젊을 때나 즐길 수 있는 거야. 지금 내가 섹시한 셜록 홈스 의상을 입으면 꽤 절박해 보일걸." 아줌마가 내 가발을 좀 더 부풀려줬다. "괜찮아. 내 시대는 지나갔으니까. 키티, 네가 보기엔 어때? 청회색 아이섀도 좀 덧바르면 딱 좋겠지?"

"굳이 그렇게까지 할 필요 없어요. 그냥 학교 행사인데요, 뭘." 내가 말했다.

"굳이 그렇게 하려고 코스튬 입는 거 아니야?" 아줌마는 들떠서 말했다. "학교 가거든 사진 많이 찍어 와. 나한테도 문자로 보내주고. 직장 동료들한테 자랑해야지. 보여주면 엄청 좋아할걸…… 이런, 그러고 보니 지금 몇 시니?"

로스차일드 아줌마는 항상 늦는다. 언제나 10분 일찍 움직이는 우리 아빠는 이런 아줌마를 이해하지 못해서 가끔 힘들어한다. 뭐, 그래도 여전히 좋은 커플이다!

피터가 집 앞에 도착했다고 해서 나는 얼른 달려나갔다. 조수석 문을 여는 순간 비명을 꺅 질렀다. 피터의 머리가 금발이었다!

"세상에! 탈색한 거야?" 나는 피터의 머리를 어루만지며 새된 소리로 물었다.

피터는 아주 만족스러운 미소를 지어 보였다. "스프레이야. 엄마가 구해주셨어. 핼러윈에 로미오 할 때도 그거 뿌리면 돼." 피터가 내 옷차림을 유심히 보며 말했다. "구두 멋지다. 너 완전 섹시해 보여."

"됐거든." 나는 얼굴이 약간 뜨거워졌다.

피터가 진입로에서 차를 빼며 나를 다시 한 번 흘긋 보았다. "진짜 섹시하다고."

나는 피터를 툭 쳤다. "섹시하면 뭐해. 내가 무슨 분장을 한 건지 사람들이 알아봐야지."

"그건 내가 해결해주겠어." 피터가 큰소리를 쳤다.

그리고 피터는 약속을 지켰다. 우리가 3학년 교실 복도를 지나갈 때 피터가 〈파이트 클럽〉 주제곡인 픽시즈의 〈내 마음은 어디에?Where Is My Mind?〉를 전화기로 크게 틀었다. 그러자 아이들이 우리를 향해 박수까지 쳐주었고, 나한테 일본 만화 캐릭터냐고 묻는 사람은 아무도 없었다.

학교에서 돌아와 피터와 나는 소파에 드러누웠다. 피터의 두 발이 소파 밖으로 툭 삐져나왔다. 나는 평상복으로 갈아입었지만 피터는 아직 코스튬 차림이었다. "네 양말은 다 귀엽네." 피터가 내 오른발을 들어 올리며 말했다. 나는 하얀 물방울과 노란 곰 얼굴이 그려진 회색 양말을 신고 있었다.

"우리 이모할머니가 한국에서 보내주시거든. 한국에는 귀여운 물건들이 많아." 나는 자랑스럽게 말했다.

"이모할머니한테 내 양말도 부탁하면 안 돼? 곰은 됐고, 호랑이가 좋겠다. 호랑이 멋지잖아."

"이렇게 귀여운 양말을 신기엔 네 발이 너무 큰데? 발가락이 툭 튀어나올걸. 너한테 맞는 양말을 찾으려면 음…… 동물원에 가야 할 거야." 피터가 벌떡 일어나서 나를 간지럽히기 시작했다. 나는 웃음을 참느라 쉿소리를 내며 계속 말했다. "판다나 고릴라도 발을 따뜻하게 하는 방법이 있지 않겠어? 겨울에 말이야…… 발 냄새 없애는 방법도 알고 있을 거고." 나는 못 참고 웃음을 터뜨렸다. "그만! 그만해!"

"그럼 내 발 흉보지 마!" 나는 피터의 겨드랑이에 손을 넣고 격하게 간지럼을 태웠다. 그러다 나도 공격에 노출되고 말았다.

"알았어! 알았다고, 휴전!" 내가 비명을 지르자 피터가 손을 먼저 뺐다. 나는 손을 빼는 척하다 다시 피터의 겨드랑이를 공격했다. 그러자 피터가 전혀 피터답지 않은 고음의 비명을 내질렀다.

"휴전이라며!" 피터가 화를 냈다. 우리는 숨을 헐떡이며 동시에 고개를 끄덕이고 뒤로 물러섰다. "진짜 내 발에서 냄새나?"

그렇진 않다. 나는 라크로스 경기 후에 피터한테서 나는 냄새가 좋다. 땀과 풀과 피터의 냄새가 섞인 묘한 냄새. 하지만 피터를 놀리는 것도 재미있고, 잠깐 동안 피터의 시무룩한 표정을 보는 것도 재미있었다. "내 말은 시합이 있는 날은 좀 그렇다고……." 내가 얼버무리듯 대답했다. 그 순간 피터가 공격을 재개했다. 둘이 깔깔 웃으며 몸싸움을 하는데 키티가 치즈 샌드위치와 오렌지 주스 한 잔을 올린 쟁반을 들고 나타났다.

"위층에 가서 해. 여긴 공공장소야." 키티가 바닥에 앉으며 말했다.

나는 똑바로 앉으며 키티를 노려봤다. "우리가 못할 짓을 하진 않았거든?"

"너네 언니가 내 발에서 냄새난대." 피터가 키티에게 발을 들이대며 말했다. "냄새 안 나지? 라라 진이 거짓말하는 거지?"

"내가 오빠 발 냄새를 왜 맡아!" 키티가 팔꿈치를 들어 방어하고는 몸서리를 치며 덧붙였다. "둘 다 변태 같아."

나는 키티에게 소리 지르며 베개를 던졌다.

키티가 놀라서 숨을 삼켰다. "내 주스 안 쏟아진 걸 다행으로 알아! 언니가 또 카펫 더럽히면 아빠가 언니 죽일 거야." 그러더니 날카롭게 훅 치고 들어왔다. "매니큐어 리무버 사건 잊었어?"

피터가 내 머리를 흐트러뜨렸다. "칠칠맞지 못한 라라 진 같으니."

나는 피터를 홱 밀쳤다. "네가 나한테 그런 말을 하다니. 요전 날 게이브네 집에서 피자 먹으러 가다가 자기 발에 걸려 넘어진 게 누군데!"

키티가 웃음을 터뜨리자 피터가 베개를 던졌다. "너네 둘이 편 먹고 나한테 이러기야?"

"오빠, 저녁 먹고 갈 거야?" 웃음이 가라앉자 키티가 물었다.

"안 돼. 엄마가 치킨 프라이드 스테이크 해주신댔어."

"좋겠다. 언니, 우린 저녁에 뭐 먹어?" 키티가 눈을 동그랗게 뜨고 물었다.

"지금 닭가슴살 해동하고 있어." 내 말에 키티가 얼굴을 찌푸렸다. "먹기 싫으면 네가 요리를 배워. 나 대학 가면 저녁 차려주러 오진 않을 거야."

"배우면 되지 뭐. 언니가 저녁마다 올 것 같긴 하지만." 그리고 피터를 보며 물었다. "오늘 저녁 오빠네 집에 가서 먹어도 돼?"

"그럼. 너희 둘 다 와도 돼."

나는 좋아서 날뛰는 키티를 말렸다. "안 돼. 그럼 아빠 혼자 저녁 드셔야 하잖아. 로스차일드 아줌마는 오늘 소울사이클에 간단 말이야."

키티는 치즈 샌드위치를 한입 깨물었다. "그럼 난 샌드위치나 하나 더 만들어 먹어야겠다. 냉동실에 한참 얼려놨던 닭고기는 먹기 싫어."

나는 벌떡 일어나 앉았다. "내일 아침에 내 머리 땋아준다고 약속하면 저녁으로 다른 거 해줄게. 뉴욕에 가니까 좀 색다른 스타일로 하고 싶어." 나는 아직까지 뉴욕에 한 번도 못 가봤다. 지난번 가족여행 때 여행지를 투표로 결정해서 다녀왔는데, 나는 뉴욕을 골랐지만 멕시코가 더 많은 표를 얻었다. 키티는 생선 타코도 먹고 싶고 바다에서 수영도 해보고 싶다고 했다. 마고 언니는 마야 유적을 직접 보고 싶고 스페인어도 써보고 싶다는 이유로 멕시코를 찍었다. 어쨌든 멕시코도 좋았다. 멕시코에 가기 전까지 키티와 나는 외국에 나가본 적이 한 번도 없었다. 그렇게 파란 바다는 태어나서 처음 보았다.

"나 준비 다 하고 시간 남으면 땋아줄게." 키티가 말했다. 이게 내가 얻어낼 수 있는 최선이었다. 머리 땋는 덴 키티를 따라올 사람이 없으니까.

"대학 가면 누가 내 머리 땋아주지?" 내가 중얼거렸다.

"내가 땋아줄게." 피터가 의기양양하게 말했다.

"너 머리 땋을 줄 모르잖아." 나는 콧방귀를 뀌었다.

"키티한테 배우면 돼. 가르쳐줄 거지, 꼬마야?"

"공짜로는 안 돼." 키티가 말했다.

두 사람은 한참 흥정하다가 결국 어느 토요일 오후에 피터가 키티와 키티 친구들을 데리고 영화관에 가주는 걸로 합의를 보았다. 그래서 나는 거실 바닥에 책상다리를 하고 앉았고, 내 뒤로 피터와 키티가 소파에 나란히 앉았다. 키티가 프렌치 브레이드*를 시범 보이는 동안 피터는 휴대폰으로 동영상을 찍었다.

"이제 오빠가 해봐." 키티가 말했다.

피터는 머리카락을 자꾸 조금씩 빠뜨리더니 이내 짜증을 냈다. "너 머리숱 엄청 많다, 라라 진."

"프렌치가 어려우면 좀 더 기본적인 걸 가르쳐줄게." 키티가 어찌나 무시하는 투로 말하는지 바보가 아니고서야 자기가 무시당한다는 걸 모를 수 없었다.

다행히 피터는 바보가 아니었다. "아냐. 할 수 있어. 좀만 기다려봐. 다른 프렌치 기술을 마스터한 것처럼 이것도 마스터하고 말 거야." 그러면서 내게 윙크를 날렸다.

키티와 나는 둘 다 비명을 질렀다. "내 동생 앞에서 그런 말 하지 마!" 내가 피터의 가슴을 밀치며 말했다.

"그냥 농담한 거야!"

"프렌치 키스도 그렇게 잘한다고 할 수 없거든!" 나는 이렇게

---

* French-braid. 양쪽에서 옆머리를 번갈아 빼서 위로 겹쳐 한 가닥으로 땋는 머리.

말했지만 피터의 말을 아주 부정할 수만은 없었다.

피터가 '지금 누구한테 하는 소리야!'라고 외치는 얼굴로 나를 노려봤다. 나는 모르겠다는 듯 어깨를 으쓱하고 말았다.

차 있는 곳까지 피터를 배웅했다. 차 앞에 멈춰 서자 피터가 물었다. "넌 지금까지 키스해본 남자가 몇 명이야?"

"세 명. 너, 존 앰브로즈 매클래런……." 나는 반창고를 떼어낼 때처럼 존 매클래런의 이름을 재빨리 읊고 지나갔다. 그래도 피터가 듣고 눈을 째리기엔 충분했다. "그리고 앨리 펠드먼의 사촌."

"약시 심했던 개?"

"응. 이름이 로스였는데 귀여웠어. 앨리네 집에서 밤샘 파티 하던 날, 진실 게임 하다가 대답하기 싫어서 대신 키스했어. 실은 나도 키스하고 싶은 마음이 있었지."

피터가 생각에 잠긴 표정으로 나를 보았다. "그럼 나, 존, 앨리의 사촌, 이렇게 셋이라는 거네."

"그렇지."

"한 사람 빼먹었잖아, 커비."

"누구?"

"샌더슨 형!"

"아, 그건 넣으면 안 되지!" 나는 손을 내저었다.

"진실 게임 하다가 키스한 앨리 펠드먼의 사촌은 넣었으면서 조시 형을 빼는 게 말이 돼? 엄밀히 따지면 나를 두고 그 형이랑 바람피운 거잖아?" 피터가 손가락 하나를 내 얼굴에 대고 흔들었다. "너야말로 그렇게 말하면 안 되지."

"그땐 진짜 사귄 것도 아니었잖아!" 나는 피터를 훅 밀쳤다.

"엄밀히 따지면 뭐, 사귄 건 아니었지." 피터가 나를 곁눈질했다. "어쨌든 네가 나보다 더 많네. 나는 제너비브, 저밀라, 너, 이렇게 셋인데."

"네 사촌들이랑 머틀비치에서 만났다고 한 그 여자는 뭔데? 앤젤리나였나?"

순간 피터가 우스꽝스러운 표정을 지었다. "맞다. 근데 넌 그걸 어떻게 알아?"

"네가 동네방네 떠들고 다녔잖아!" 중학교에 올라가기 전 여름이었다. 제너비브가 얼굴도 모르는 웬 여자애가 자기보다 먼저 피터와 키스했다는 걸 알고 엄청 광분했던 일이 있었다. 인터넷에서 앤젤리나를 찾아보려고 했지만 이름 말고는 아는 게 전혀 없어서 찾을 수 없었다. "지금까지 너랑 키스한 여자는 네 명이야. 그런데 넌 키스 말고 더한 것도 많이 했잖아."

"알았어!"

이제 유리한 고지를 점한 사람은 나였다. "정말 제대로 된 키스는 너하고밖에 안 해봤어. 생의 첫 키스도 너랑 했고. 첫 키스, 첫 남자친구, 모든 게 너랑 처음이라고! 나는 너랑 처음 하는 게 많은데 너한텐 내가 처음인 게 없어."

"그렇지 않아." 피터가 멋쩍은 표정을 지었다.

"그게 무슨 소리야?" 나는 눈을 가늘게 뜨고 물었다.

"머틀비치에서 여자 만난 적 없어. 다 지어낸 얘기야."

"가슴 큰 앤젤리나가 진짜가 아니었다고?"

"가슴이 크다고는 안 했어!"

"아냐, 그랬어. 트레보한테 그렇게 말했잖아."

"알았어! 와, 진짜. 어쨌든 지금 중요한 건 그게 아니잖아."

"그럼 뭐가 중요한데?"

피터가 헛기침을 했다. "실은 그날 매클래런네 지하실에서 너랑 한 게 내 첫 키스였어."

"내가?" 나도 모르게 웃음이 터졌다.

"그래."

나는 피터를 노려봤다. "그런데 왜 진작 얘기하지 않았어?"

"나도 몰라. 까먹고 있었던 것 같은데. 없는 여자를 지어낸 것도 부끄럽고…… 아무한테도 얘기하지 마!"

기적의 빛줄기가 나를 온통 휘감았다. 내가 피터 카빈스키의 첫 키스 상대였다니. 어쩜 이렇게 완벽한 기적이!

나는 피터의 목에 두 팔을 감고 고개를 들고서 굿 나잇 키스를 기다렸다. 피터가 코를 맞대고 비볐다. 피터의 뺨은 면도를 하지 않아도 될 만큼 부드러워서 좋다. 나는 두 눈을 감고 피터의 체취를 깊이 음미하며 키스를 기다렸다. 피터가 내 이마에 귀엽게 입을 쪽 맞췄다. "잘 자, 커비."

나는 눈을 번쩍 떴다. "그게 다야?"

"아까 내 키스 별로라며. 까먹었어?" 피터가 얄밉게 말했다.

"농담이잖아!"

피터가 차에 올라타며 윙크를 날렸다. 나는 피터의 차가 멀리 떠나는 모습을 지켜봤다. 사귄 지 1년이 됐는데도 항상 느낌이 새로웠다. 남자를 사랑하고 사랑하는 남자에게 사랑받는다는 게 여전히 내게는 놀라운 경험이었다.

나는 곧바로 집에 들어가지 않았다. 피터가 돌아올지도 모르니까. 양손으로 허리를 짚고 서서 20초를 세다가 발을 돌리려던 순간이었다. 저쪽에서 피터의 차가 쌩하고 달려와 우리 집 바로 앞에 멈춰 섰다. 피터가 차창 너머로 고개를 삐죽 내밀고 외쳤다. "좋아. 그럼 우리 연습하자."

나는 차로 달려가 피터의 셔츠를 잡고 가까이 끌어당겼다. 그리고 고개를 옆으로 살짝 기울였다가 피터를 다시 밀친 후 웃으며 뒷걸음질로 도망쳤다. 내 머리카락이 얼굴을 때렸다.

"커비!" 피터가 소리 질렀다.

"그걸로 만족해! 내일 버스에서 보자!" 나는 고소해하면서 소리쳤다.

그날 밤 키티와 함께 양치질을 하다가 내가 물었다. "1부터 10까지 중에서 골라봐. 내가 대학 가면 얼마나 보고 싶을 것 같아? 솔직히 말해."

"이런 얘기 하기엔 너무 이른데." 키티가 칫솔을 헹구며 말했다.

"대답이나 해."

"4."

"4라고! 마고 언니는 6.5라고 했잖아!"

키티가 나를 보며 고개를 절레절레 저었다. "언니, 왜 그런 사소한 것까지 다 기억해? 그러는 거 건강에 별로 좋지 않아."

"아쉬워하는 척은 해줄 수도 있잖아!" 내가 소리를 꽥 질렀다.
"그게 예의지."

"큰언니는 아예 다른 나라로 갔잖아. 작은언니는 15분 거리에
있을 거고. 작은언니가 그리울 틈도 없을 것 같은데?"

"어쨌거나."

키티가 두 손을 심장에 갖다 대며 말했다. "알았어. 그럼 다시
할게. 작은언니가 너무 보고 싶어서 밤마다 엉엉 울 것 같아!"

"좀 낫네." 나는 씨익 웃었다.

"작은언니가 그리워서 살 수가 없을 거야! 손목을 그어버릴
거야!" 키티가 되는 대로 지껄였다.

"캐서린, 그런 말 하지 마!"

"그러니까 언니한테 듣기 좋은 말만 강요하지 말라고." 키티
는 자기 방으로 가버렸다. 나는 욕실에서 내일 뉴욕 여행에 가
져갈 세면도구를 챙겼다. 버지니아 대학교에 들어가면 집에 올
때마다 다 싸 들고 다닐 필요 없도록 여분의 화장품과 크림, 빗
같은 걸 남겨둬야겠다. 마고 언니는 세인트앤드루스에 가져갈
물건을 고르느라 무척 고심했었다. 스코틀랜드가 워낙 먼 곳이
라 집에 자주 올 수 없으니 더욱 고민됐을 것이다. 나는 일단 여
름용 물건은 그냥 두고 가을과 겨울에 쓸 것들만 챙겨갔다가,
계절이 바뀌면 바꾸는 식으로 하는 게 좋을 것 같다.

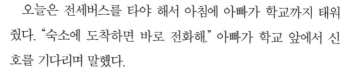

06

오늘은 전세버스를 타야 해서 아침에 아빠가 학교까지 태워 줬다. "숙소에 도착하면 바로 전화해." 아빠가 학교 앞에서 신호를 기다리며 말했다.

"알았어요."

"비상금 20달러 챙겼니?"

"네." 어젯밤 아빠가 만일을 대비해 재킷 속주머니에 넣어두라며 20달러를 주었다. 여행 가서는 아빠 신용카드를 쓰기로 했다. 로스차일드 아줌마는 조그만 우산과 휴대용 휴대폰 충전기를 빌려줬다.

아빠는 나를 바라보며 한숨을 내쉬었다. "시간이 왜 이렇게 빨리 가는지 모르겠다. 이제 졸업여행 다녀오면 프롬도 하고 졸업식도 하겠지. 집을 떠나는 것도 시간문제구나."

"아직 키티가 있잖아요. 물론 키티가 저처럼 한 줄기 빛 같은 존재는 아니지만요." 아빠가 웃음을 터뜨렸다. "버지니아 대학교는 집에서 멀지 않으니까 너무 걱정하지 마세요." 나는 스티비 원더를 흉내 내는 아빠를 흉내 내며 노래를 불렀다.

버스에서 나는 피터와 나란히 앉았고, 크리스는 루커스와 함께 앉았다. 크리스를 졸업여행에 끌고 가는 게 힘들 줄 알았다. 만약 디즈니월드로 결정됐다면 크리스를 설득하기가 정말 힘들었을 것이다. 하지만 크리스도 뉴욕에 가본 적 없기는 마찬가지여서 따로 설득할 필요가 없었다.

한 시간쯤 이동했을 무렵 피터가 '안 해본 거 말하기 게임'*을 하자며 아이들을 끌어모았다. 아이들이 관심 있는 거라고는 마약 아니면 섹스 같은 것인데, 나는 어느 쪽으로나 경험이 부족해서 그냥 잠든 척했다. 다행히 게임은 금방 끝났다. 아무래도 술 없이 게임하려니 별로 신나지 않았던 모양이다. 눈을 뜨고 기지개를 펴면서 '깬 척'하고 있으니 게이브가 진실 게임을 하자고 했다. 심장이 덜컹 내려앉았다.

작년 야외 온탕 사건 때 피터와 내가 얼마나 나갔는지 궁금해하는 아이들이 많다는 걸 알아버렸다. 그러니까 섹스 쪽으로 말이다. 그러니 안 해본 거 말하기 게임보다 진실 게임이 훨씬 위험했다. *몇 명하고 해봤어? 자위는 하루에 몇 번까지 해봤어?* 진실 게임에선 흔히 이런 질문을 한다. 누가 내게 이런 질문을 한다면 나는 숫처녀라고 대답할 수밖에 없고, 이보다 더 충격적인 대답도 없을 것이다. 파티에서 진실 게임을 하게 되면 주방이나 다른 공간으로 슬쩍 도망쳤지만 지금은 다 함께 버스에 있으니 빠져

---

* Never Have I Ever. 여러 사람이 모여 손가락을 펼치고 한 명씩 자기가 안 해본 경험을 말한다. 그 경험을 해본 사람은 손가락을 접고 안 해본 사람은 그대로 있는다. 최종적으로 손가락을 가장 많이 펼치고 있는 사람이 승자가 된다. 손가락 대신 술을 한 모금씩 마시는 방식으로 게임을 하기도 한다.

나갈 구멍이 없다. 덫에 제대로 걸린 셈이었다.

피터가 재미있어하는 얼굴로 나를 보았다. 내가 무슨 생각을 하는지는 피터도 알고 있었다. 피터는 다른 사람들이 어떻게 생각하든 상관없다고 하지만 그건 진심이 아니다. 지금까지 피터는 다른 사람들의 시선을 무척 의식하며 살았다.

"진실 또는 도전!" 게이브가 루커스를 지목하며 말했다.

루커스는 비타민워터를 한 모금 꿀꺽한 후 대답했다. "진실."

"남자랑 섹스해봤어?"

온몸이 뻣뻣해지는 느낌이었다. 루커스가 게이라는 건 대부분 알고 있지만 완전히 커밍아웃한 건 아니었다. 루커스는 사람들을 만날 때마다 자기가 어떤 사람인지 설명해야 하는 상황을 만들고 싶어 하지 않았다. 왜 굳이 그래야 한단 말인가? 다른 사람들하고는 아무 상관도 없는 문제인데.

루커스는 곧 대답했다. "아니. 네가 하고 싶어서 묻는 거야?"

다들 웃음을 터뜨렸다. 비타민워터를 한 모금 더 삼키는 루커스의 얼굴에도 희미하게 미소가 스쳤지만 목과 어깨는 긴장한 듯 굳어 있었다. 이런 짓궂은 질문에 항상 대비하고 적당히 받아치면서 아무렇지 않은 듯 웃어넘기는 것도 분명 피곤한 일이다. 이에 비하면 나의 처녀성에 대한 질문은 사소해 보일 정도다. 대답하기 싫은 건 마찬가지지만.

루커스가 다음 상대로 나를 지목해주길 바랐다. 루커스라면 내게 짓궂은 질문을 하지 않을 것이다. 내가 그렇게 간절한 눈길을 보냈는데 루커스는 보지 못한 모양이었다. 루커스는 몇 줄 뒤에 앉아 휴대폰을 쳐다보고 있던 제너비브를 지목했다. 제너비브는 요즘 교회에서 알게 된 다른 학교 남자애랑 사귀는 중이었다. 그래서 학교 근처에서 제너비브를 보기가 힘들다. 크리스에게 들으니 제너비브의 부모님이 이혼해서 아빠가 여자친구와 함께 새 아파트를 구해 나갔다고 했다. 제너비브의 엄마는 신경쇠약으로 며칠 입원했었는데 지금은 괜찮아졌다니 마음이 한결 놓였다. 퇴원할 때 피터가 수선화를 한 다발 보냈는데 카드에 뭐라고 쓸지 몰라 둘이 한참 고민했었다. 결국 우리는 "*건강하세요, 웬디 아줌마. 사랑하는 피터가*"로 결정을 보았다. 꽃은 내 아이디어였고 돈도 함께 보냈지만, 내 이름은 카드에 적지 않았다. 나는 예전부터 웬디 아줌마가 좋았다. 아줌마는 어릴 때부터 내게 무척 잘해줬다. 지금도 제너비브를 보면 가슴이 철렁할 만큼 긴장되지만 처음보다는 좀 나아졌다. 제너비브와 내가 다시 친구가 될 수 있을 것 같지는 않지만, 이제 이 정도로 만족할 수 있게 되었다.

"진실 또는 도전, 젠." 루커스가 제너비브를 향해 외쳤다.

제너비브가 고개를 들고는 아무 망설임 없이 대답했다. "도전." 제너비브는 당연히 도전이었다. 제너비브라는 사람을 정확히 설명하는 게 쉬운 일은 아니지만 절대 겁쟁이는 아니다. 나도 섹스와 관련된 질문만 피할 수 있다면 뭐든 할 준비가 되어 있으니 내 차례가 되면 '도전'을 선택할 것이다.

루커스는 제너비브에게 제인 선생님 옆에 앉아 선생님 어깨에 머리를 기대라고 주문했다. "그럴듯하게 해야 해." 루커스의 말에 다들 깔깔 웃으며 난리를 떨었다. 제너비브는 별로 내키지 않은 모양이었지만, 말했다시피 애는 겁쟁이가 아니었다.

제너비브는 통로를 저벅저벅 걸어가서 제인 선생님 옆에 멈춰 섰다. 올해 새로 오신 제인 선생님은 생물을 가르치는 남자분으로 아직 젊고 얼굴도 잘생겼다. 학교에 출근할 땐 스키니 진에 셔츠를 입었다. 제너비브는 제인 선생님 옆자리에 앉아서 선생님과 이야기를 나누었다. 내 자리에서는 제너비브의 뒤통수밖에 보이지 않았다. 제인 선생님은 웃고 있었다. 그때 제너비브가 선생님 옆으로 바짝 붙더니 선생님 어깨에 머리를 기댔다. 선생님은 놀란 고양이처럼 펄쩍 튀어 올랐다. 아이들이 웃음을 터뜨리자 선생님이 우리를 돌아보며 고개를 절레절레 흔들었다. 장난이라 오히려 안도한 것 같았다.

의기양양하게 돌아온 제너비브가 자리에 앉아 주변을 쭉 둘러봤다. 나와 눈이 마주친 순간 나는 또다시 심장이 철렁했다. 하지만 제너비브는 고개를 홱 돌리고 말했다. "진실 또는 도전, 크리스."

"시대에 뒤떨어진 게임을 하다니." 크리스가 말했다. 젠이 말없이 눈썹을 까닥거리며 도발하듯 크리스를 노려보자 크리스가 곁눈으로 제너비브를 째려보며 말했다. "그럼 해보지 뭐. 진실." 두 사람이 이렇게 머리를 맞대고 있으니 둘이 친척이라는 걸 모를 수 없을 정도로 닮아 보였다. 두 사람은 엄마들끼리 자매인 이종사촌 사이다.

제너비브는 뭘 질문할지 한참 생각하다가 회심의 일격을 날렸다. "3학년 때 사촌 알렉스랑 의사 놀이 했어, 안 했어? 거짓말

라라 진의 세 번째 이야기

하면 안 돼."

다들 놀라움의 함성을 내지르며 야단법석을 떨었고, 크리스는 얼굴이 시뻘게졌다. 나는 동정 어린 눈길로 크리스를 바라봤다. 크리스가 뭐라고 대답할지 알고 있었으니까. "했다. 어쩔래?" 크리스가 중얼거리자 다시 한 번 비명 소리가 버스를 가득 채웠다.

그때 제인 선생님이 자리에서 일어나 DVD를 플레이어에 넣었다. 게임은 자동으로 중단되었고 내 차례는 영영 오지 않았다. 천만다행이었다. 크리스가 나를 돌아보고 목소리를 낮춰 말했다. "혼자 쉽게 빠져나가다니."

"내 그럴 줄 알았지." 내 말에 피터가 옆에서 큭큭거렸다. 웃는 거야 피터 마음이지만 피터도 긴장했던 게 분명하다. 자기 입으로 그렇게 말하지는 않았지만 우리가 1년 동안, 아니, 가짜로 사귄 기간까지 더해 1년 넘게 섹스하지 않았다는 사실을 반 전체가 아는 건 피터도 싫을 테니까.

우리 반에는 뉴욕에 가본 사람이 거의 없었다. 그래서 뉴욕에 도착하자 다들 눈이 휘둥그레졌다. 이렇게 활기 넘치는 도시에 와본 건 처음인 것 같았다. 뉴욕만의 특별한 분위기가 있었다. 사람이 이렇게 많고 이렇게 복잡할 수 있다니 믿기지가 않았다. 사람들은 하나같이 교양 있어 보이고, 다들 비슷비슷해 보였다. 그러니까 도시 사람들 같다는 말이다. 물론 우리 같은 관광객들은 빼고. 크리스는 지루한 척하면서 흥분하지 않은 듯 보이려고 애썼다. 그러다 엠파이어 스테이트 빌딩으로 가는 지하철에서 손잡이를 잡지 않고 서 있다가 지하철이 급정거하는 바람에 넘어질 뻔했다. "워싱턴하곤 다르네." 크리스가 중얼거렸다. 당연하다. 워싱턴은 샬러츠빌에서 가장 가까운 대도시지만, 뉴욕과 비교하면 조용한 곳이다. 뉴욕에는 볼 것도 많고 가게도 많아서 여기저기 다 들어가보고 싶었다. 뉴욕 사람들은 다들 서둘렀다. 뭘 해야 하는지, 어디로 가야 하는지 정해져 있는 것 같았다. 어떤 할머니가 휴대폰을 보며 걸어가는 피터를 보더니 고래고래 고함을 지르며 잔소리했다. 구경하던 아이들이 웃음을 터뜨리는 바람에 피터도 민망해했다. 뉴욕에선 모든 게 너무나 강렬했다.

엠파이어 스테이트 빌딩에 도착하자 피터와 엘리베이터에서 셀카를 찍었다. 빌딩 꼭대기에 도착하자 머리가 어질어질했다. 정말 높은 곳이었다. 대븐포트 선생님의 조언을 따라 무릎 사이에 머리를 넣고 잠시 앉아 있으니 효과가 있었다. 멀미가 가라앉자 일어나서 피터를 찾았다. 피터는 막상 필요한 순간에 사라지고 없었다.

모퉁이를 도는데 피터의 목소리가 들렸다. "잠깐만요! 아저씨, 잠깐만요!" 피터는 바닥에 놓인 빨간 백팩 쪽으로 걸어가는 보안 요원을 향해 소리 질렀다.

보안 요원이 허리를 숙여 가방을 집어 들었다. "이거 네 가방이냐?" 보안 요원이 무섭게 물었다.

"아, 네……."

"가방을 왜 바닥에 내려놨냐?" 보안 요원이 가방을 열고 테디베어 인형을 꺼냈다.

피터가 주변을 급히 둘러보며 말했다. "그거 가방에 다시 넣어주실래요? 여자친구한테 프롬포즈하려고 가져온 거란 말이에요. 깜짝 놀래켜주려고 했는데……."

보안 요원이 고개를 가로저으며 혼잣말을 하더니 다시 백팩 안을 들여다보았다.

"아저씨, 제발요. 인형 배를 눌러보세요."

"인형 배를 내가 왜 눌러?" 보안 요원이 딱딱하게 말했다.

피터가 손을 뻗어 테디베어의 배를 꾹 누르자 인형이 말했다. *라라 진, 나랑 프롬에 가줄래?*

나는 너무 좋아서 소리 지르고 싶었지만 입을 꾹 틀어막았다.

하지만 보안 요원은 완고하기 그지없었다. "여긴 뉴욕이다. 프러포즈하겠다고 가방을 바닥에 아무렇게나 내려놓으면 안 돼."

"프롬포즈예요." 피터가 바로잡아 주자 보안 요원이 피터를 노려봤다. "죄송해요. 그런데 곰인형 돌려주시면 안 될까요?" 그때 피터가 나를 발견했다. "라라 진, 네가 가장 좋아하는 영화가 〈시애틀의 잠 못 이루는 밤〉이라고 얼른 얘기 좀 해줘."

나는 급하게 달려갔다. "아저씨, 그거 제가 제일 좋아하는 영화 맞아요. 제발 그 곰을 내쫓지 말아주세요."

보안 요원이 웃지 않으려고 애쓰는 게 보였다. "곰을 내쫓으려던 건 아니야." 아저씨가 내게 말했다. 그리고 피터를 보며 덧붙였다. "앞으로는 조심해라. 뉴욕에선 항상 조심해야 해. 수상하니까 수상하다고 말하는 거야. 알겠냐? 너희가 어디서 왔는지 모르겠지만 여긴 너희가 사는 조그만 동네가 아니야. 여긴 뉴욕이라고. 뉴욕에서 방심은 금물이다."

피터와 내가 고개를 끄덕이자 보안 요원이 돌아갔다. 요원이 시야에서 사라지자 우리는 마주보고 웃음을 터뜨렸다. "누가 내 가방을 신고했나 봐! 프롬포즈를 이렇게 망치다니, 젠장!"

나는 피터의 가방에서 테디베어를 꺼내 품에 꼭 안았다. 기분이 너무 좋아서 피터한테 욕하지 말라는 말도 하지 못했다. "너무 좋아."

"원래는 네가 저기서 모퉁이를 돌면 여기 이 망원경 옆에 놓인 가방을 볼 수 있게 하려고 했는데. 그래서 네가 곰인형을 들고 꾹 누르면……."

"내가 모르고 안 누르면 어떡해?"

그때 피터가 가방에서 구겨진 종이쪽지를 꺼냈다. '나를 눌러'라고 적혀 있었다. "아까 그 아저씨가 곰인형을 확 잡아 꺼내는 바람에 떨어졌어. 이렇게 철저하게 준비했는데."

뉴욕의 공공장소에 주인 없이 가방만 내려놓는 사고를 치고 말았지만, 중요한 건 피터의 마음이었다. 그런데 그 마음이 너무나 귀엽단 말이다! 나는 곰인형을 눌렀다. *"라라 진, 나랑 프롬에 가줄래?"* "그래 갈게, 하워드." 하워드는 〈시애틀의 잠 못 이루는 밤〉에 나오는 곰인형 이름이다.

"왜 내가 아니라 곰한테 대답을 해?" 피터가 따졌다.

"얘가 물어봤으니까." 나는 피터를 향해 눈썹을 까닥거리며 가만히 기다렸다.

피터가 눈을 이리저리 굴리더니 작게 중얼거렸다. "라라 진, 나

라라 진의 세 번째 이야기

하고 프롬에 같이 가줄래? 와, 진짜. 정말 시키는 것도 많네."

나는 곰인형을 피터에게 내밀었다. "알았어. 대신 하워드한테 뽀뽀부터 해."

"커비, 안 돼. 진짜 안 돼."

"제발!" 나는 두 눈에 간절함을 담아 피터를 바라봤다. "영화에서 그렇게 하잖아, 피터."

피터는 툴툴거리면서도 사람들이 보는 앞에서 내가 시킨 대로 해주었다. 이로써 피터가 완전히 내 남자라는 걸 다시 한 번 확인했다.

버스를 타고 뉴저지에 있는 호텔로 이동할 때 피터가 내 귀에 대고 속삭였다. "취침 점호 후에 몰래 빠져나가서 다시 뉴욕으로 가자. 어때?" 농담이 분명했다. 내가 졸업여행 때 몰래 빠져나가서 돌아다닐 사람이 아니라는 건 피터도 잘 안다.

"뉴욕까진 어떻게 갈 건데? 뉴저지 택시가 뉴욕까지 갈까?" 내가 묻자 피터의 눈이 휘둥그레졌다. 내가 왜 이런 생각을 떠올렸는지 나도 의아했다. 정말 나답지 않은 생각이었다. 나는 급하게 덧붙였다. "아냐, 아냐. 신경 쓰지 마. 어차피 못 가. 길을 잃거나 강도를 당하고 집으로 보내지겠지. 그럼 난 센트럴 파크랑 다른 좋은 구경거리들을 놓쳤다는 것에 미쳐버릴 거야."

피터는 근심 가득한 얼굴로 나를 보았다. "제인 선생님이랑 대본포트 선생님이 진짜 우리를 집으로 보내버릴까?"

"안 보낼지도 모르지. 그래도 벌은 줘야 하니까 하루 종일 호텔에 있으라고 할지도 몰라. 그게 더 싫어. 괜한 모험은 하지 말자." 그런데 말하다 보니 궁금하긴 했다. "그런데 뉴욕 가면 뭐하지?" 진짜 계획을 세우려는 건 아니고 그냥 뉴욕에 있다면 뭘하고 싶을지 궁금했다. 피터도 내 말에 장단을 맞췄다.

"라이브 공연이나 코미디 쇼 보러 가고 싶다. 가끔 유명 코미디언들이 깜짝 공연을 하기도 한대."

"난 〈해밀턴〉 보고 싶다." 아까 버스로 타임스 스퀘어를 지날 때 〈해밀턴〉 홍보 전광판이 보이지 않을까 싶어 루커스와 함께 목을 쭉 빼고 내다보았지만 그런 행운은 따라주지 않았다.

"내일은 뉴욕 베이글을 먹어보고 싶어. 어떻게 쌓아놨는지 보도스 베이글이랑 비교도 해보고." 샬러츠빌에서는 '보도스 베이글'이 유명한 제과점으로, 우리 지역 사람들은 다들 그곳을 자랑스러워했다.

나는 피터의 어깨에 기대고 하품을 하며 말했다. "'르빈 베이커리' 쿠키도 먹어보고 싶어. 지금까지 먹어본 초콜릿칩 쿠키하곤 차원이 다를 거야. '자크 토레스' 초콜릿 가게도 가보고 싶고. 자크 토레스 초콜릿칩 쿠키는 완벽에 가깝다고나 할까. 있잖아, 전설의 레전드 같은……." 두 눈이 서서히 감겼다. 피터가 내 머리를 쓰담쓰담해줬다. 막 잠이 들려는데 키티가 잘 땋아서 고정해준 밀크메이드 브레이드*를 피터가 풀기 시작했다. 나는 두 눈을 번쩍 떴다. "피터!"

---

* Milkmaid braid. 머리를 양 갈래로 땋아 양쪽 귀 뒤로 올려 왕관 모양으로 고정하는 스타일.

"쉬잇, 계속 자. 나는 연습 좀 할 테니까."

"원래대로 되돌려놓지도 못할 거면서."

"시도는 해봐야지." 피터가 손바닥에 실핀을 모으며 말했다.

피터는 최선을 다했지만 뉴저지의 호텔에 도착했을 땐 머리가 이리저리 삐져나오고 자꾸 흘러내려서 핀으로 고정할 수가 없었다. "사진 찍어서 키티한테 보내야겠어. 키티도 자기 제자가 얼마나 형편없는지 알아야지." 내가 가방을 챙기며 말했다.

"안 돼. 그러지 마." 피터가 허둥지둥 말리니까 웃음이 났다.

다음 날은 3월치고 봄이 너무 무르익은 날씨였다. 해가 쨍쨍했고, 꽃봉오리들이 막 피어나고 있었다. 영화 〈유브 갓 메일〉에서 조 폭스를 만나러 리버사이드 파크로 가는 캐슬린 켈리가 된 기분이 들었다. 영화 마지막 장면에서 두 사람이 키스했던 정원을 직접 보고 싶었지만, 가이드는 우리를 센트럴 파크로 이끌었다. 크리스와 둘이 스트로베리 필즈*에 있는 〈이매진Imagine〉 모자이크를 열심히 찍다 보니 피터가 보이지 않았다. 게이브와 대럴에게 물었지만 두 사람도 못 봤다고 했다. 문자를 보내도 답장이 없었다. 도시락을 먹으러 시프 미도우**로 이동한다고 했을 땐 정신이 혼미해졌다. 피터가 사라진 걸 제인 선생님이나 대본 포트 선생님이 눈치채면 어떡하지? 막 이동하려고 할 때 피터가

* Strawberry Fields. 〈이매진〉 등의 곡을 남긴 존 레넌의 추모 구역.
** Sheep Meadow. 센트럴 파크에서 양을 방목하던 곳. 지금은 넓은 잔디밭으로 바뀌어 사람들이 휴식 장소로 이용한다.

저쪽에서 달려왔다. 숨을 헐떡이지도 않았고 뒤처질까 봐 걱정하는 기색도 없었다.

"어디 갔었어? 막 이동하려던 참이란 말이야!" 나는 다짜고짜 물었다.

"열어봐." 피터가 의기양양하게 갈색 종이봉투를 내밀었다.

봉투를 받아 들고 안을 들여다봤다. 안에는 아직 따뜻한 르빈 베이커리의 초콜릿칩 쿠키가 들어 있었다. "세상에, 피터! 너 정말 세심하다." 나는 까치발을 들고 피터를 꼭 끌어안은 다음 크리스를 돌아보며 말했다. "우리 피터 정말 세심하지 않아?" 원래도 다정한 피터지만 이 정도인 줄은 몰랐다. 로맨틱한 사건이 연달아 두 번이나 일어나다니…… 남자들은 '긍정 강화'에 잘 반응한다고 하니 열심히 칭찬해줘야겠다.

크리스가 봉투 안으로 손을 넣었다 빼더니 쿠키 한 조각을 입에 넣었다. "거참, 세심하네." 크리스가 봉투로 또 손을 뻗자 피터가 재빨리 봉투를 낚아챘다.

"야야, 크리스! 커비도 맛을 봐야지. 혼자 다 먹으려고 그래?"

"그런데 왜 하나만 사 왔어?"

"엄청 크잖아. 비싸기도 하고. 한 개에 5달러 정도 하더라."

"날 위해 거기까지 달려가서 이걸 사 왔다니 정말 감동이다. 길 잃을까 봐 걱정되진 않았어?"

"전혀." 피터가 뻐기며 말했다. "구글맵 보면서 갔어. 다시 올 땐 조금 돌긴 했지만 어떤 사람이 길을 잘 가르쳐주더라고. 뉴요커들도 꽤 친절하던데? 뉴욕 사람들이 쌀쌀맞다는 것도 다

뻥인 것 같아."

"그래. 우리가 만난 사람들은 다 친절했어. 너한테 소리 지른 할머니만 빼고." 크리스가 피터를 보며 낄낄 웃자 피터가 크리스를 노려봤다.

르빈 베이커리 초콜릿칩 쿠키는 촘촘하고 말랑한 게 오히려 스콘 같았다. 무게도 꽤 묵직했다. 지금껏 먹어본 초콜릿칩 쿠키와는 전혀 달랐다.

"말해봐. 맛이 어때?" 피터가 물었다.

"독특해. 차원이 달라." 쿠키를 한입 더 베어 물었을 때였다. 대븐포트 선생님이 다가와 빨리 움직이라고 재촉하며 내 손에 있는 쿠키를 유심히 바라봤다.

여행 가이드는 자유의 여신상 횃불처럼 생긴 지시봉을 높이 쳐들고 학생들을 이끌었다. 따라가면서도 어찌나 민망한지 우리끼리 따로 빠져나가 돌아다니고 싶은 마음이 굴뚝같았다. 그 남자 가이드는 머리를 포니테일로 묶고 카키색 조끼를 입었다. 내가 보기에는 사람이 좀 구식인 것 같은데 같은 여자인 대븐포트 선생님 눈에는 그 남자가 꽤 괜찮아 보이는 모양이었다. 센트럴 파크를 다 둘러본 후 우리는 다시 지하철을 타고 가다가 중간에 내려서 브루클린 브리지를 건넜다. 다들 아이스크림을 사 먹으려고 '브루클린 아이스크림 팩토리' 가게 앞에 줄을 설 때 피터와 나는 자크 토레스 초콜릿 가게로 달려갔다. 이것 역시 피터의 아이디어였다. 우리는 자리를 비우기 전에 대븐포트 선생님한테 허락을 받았다. 선생님은 가이드와 이야기하느라 바빠서 우리에게 손을 내저었다.

우리끼리 뉴욕의 거리를 걷고 있자니 어른이 된 기분이었다.

자크 토레스에 도착하니 너무 흥분해서 몸이 후들후들 떨릴 지경이었다. 드디어 자크 토레스의 그 유명한 초콜릿칩 쿠키를 맛보게 된 것이다. 나는 쿠키를 한입 베어 물었다. 납작하면서도 쫀득하고 촘촘했다. 위에 씌운 초콜릿은 단단하게 굳어 있었다! 버터와 설탕에서는 캐러멜 같은 맛이 났다. 천국이 따로 없었다.

"네가 만든 게 더 맛있다." 피터가 입에 쿠키를 가득 넣고 우물거렸다. 나는 계산대에 있는 여자가 들었을까 봐 고개를 두리번거리며 피터에게 조용히 하라고 했다.

"거짓말 마."

"거짓말 아니거든!"

거짓말이 분명하다. "내가 만든 건 왜 이런 맛이 안 나는지 모르겠어. 전문가용 오븐을 쓰겠지?" 이제는 완벽하지 않은 내 초콜릿칩 쿠키를 인정하고 적당히 맛있는 수준에서 타협해야 할 것 같았다.

다시 거리로 나오니 길 건너에 '앨먼딘'이라는 베이커리가 있고, 반대쪽 모퉁이에는 '원 걸 쿠키스'라는 가게가 있었다. 정말이지 뉴욕은 빵과 과자의 도시가 분명하다.

피터와 나는 손을 잡고 아이스크림 가게로 돌아왔다. 다들 잔교桟橋에 나가 벤치에 앉아서 아이스크림을 먹거나 맨해튼의 스카이라인을 배경으로 셀카를 찍고 있었다. 뉴욕은 볼수록 아름다운 도시여서 연신 감탄이 쏟아져 나왔다.

피터도 나와 같은 마음인 모양이었다. 내 손을 꼭 쥐고 이렇게 말하는 걸 보면. "여기 정말 끝내준다."

"그러게."

곤히 자는데 노크 소리에 놀라 잠에서 깼다. 밖은 아직도 어두웠다. 옆 침대의 크리스는 미동도 하지 않았다.

문밖에서 피터의 목소리가 들렸다. "커비, 나야. 옥상에 해돋이 보러 가지 않을래?"

나는 침대에서 일어나 문을 열었다. 버지니아 대학교 후드티를 입은 피터가 문 앞에 서 있었다. 두 손에는 커피가 담긴 일회용 컵과 티백 끈이 걸쳐진 컵이 하나씩 들려 있었다. "지금 몇 시야?"

"5시 30분. 얼른 코트 입고 나와."

"알았어. 2분만 기다려." 나는 욕실로 달려가 이를 닦은 후 어둠 속에서 재킷을 찾아 더듬거렸다. "재킷을 못 찾겠어!"

"그럼 내 후드티 입어." 피터가 출입문 앞에서 말했다.

"너네 진짜 조용히 안 하냐." 크리스가 이불을 뒤집어쓰고 짜증을 냈다.

"미안. 우리랑 해돋이 보러 안 갈래?" 내가 목소리를 낮춰 물었다.

피터가 뿌루퉁하게 나를 쏘아봤지만 크리스는 이불로 얼굴을 가리고 있어서 피터를 보지 못했다. "싫어. 빨랑 나가기나 해."

"미안, 미안." 나는 종종걸음으로 서둘러 방을 나갔다.

우리는 엘리베이터를 타고 옥상으로 올라갔다. 아직 어두웠지만 멀리서부터 빛으로 조금씩 물들고 있었다. 도시가 깨어나는 순간이었다. 피터가 곧바로 어깨를 웅크리며 후드티를 벗었다. 나는 두 팔을 들고 피터의 후드티에 머리를 밀어 넣었다. 피터의 체온이 남은 후드티는 따뜻했고, 피터네 엄마가 쓰는 세제의 향기가 은은하게 풍겼다.

피터는 난간에 기대어 바다 건너 도시 쪽을 바라봤다. "대학 졸업 후에 이런 데서 살게 될까? 초고층 빌딩 같은 데서 말이야. 경비원도 있고 피트니스 센터도 있는 그런 곳."

"난 초고층 빌딩에서 살기 싫어. 웨스트 빌리지에 있는 갈색 벽돌집에서 살 거야. 서점에서 가까운 곳으로."

"생각해봐야겠다."

나도 난간에 몸을 기댔다. 나는 뉴욕에 사는 내 모습을 상상해본 적이 없었다. 지하철에서 싸움에 휘말리는 걸 두려워하지 않는 거친 사람들, 정장을 입고 월스트리트에서 일하는 사람들, 소호 로프트*에 사는 예술가들을 보면서 뉴욕이라는 곳이 무섭고 낯설게 느껴졌다. 그런데 정작 뉴욕에 와보니 전혀 무섭지 않았다. 피터가 내 옆에 있으니 두려울 게 없었다. 나는 피터를 흘깃 바라봤다. 원래 이런 걸까? 원래 사랑에 빠지면 세상에 무서울 게 없어지고 인생에 커다란 기회가 찾아오는 걸까?

---

* 뉴욕 소호 지역에 있는 공장을 개조한 아파트. 원래 가난한 예술가들을 위해 지어졌는데, 차츰 화랑이며 명품 가게가 들어서면서 소호는 대표적인 명품 거리가 되었다.

라라 진의 세 번째 이야기

07

　여섯 시간 동안 차를 타고 버지니아로 돌아왔다. 버스를 타고 오는 내내 나는 거의 잠만 잤다. 버스가 학교 주차장에 도착했을 땐 이미 어두워진 뒤였다. 주차장 앞쪽에 세워져 있는 아빠의 차가 보였다. 우리들도 각자 자기 차를 끌고 다닌 지 제법 되었는데, 부모님들이 주차장에 모여 기다리고 있는 모습을 보니 마치 수학여행을 마치고 돌아온 초등학생이 된 기분이었다. 이 기분도 꽤 좋았다.

　아빠와 나는 집으로 돌아가는 길에 피자를 하나 샀다. 그날 저녁 로스차일드 아줌마도 우리 집에 와서 키티까지 넷이서 함께 티비를 보며 피자를 먹었다.

　저녁식사 후에는 짐을 정리하고 남은 숙제를 모두 끝냈다.

　피터와 전화로 잠시 수다를 떨다가 잠자리에 들었는데 잠이 오지 않아 계속 뒤척였다. 시간이 영원히 멈춘 것 같았다. 버스를 타고 오며 많이 자서일 수도 있고, 이제 정말 버지니아 대학교에서 합격자 발표를 할 시기가 되어서일 수도 있었다. 어쨌든 잠이 오지 않았다. 결국 또 아래층으로 내려가 찬장을 열었다.

　버터가 녹을 때까지 기다리지 않고 이 시간에 만들 수 있는 게 뭐가 있을까? 앞으로도 내 인생에서 영원히 함께할 질문이 아닐까 싶었다. 로스차일드 아줌마는 자기처럼 버터를 접시에 담아 상온에 두라고 했지만 우리 집은 원래 그렇게 하지 않는다. 우리는 버터를 냉장고에 보관한다. 버터가 너무 물러지면 오히려 쓰기가 더 불편한데, 버지니아에서는 봄여름에 버터가 너무 빨리 녹아 좋지 않다.

나는 머릿속에서 계속 구상 중이던 시나몬롤 브라우니에 도전해보기로 했다. 캐서린 헵번의 브라우니 레시피*에 소량의 시나몬을 추가하고 시나몬 크림치즈를 소용돌이 모양으로 올리는 것이다.

이중 냄비에 초콜릿을 녹이면서 너무 늦은 시간에 일을 벌인 걸 후회하고 있는데, 아빠가 발소리도 없이 다가왔다. 지난 크리스마스 때 마고 언니에게 받은 타탄체크 가운을 입고서. "너도 잠이 안 오는가 보구나?"

"새로운 빵을 좀 개발해보려고요. 아마도 이름은 '시나브라우니cinnabrownie'가 될 거예요. '죄악sin의 브라우니'가 될 수도 있고요."

"내일 아침에 무사히 일어나길 바란다." 아빠가 목덜미를 문지르며 말했다.

나는 하품을 했다. "실은 내일 아침 아빠가 학교에 전화해주시면 저는 잠을 조금 더 자고 일어나서 아빠랑 같이 근사하고

---

* 캐서린 헵번 집안의 시그니처 브라우니 레시피가 있다고 알려져 있다.

편안한 아침식사를 할 수 있지 않을까 생각하고 있었어요. 아침으로 버섯 오믈렛 만들어드릴게요."

아빠가 웃으며 말했다. "꿈 깨라." 그리고 내게 그만 올라가서 자라는 듯 계단 쪽을 흘끗 보며 말했다. "죄악의 브라우니인지 뭔지, 마무리는 내가 할 테니 너는 그만 가서 자라."

나는 또다시 하품을 했다. "그럼 크림치즈 소용돌이 모양 내는 걸 아빠가 해주실래요?" 아빠가 깜짝 놀란 표정을 지었다. "그냥 해본 말이에요. 오늘은 반죽 만드는 것까지만 하고 굽는 건 내일 할게요."

"내가 도와줄게."

"거의 다 했어요."

"어쨌거나."

"알았어요. 그럼 밀가루 4분의 1컵만 담아주세요."

아빠가 고개를 끄덕이며 계량컵을 꺼냈다.

"그건 액량컵이에요. 건량컵을 써야 밀가루를 고르게 담을 수 있어요." 아빠는 찬장에서 다른 계량컵을 꺼내 밀가루를 담고 버터나이프로 윗부분을 세심하게 정리했다. "훌륭해요."

"선생님이 훌륭하잖니."

나는 아빠 쪽으로 고개를 돌리고 물었다. "왜 아직까지 안 주무셨어요?"

"아, 생각할 게 많아서." 아빠는 밀가루 통 뚜껑을 덮고 잠시 말없이 가만히 있다가 입을 열었다. "넌 트리나를 어떻게 생각하니? 트리나 좋지? 그치?"

나는 가스레인지에 올려놨던 초콜릿 냄비를 내렸다. "엄청 좋죠. 좋아하는 걸로 부족해서 사랑해요. 아빠도 아줌마 사랑해요?"

"그럼." 아빠가 망설이지 않고 대답했다.

"그럼 됐어요. 아주 좋아요."

아빠는 한시름 놓은 표정이었다. "됐다." 아빠가 이 말을 되풀이했다. "됐어."

아빠가 이런 질문까지 하는 걸 보니 꽤나 진지한 관계로 발전한 모양이었다. 아빠가 아줌마한테 우리 집에 들어와서 같이 살자고 말하려는 건지 궁금했다. 내가 물어보려는데 아빠가 먼저 입을 열었다. "너희 엄마 자리를 대신할 수 있는 사람은 아무도 없어. 그건 너도 알지?"

"그럼요. 잘 알아요." 나는 혀끝으로 초콜릿 스푼을 살짝 핥으며 대답했다. 뜨거워도 너무 뜨거웠다. 아빠가 다시 사랑에 빠졌다는 건, 그리고 진짜 짝을 찾았다는 건 정말 좋은 일이다. 너무 오랫동안 혼자 지내서 혼자 있는 게 자연스럽게 느껴졌지만 그래도 지금이 훨씬 낫다. 지금 아빠는 행복하다. 누가 봐도 알 수 있다. 로스차일드 아줌마가 우리 삶에 들어오고 나서는 아줌마가 없는 삶을 상상하기 힘들어졌다. "아빠가 행복해서 저도 좋아요."

08

오전 내내 휴대폰을 확인했다. 우리 학교 3학년생 대부분이 그랬다. 월요일이 되었지만 버지니아 대학에서는 아무 소식이 없었다. 화요일, 수요일도 마찬가지였다. 그리고 목요일인 오늘도 아직까지 조용하다. 버지니아 대학교 입학처는 매번 4월 첫째 주 이전에 결과를 발표했다. 작년에는 3월 셋째 주에 발표가 났다. 그러니 이제 정말 언제든 합격자 발표가 날 수 있다. 일단 버지니아 대학교가 학생 정보 시스템에 접속해서 결과를 확인하라는 공고를 SNS에 올리면, 내가 시스템에 접속해서 내 운명이 어떻게 될지 확인할 수 있다.

대학들은 합격 통지서를 우편으로 보내기도 한다. 듀발 선생님한테 들으니 집에서 우편물이 왔다는 전화를 받고 학생들이 곧장 집으로 달려가는 경우도 있다고 했다. 우편함에 편지가, 아니 운명이 도착하길 기다리는 것도 꽤나 낭만적으로 느껴졌다.

목요일 마지막 수업인 프랑스어 시간이었다. 누군가 갑자기 큰 소리로 외쳤다. "버지니아 대학교에서 트윗을 올렸어! 결과가 나왔대!"

헌트 선생님이 말했다. "깔메부, 깔메부(진정하세요, 진정하세요).” 하지만 아무도 듣지 않았다. 다들 휴대폰을 꺼냈다.

드디어 때가 왔다. 시스템에 로그인하는데 손이 부들부들 떨렸다. 웹사이트가 뜨길 기다리는 그 짧은 시간 동안 내 심장이 백만 번은 요동쳤을 것이다.

올해 3만 명 이상이 버지니아 대학교에 지원했습니다. 입학 심사 위원회에서 귀하의 지원서와 학업, 인성, 과외활동 인증서를 면밀히 검토한 결과, 귀하의 지원서는 매우 훌륭하지만 본 대학에서는 유감스럽게도······.

그럴 리가 없다. 지금 이건 악몽이다. 나는 이 악몽에서 깨어날 것이다. 깨어나라, 깨어나, 깨어나라고!

아이들의 말소리가 먼 곳에서 다가오는 것처럼 희미하게 들렸다. 복도에서 누군가 기쁨의 환호성을 지르며 지나갔다. 그때 수업이 끝났음을 알리는 종이 울렸고, 아이들은 자리에서 일어나 밖으로 뛰쳐나갔다. 헌트 선생님이 혼자 중얼거렸다. “보통은 학교 수업이 끝난 후에 공지하더니.” 내가 고개를 들자 선생님이 동정하는 눈으로 나를 바라봤다. 엄마 같은 눈길이었다. 그 눈길이 나를 더 비참하게 만들었다.

모든 게 엉망이 되었다. 너무 속상해서 숨 쉬기조차 힘들었다. 내 모든 계획과 기대가 순식간에 물거품이 되어버렸다. 일요일마다 가족들과 함께 저녁식사를 하기 위해 집에 오는 것도, 키티와 주말 밤에 세탁기를 돌리는 것도, 피터와 함께 수업 들으러 가는 것도, 매일 밤 클레먼스 도서관에서 공부하는 것도…… 모든 게 불가능해졌다.

이제 계획대로 할 수 있는 게 아무것도 없었다.

나는 고개를 숙이고 지원 결과를 다시 확인했다. *본 대학에서는 유감스럽게도……*. 눈앞이 흐릿해지기 시작했다. 하지만 처음부터 끝까지 다시 읽어봤다. 예비합격자 명단에도 없었다. 예비합격조차 물 건너간 것이다.

나는 가방을 챙기고 교실을 나섰다. 마음속 깊은 곳에 정적이 자리 잡은 느낌이었다. 하지만 동시에 쿵쾅거리는 심장 소리도 또렷하게 들렸다. 내 신체의 각 부분은 작동을 멈추지 않고 원래의 기능을 충실히 수행하고 있지만, 동시에 완전히 마비돼버린 것 같은 기분이었다. 불합격이다. 나는 버지니아 대학교에 가지 못한다. 그 학교에서는 나를 원하지 않는다.

여전히 멍한 상태로 사물함을 향해 발걸음을 옮기다가 하마터면 모퉁이를 돌던 피터와 부딪칠 뻔했다. 피터가 나를 붙들었다. "어떻게 됐어?" 피터가 두 눈을 반짝거리며 물었다. 잔뜩 들떠 있었다.

"떨어졌어." 내 목소리가 아주 먼 곳에서 말하는 사람의 목소리처럼 들렸다.

"뭐, 뭐라고?" 피터가 놀라서 입을 크게 벌렸다.

"그래……." 나는 목구멍에 뭐가 걸린 것 같았다.

"예비합격자야?"

나는 고개를 저었다.

"씨발." 이 한 단어가 날숨을 따라 천천히 흘러나왔다. 피터는 크게 충격받은 얼굴이었다. 피터가 내 팔을 놓았다. 피터도 무슨 말을 해야 할지 몰라 하고 있었다.

"나 갈게." 나는 이렇게 말하고 돌아섰다.

"잠깐만, 나랑 같이 가!"

"안 돼. 그러지 마. 오늘 원정경기 있잖아. 시합 빼먹지 마."

"커비, 경기고 나발이고 상관없어."

"안 돼. 네가 시합 빼먹는 거 싫어. 그냥, 내가 이따 전화할게." 피터가 나를 붙들려고 했지만 나는 피터의 손을 피해 서둘러 복도를 따라 걸었다. 뒤에서 피터가 내 이름을 불렀지만 나는 멈추지 않았다. 일단 내 차가 있는 곳까지만 가자. 그럼 울 수 있어. 지금은 안 돼. 백 걸음, 또 백 걸음 더 갈 때까지만 참아.

주차장에 도착하자마자 눈물이 쏟아졌다. 집으로 가는 내내 엉엉 울었다. 눈물 때문에 앞이 잘 보이지도 않았다. 결국 맥도날드 주차장에 차를 대고 계속 울었다. 이제 이 상황이 실감 나기 시작했다. 이건 악몽이 아니라 현실이다. 나는 가을에 피터와 함께 버지니아 대학교에 들어갈 수 없게 되었다. 모두가 실망할 것이다. 다들 내가 합격할 거라고 기대하고 있었다. 다들 그게 당연한 결과라고 생각했다. 그 학교에 가고 싶다는 말을 그렇게 떠벌리고 다니지 말았어야 했다. 그냥 마음속으로만 기대하고 남들한테는 내 마음을 보이지 말았어야 했다. 이제 모두 내 걱정을 할 텐데, 헌트 선생님이 엄마처럼 측은해하는 눈으로 나를 바라보던 것보다 그게 더 끔찍하다.

집에 도착하자마자 휴대폰을 들고 내 방으로 올라갔다. 학교 갈 때 입었던 옷을 벗고 파자마로 갈아입은 다음 침대로 기어 들어갔다. 휴대폰을 확인하니 아빠, 마고 언니, 피터에게서 부재중 전화가 여러 통 와 있었다. 나는 인스타그램을 열었다. 다른 아이들이 버지니아 대학교 합격 통지서를 받고 올린 사진들로 도배돼 있었다. 내 사촌 헤이븐도 버지니아 대학에 합격했다. 헤이븐은 합격 통지서를 캡처해서 올렸다. 하지만 헤이븐은 이 학교에 가지 않고 1차 지망인 웰즐리 대학교에 갈 예정이었다. 버지니아 대학에는 관심도 없었는데 보험 삼아 원서를 넣었던 것이다. 내가 떨어졌다는 걸 알게 되면 겉으로는 나를 위로하는 척하겠지만 속으로는 자기가 나보다 더 잘났다고 생각할 것이다. 에밀리 누스바움도 합격했다. 에밀리는 버지니아 대학교 셔츠와 야구모자를 쓰고 찍은 사진을 올렸다. 세상에, 나만 빼고 다 합격한 거야? 내가 에밀리보다 성적이 더 좋은 줄 알았는데 아니었나 보다.

잠시 후 현관문이 열리는 소리와 함께 계단을 올라오는 키티의 발소리가 들렸다. 방문이 벌컥 열렸다. 나는 눈을 감고 옆으로 누워 자는 척했다. "언니?" 키티가 조그맣게 나를 불렀다.

나는 대답하지 않았다. 아직은 안 된다. 아빠와 키티의 얼굴을 마주보고 내가 떨어졌다는 말을 할 수 있으려면 시간이 더 필요했다. 나는 진짜 잠든 것처럼 깊은 숨을 쉬었다. 키티가 조용히 문을 닫았다. 얼마 지나지 않아 나는 진짜로 잠이 들었다.

잠에서 깼을 때 밖은 깜깜했다. 밝을 때 잠이 들었다가 깜깜할 때 깨면 왠지 쓸쓸한 기분이 든다. 눈이 부어서 아팠다. 아래층에서는 싱크대 수도꼭지에서 물 흐르는 소리, 그릇들이 서로 맞닿아 달그락거리는 소리가 들렸다. 나는 계단을 내려가다 말고 중간에 멈춰 서서 말했다. "저 버지니아 대학교 떨어졌어요."

소매를 걷어 올리고 손에 세제 거품을 묻힌 채 싱크대 앞에 서 있던 아빠가 나를 돌아봤다. 아빠의 두 눈은 헌트 선생님의 눈빛보다 더 슬퍼 보였다. 아빠는 수도꼭지를 잠그고 내가 서 있는 계단으로 다가와 두 팔로 나를 꼬옥 안았다. 아빠의 손에는 아직도 물기가 남아 있었다. "속상하겠구나, 애야." 나는 계단 위칸에 서 있어서 아빠와 키가 거의 똑같았다. 나는 온 힘을 다해 울음을 참았다. 아빠가 나를 놓아준 후 걱정 가득한 얼굴로 내 얼굴을 살필 때도 내가 할 수 있는 건 눈물을 꾹 참는 것뿐이었다. "네가 그토록 가고 싶어 했던 학교인데."

나는 다시 눈물을 삼키고 입을 열었다. "아직 실감이 안 나요."

아빠가 손으로 머리를 쓸어 넘겨주었다. "다 잘될 거야. 아빠가 약속할게."

"저는…… 가족들을 떠나고 싶지 않았어요." 나는 결국 울음을 터뜨렸다. 더 이상 참는 건 불가능했다. 눈물이 뺨을 타고 주르륵 흘러내렸다. 아빠가 재빨리 눈물을 닦아줬다. 아빠도 금방이라도 눈물을 흘릴 것 같은 얼굴이었다. 그 모습을 보니 더 속상했다. 아빠 앞에서는 의연한 모습을 보이고 싶었는데 결국 이렇게 되고 말았다.

아빠가 한 팔로 나를 감싸 안고 속마음을 털어놓았다. "아빠가 이기적인 사람이라 너를 늘 가까이에 두고 싶었어. 하지만 라라 진, 너는 더 좋은 학교에 갈 수 있을 거야."

"하지만 그 학교는 버지니아 대학이 아니잖아요." 나는 기어들어가는 목소리로 말했다.

"정말 안타깝구나." 아빠가 다시 나를 끌어안았다.

아빠가 나와 나란히 앉아 한 팔로 나를 감싸 안고 있을 때 제이미 폭스피클을 데리고 산책 나갔던 키티가 돌아왔다. 키티는 나와 아빠를 번갈아 바라보더니 제이미의 목줄을 바닥에 떨어뜨렸다. "떨어졌어?"

나는 눈물을 닦으며 어색하게 어깨를 으쓱해 보였다. "응. 근데 괜찮아. 그 학교랑은 인연이 없나 봐."

"언니가 떨어졌다니 나도 정말 슬프다." 키티는 시무룩해져서 기어 들어가는 목소리로 말했다.

"그럼 와서 안아줘." 내 말에 키티는 곧장 나를 안아줬다. 우리 세 사람은 꽤 오랫동안 그렇게 계단에 앉아 있었다. 아빠는 한 팔로 나를 감싸 안고, 키티는 내 무릎에 손을 올린 채.

아빠가 만들어준 터키 샌드위치를 먹고 내 방으로 올라왔다. 다시 침대에 누워 휴대폰을 여는데 누군가 창문을 두드렸다. 피터였다. 피터는 아직도 라크로스 유니폼을 입고 있었다. 나는 얼른 침대에서 나와 창문을 열었다. 창문을 넘어 들어온 피터는 내 안색을 살피며 말했다. "에구, 우리 토끼 눈." 내가 울면 피터는 나를 꼭 이렇게 불렀다. 그러면 나는 웃음을 터뜨렸다. 그 말을 듣기만 해도 기분이 좋아져서 웃음이 절로 나왔다. 나는 피터에게 다가가 꼬옥 끌어안았다. "지금 껴안으면 후회할 텐데. 시합 후에 샤워도 안 하고 곧장 여기로 왔거든."

어쨌거나 나는 피터를 꼬옥 끌어안았다. 지독한 땀 냄새 같은 건 전혀 느껴지지 않았다. "왜 초인종 안 눌렀어?" 나는 두 팔로 피터의 허리를 꼭 붙들고 피터의 얼굴을 올려다보며 물었다.

"시간이 너무 늦어서 너희 아빠가 안 좋아하실까 봐. 너는 괜찮아?"

"그럭저럭." 내가 팔을 풀고 침대에 앉자 피터는 책상에 걸터앉았다. "실은 별로야."

"나도 그래." 잠시 침묵이 흐르고 피터가 다시 입을 열었다. "아까 내가 제대로 위로 못 해준 것 같아. 너무 실망이 컸거든. 이런 일이 일어날 거라곤 생각 못 했어."

"알아. 나도 그랬어." 나는 침대보를 뚫어져라 쳐다봤다.

"정말 말이 안 되잖아. 네가 나보다 성적도 훨씬 좋은데. 케리도 너보다 성적 안 좋은데 붙었다고!"

"그야 나는 라크로스 선수도 아니고 골프 선수도 아니니까." 비꼬는 것처럼 들릴까 봐 조심했지만 생각처럼 잘 되지 않았다. 비겁한 생각이 조그만 벌레처럼 내 머릿속으로 스멀스멀 기어들었다. 피터도 붙었는데 성적도 훨씬 좋은 내가 떨어진 건 공정하지 않다는 그런 생각 말이다. 나는 정말 열심히 했다. 학교 성적도 좋았고 SAT 점수도 잘 받았다.

"그만 학교 망해버리라 그래."

"피터."

"미안. 그럼 엿 먹으라 그래." 피터가 한숨을 내쉬었다. "이건 진짜 말이 안 돼."

나는 거의 기계적으로 반박했다. "아주 말이 안 되는 건 아니야. 버지니아 대학교는 워낙 인기 많은 학교잖아. 날 안 뽑아줘서 화가 난 건 아냐. 붙었으면 좋았겠지만."

"그래. 동감이야." 피터가 고개를 끄덕였다.

그때 화장실에서 변기 물 내리는 소리가 들렸다. 우리는 놀라서 얼어붙었다. "얼른 가." 내가 낮게 속삭였다.

피터는 한 번 더 나를 꼬옥 안아주고는 창밖으로 기어 내려갔다. 나는 창가에 서서 피터가 차를 향해 달려가는 모습을 지켜봤다. 피터가 돌아간 후 다시 휴대폰을 열었다. 마고 언니한테서 부재중 전화 두 통과 "기운 내"라는 문자 메시지가 들어와 있었다.

언니의 문자가 나를 다시 현실로 되돌려 놓았다. 나는 결국 또 울음을 터뜨리고 말았다.

아침에 눈을 뜨자 먼저 이 생각부터 들었다. 나는 버지니아 대학에 가지 못한다. 어디로 가게 될지도 모른다. 지금껏 살면서 어디로 가야 할지 몰라 걱정한 적은 없었다. 나는 늘 내 자리가 어디인지, 내가 어디에 있어야 하는지 잘 알고 있었다. 그건 우리 집이다.

나는 침대에 누워 집에서 가까운 대학에 가지 못하는 대가로 놓치게 될 것들을 하나둘 떠올려봤다. 내가 놓치게 될 순간들을……

키티의 첫 번째 생리. 우리 아빠는 산부인과 전문의다. 그러니 아빠가 키티의 첫 생리를 챙기지 못할까 봐 걱정할 건 없다. 하지만 키티에게 여자가 된다는 게 어떤 건지 잘 설명해주고 싶은 나는 그 순간을 계속 기다리고 있었다. 키티는 여자가 된다는 걸 싫어할 것 같지만 말이다. 앞으로 1, 2년 안에는 일어나지 않을 일인지도 모른다. 하지만 나는 열두 살에 첫 생리를 했고, 마고 언니는 열한 살 때 했으니 키티에게도 언제든 일어날 수 있는 일이다. 내가 첫 생리를 했을 땐 마고 언니가 탐폰의 종류부터 시작해서 어떤 날 어떤 걸 사용해야 하는지 일일이 설명해주었고, 생리통이 심할 땐 엎드려서 자면 좀 괜찮다는 팁도 알려줬다. 언니의 설명을 듣고 있자니 내가 어떤 은밀한 클럽, 여자들만의 클럽에 가입한 것 같은 기분이 들었다. 언니가 아니었다면 성장한다는 사실이 더 괴롭고 슬펐을 것이다. 키티가 첫 생리를 할 땐 마고 언니와 내가 여기에 없을 가능성이 높지만, 그래도 바로 길 건너에 로스차일드 아줌마가 있다. 키티도 로스차일드 아줌마와 많이 가까워져서 아줌마와 생리에 대해 이야기하는 걸 더 좋아할 수도 있다. 나중에 아빠와 아줌마가 헤어지는 불상사가 생기더라도 아줌마는 키티를 절대 모른 척하지 않을 것이다. 키티와 아줌마의 관계는 그만큼 돈독해 보였다.

집을 떠나 있으면 키티의 생일도 놓치게 된다. 지금까지 키티의 생일에 집을 비운 적은 한 번도 없었다. 키티의 생일날 아침마다 생일축하 플래카드를 거는 전통을 잊지 말라고 아빠한테 말해두어야겠다.

이제 처음으로 송 자매가 뿔뿔이 흩어져 살게 된다. 앞으로는 우리 셋이 한 집에 살게 될 일이 거의 없을 것이다. 명절이나 방학 때 잠깐씩 집에 돌아오긴 하겠지만 함께 사는 것과 같을 수는 없다. 예전 같지 않을 것이다. 마고 언니가 대학에 간 후로 이미 그렇게 되었는지도 모른다. 어느새 나도 이런 상황에 적응해버렸다. 무슨 일이 일어나고 있는지 깨닫기도 전에 이미 새로운 상황에 적응해버린 것이다. 키티도 아마 그럴 것이다.

오늘은 아침을 먹는 동안 키티를 계속 흘끔거렸다. 아주 사소한 것까지 모두 기억해두고 싶었다. 가느다란 두 다리, 툭 튀어

나온 무릎, 희미하게 미소를 머금고 티비를 보고 있는 얼굴…….
머지않아 훌쩍 자라버리겠지. 집을 떠나기 전에 키티와 함께하는
시간을 많이 가져야겠다.

중간 광고가 나올 때 키티가 나를 노려보며 말했다. "왜 그렇
게 쳐다봐?"

"아무것도 아냐. 나중에 보고 싶을 것 같아서 미리 봐뒀어."

키티는 시리얼에 남은 우유를 후루룩 마셨다. "내가 언니 방
써도 돼?"

"뭐? 안 돼!"

"여기 살지도 않을 거잖아. 왜 방을 비워놓고 낭비해?"

"마고 언니 방도 있는데 왜 내 방을 탐내? 마고 언니 방이 더
크잖아."

언제나 실리를 추구하는 키티는 이렇게 답했다. "언니 방이 화
장실에서도 가깝고 볕도 더 잘 드니까."

나는 변화를 두려워하는 사람이지만 키티는 언제나 변화에
정면으로 맞선다. 절대 피하는 법이 없었다. 이게 키티가 변화에
대처하는 방식이다. "나 없으면 보고 싶어 할 거면서. 아닌 척하
지 마." 내가 말했다.

"난 외동딸로 사는 게 어떤 기분인지 늘 궁금하던데." 키티가
단조로운 억양으로 말했다. 하지만 내가 얼굴을 찡그리자 서둘
러 덧붙였다. "농담 좀 했어!"

키티는 그냥 키티다운 말을 한 것뿐이지만 속상한 건 어쩔
수 없었다. 대체 왜 외동딸이 되고 싶은 거지? 추운 겨울밤에 발

을 덥혀줄 형제자매도 없는 게 뭐가 좋다고.

"너도 내가 그리울 거야." 이건 키티에게 하는 말이 아니라 나 자신에게 하는 말 같았다. 키티는 듣지도 못한 것 같았다. 중간 광고가 끝났다.

학교에 도착하자마자 듀발 선생님 사무실로 향했다. 선생님 은 내 얼굴을 보자 눈치챈 듯 이렇게 말했다. "이리 와서 앉아 라." 선생님은 사무실 문을 닫고 내 옆에 놓인 의자에 앉았다. "얘기해봐라."

나는 숨을 깊이 들이마셨다. "저 버지니아 대학교 떨어졌어 요." 여러 번 말해봐서 이제 말하는 게 좀 쉬울 줄 알았는데 그 렇지 않았다. 오히려 더 힘들었다.

듀발 선생님이 크게 한숨을 내쉬었다. "이해가 안 되는구나. 정말 이해가 안 돼. 네 지원서는 매우 훌륭했는데…… 너도 정말 훌륭한 학생이고. 작년에 비해 올해 그 대학 지원자가 몇 천 명 더 많았다고 듣긴 했는데, 네가 예비합격도 못 할 줄은 몰랐어." 나는 대답 대신 어깨만 살짝 으쓱했다. 무슨 말을 해야 할지 모 르겠어서 입을 열 수가 없었다. 선생님이 나를 꼭 안으며 말했 다. "윌리엄앤드메리 입학처에 아는 사람이 있는데 오늘 그 학 교에서 결과를 발표한다고 하더라. 그 학교에 기대해보자. 아직 노스캐롤라이나랑 리치먼드도 남았고, 또 어디 지원했더라? 공 대였나?"

나는 고개를 저었다. "제임스 매디슨요."

"다 좋은 학교구나. 잘될 거야, 라라 진. 너는 분명 잘될 거다."

선생님, 우리 둘 다 제가 버지니아 대학에 붙을 거라고 확신했었죠. 나는 이 말을 마음속에 담아둔 채 미소만 살짝 지었다.

듀발 선생님 사무실에서 나오니 사물함 앞에 크리스가 서 있었다. 나는 크리스에게 가서 버지니아 대학에 떨어졌다는 소식을 전했다. "나랑 같이 코스타리카에 가서 농장 일이나 하자."

"뭐, 뭐라고?" 나는 깜짝 놀라 뒷걸음치다가 벽에 부딪쳤다.

"전에 얘기했잖아."

"아니거든? 얘기한 적 없어." 크리스가 대학에 가지 않는다는 건 알고 있었다. 대신 커뮤니티 칼리지*에 진학한 다음 나중에 뭘 할지 차차 결정한다고 했다. 크리스는 학교 성적도 별로 좋지 않고 당장 뚜렷한 계획도 없었다. 아무리 그래도 코스타리카는 너무 뜻밖이었다.

"1년 정도 코스타리카에 가서 농장 일을 해보려고. 하루 다섯 시간 정도 일하면 된대. 숙박도 제공되고. 진짜 짱이야."

"너 농사 지을 줄은 알아?"

"당연히 모르지! 몰라도 돼. 일하겠다는 마음만 있으면 돼. 가서 배우면 된다고 했어. 아니면 뉴질랜드에 있는 서핑 학교에서 일하거나 이탈리아에서 와인 만드는 거 배워도 되고. 어디든 갈

---

* 단기대학 정도의 교육을 제공하기 위해 대학에 병설한 과정. 대학교 3학년 편입 대비 과정과 직업 교육 과정, 주야간 과정 등을 선택할 수 있다.

수 있는 거 아니겠어? 듣기만 해도 좋지 않냐?"

"그게……." 나는 웃어보려고 했지만 얼굴이 굳어서 좀처럼 웃어지지가 않았다. "너네 엄마도 허락하셨어?"

크리스가 엄지손톱을 씹었다. "아무럼 어때. 이제 열여덟 살인데. 엄마가 상관할 일 아냐."

나는 미심쩍은 눈으로 크리스를 보았다. 크리스네 엄마도 보통 분이 아닌데……. 크리스가 외국으로 떠나는 모습이 좀처럼 그려지지 않았다.

"엄마한테도 얘기했어. 1년 정도 그렇게 살아보고 돌아와서 피드몬트 버지니아 커뮤니티 칼리지에 들어갔다가 그다음에 4년제로 편입하겠다고." 크리스가 먼저 설명했다. "그런데 언제 무슨 일이 생길지 어떻게 아냐? 1년이면 긴 시간인데. 내가 디제이랑 결혼할 수도 있고, 밴드에 들어갈 수도 있고, 비키니 사업을 시작할 수도 있잖아."

"뭘 하든 멋지겠다."

나는 진심으로 크리스를 응원해주고 싶었지만 도저히 그럴 기분이 아니었다. 크리스가 자기만의 계획을 가지고, 우리 동기들 중 아무도 시도하지 않은 일에 도전하는 건 좋은 것 같다. 하지만 나를 둘러싼 모든 상황이 내가 예상하지 못한 방향으로 흘러가는 듯한 기분이 드는 건 어쩔 수 없었다. 나는 아무것도 변하지 말고 가만히 있기만을 바랐는데…….

"편지 써줄 거지?" 내가 물었다.

"스냅챗 열심히 할게."

"난 스냅챗 안 해. 그리고 종이 편지랑 그거랑 어떻게 같아?" 나는 크리스에게 한 발 가까이 다가갔다. "지역 옮길 때마다 엽서 보내줘. 부탁이야."

"우체국에 갈 수 있을지 어떨지 어떻게 알아? 코스타리카 우체국이 어떻게 돌아가는진 나도 모른다고."

"어쨌든 시도는 해봐야지."

"그래, 시도는 해볼게."

올해 들어서는 크리스를 자주 보지 못했다. 크리스는 레스토랑 체인점 '애플비'에 일자리를 구한 후 그곳 동료들과 무척 가까워졌다. 그들은 우리보다 나이도 많고, 몇 사람은 아이도 있었다. 집에 오는 고지서를 스스로 책임지는 사람들이다. 크리스는 그들한테 자기가 아직 부모님과 같은 집에 살며 스스로 책임지는 고지서도 없다는 얘기까지는 안 한 게 분명하다. 지난달에 내가 크리스를 보러 애플비에 간 적이 있었다. 그때 크리스의 동료가 집세를 감당할 수 있을 만큼 돈을 벌고 싶다며 "너도 요즘 집세가 어떤지 알잖아"라고 크리스에게 말했다. 그때 고개를 *끄덕끄덕*하던 크리스를 내가 어리둥절한 표정으로 바라보자 크리스는 그런 나를 못 본 척했다.

수업 예비종이 울리자 우리는 1교시 수업 교실로 걸음을 옮겼다. "네가 버지니아 대학교 떨어져서 카빈스키도 깜짝 놀랐겠네." 크리스는 서둘러 걷는 와중에도 유리문에 비친 자기 모습을 확인했다. "그럼 이제 장거리 연애 하는 거야?"

"그러게." 생각만으로도 가슴이 죄어들었다. "그래야겠지."

"버지니아 대학에 사람을 심어서 잘 감시하는 게 좋을 거야. 있잖아, 스파이 같은 거. 질리언 맥두걸도 그 학교 붙었다고 하더라. 개한테 스파이 해달라고 해."

나는 크리스를 째려봤다. "난 피터 믿어."

"그야 나도 알지. 지금 피터 얘길 하는 게 아니야! 피터와 같은 층 기숙사에 살게 될 여자들 말하는 거지. 시도 때도 없이 피터 방에 드나들 거 아냐. 내 말 알아들었으면 피터한테 네 사진 한 장 줘서 들고 다니게 해." 크리스가 나를 보고 미간을 찌푸리며 재차 말했다. "내 말 알아들었어?"

"야한 사진 같은 거? 됐거든!" 나는 뒷걸음치며 말했다. "야, 나 수업 가야 해." 지금은 피터와 미지의 여자들에 대한 생각을 하고 싶지 않다. 우리가 이번 가을에 버지니아 대학에 함께 가지 못한다는 사실을 받아들이는 것만으로도 충분히 버거웠다.

크리스가 내게 눈을 흘겼다. "진정해. 누드 사진 말하는 거 아니야. 내가 다른 사람도 아니고 너한테 그런 거 시키겠냐. 내가 말하는 건 핀업걸* 스타일로 찍으라는 거야. 너무 싼 티 나지는 않게, 하지만 적당히 섹시하게. 카빈스키가 기숙사 방에 걸어둘 수 있을 만한 걸로."

"기숙사 방에 걸어놓으면 세상 사람들이 다 볼 텐데, 뭐하러 내가 피터한테 내 섹시 사진을 줘?"

---

* Pin up Girl. 벽에 붙여둘 만큼 매력적인 여성미를 연출한 사진 속의 여성. 화가 찰스 깁슨이 창조한, 가장 이상적인 미국 여성상의 캐릭터로 알려진 '깁슨걸'에서 유래했다.

크리스가 가까이 오더니 내 이마에 딱밤을 날렸다.

"악! 아프거든!" 나는 크리스를 밀치고 딱밤 맞은 자리를 문질렀다.

"그런 멍청한 질문을 하다니 맞아도 싸다!" 크리스가 한숨을 내쉬었다. "예방조치를 해두라는 말이잖아. 피터 방에 네 사진을 걸어놔야 영역 표시가 될 거 아냐. 걔가 보통 남자야? 섹시하지, 운동선수지. 피터가 장거리 연애 중이라고 하면 다른 여자들이 '아, 그렇구나' 하고 그냥 넘어갈 것 같아?" 크리스는 목소리를 낮추고 덧붙였다. "그 여자친구가 동정녀 마리아인데?"

나는 놀라서 누가 듣지 않았나 하고 주변을 두리번거렸다. "크리스!" 나도 목소리를 낮춰 크리스를 다그쳤다. "제발 그만 좀 해!"

"너 도와주려고 이러는 거야! 네 건 네가 지켜야지, 라라 진. 내가 코스타리카에 가서 섹시한 남자를 만났는데 그 남자가 아직 섹스도 안 해본 여자친구랑 장거리 연애 중이라고 하면 어떤 생각이 들 것 같아? 진지한 관계라는 생각은 들지 않겠지." 크리스는 어깨를 으쓱하며 전혀 미안하지 않다는 얼굴로 나를 바라봤다. "사진은 액자에 끼워서 줘. 그래야 사람들이 만만하게 안 볼 거야. 액자는 영구불변을 의미하니까. 테이프로 벽에 붙인 사진은 오늘은 여기 있을지 몰라도 내일은 사라지고 없을 수 있거든."

나는 생각에 잠겨 아랫입술을 깨물었다. "그럼 내가 앞치마를 두르고 빵 굽는 사진을……."

"안에 아무것도 안 입고?" 크리스가 낄낄 웃었다. 나는 번개처럼 재빠르게 크리스의 이마에 딱밤을 날렸다.

"앗!"

"좀 진지해져 봐!"

그때 다시 수업 종이 울렸고, 우리는 각자 갈 길을 갔다. 피터에게 야한 사진을 줄 수는 없다. 하지만 괜찮은 아이디어가 하나 떠올랐다. 스크랩북을 만들어주는 것이다. 우리가 함께했던 멋진 순간들을 모두 담아서. 그럼 피터가 버시니아 대학교에 가서 내가 보고 싶을 때마다 스크랩북을 열어볼 수 있다. 무작위로 들이칠 여자들을 대비해 피터의 책상 앞에 꽂아놓을 수도 있다. 물론 크리스한테 이 얘기는 하지 않을 것이다. 크리스는 나를 비웃으며 '라라 진 할머니'라고 부를 게 분명하다. 하지만 피터는 마음에 들어 할 것이다.

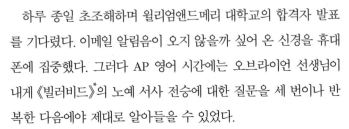

10

하루 종일 초조해하며 윌리엄앤드메리 대학교의 합격자 발표를 기다렸다. 이메일 알림음이 오지 않을까 싶어 온 신경을 휴대폰에 집중했다. 그러다 AP 영어 시간에는 오브라이언 선생님이 내게 《빌러비드》*의 노예 서사 전승에 대한 질문을 세 번이나 반복한 다음에야 제대로 알아들을 수 있었다.

마침내 진동이 울렸다. 하지만 새로운 소식이 있는지 묻는 마고 언니의 문자였다. 또 한 번 진동이 울렸다. 하지만 새로운 소식이 있는지 묻는 피터의 문자였다. 윌리엄앤드메리에서는 아무 연락이 없었다.

쉬는 시간에 여자 화장실에서 또다시 진동이 울렸다. 서둘러 지퍼를 올리고 확인하니 노스캐롤라이나 대학교 채플힐 캠퍼스에서 내 지원 상태가 업데이트되었다고 알리는 이메일이었다. 나는 화장실 칸막이 안에서 링크를 클릭하고 기다렸다. 합격할 것 같은 예감이 들지는 않았지만 심장은 미친 듯이 쿵쾅거렸다.

예비합격.

---

* *Beloved*. 흑인문제, 노예제, 인종차별 등의 이야기를 쓴 흑인 여성 작가 토니 모리슨의 장편소설.

이 정도 결과에도 기뻐하는 게 마땅했다. 노스캐롤라이나 대학교도 워낙 경쟁률이 높고, 예비합격도 완전히 떨어진 것보단 나으니 당연히 기뻐해야 했다. 물론 버지니아 대학에 이미 합격한 상태였다면 기뻤을 것이다. 하지만 나는 오히려 배를 한 대세게 맞은 기분이었다. 이러다 한 군데도 붙지 못하는 건 아닐까? 그럼 어떻게 하지? 캐리 이모와 빅터 이모부의 모습이 눈앞에 그려졌다. *라라 진 불쌍해서 어떡해. 버지니아랑 노스캐롤라이나 대학교 둘 다 떨어졌대. 자기 언니하고는 정말 딴판이야. 하긴 마고처럼 야무진 애도 없지.*

점심시간에 카페테리아에 들어서니 피터가 잔뜩 안달이 나서 나를 기다리고 있었다. "무슨 소식 없어?"

나는 피터 옆자리에 앉았다. "노스캐롤라이나 대학교에 예비합격했어."

"와! 농구선수가 아닌 이상 다른 주 학생이 그 학교에 들어가긴 엄청 어렵잖아. 예비합격도 진짜 대단하다."

"그런 것 같아."

"아냐, 됐다 그래. 그런 학교 누가 가고 싶어 한다고."

"많은 사람들이 가고 싶어 하지." 나는 샌드위치를 꺼냈지만 위가 꼬인 것 같아서 도저히 먹을 수 없었다.

피터는 멋쩍은 듯 어깨를 한 번 으쓱했다. 내 기분 맞춰주려고 그러는 거지만, 사실 노스캐롤라이나 대학교가 손꼽히는 학교라는 건 피터도 알고 나도 안다. 그러니 그 학교를 괜히 깔아뭉갤 필요는 없다.

나는 점심시간 내내 힘없이 앉아서 며칠 후에 있을 라크로스 시합 이야기를 들으며 체리콜라만 마셨다. 중간에 피터가 나를 바라보며 기운 내라는 듯 한 손으로 내 허벅지를 꽉 움켜잡았다. 하지만 가만히 미소 짓는 것조차 너무 힘들었다.

다른 아이들은 식사를 마치고 체력단련실로 돌아갔다. 이제 우리 테이블에는 피터와 나 둘뿐이었다. 피터가 걱정 가득한 목소리로 물었다. "아무것도 안 먹을 거야?"

"배 안 고파."

피터가 한숨을 내쉬었다. "나 말고 네가 버지니아 대학에 가야 하는 건데." 이 말을 듣는 순간 피터보다 성적 좋은 내가 합격했어야 했다는 어젯밤의 그 비열한 생각이 순식간에 날아가 버렸다. 공기 중에 '팟' 하고 향수를 뿌린 것처럼…… 피터가 라크로스를 얼마나 열심히 하는지 나도 잘 안다. 피터의 자리도 피터가 노력해서 얻은 결과다. 피터가 그런 생각을 하는 건 말도 안 된다. 그건 옳지 않다.

"그런 말 하지 마. 너도 열심히 했잖아. 너는 그 대학에 갈 자격 충분해."

피터가 고개를 푹 숙였다. "그건 너도 마찬가지잖아." 그러더니 돌연 고개를 번쩍 들고 눈을 반짝였다. "토니 루이스 형 알아?" 나는 고개를 저었다. "우리보다 두 학년 위였는데 그 형이 2년 동안 피드몬트 버지니아 커뮤니티 칼리지에 다니다가 버지니아 대학교에 3학년으로 편입했거든! 너도 그렇게 할 수 있을 거야. 너는 4년제 대학에 갈 거니까 더 일찍 편입하는 것도 가능할걸? 편입으로 들어오는 게 훨씬 쉬워!"

"그건 그렇지만⋯⋯." 편입은 한 번도 생각해본 적이 없었다. 아직은 내가 버지니아 대학에 떨어졌다는 사실을 받아들이는 것도 쉽지 않다.

"그치? 그럼 이번 가을에 너는 윌리엄앤드메리든 리치먼드든 붙은 학교에 일단 들어가고, 1년 동안 서로 오가면서 만나는 거야. 그리고 내년에 편입하면 돼. 그럼 우리 둘이 같이 그 대학에 다닐 수 있어! 원래 네 자리로 돌아오는 거라고!"

그 순간 마음 한구석에서 희망의 불꽃이 일었다. "편입하는 게 정말 쉬울까?"

"그럼! 일단 어디든 합격만 하면 돼! 내 말 믿어, 커비."

피터는 안도의 한숨을 내쉬었다.

"그래, 잘됐다. 이제 계획이 생겼어."

나는 피터의 접시에서 프렌치 프라이 하나를 집어 들었다. 금세 식욕이 돌아오는 것 같았다. 프렌치 프라이를 하나 더 집으려고 손을 뻗는데 휴대폰이 진동했다. 얼른 휴대폰을 확인하니 윌리엄앤드메리 대학교 입학처에서 보낸 이메일이었다. 내 어깨너머로 흘끗 시선을 던졌던 피터가 긴장한 얼굴로 나를 바라봤다. 웹페이지가 로딩되길 기다리는 동안 피터는 초조하게 다리를 떨었다.

윌리엄앤드메리 대학교에 합격하신 것을 진심으로 축하드리며⋯⋯.

안도의 물결이 밀려왔다. 신이시여, 감사합니다.

피터는 벌떡 일어나 나를 끌어안고 빙그르르 돌았다. "라라 진이 윌리엄앤드메리에 붙었다!" 피터가 테이블에 앉아 있는 아이들을 향해 소리쳤다. 우리 테이블에 있던 아이들이 모두 환호해줬다.

"봤지? 내가 다 잘될 거라고 했잖아." 피터가 나를 감싸 안고 의기양양하게 말했다.

나도 두 팔로 피터를 꼭 안았다. 비로소 마음이 놓였다. 대학에 합격했으니 이제 계획을 세울 수 있다. 정말 다행이다.

"네가 여기 있을 동안 같이 계획을 세워보자." 피터는 내 목에 얼굴을 파묻고 부드러운 목소리로 말했다. "두 시간 거리…… 그건 아무것도 아냐. 너희 아빠도 네가 차를 계속 쓰게 해주실 거야. 아직 키티한테는 차가 필요하지 않으니까. 나랑 같이 운전해서 다녀보자. 네가 익숙해질 때까지. 다 잘될 거야, 커비."

나는 고개를 끄덕였다.

나는 다시 자리에 앉아 마고 언니, 키티, 로스차일드 아줌마, 아빠에게 단체 문자를 보냈다.

— 윌리엄앤드메리 합격!!!

나는 느낌표를 두 개 더 붙였다. 내가 얼마나 기뻐하는지 보여주고 싶었다. 그래서 더 이상 내 걱정은 하지 말라는, 이제 모든 게 잘될 거라는 메시지를 전하고 싶었다.

아빠가 답장으로 이모티콘 여러 개를 보내왔다. 로스차일드 아줌마는 "최고다!!!!!!"라고, 마고 언니도 "우와아아아! 다음 주에 직접 만나서 축하하자!"라고 보내왔다.

기쁜 소식을 전해드리려고 오후에 듀발 선생님 사무실에 들렀다. 듀발 선생님도 무척 기뻐했다. "2차 지망이긴 하지만 어떤 면에선 너한테 더 잘 맞을 것 같아. 윌리엄앤드메리는 버지니아 대학교보다 작으니까 너 같은 여학생은 그 학교에서 더 돋보일 거야."

나는 듀발 선생님을 향해 미소를 지었다. 선생님이 나를 안아주었다. 하지만 이런 생각이 들었다. *선생님은 내가 그 대학교에서 돋보일 수 없을 거라고 생각하시는 걸까?*

주말이 오기 전에 제임스 매디슨과 리치먼드에서도 합격 통지를 받았다. 합격해서 기뻤지만 마음은 이미 윌리엄앤드메리로 정한 상태였다. 윌리엄스버그*는 예전에도 가족들과 자주 가보아서 그곳에 있는 내 모습을 상상하는 게 그리 어색하지 않았다. 윌리엄앤드메리는 캠퍼스가 별로 크지 않은 아담한 학교다. 집에서도 멀지 않다. 두 시간이 좀 안 걸리는 거리다. 윌리엄앤드메리 대학교에 가서 열심히 공부하다가 1년 후에 버지니아 대학교로 편입하면 된다. 모든 게 우리 계획대로 잘 진행될 것이다.

---

* Williamsburg. 윌리엄앤드메리 대학교가 있는 버지니아주 남동부의 도시.

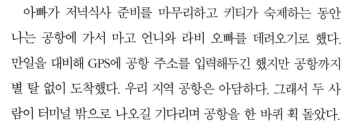

11

아빠가 저녁식사 준비를 마무리하고 키티가 숙제하는 동안 나는 공항에 가서 마고 언니와 라비 오빠를 데려오기로 했다. 만일을 대비해 GPS에 공항 주소를 입력해두긴 했지만 공항까지 별 탈 없이 도착했다. 우리 지역 공항은 아담하다. 그래서 두 사람이 터미널 밖으로 나오길 기다리며 공항을 한 바퀴 휙 돌았다.

도로 한쪽에 차를 대면서 보니 마고 언니와 라비 오빠가 캐리어에 앉아 있었다. 나는 얼른 주차하고 달려가 언니를 꽉 끌어안았다. 단발로 자른 언니의 머리가 턱 부근에서 찰랑거렸다. 언니는 스웨트셔츠와 레깅스 차림이었다. 언니를 꽉 끌어안고 있으니 내가 언니를 얼마나 그리워했는지 알 것 같았다. *아, 언니가 정말 보고 싶었어!*

언니를 놓아주고 라비 오빠를 찬찬히 뜯어봤다. 라비 오빠는 생각보다 키가 더 컸다. 키 크고 마른 체격에 까무잡잡한 피부, 까만 머리, 까만 눈, 긴 속눈썹……. 조시 오빠하고는 조금도 비슷한 데가 없었지만 언니의 남자 취향에는 훨씬 가까워 보였다. 오른쪽 뺨에만 보조개가 있는 것도 특이했다. "실제로 보니 더 반갑다, 라라 진." 그 말을 들은 순간 나는 오빠의 억양에 그대로 쓰러지고 말았다. 내 이름도 영국식 억양으로 들으니 꽤나 그럴싸했다.

라비 오빠를 만난다는 생각에 내심 긴장하고 있었는데 '덤블도어의 군대'라고 적힌 오빠의 티셔츠를 보자 긴장이 풀렸다. 라비 오빠도 우리처럼 《해리 포터》 팬이었다. "나도 만나서 반가워. 오빠는 어느 기숙사 소속이야?"

라비 오빠는 자기 캐리어와 마고 언니의 캐리어를 한꺼번에 들고 트렁크에 실었다. "네가 맞혀봐. 마고는 못 맞혔어."

"우리가 처음 만났을 때 네가 나한테 잘 보이려고 하지만 않았다면 맞혔을 거야." 언니가 말했다. 라비 오빠가 웃으며 뒷자리에 올라탔다. 무조건 조수석에 앉으려고 하지 않는 모습이 마음에 들었다. 마고 언니가 나를 보며 물었다. "내가 운전할까?"

언니가 운전해주면 마음이 편할 테니 그러라고 하고 싶었지만, 나는 고개를 저으며 차 키를 높이 들고 짤랑거렸다. "내가 할게."

언니가 감동받았다는 듯 눈을 동그랗게 떴다. "좋았어."

마고 언니가 조수석에 올라탔다. 나는 운전석에 앉아 백미러로 라비 오빠를 보며 말했다. "오빠가 우리 집을 떠나기 전에 오빠가 어느 기숙사 소속인지 맞혀주겠어."

집에 도착하니 아빠, 키티, 로스차일드 아줌마가 거실에 있었다. 마고 언니는 로스차일드 아줌마가 아빠 무릎에 맨발을 올리고 소파에 앉아 있는 모습을 보고 당황한 모양이었다. 나는 적응이 돼서 아줌마가 우리 집에 있는 게 이상하지 않았다. 오히려 아줌마가 우리 가족 같았다. 그래서 언니 입장에서 거슬릴 수 있겠다는 생각을 하지 못했다. 언니가 외국에 나가 있으니 아줌마와 함께한 시간이 부족했던 것은 사실이다. 아빠가 아줌마와 만나기 시작했을 때도 언니는 집에 없었고, 두 분이 한창 사귀는 동안에도 크리스마스 연휴에 집에 한 번 온 게 다였다.

아줌마는 언니를 보자마자 자리에서 벌떡 일어났다. 그리고 언니를 꼭 끌어안으며 단발이 잘 어울린다고 칭찬해주었다. 아줌마는 라비 오빠하고도 포옹을 나눴다. "와, 정말 전봇대만큼 크구나!" 아줌마의 말에 라비 오빠가 웃었다. 하지만 마고 언니는 떨떠름한 미소를 지었다.

언니는 키티를 꼭 끌어안더니 갑자기 꺄악 소리를 질렀다. "세상에, 키티! 너 지금 브래지어 한 거야?" 키티가 놀라서 마고 언니를 쏘아봤다. 화난 듯 두 뺨이 빨갛게 달아올랐다.

무안해진 마고 언니가 입 모양으로 말했다. "미안."

라비 오빠가 허둥지둥 아빠에게 다가가 악수를 나누었다.

"안녕하세요, 커비 박사님. 저는 라비라고 합니다. 초대해주셔서 감사합니다."

"이렇게 와줘서 고맙다, 라비."

라비 오빠가 이번에는 어색한 미소를 지으며 한 손을 들고 키티에게 인사했다. "안녕, 키티?"

키티가 눈을 마주치지 않고 고개를 끄덕이며 말했다. "안녕."

마고 언니는 아직도 믿기지 않는다는 듯 키티를 바라보고 있었다. 줄곧 키티와 함께 지낸 내 눈에는 지난 1년 동안 키티가 얼마나 컸는지 잘 보이지 않지만, 사실 키티가 많이 크긴 컸다. 가슴보다는(지금 저 브래지어는 장식적인 용도일 뿐이다) 다른 부분에서 큰 성장이 있었다.

"라비, 마실 것 좀 줄까? 주스, 프레스카, 다이어트 콜라, 생수 중에서 뭘로 줄까?" 아줌마가 음료 이름을 기분 좋게 늘어놓았다.

"프레스카가 뭐예요?" 라비 오빠가 한쪽 눈썹을 찡그리며 물었다.

그러자 아줌마의 눈이 반짝반짝 빛났다. "자몽 맛 소다야. 제로 칼로리! 한번 마셔봐!" 마고 언니는 주방에 가서 찬장을 여는 아줌마의 모습을 지켜봤다. 아줌마가 유리잔에 얼음을 넣으며 큰 소리로 물었다. "마고, 너는 뭐 마실래? 뭐 갖다줄까?"

"저는 됐어요." 언니는 명랑한 목소리로 대답했지만, 우리 가족도 아닌 사람이 우리 집에서 언니를 손님 대접 하는 게 탐탁지 않은 눈치였다.

아줌마는 프레스카 잔을 들고 와서 야단스럽게 라비 오빠 앞에 내려놓았다. 오빠는 프레스카를 한 모금 맛보더니 "엄청 상큼한데요"라고 말했다. 아줌마가 활짝 미소 지었다.

아빠가 손뼉을 치며 말했다. "이제 짐을 위층으로 옮길까? 너희 둘은 저녁 먹기 전에 씻을래? 손님방을 깨끗이 정리해놨다." 그리고 애정이 듬뿍 담긴 얼굴로 나를 보며 라비 오빠에게 말했다. "라비, 라라 진이 네가 쓸 새 슬리퍼와 가운도 갖다놨어."

라비 오빠가 대답하기도 전에 마고 언니가 먼저 입을 열었다. "신경 많이 쓰셨네요. 근데 라비는 제 방에서 저랑 같이 지낼 거예요."

그 순간 분위기가 싸해졌다. 마치 마고 언니가 거실 한복판에 폭탄이라도 던져놓은 것처럼. 키티와 나는 '세상에 이런 일이!'라는 표정으로 서로 눈길을 주고받았다. 아빠는 멍해져서 좀체 입을 열지 못했다. 나는 손님방을 정리할 때 침대 한쪽에 여러 장의 수건을 놓아두고 가운과 슬리퍼를 챙겨놓으며, 라비 오빠가 언니 방에서 함께 지낼 수도 있다는 생각은 조금도 하지 못했다. 아빠도 그런 가능성을 염두에 두지 못했던 게 분명하다.

순식간에 아빠의 얼굴이 벌겋게 달아올랐다. "아, 그…… 글쎄 나는 그게……."

마고 언니는 초조한 듯 입술을 오므리며 아빠의 말이 끝나기만을 기다렸다. 우리 모두 아빠의 대답을 기다렸다. 하지만 아빠는 여전히 말을 잇지 못했다. 아빠가 좀 도와달라는 얼굴로 로스차일드 아줌마를 바라보자 아줌마는 진정하라는 듯 아빠 허리에 한 손을 얹었다.

가엾은 라비 오빠도 난처해서 어쩔 줄 모르는 얼굴이었다. 처음에는 라비 오빠도 마고 언니처럼 '래번클로'일 거라고 생각했는데, 지금 보니 나처럼 '후플푸프'인 것 같다.* 라비 오빠가 부

---

* 《해리 포터》에 나오는 호그와트 마법학교에는 4개의 기숙사가 있는데, 용기 있고 영웅적인 학생은 '그리핀도르', 공정하고 상냥한 학생은 '후플푸프', 위트 있고 영리한 학생은 '래번클로', 야망 있고 약삭빠른 학생은 '슬리데린' 기숙사로 배정받는다.

라라 진의 세 번째 이야기

드러운 목소리로 말했다. "저는 손님방에서 묵어도 상관없어요. 분위기 어색하게 만들고 싶지 않습니다."

아빠가 대답하려는데 마고 언니가 또 끼어들었다. "뭐 어때? 괜찮아." 언니는 오빠를 안심시키려고 했다. "가서 차에 있는 짐도 가져오자."

두 사람이 나가자마자 키티와 나는 마주보고 동시에 외쳤다. "맙소사!"

"왜 둘이 같은 방을 쓰려고 하지? 침대에서 그거라도 하겠다는 거야?" 키티가 따지듯 물었다.

"그만해라, 키티." 아빠가 말했다. 아빠가 이렇게 차가운 목소리로 키티에게 말하는 건 처음이었다. 아빠는 서둘러 거실을 나가버렸다. 잠시 후 서재 쪽에서 문 닫히는 소리가 들렸다. 아빠가 서재로 들어갔다는 건 진짜로 화가 많이 났다는 뜻이다. 로스차일드 아줌마도 굳은 얼굴로 키티를 한 번 보고는 서재로 향했다.

키티와 나는 또다시 멍한 얼굴로 시선을 주고받았다. "이런……." 내가 말했다.

"저렇게까지 화내실 건 없잖아." 키티가 부루퉁하게 내뱉었다. "내 남자친구가 내 침대에서 자고 가겠다고 한 것도 아닌데."

"너한테 화나신 거 아냐." 나는 두 팔로 키티의 앙상한 어깨를 감싸 안았다. "고고 언니도 참 대단하다, 그치?" 정말 마고 언니답다. 하지만 아빠가 좀 안됐다는 생각이 들었다. 아빠는 이런 싸움에 익숙한 분이 아니었다. 다른 싸움에도 익숙하지 않긴 마찬가지지만.

물론 나는 곧장 피터에게 문자를 보내 모든 소식을 알렸다. 피터는 놀란 얼굴 이모티콘을 연달아 보내더니 이렇게 덧붙였다. 너희 아빠가 우리도 같은 방에서 자게 해주실까?? 나는 이 문자를 못 본 척했다.

라비 오빠는 씻고 옷을 갈아입으러 위층에 올라갔고, 로스차일드 아줌마는 친구들과 저녁 약속이 있다며 나갔다. 마고 언니는 아줌마가 가주어서 안심하는 눈치였다. 잠시 후 키티는 제이미 폭스피클과 산책을 나갔고, 언니와 나는 아빠가 굽고 있는 로스트 치킨에 곁들일 샐러드를 준비하기로 했다. 나는 라비 오빠의 잠자리 문제에 대해 언니와 얘기하고 싶어서 둘만 남길 기다렸지만 그럴 기회가 없었다. 주방에 들어서자마자 언니가 목소리를 낮추더니 따지듯 물었다. "아빠랑 로스차일드 아줌마랑 저렇게 가까운 사이라는 말 왜 안 했어?"

"거의 매일 우리 집에서 저녁 먹는다고 내가 얘기했잖아!" 나도 목소리를 낮춰 대답했다. 그리고 우리 목소리가 물소리에 섞여 잘 들리지 않게 방울토마토를 씻기 시작했다.

"여기가 자기 집이라도 되는 것처럼 돌아다니더라? 그리고 우리가 언제부터 프레스카를 마셨어? 우리 집은 프레스카 안 마신다고!"

나는 방울토마토를 반으로 썰기 시작했다. "아줌마가 프레스카를 좋아해서 나도 마트 가면 한 상자씩 사다 둬. 상큼하기도 하고. 라비 오빠도 맘에 드나 보던데.”

“지금 그 얘기 하는 게 아니잖아!”

“갑자기 왜 로스차일드 아줌마를 걸고넘어지는 건데? 크리스마스 땐 아줌마랑 잘 어울렸잖아!” 그때 아빠가 나타나서 갑자기 말을 멈췄다.

“마고, 잠깐 얘기 좀 할래?”

“물론이죠, 무슨 얘긴데요?” 마고 언니는 식기를 세느라 바쁜 척하며 대답했다.

아빠가 내게 시선을 돌렸다. 나는 잠자코 방울토마토만 바라봤다. 여기 남아서 정신적으로나마 아빠를 지지하고 싶었다.

“라비는 손님방에서 묵는 게 좋겠다.”

“왜요?” 마고 언니가 입술을 깨물었다.

잠시 어색한 침묵이 흐른 뒤 아빠가 대답했다. “내가 익숙하지 않……”

“아빠, 우리도 대학생이에요. 저희가 이미 같은 침대에서 잤다는 거 아빠도 눈치채셨을 거 아니에요?”

“짐작은 했다만 확실히 알려줘서 고맙구나.” 아빠가 씁쓸한 표정으로 말했다.

“저도 이제 곧 스무 살이에요. 집에서 수천 킬로미터 떨어진 곳에서 혼자 지낸 지 이제 2년이 다 되어간다고요.” 마고 언니가 내 쪽을 흘끗 바라봤다. 나는 괜히 움츠러들었다. 기회가 있을 때 나갔어야 했는데…… “저나 라라 진은 더 이상 어린애가 아니에요.”

"에이, 뭘 나까지 끌어들이고 그래?" 나는 최대한 농담처럼 들리게끔 말했다.

아빠가 한숨을 내쉬었다. "마고, 네가 굳이 그렇게 하겠다면 말리지는 않겠다. 하지만 여긴 내 집이라는 걸 명심해줬으면 좋겠구나."

"여긴 *우리 집* 아닌가요?" 언니는 이 싸움의 승자가 자기라는 걸 확신한 사람답게 가벼운 목소리로 받아쳤다.

"너희는 공짜로 얹혀사는 거고 주택 대출금을 갚는 사람은 나거든. 그러니까 내 집에 좀 더 가깝다고 할 수 있지." 아빠는 마지막으로 이 우습지 않은 '아저씨 농담'을 날린 후 오븐용 장갑을 끼고 오븐에서 치킨을 꺼냈다. 치킨에서 지글지글 소리가 났다.

모두 식탁에 둘러앉자 아빠가 식탁 상석에 서서 번쩍번쩍한 새 전동 나이프로 치킨을 썰었다. 로스차일드 아줌마가 아빠 생일에 선물한 나이프였다.

"라비, 닭다리 줄까, 아니면 닭가슴살을 줄까?"

라비 오빠가 헛기침을 했다. "아, 죄송해요. 사실 저는 고기를 안 먹습니다."

아빠가 당황한 얼굴로 마고 언니를 바라봤다. "마고, 라비가 채식주의자라는 얘길 왜 안 했어?"

"죄송해요." 언니가 시무룩한 얼굴로 말했다. "완전 까먹고 있었어요. 그런데 라비는 샐러드도 좋아해요!"

"네, 맞아요." 라비 오빠가 얼른 덧붙였다.

"그럼 내가 라비 오빠 몫까지 먹을게. 저는 넓적다리 두 개 주세요." 내가 말했다.

아빠가 넓적다리 두 개를 썰어주었다. "라비, 내일은 내가 아침식사로 맛있는 엔칠라다* 만들어줄게. 고기는 빼고!"

"내일은 아침 일찍 워싱턴에 가기로 했어요. 라비가 떠나는 날 아침에 해주실래요?"마고 언니가 웃으며 말했다.

"알았다."

키티가 평소와 달리 유난히 조용했다. 저녁 먹는 식탁에 낯선 남자가 함께 앉아 있는 게 불편해서인지, 아니면 이제 좀 컸다고 더 이상 어린애 같은 방식으로 낯선 사람을 대하지 않게 된 건지 잘 모르겠다. 스물한 살의 남자는 키티에게 거의 어른처럼 보일 것 같긴 하지만…….

라비 오빠는 참 예의 바른 사람이었다. 영국인이라서 그런 걸까? 하지만 영국 사람이라고 해서 꼭 미국 사람보다 더 예의가 바르지는 않을 것이다. 어쨌든 오빠는 미안하다는 말을 엄청 자주 했다. "미안한데, 제가 그……." "미안해, 다시 말해줄래?" 억양도 참 멋있었다. 오빠가 말하는 걸 자꾸 듣고 싶어서 못 알아들은 척하며 다시 말해달라고 하기도 했다.

나는 계속 영국에 대한 질문을 던지며 분위기를 띄워보려고 애썼다. 영국인들은 왜 사립학교를 공립학교라고 부르는지, 오빠가 다녔던 공립학교는 호그와트 마법학교와 비슷한지, 왕족

---

* Enchilada. 토르티야 빵 사이에 고기, 해산물, 치즈 등의 소를 넣어 구운 멕시코 요리.

을 만나본 적이 있는지 물었다. 오빠도 성의껏 대답해줬다. 영국은 사립학교라도 학비만 내면 누구나 입학할 수 있고, 오빠가 다닌 학교에는 학교 대표 남학생과 여학생, 반장이 있었으며, 《해리 포터》에 나오는 퀴디치 게임 같은 건 하지 않았다고 했다. 윔블던에서 윌리엄 왕자를 한 번 보긴 했지만 오빠가 본 건 뒤통수가 전부였다고 했다.

저녁식사 후에는 마고 언니, 라비 오빠, 나, 피터 이렇게 넷이서 영화관에 가기로 했다. 마고 언니가 키티에게도 같이 가자고 했지만 키티는 숙제해야 한다며 거절했다. 하지만 내가 보기엔 라비 오빠 때문에 긴장되는 모양이었다.

나는 향수를 살짝 뿌리고 립밤을 바른 뒤 청바지를 입고, 캐미솔 위에 스웨터를 껴입었다. 영화관에 앉아 있으면 좀 추웠다. 외출 준비를 금방 끝내고 나와보니 마고 언니 방은 아직 문이 닫혀 있었다. 문 너머에서 두 사람이 낮은 소리로 격하게 이야기하는 소리가 들렸다. 언니의 방 문이 닫혀 있는 걸 보니 이상했다. 문밖에 서 있는 스파이가 된 것 같기도 했고 아니, 그보다는 정말 어색했다. 라비 오빠가 옷을 입고 있는지, 안에서 무슨 일이 벌어지고 있는지 모르니 더욱 그랬다. 닫힌 문도 그렇고, 숨죽인 목소리도 그렇고, 너무 성인들이나 하는 행동처럼 여겨졌다.

나는 안에서 들리게끔 헛기침을 하고 물었다. "준비 다 됐어? 피터한테 8시에 만나자고 했는데."

마고 언니가 문을 열고 대답했다. "다 됐어." 그런데 별로 즐거워 보이지 않았다.

라비 오빠가 캐리어를 들고 언니를 뒤따라 나왔다. "이것 좀 손님방에 갖다놓을게. 그럼 준비 끝나." 오빠가 말했다.

언니와 둘만 남자 내가 속삭여 물었다. "무슨 일 있었어?"

"라비가 아빠한테 안 좋은 인상을 남길 수 있으니 같은 방 쓰겠다고 고집부리지 않겠대. 내가 괜찮다고 하는데도 마음이 편치 않은가 봐."

"오빠가 참 생각이 깊구나." 내 생각에도 라비 오빠가 옳은 것 같았다. 마고 언니한테는 굳이 그렇게 말하지 않았지만. 나는 한 번 더 라비 오빠에게 높은 점수를 주었다.

"그래. 생각이 참 깊은 애야." 언니도 마지못해 대꾸했다.

"얼굴도 완전 잘생겼고."

이 말에 마고 언니는 활짝 웃었다. "그것도 무시 못 하지."

영화관에 도착하니 피터가 먼저 와 있었다. 마고 언니를 의식한 게 분명했다. 나를 만날 땐 좀 늦어도 괜찮지만, 우리 언니를 만나는 자리에는 늦으면 안 된다고 생각한 것이다. 라비 오빠가 네 사람 영화표 값을 모두 결제했다. 그 모습에 피터가 깊은 감명을 받았는지 상영관에 들어가 내게 속삭였다. "진짜 품위 넘친다!" 피터가 자리를 교묘하게 배정해서 나, 피터, 라비 오빠, 마고 언니 순으로 앉았다. 피터는 라비 오빠와 축구 얘기를 계속하려는 속셈이었다. 우리가 '사커'라고 부르는 경기를 라비 오빠는 '풋볼'이라고 불렀다. 저쪽에서 마고 언니가 즐거워 보이는 얼굴로 나를 바라봤다. 여기 오기 전에 마음 상했던 건 모두 풀린 것 같았다.

영화가 끝난 후에는 피터가 냉동 커스터드를 먹으러 가자고
했다. "냉동 커스터드 먹어본 적 있어요?" 피터가 라비 오빠에게
물었다.

"한 번도 안 먹어봤어."

"진짜 맛있어요. 가게 안에서 직접 만들거든요."

"맛있겠다."

남자들이 줄 서 있는 동안 언니가 내게 말했다. "피터가 사랑
에 빠진 것 같아…… 내 남자친구랑." 언니와 나는 깔깔 소리 내
웃었다.

두 사람이 우리가 앉은 테이블로 돌아올 때까지 우리는 계속
웃었다. 피터가 내게 벨기에식 초콜릿인 프랄린과 크림을 건네
며 물었다. "뭐가 그렇게 재밌어?"

나는 말없이 고개를 저으며 커스터드에 스푼을 찔러 넣었다.

"잠깐, 내 동생이 윌리엄앤드메리에 합격한 거 축하해야지!"

세 사람은 쨍그랑 소리가 날 정도로 세게 내 커스터드 컵에
각자의 컵을 맞부딪쳤다. 나는 민망한 나머지 웃다가 그대로
굳어버렸다. "수고했어, 라라 진. 그런데 존 스튜어트*도 그 학교
나오지 않았어?" 라비 오빠가 말했다.

"아, 맞아. 근데 그거 정말 잡학 정보인데." 나는 놀라서 말했다.

"라비가 잡학박사거든." 마고 언니가 스푼을 핥으며 말했다.

---

* Jon Stewart. 미국의 영화배우 겸 코미디언.

라라 진의 세 번째 이야기

"보노보 원숭이의 짝짓기 방식을 설명하라고 하면 하루 종일 이야기할지도 몰라."

"그건 두 단어로 설명 가능해." 라비 오빠가 말했다. 그리고 잠시 뜸을 들이며 피터와 나를 번갈아 보더니 목소리를 낮춰 말했다. "페니스 펜싱."

라비 오빠 덕분에 마고 언니가 참 밝아진 것 같았다. 예전에는 조시 오빠와 언니가 운명의 한 쌍이라고 생각했는데 지금은 잘 모르겠다. 정치 이야기를 할 땐 둘 다 어찌나 열정적이던지! 상대의 의견을 반박하기도 하고 또 어떤 점은 인정하면서 주거니 받거니 했다. 마치 부싯돌 두 개가 맞부딪는 장면을 보는 것 같았다. 두 사람이 티비 드라마 주인공이 된다면 한 병원에 근무하는 라이벌 레지던트가 딱 어울릴 것 같다. 처음에는 겉으로만 존중하는 척하다가 결국은 미친 듯이 사랑에 빠지는 그런 관계 말이다. 아니면 백악관에서 일하는 정치가나 언론인의 모습도 어울릴 것 같다. 마고 언니는 인류학 전공이고 라비 오빠는 생명공학 전공이라 서로 관련은 없지만, 어쨌든 두 사람은 꽤 잘 어울리는 한 팀이 될 것 같다.

다음 날 마고 언니는 라비 오빠와 함께 워싱턴에 가기로 했다. 내셔널 몰에 있는 박물관 몇 군데와 링컨기념관, 백악관을 방문할 계획이었다. 두 사람은 키티와 나에게도 함께 가자고 했지만, 내가 대표로 정중히 사양했다. 마고 언니와 라비 오빠도 둘만의 시간이 필요할 것 같았고, 나도 집에서 편히 쉬면서 피터에게 줄 스크랩북 작업을 하고 싶었다.

그날 밤 두 사람이 집에 돌아왔을 때 워싱턴에서 뭐가 가장 마음에 들었느냐고 물으니, 오빠는 국립 아프리카계 미국인 역사 문화 박물관이 단연 최고라고 했다. 나도 아직 거긴 가보지 못해서 그 말을 듣자 따라가지 않은 게 조금 아쉽기도 했다.

밤에는 넷플릭스에 올라온 BBC 프로그램을 보았다. 마고 언니가 계속 강추했던 프로그램이다. 라비 오빠가 어릴 때 살았던 동네에서 찍은 거라 오빠는 프로그램을 보는 내내 개인적으로 관련 있는 장소가 나오면 일일이 알려줬다. 처음으로 아르바이트했던 곳이나 첫 데이트 장소 같은 것 말이다. 우리는 아이스크림을 덜지 않고 통에서 바로 퍼 먹었다. 아빠가 라비 오빠에게 계속 더 먹으라고 권하는 걸 보면 아빠도 오빠가 꽤 맘에 드는 모양이었다. 오빠가 손님방에서 잔 걸 아빠도 확인한 게 분명하다. 마고 언니와 라비 오빠가 헤어지지 않고 계속 사귀었으면 좋겠다. 라비 오빠가 우리 가족이 되어 우리와 쭉 함께했으면 좋겠다. 아니면 적어도 마고 언니와 내가 런던에 있는 오빠네 집에 가볼 때까지만이라도 둘이 사귀었으면 좋겠다!

다음 날 오후 라비 오빠는 텍사스로 떠나야 했다. 오빠가 떠나게 되어 섭섭하긴 했지만, 마고 언니가 스코틀랜드로 돌아갈 때까지 이제 우리끼리 시간을 보낼 수 있으니 기쁘기도 했다.

작별인사를 할 때 나는 손가락으로 라비 오빠를 가리키며 말했다. "후플푸프."

라비 오빠가 활짝 웃었다. "한 번에 맞혔네." 오빠도 나를 손가락으로 가리키며 말했다. "후플푸프?"

나도 활짝 웃으며 말했다. "한 번에 맞혔군!"

그날 밤 내 방에서 언니와 함께 노트북으로 티비를 보는데 언니가 대학 이야기를 꺼냈다. 그 순간 언니도 한편으로는 라비 오빠가 떠나기를 기다리고 있었구나 하는 생각이 들었다. 언니도 지금 내 상황에 대한 이야기를 나누고 싶었던 것이다. 다음 에피소드로 넘어가기 전에 언니가 내 얼굴을 보고 물었다. "대학 얘기 좀 할까? 지금은 기분 좀 어때?"

"처음에는 우울했는데 지금은 괜찮아. 아직 버지니아 대학교에 갈 수 있는 방법이 있어." 마고 언니가 어리둥절한 얼굴로 나를 바라봤다. "1학년 마치고 그 대학교로 편입할 거야. 듀발 선생님하고도 얘기했는데 윌리엄앤드메리에서 성적이 좋으면 편입으로 충분히 들어갈 수 있대."

언니가 미간을 찌푸렸다. "아직 입학도 안 했는데 편입할 생각부터 하는 거야?" 내가 곧바로 대답하지 않자 언니가 또 물었다. "피터 때문에 그래?"

"아니야! 내 말은, 피터 때문에 그런 것도 있지만 순전히 피터 때문만은 아니야." 나는 잠시 머뭇거렸다. 이런 얘기는 아직까지 아무에게도 해본 적이 없었다. "언니, 혹시 그런 기분 알아? 어딜 갔을 때 여기가 내가 있을 곳이구나 싶은 그런 거 말이야. 윌리엄앤드메리에 갔을 땐 그런 기분이 들지 않더라고. 버지니아 대학교랑은 전혀 달랐어."

"네가 그 학교에 대해 느끼는 감정을 다른 학교에서 느끼긴 힘들 거야."

"그래서 1년 있다가 그 대학으로 편입하려고."

언니가 한숨을 내쉬었다. "난 네가 윌리엄앤드메리에 있는 동안 피터와 그 학교를 그리워하면서 반쪽짜리 삶을 살지 않았으면 좋겠어. 신입생 때의 경험이 얼마나 중요한데. 적어도 윌리엄앤드메리가 어떤 학교인지 제대로 경험해봤으면 좋겠어. 네 마음에 들지도 모르잖아." 언니가 의미심장한 얼굴로 나를 지그시 바라봤다. "엄마가 남자친구와 대학에 대해서 한 말 기억하지?"

그걸 어떻게 잊겠어?

대학 갈 때 남자친구 달고 가지 마라.

"당연히 기억하지."

마고 언니는 내 무릎 위에서 노트북을 가져가 윌리엄앤드메리 대학교의 웹사이트를 열었다. "이 학교 캠퍼스 정말 예쁘다. 이 풍향계 좀 봐! 학교가 꼭 영국 마을을 옮겨다 놓은 것처럼 생겼어."

나는 귀가 쫑긋해졌다. "어? 좀 그런 것도 같다." 이 학교도 버지니아 대학교 캠퍼스만큼 예쁠까? 아니, 내게는 그렇지 않을 것이다. 내 눈에는 어디든 샬러츠빌만큼 예뻐 보이지 않았다.

"이것도 봐봐. 여기 '과카몰리*'라는 클럽이 있어. '폭풍 관찰' 클럽도 있고. 와, 이것 봐! '마법사들과 머글들muggles'이라는 클럽

---

* Guacamole. 아보카도, 양파, 고추 등을 섞어 만든 멕시코 음식 이름이다.

도 있어. 미국 대학 통틀어서 가장 큰 해리 포터 클럽이래."

"와, 그건 정말 멋지다. 베이킹 클럽은 없어?"

언니가 웹사이트를 들여다보며 말했다. "없네. 네가 하나 만드는 것도 좋겠다!"

"그건…… 그것도 재미있겠네." 클럽 한두 개 정도 가입하는 것도 괜찮을 것 같았다.

언니가 나를 보고 씨익 웃었다. "그치? 이 학교에도 재미있는 거 많다니까. 게다가 치즈 숍도 있잖아."

'치즈 숍'은 윌리엄앤드메리 대학교 바로 옆에 있는 식품 전문점으로 당연히 치즈도 있고, 특이한 잼과 빵, 와인, 고급 파스타 같은 것도 있다. 하우스 드레싱을 곁들인 로스트비프 샌드위치도 정말 맛있다. 하우스 드레싱은 머스터드 드레싱에 마요네즈를 넣은 것 같은데 집에서 따라 해보려고 하니 그런 맛이 나지 않았다. 매장에서 갓 구운 빵과 함께 먹는 게 제일 맛있었다. 아빠도 머스터드와 샌드위치를 사러 그 가게에 자주 간다. 내가 윌리엄앤드메리 대학교에 입학하면 치즈 숍에 자주 들를 핑곗거리가 생겨서 아빠도 좋아하실 거다. 키티는 윌리엄스버그 아웃렛 몰을 좋아한다. 거기 케틀콘*을 파는 가게가 있는데 정말 중독성 있는 맛이다. 바로 앞에서 케틀콘을 튀겨주는데 팝콘이 너무 뜨거워서 포장지가 살짝 녹을 때도 있었다.

---

* 원래 주철 주전자(cast iron kettle)를 이용해 만들었다고 해서 '케틀콘'이라고 불리는 팝콘.

"콜로니얼 윌리엄스버그*에서 일자리를 구해보는 것도 괜찮을 것 같아." 나는 어떻게든 기운을 내려고 애쓰며 말했다. "버터를 젓는 거야. 사극 의상을 입고. 그런 거 있잖아, 식민지 시대 사람들이 입던, 앞치마 달린 옥양목 드레스 같은 거. 거기서는 현대 영어로 대화하는 게 금지라고 들었어. 그래서 아이들이 서로 실수하게끔 유도한다더라. 재미있을 것 같아. 그런데 아시아인을 고용할지 모르겠네. 역사 고증에 어긋나잖아."

"라라 진, 지금 우린 〈해밀턴〉의 시대를 살고 있어. 필리파 수 Phillipa Soo도 중국계 혼혈인 거 몰라? 필리파 수가 일라이자 해밀턴을 연기할 수 있다면 너도 버터를 휘저을 수 있어. 만약에 거기서 널 고용할 수 없다고 하면 SNS에 올려서 고발하고 고용하라고 해." 언니가 고개를 기울여 내 얼굴을 바라봤다. "이것 봐! 마음만 먹으면 즐길 수 있는 게 엄청 많잖아." 언니가 내 양 어깨를 붙들고 말했다.

"노력해볼게. 진짜로."

"윌리엄앤드메리에도 마음을 열어봐. 입학도 하기 전에 마음을 닫진 말았으면 좋겠어. 알았지?"

"알았어." 나는 고개를 끄덕였다.

---

* 과거 생활상과 풍경을 재현해놓은 미국 최대의 야외 역사 박물관으로 버지니아주에 있다.

라라 진의 세 번째 이야기

12

다음 날 아침 눈을 떠보니 잿빛 하늘에서 빗방울이 떨어지고 있었다. 집에는 우리 세 자매뿐이었다. 주방에 내려가 냉장고를 보니 병원에서 호출이 왔다며 저녁식사 때 보자는 아빠의 메모가 문에 붙어 있었다. 아직도 시차에 적응하지 못한 언니는 일찌감치 일어나서 아침으로 스크램블드에그와 베이컨을 준비하고 있었다.

나는 버터 바른 토스트 위에 달걀을 멋지게 올리고, 지붕을 두드리는 빗소리를 감상하다가 이렇게 말했다. "오늘 학교 가지 말고 재미있는 거 하고 놀까?"

"재미있는 거 뭐?" 키티가 눈을 반짝였다.

"넌 안 돼. 넌 학교 가. 난 학기가 끝난 거나 마찬가지니까 학교 안 가도 뭐라고 할 사람 없지만."

"아빠가 뭐라고 하시지 않을까?" 마고 언니가 말했다.

"어쨌든 뭐든 한다고 하면…… 뭘 하면 좋을까?"

"뭐든?" 언니가 베이컨을 씹으며 말했다. "기차 타고 뉴욕에 가서 〈해밀턴〉 복권에 당첨되는 거."

"나 빼고 갈 생각 하지 마." 키티가 말했다.

"조용히 해, *그리고 페기.*[*]" 나는 이렇게 말하며 낄낄 웃었다.

"그렇게 부르지 마." 키티가 나를 노려봤다.

"뭔지도 모르면서 열 내긴."

"마녀처럼 낄낄 웃은 사람은 언니거든? 그리고 〈해밀턴〉이 뭔지는 나도 알아. 언니가 하루 종일 사운드트랙 틀어놓잖아." 키티가 노래를 부르기 시작했다. "말은 좀 줄이고, 더 웃어봐……"[**]

"정확히 말하면 사운드트랙이 아니고 오리지널 캐스트 음반이야." 내 말에 키티가 눈을 부라렸다.

사실 제대로 비교하자면 키티는 토머스 제퍼슨[***]에 가깝다. 잔머리를 잘 굴리고, 멋을 부릴 줄 알며, 말대꾸를 재치 있게 잘한다는 점이 그렇다. 마고 언니는 두말할 것도 없이 앤젤리카다. 언니는 어릴 때부터 스스로 인생을 개척했다. 자기가 누구고 무엇을 하고 싶은지 언제나 잘 알았다. 나는 앤젤리카가 되고 싶지만 일라이자에 가깝다. 어쩌면 '그리고 페기'에 더 어울릴지도 모른다. 하지만 내 이야기를 직접 쓴다면 '그리고 페기'가 되고 싶지는 않다. 내가 되고 싶은 건 해밀턴이다.

하루 종일 비가 내렸다. 키티와 나는 학교를 마치고 집에 오자마자 곧바로 잠옷으로 갈아입었다. 마고 언니는 아예 잠옷

---

[*] 〈해밀턴〉에 등장하는 세 자매(Angelica, Eliza, and Peggy)를 언급할 때 막내 페기 앞에 항상 '그리고(and)'가 붙는 것을 이용해 키티를 놀리고 있다.

[**] 〈해밀턴〉에 나오는 〈Aaron Burr, Sir〉라는 곡의 가사 일부.

[***] 미국 3대 대통령. 해밀턴 등과 함께 '미국 건국의 아버지'로 꼽힌다.

라라 진의 세 번째 이야기

을 벗지도 않았다. 렌즈 대신 안경을 쓰고 머리도 위로 바짝 묶었다(그런데 길이가 짧아서 온통 삐져나왔다). 키티는 커다란 티셔츠를 입었고, 나는 쌀쌀한 날씨를 반기며 빨간색 잠옷을 꺼내 입었다. 유일하게 아빠만 아직 평상복 차림이었다.

우리는 저녁식사로 라지 사이즈 피자 두 판을 주문했다. 하나는 플레인 치즈 피자(이건 키티 거), 다른 하나는 온갖 게 다 들어간 수프림 피자다. 다 함께 거실 소파에 앉아 치즈가 주욱 늘어나는 피자를 입에 밀어 넣고 있는데 아빠가 갑자기 분위기를 잡으며 말했다. "얘들아, 너희들한테 할 말이 있어." 아빠는 헛기침을 했다. 아빠가 긴장할 때 나오는 버릇이었다. 키티와 내가 무척 궁금해하는 얼굴로 마주보고 있는데 아빠가 불쑥 내뱉었다. "트리나한테 청혼하려고 해."

"세상에!" 나는 두 손으로 입을 막았다.

키티는 두 눈을 크게 뜨고 천천히 입을 벌리더니 먹던 피자를 한쪽으로 내던지고 비명을 내질렀다. 소리가 어찌나 컸는지 제이미 폭스피클이 깜짝 놀라서 번쩍 뛰어올랐다. 키티가 아빠에게 곧장 날아가서 안기자 아빠도 웃음을 터뜨렸다. 나도 벌떡 일어나 아빠를 뒤에서 꼭 끌어안았다.

나는 계속 싱글벙글 웃었다. 완전히 멍한 얼굴로 앉아 있는 마고 언니를 보기 전까지는…… 아빠가 기대와 불안이 뒤섞인 얼굴로 언니를 바라봤다. "마고, 괜찮니? 네 생각은 어떠냐?"

"매우 좋아요."

"정말?"

마고 언니가 고개를 끄덕였다. "네, 좋아요. 트리나 아줌마도 좋은 분이잖아요. 키티도 아줌마를 엄청 좋아하고요. 그치, 키티?" 키티는 제이미와 함께 소파에서 방방 뛰며 소리 지르느라 대답할 겨를이 없었다. 언니가 침착한 목소리로 덧붙였다. "완전 잘된 것 같아요, 아빠. 진심이에요."

'완전'은 순전히 아빠를 생각해 덧붙인 표현이었다. 아빠는 일단 한시름 놓느라 경황이 없어서 그것까진 눈치채지 못했지만 나는 눈치챘다. 언니 입장에서는 편치 못한 게 당연했다. 언니는 아직도 우리 주방에서 로스차일드 아줌마를 보는 게 익숙하지 않다. 언니는 아줌마와 아빠가 가까워지는 과정을 지켜보지 못했다. 언니에게는 아직도 아줌마가 추리닝 반바지와 비키니 상의를 입고 잔디를 깎는 이웃처럼 보일 것이다.

"프러포즈할 때 너희가 도와줘야 해. 라라 진, 너한테 좋은 아이디어가 많을 것 같은데. 안 그러니?"

"당연하죠. 요즘 학교에서 프롬포즈가 한창이잖아요. 꽤 괜찮은 아이디어가 많았어요." 나는 자신 있게 말했다.

마고 언니가 나를 보며 웃었다. 거의 진심에서 우러나온 것 같은 미소였다. "차에 면도 크림으로 '나랑 결혼해줄래요'라고 쓰는 건 안 돼. 아빠한텐 좀 더 품위 있는 아이디어가 필요하다고."

"고고 언니, 프롬포즈도 언니 시대보다 훨씬 발전했거든?" 나는 아빠가 떨어뜨린 폭탄에서 언니가 빨리 회복되길 바라는 마음으로 장난스럽게 말했다.

"내 시대라니? 너랑 나랑 겨우 두 살 차인데 뭐라는 거야." 언니는 최대한 밝은 목소리로 말하려 했지만 어딘가 경직되어 있는 게 느껴졌다.

"고등학교 땐 두 살이면 엄청난 차이거든? 안 그래, 키티?" 나는 키티를 끌어당기며 꼭 안았다. 키티는 내 품에서 빠져나가려고 버둥거렸다.

"그래, 둘 다 선사시대 사람이야." 키티가 말했다. "프러포즈할 때 저도 끼워주세요, 아빠."

"당연히 그래야지. 너희들 없이는 결혼할 생각도 없어. 우린 한 팀이잖아. 안 그러니?" 아빠의 눈에 눈물이 맺힌 것 같았다.

"이야!" 키티는 어린아이처럼 팔짝팔짝 뛰며 환호성을 내질렀다. 너무 좋아서 거의 날아다닐 정도였다. 마고 언니도 그 모습을 지켜봤다. 언니에게는 키티의 행복이 무엇보다 중요한 것이었다.

"프러포즈 언제 하실 거예요?" 마고 언니가 물었다.

"오늘 밤!" 키티가 큰 소리로 내질렀다.

나는 키티를 보며 말했다. "안 돼! 그럼 완벽한 프러포즈를 구상할 시간이 부족하잖아. 적어도 일주일은 있어야 한다고. 아직 반지도 없고. 잠깐, 아빠. 반지 준비하셨어요?"

아빠가 안경을 벗고 눈물을 훔쳤다. "물론 준비 못 했지. 너희들한테 먼저 얘기하고 싶었거든. 나는 너희 셋이 모두 집에 있을 때 하고 싶어. 그래서 마고가 여름방학 때 또 오면 그때 프러포즈하려고."

"그럼 너무 오래 기다려야 하잖아요." 키티가 반대하고 나섰다.

"맞아요. 너무 오래 기다리지 마세요, 아빠." 언니도 거들었다.

"그럼 네가 반지 고르는 것만이라도 도와줄래?"

"그쪽으론 저보다 라라 진이 더 나을걸요. 저는 로스차일드 아줌마를 잘 알지도 못하잖아요. 아줌마가 어떤 반지를 좋아하실지 전혀 모르겠어요." 언니가 침착하게 대답했다.

순간 어두운 그림자가 아빠의 얼굴을 스치고 지나갔다. 언니가 '저는 로스차일드 아줌마를 잘 알지도 못하잖아요'라고 말한 순간이었다.

나는 헤르미온느처럼 최대한 밝은 목소리로 급히 말을 돌렸다. "'전혀' 모르겠다고(haven't a clue)?"* 나는 언니를 놀리기 시작했다. "고고 언니, 언니가 미국 사람이란 걸 까먹은 모양이지? 우리 미국에선 그런 귀족적인 표현은 쓰지 않아."

언니가 웃었다. 다른 가족들도 모두 웃음을 터뜨렸다. 언니도 아빠 얼굴을 스치고 지나간 그림자를 본 모양이었다. 이렇게 말한 걸 보면. "무조건 사진 많이 찍어서 저한테도 보내주세요."

아빠가 고마워하며 대답했다. "그래, 그럴게. 어떻게 될지 모르겠지만 동영상도 찍을 거야. 트리나가 받아줘야 할 텐데!"

"받아줄 거예요. 분명히 받아줄 거예요!" 우리가 입을 모아 말했다.

나는 마고 언니와 함께 남은 피자를 비닐로 싼 다음 알루미

---

* 마고가 'don't have' 대신 'haven't'라는 영국식 표현을 써서 말하자 라라 진이 그 표현을 되받아서 장난치고 있다.

라라 진의 세 번째 이야기

뉴 호일로 한 번 더 쌌다. "그러게 피자 두 판은 너무 많다니까." 언니가 말했다.

"키티가 학교 끝나고 와서 간식으로 먹는단 말이야. 피터도 먹을 거고." 거실 쪽을 슬쩍 살피니 키티와 아빠가 소파에 바짝 붙어 앉아 티비를 보고 있었다. 나는 목소리를 낮췄다. "진짜 언니 생각은 뭐야? 아빠가 로스차일드 아줌마한테 청혼하는 것에 대해 말이야."

"완전 미친 짓이야. 정말 기가 막혀. 바로 길 건너에 살잖아. 그냥 점잖게 데이트하고 그러면 되지, 왜 굳이 결혼까지 해?" 언니도 속삭이며 대답했다.

"정식 부부가 되고 싶으신 거겠지. 키티를 생각해서 그런 걸 수도 있고."

"그렇게 오래 사귀지도 않았잖아. 얼마나 됐지? 여섯 달?"

"그보단 오래됐어. 알고 지낸 지는 더 오래됐고."

"아줌마가 이 집에서 같이 살면 얼마나 이상할지 생각해봤어?" 언니가 호일에 싼 피자 조각들을 차곡차곡 쌓으며 물었다.

나는 잠시 생각해봤다. 로스차일드 아줌마가 우리 집에 자주 오긴 하지만 같이 사는 건 또 다른 문제다. 아줌마는 아줌마 나름의 생활방식이 있고 우리도 그렇다. 예를 들어 아줌마는 집 안에서 신발을 신지만 우리 집에선 벗는다. 그러고 보니 아줌마는 우리 집에서 자고 간 적이 한 번도 없었다. 언제나 밤이 되면 자기 집으로 돌아갔다. 막상 생각해보니 기분이 좀 이상하긴 했다. 게다가 아줌마는 빵을 냉장고에 넣어두는데, 나는 그게 너무 싫다. 아줌마네 개 시몬은 털도 많이 빠지고 카펫에 오줌도 싼다고 들었다. 하지만 여기서 짚고 넘어가야 할 것은 나는 버지니아 대학에 다니지 않을 테니 집에 있을 시간이 별로 없다는 거였다. 학교에서 대부분의 시간을 보낼 테니까. 나는 결국 솔직히 말했다. "우리가 이 집에 계속 있을 것도 아니잖아. 키티만 남을 텐데, 키티가 저렇게 좋아하는데……."

마고 언니는 바로 대답하지 않았다. "맞아. 둘이 참 가까워 보이긴 하더라." 언니는 냉동실 문을 열고 피자가 들어갈 자리를 만들며 말했다. "맞다. 스코틀랜드로 떠나기 전에 네 프롬 드레스부터 사러 가자."

"오오, 좋아!" 언니의 프롬 드레스를 사러 갔던 게 엊그제 같은데 이제 내 차례라니.

아빠가 주방에 들어온 줄도 몰랐는데 갑자기 뒤에서 아빠 목소리가 들렸다. "그럼 트리나하고도 같이 가지 그러니?" 아빠가 기대하는 눈빛으로 나를 바라봤다. 아빠가 그런 눈으로 봐야 할 사람은 내가 아닌데……. 나는 로스차일드 아줌마를 이미 좋아하니까. 아줌마가 자기편으로 끌어들여야 할 사람은 마고 언니라고요.

나는 슬쩍 시선을 돌려 언니를 보았다. 언니는 완전 뜨악한 얼굴이었다. 내가 입을 열었다. "그게…… 이번에는 송 자매들끼리 가고 싶어서요."

"아, 알았다." 아빠는 알아들었다는 듯 고개를 끄덕이고 마고 언니에게 말했다. "돌아가기 전에 아빠한테 시간 좀 내줄래? 오랜만에 단둘이 시간 좀 보내자. 같이 자전거 타는 건 어떠니?"

"좋아요." 마고 언니가 대답했다.

아빠가 돌아서자 언니가 입 모양으로 내게 말했다. "고마워."
로스차일드 아줌마를 배반한 것 같아 찜찜했지만 마고 언니는
내 언니다. 나는 언니 편이어야 한다.

마고 언니도 로스차일드 아줌마를 떼어놓고 우리끼리 드레스
쇼핑을 가는 게 마음에 걸렸는지 자꾸 일을 크게 벌였다. 다음
날 학교가 끝난 후 우리는 다 같이 쇼핑몰에 갔다. 각자 드레스
를 두 벌씩 골라 오면 나는 내 의사와 상관없이 모두 입어보기
로 했다. 내가 입은 걸 보고서 셋이 함께 평가하는 것이다. 언니
는 심지어 엄지손가락을 위로 올린 '좋아요'와 아래로 내린 '별
로예요' 이모지를 출력해서 주걱 모양으로 만들어 챙겨 오기가
지 했다.

안 그래도 좁은 탈의실이 드레스들 때문에 더 정신없었다. 마
고 언니가 키티에게 드레스를 옷걸이에 다시 걸어 정리하는 임
무를 맡겼지만, 키티는 언니의 휴대폰으로 캔디 크러시 게임을
하느라 드레스 정리 같은 건 때려치운 지 오래였다.

언니는 자기가 고른 드레스를 먼저 건넸다. 흘러내리는 스타
일의 검은 드레스인데 팔랑거리는 짧은 소매가 달려 있었다. "이
드레스에는 머리를 올리는 게 좋겠다."

"나라면 물결 웨이브를 할 거야." 키티가 고개도 들지 않고 말
했다.

마고 언니가 얼굴을 찡그리는 모습이 거울에 비쳤다.

"나한테 검은색이 어울릴까?" 나는 자신이 없었다.

"이제 검은색도 자주 입어봐. 너한테 잘 어울려."

"난 나중에 프롬 갈 때 꽉 끼는 가죽 드레스를 입을 거야." 키티가 다리에 앉은 딱지를 긁으며 말했다.

"5월의 버지니아에서는 더울 텐데." 내가 대꾸하는 동안 마고 언니가 지퍼를 올려줬다. "홈커밍* 땐 가죽 드레스 입어도 되겠다. 10월에 하니까."

우리는 다 함께 거울에 비친 내 모습을 살펴봤다. 가슴이 꽤 많이 남았다. 게다가 검은 드레스를 입으니 마녀처럼 보였다. 몸에 맞지 않는 드레스를 입은 마녀.

"그 드레스 입으려면 가슴이 커야 할 것 같아." 키티가 '별로예요' 주걱을 들고 말했다.

나는 거울을 통해 키티를 보며 인상을 찡그렸다. 하지만 맞는 말이었다. "그래. 네 말이 맞아."

"엄마는 가슴이 컸어?" 키티가 느닷없이 물었다.

"음. 별로 크지 않았던 것 같은데. 아마 A컵?" 언니가 말했다.

"큰언니는 무슨 컵이야?"

"B컵."

"그럼 작은언니는 엄마 닮아서 작은가 보네." 키티가 나를 빤히 바라보며 말했다.

---

* 북미 지역 고등학교, 대학교에서는 1년에 한 번씩 '홈커밍'이라는 졸업생 초청 파티가 열린다.

라라 진의 세 번째 이야기

"야, 나도 거의 B컵이거든? 꽉 찬 A니까 거의 B라고 봐야지. 누가 지퍼 좀 내려줘."

"트리 아줌마는 가슴이 큰데." 키티가 말했다.

"그거 진짜 아줌마 가슴이야?" 마고 언니가 지퍼를 내려주며 물었다.

"진짜 같던데." 나는 드레스에서 발을 빼고 키티에게 드레스를 건네줬다.

"진짜야. 아줌마가 비키니 입은 거 봤는데 누워 있을 때 자연스럽게 옆으로 퍼지더라고. 그걸 보면 알 수 있지. 가짜라면 누웠을 때 아이스크림 덩어리처럼 모양이 둥글게 살아 있을 거 아냐." 키티가 마고 언니의 휴대폰을 다시 집어 들며 말을 이었다. "그리고 내가 직접 물어봤어."

"가짜면 가짜라고 말 못 할 것 같은데." 마고 언니가 말했다.

"아줌마는 나한테 거짓말 안 해." 키티가 인상을 찌푸렸다.

"아줌마가 거짓말을 한다는 게 아니라 혹시 성형했다면 비밀로 할 거라는 얘기지. 그건 아줌마 권리니까!" 언니의 말에 키티가 냉랭하게 어깨를 으쓱했다.

로스차일드 아줌마의 가슴 얘기는 그만하고 싶어서 나는 얼른 다음 드레스를 입어봤다. "이건 어때?"

두 사람이 동시에 고개를 저으며 '별로예요' 주걱을 집어 들었다. 적어도 내가 입은 드레스에 가차 없는 평가를 내릴 때만큼은 둘이 마음이 통했다.

"내가 고른 건 어딨지? 다음엔 내가 고른 거 입어봐." 키티가 고른 드레스는 하얀색 오프숄더에 꽉 끼는 밴디지 스타일이었다. 나라면 늙어 죽을 때까지 전혀 시도해보지 않을 스타일인데 키티가 그걸 알고 일부러 골라온 거였다. "언니가 입은 거 보고 싶어서 그래."

키티가 그렇게 말하니 일단 입어봤다. 키티는 우리가 골라온 드레스 중에서 그게 가장 잘 어울린다고 강하게 밀어붙였지만, 실은 자기가 고른 드레스가 선택받길 바라는 것뿐이었다. 결국 맘에 드는 드레스는 찾지 못했지만 별로 걱정되지는 않았다. 프롬까지는 아직 한 달도 더 남았고, 일반 매장에 가보기 전에 빈티지 가게부터 샅샅이 뒤져보고 싶었다. 나는 연륜이 느껴지는 드레스를 입고 싶었다. 여기저기 다녀보고 많은 것을 보고 들은 드레스, 소녀 시절의 스토미 할머니가 댄스 파티에 가면서 입었을 법한 그런 드레스 말이다.

다음 날 아침 마고 언니는 드레스 후보를 정하면 자기도 볼 수 있게 사진을 찍어 보내라고 신신당부하고 스코틀랜드로 떠났다. 로스차일드 아줌마에 대해서는 더 이상 아무 말도 하지 않았다. 앞으로도 마찬가지일 것이다. 계속 구시렁거리는 건 언니 성격에 맞지 않으니까.

13

"프롬은 12월 31일하고 느낌이 참 비슷해." 루커스가 말했다. 나는 루커스, 크리스와 함께 양호실에서 빈둥거리고 있었다. 양호 선생님은 점심식사 중이었고, 우리가 양호실 소파에 누워 있어도 뭐라고 하지 않았다. 이제 졸업할 날이 얼마 남지 않아서 선생님들도 꽤나 관대한 분위기였다.

"초짜들한테나 그렇지." 크리스가 손톱을 물어뜯으며 비웃듯 말했다.

"내 얘기 아직 안 끝났거든?" 루커스가 한숨을 내쉬고 말을 이었다. "내 말은, 다들 프롬에 대한 기대가 너무 커서 정작 그날을 망쳐버린다는 거야. 미국의 고등학생이라면 다들 완벽한 하룻밤을 기대하게 마련이잖아. 그동안 투자한 시간과 돈 때문에 최고의 밤을 누려야 한다는 의무감이 드는 거지. 아니, 부채감이라고 하는 게 더 어울리겠다. 그만한 압박감에 부응할 수 있는 게 뭘까?"

고등학교에서의 완벽한 하룻밤이란 결국 계획하지도, 예상하지도 못한 하찮은 경험으로 끝나버리는 게 아닐까? 그냥 그렇게 되어버리는 것이다. 나는 이미 고등학교에서 피터와 함께 완벽한 밤을 열두 번 정도 보낸 것 같다. 그러니 굳이 프롬 날 최고의 밤을 보낼 필요는 없다. 내 프롬을 상상하면 먼저 턱시도를 입은 피터가 떠오른다. 턱시도를 입은 피터가 우리 아빠한테 공손하게 인사한 뒤 키티에게 코르사주를 달아준다. 그리고 다 함께 벽난로 선반 옆에서 사진을 찍는다. 흠, 키티에게 줄 코르사주도 준비하라고 피터에게 말해둬야겠다.

"그래서 넌 프롬에 안 가겠단 소리야?" 내가 물었다.

루커스가 한숨을 내쉬었다. "나도 모르겠어. 같이 가고 싶은 사람이 없어."

"피터만 아니면 내가 같이 가자고 했을 텐데." 나는 루커스와 크리스를 번갈아 바라봤다. "너희 둘이 같이 오면 안 돼?"

"난 프롬 안 가. 애플비 사람들이랑 워싱턴 가서 클럽 돌 거야." 크리스가 말했다.

"크리스, 프롬에 안 가는 게 말이 돼? 클럽은 다른 날 가도 되잖아. 프롬은 딱 한 번뿐이라고."

프롬 다음 날이 내 생일인 걸 크리스가 까먹은 거 같아서 조금 서운했다. 워싱턴에 가서 클럽을 전전할 계획이라면 주말 내내 그곳에 있을 거란 말인데, 그러면 내 생일날 크리스 얼굴도 못 보고 넘어간다.

"프롬에 가봤자 시시할 텐데, 뭐. 너 기분 상하라고 하는 말은 아니야. 넌 즐거운 시간 보낼 수 있을 거야. 파트너가 프롬 킹이잖아. 그리고 요즘에 같이 어울리는 다른 친구도 있잖아. 이름 뭐더라? 태미?"

"패미. 그래도 너 없으면 재미없단 말이야."

"으이그." 크리스가 한 팔로 나를 감싸 안았다.

"전에 나랑 약속했잖아. 프롬에 가서 밤새 놀다가 초등학교 운동장에서 해 뜨는 거 같이 보자고!"

"카빈스키랑 같이 보면 되잖아."

"그거랑 그거랑 어떻게 같아!"

"진정해. 넌 어쨌든 그날 밤 너의 그것을 잃게 될 테니, 내 생각은 조금도 안 날 거야."

"프롬 날 섹스할 계획 같은 거 없거든!" 나는 화난 목소리로 속삭였다. 그리고 잽싸게 루커스에게 시선을 돌렸다. 루커스는 꽤나 놀란 얼굴이었다.

"라라 진…… 카빈스키랑 아직도 안 했어?"

나는 고개를 두리번거리며 복도에 누가 있는지 확인했다. "그래, 안 했어. 다른 애들한텐 얘기하지 마. 부끄러워서가 아니라 그냥 남들한테 내 사생활까지 까발리고 싶지 않아서 그래."

"그래. 무슨 말인지 알겠어. 어쨌든…… 와아." 루커스는 여전히 충격이 가시지 않은 모양이었다. "그건 정말이지…… 와……."

"그게 그렇게 놀랄 일이야?" 루커스에게 이렇게 묻는데 양쪽 뺨이 살짝 붉어지는 게 느껴졌다.

"카빈스키는 완전…… 섹시하잖아."

나는 웃음을 터뜨렸다. "그건 그렇지."

"그래서 프롬 날 밤의 섹스가 중요한 이벤트라는 얘기야. 그렇잖아. 그게 관습이기도 하고, 다들 한껏 차려입고 밤새 놀 테니까. 대부분 프롬 날만큼은 멋지게 하고 오잖아. 열심히 치장들 하겠지. 손톱 발톱에 매니큐어를 칠하고 와서 성대한 파티를 여는 한 떼의 나그네 쥐들을 상상해봐. 뻔해."

"넌 파티 안 할 거라는 말이야?" 루커스가 물었다.

크리스가 루커스를 쏘아봤다. "당연히 해야지."

"그럼 왜 남들이 파티하는 걸 트집……." 내가 말했다.

"아니지. 그 얘길 하려는 게 아니라, 내 말의 요점은……." 크리스가 인상을 찡그렸다. "잠깐. 무슨 얘기 하고 있었지?"

"파티, 매니큐어, 나그네 쥐?" 루커스가 말했다.

"그 앞에."

"섹스?" 내가 물었다.

"그래, 그거! 내가 말하려던 건 프롬 날 처녀성을 잃는 건 뻔한 결말이지만, 뻔한 일이 뻔한 덴 다 이유가 있다는 거야. 그렇게 하는 게 실용적이거든. 밤새 외박하겠다, 멋지게 차려입었겠다, 기타 등등의 조건이 갖춰지면 자연스럽게 그렇게 되는 거라고."

"그게 그렇게 실용적이든 어쨌든 그날 내 머리가 잘됐다는 이유만으로 첫 섹스를 하지는 않을 거야."

"좋을 대로 해."

나도 확신은 없었다. 그래도 첫 섹스는 대학에 들어간 다음 하게 되지 않을까. 정말 성인이 된 다음에 나 혼자 사는 내 방에서. 나 라라 진이 키티의 언니이고 아빠의 딸인 우리 집에서 첫 섹스를 한다는 건 상상이 되지 않는다. 하지만 대학에 들어가면 그냥 라라 진뿐이다.

14

아빠의 프러포즈 날짜가 정해졌다. 이번 주 토요일, 아빠는 로스차일드 아줌마와 즐겨 찾는 등산로의 폭포 옆에서 프러포즈를 하기로 계획했다. 피터와 키티와 나는 나무 뒤에 숨어서 프러포즈 장면을 촬영하다가 로맨틱한 피크닉 바구니를 들고서 짠 하고 나타나기로 했다. 아빠는 아줌마가 거절할까 봐 동영상 촬영을 하는 것에 대해 망설였는데 키티가 간절히 애원했다. "마고 언니한테도 보여줘야죠." 키티는 계속 이렇게 주장했지만 어떻게든 따라가서 구경하고 싶은 게 진짜 이유였다. 물론 나도 마찬가지였다. 피터는 키티와 나를 태워줘야 해서 그냥 같이 가는 것이었다.

토요일 아침, 아빠가 아줌마를 데리러 가기 전에 갑자기 물었다. "얘들아, 상황을 봐서 트리나가 수락할 것 같지 않으면 촬영을 중단하는 게 어떠니?"

나는 로스트비프 샌드위치를 조심스럽게 파라핀지로 포장하다가 고개를 들고 말했다. "아줌마는 수락하실 거예요."

"어쨌든 조용히 빠져나가겠다고 약속해줘." 아빠가 키티를 빤히 보며 말했다.

"걱정 마세요, 커비 박사님." 피터가 한 손을 들고 하이파이브를 청하며 말했다.

두 사람이 손바닥을 마주치고 난 뒤 내가 말했다. "아빠, 반지 챙겼어요?"

"그럼!" 그런데 아빠가 곧 인상을 찡그렸다. "잠깐, 챙겼나?" 아빠는 양손으로 주머니들을 더듬다가 바람막이의 안주머니 지퍼를 열었다. "이런, 깜박했다!" 그리고 서둘러 위층으로 달려갔다.

피터와 나는 황당한 얼굴로 마주보았다. "너희 아빠 저렇게 긴장하신 거 처음 봐." 피터가 포도알 하나를 입에 던져 넣으며 말했다. "평소엔 참 침착하신데."

나는 그만 먹으라는 의미로 피터의 손을 찰싹 때렸다.

이번에는 키티가 포도알을 낚아채며 말했다. "이번 주 내내 저랬어."

아빠가 약혼반지를 들고 뛰어 내려왔다. 반지를 고를 때 키티와 나도 거들었다. 화이트 골드 프린세스 컷에 다이아몬드 헤일로*를 두른 반지다. 프린세스 컷은 내 의견, 헤일로는 키티의 의견이었다.

아빠는 로스차일드 아줌마를 데리러 갔고, 나는 간식거리를 피크닉 바구니에 담았다. 이 바구니를 쓸 일이 생겨서 기뻤다. 몇 년 전 중고 장터에서 산 건데 지금까지 쓸 일이 없었다. 나는 바

---

* '프린세스 컷'은 다이아몬드를 깎는 방식의 하나로 비교적 젊고 세련된 느낌이다. '헤일로'는 중심 보석 주변으로 후광이 비치는 것처럼 둘러놓은 보석을 말한다.

라라 진의 세 번째 이야기

구니에 샴페인 한 병, 완벽한 상태의 포도 한 송이, 샌드위치, 브리 치즈* 한 덩어리, 크래커를 담았다.

"물도 한 병 넣어. 걷고 나면 갈증 나실 거야." 피터가 말했다.

"프러포즈 수락하고 나서 엉엉 울다 보면 갈증 날 수도 있어." 키티가 말했다.

"한쪽 무릎 꿇고 프러포즈 시작할 때 음악을 트는 건 어때?" 피터가 제안했다.

"그건 계획에 없던 거라 아빠가 괜히 더 긴장할지도 몰라. 우리가 나무 뒤에서 음악을 틀 거라는 걸 아빠가 모르고 있었는데 갑자기 음악이 나오면 남들 시선을 더 의식할 수도 있어." 내가 말했다.

"음악은 동영상 편집할 때 넣으면 돼. 오늘은 두 분이 무슨 얘기 하는지 들어야지." 키티가 말했다.

"캐서린, 이건 영화가 아니거든? 실제 상황이라고." 내가 키티를 노려봤다.

나는 두 사람을 주방에 남겨두고 아래층 화장실로 향했다. 손을 씻고 수도꼭지를 잠그는데 키티의 목소리가 들렸다. "오빠, 라라 진 언니 없어도 가끔씩 우리 집에 나 보러 올 거야?"

"당연히 와야지."

"둘이 헤어져도?"

피터가 잠시 머뭇거렸다. "우린 안 헤어져."

---

* Brie cheese. 표면에 흰색 곰팡이가 덮여 있는 게 특징인 매우 부드러운 치즈.

"그래도 만약에 헤어지면?" 키티가 물고 늘어졌다.

"안 헤어진다니까."

키티는 못 들은 척했다. "조시 오빠도 놀러 온다고 하고선 한 번도 안 왔단 말이야."

피터가 잘난 척하며 말했다. "사람을 뭘로 보고! 내가 샌더슨 형이랑 같은 줄 알아? 내가? 그 형하고 난 완전히 다르거든? 그 형이랑 비교당하니까 기분 나빠지려고 하네."

키티는 마음이 놓인 듯 웃었지만 왠지 한숨처럼 들렸다. "그 래. 오빠 말이 맞아."

"나만 믿어, 꼬맹이. 너와 나의 관계는 변하지 않을 거야."

그렇게 말해주는 피터가 너무 사랑스러워서 눈물이 날 것 같 았다. 내가 없어도 피터가 키티를 잘 챙겨줄 것이다. 분명 그럴 것이다.

아빠는 정오 무렵 폭포에 도착할 거라고 귀띔해줬다. 그러니 우리가 자리를 잡고 기다리려면 11시 45분까지는 폭포에 도착 해야 한다. 하지만 키티가 무슨 일이 생길지 모르니 더 일찍 가 야 한다고 우겨서 계획보다 일찍 와버렸다.

우리는 로스차일드 아줌마의 눈에 쉽게 띄지 않으면서 두 분 을 잘 볼 수 있는 장소를 골랐다. 키티와 나는 한 나무 뒤에 같 이 숨었고, 피터는 가까이에 있는 다른 나무 뒤에 앉아 휴대폰 으로 동영상 촬영 준비를 했다. 키티가 자기가 찍고 싶다고 했 지만 나는 심사숙고 끝에 피터에게 맡겼다. 피터는 손도 떨지 않고 우리만큼 감정에 휘둘리지도 않을 테니 피터가 찍어야 한다.

정오가 막 지났을 때 아빠와 로스차일드 아줌마의 모습이 보였다. 아줌마는 무엇 때문인지 웃고 있었고, 아빠는 아침과 마찬가지로 긴장한 채 로봇처럼 따라 웃었다. 우리가 지켜보고 있다는 걸 모르는 아줌마가 아빠와 함께 있는 모습을 보고 있으니 흥미진진했다. 키티 말이 맞았다. 약간 영화를 보는 기분이었다. 아줌마와 함께 있으니 아빠도 왠지 젊어 보였다. 아빠가 사랑에 빠져서 그런 건지도 모르겠다. 폭포 근처에 이르자 아줌마가 탄성을 내질렀다. "와, 여기 정말 아름답네요!"

"목소리가 잘 안 들려. 폭포 소리가 너무 크잖아." 키티가 소곤거렸다.

"쉿. 네 목소리가 더 크단 말이야!"

"우리 사진 찍읍시다." 아빠가 바람막이 주머니에 손을 넣고 뒤적였다.

"셀카 찍는 거 싫어하시는 줄 알았어요!" 아줌마가 웃으며 말했다. "잠깐만요. 기념할 만한 순간이니까 머리 좀 다시 만져야겠어요." 아줌마는 포니테일 머리를 풀고 눌린 부분을 살짝 부풀렸다. 그러고 나서 목캔디인지 그냥 사탕인지를 입에 넣었다.

아빠는 한참 뜸을 들였다. 혹시 반지가 없어졌거나 의기소침해진 건 아닐까 하고 걱정하려던 참이었다. 아빠가 한쪽 무릎을 꿇고 앉아서 헛기침을 했다. 드디어 프러포즈가 시작되었다. 나는 키티의 손을 꽉 움켜쥐었다. 키티는 두 눈을 반짝였다. 나는 심장이 터질 것 같았다.

"트리나, 내가 다시 사랑에 빠질 거라고는 생각 못 했어요. 나는 예방주사를 맞았으니 그걸로 끝났다고 생각했죠. 우리 아이들도 있으니까요. 그래서 삶에서 무언가 빠졌다는 걸 깨닫지 못했어요. 당신을 만나기 전까지요."

아줌마가 감격해서 두 손으로 입을 가렸다. 두 눈에 눈물이 그렁그렁했다.

"남은 인생을 당신과 함께하고 싶어요, 트리나."

그때 아줌마가 목에 사탕이 걸려 켁켁거리기 시작했다. 아빠가 얼른 일어나 아줌마의 등을 두드렸다. 아줌마가 기침을 심하게 했다.

나무 뒤에 숨어 있던 피터가 낮게 속삭였다. "내가 가서 하임리히 요법을 해드릴까? 나 그거 할 줄 아는데."

"피터! 우리 아빠 의사거든! 아빠가 알아서 하실 거야."

아줌마는 기침이 가라앉자 똑바로 서서 눈물을 닦았다. "잠깐만요. 좀 전에 나한테 프러포즈한 거예요?"

"하려고 했는데…… 괜찮아요?"

"네!" 아줌마가 두 손으로 뺨을 감싸며 말했다.

"그 '네'는 괜찮다는 뜻이에요, 저랑 결혼하겠다는 뜻이에요?" 아빠가 반쯤 농담을 섞어서 물었다.

"결혼하겠다는 '네'요!" 아줌마가 큰 소리로 대답하자 아빠가 아줌마에게 다가가 입을 맞췄다.

"사생활 침해하는 기분이야." 내가 키티에게 말했다.

"드라마라고 생각해." 키티가 속삭였다.

아빠가 아줌마에게 반지를 내밀었다. 그러면서 아줌마에게 뭐라고 말했는데 내 귀에는 들리지 않았다. 어쨌든 아줌마는 방금 전보다 더 크게 웃음을 터뜨렸다.

"아빠가 뭐라고 한 거야?" 키티와 피터가 동시에 물었다. "아저씨가 뭐라고 하셨어?"

"나도 못 들었어! 둘 다 조용히 좀 해! 동영상 다 망치겠어!"

그 순간 로스차일드 아줌마가 우리 쪽을 바라봤다.

이런!

우리는 나무 뒤로 재빨리 몸을 숨겼다. 그때 아빠가 놀리듯 크게 외쳤다. "이제 나와도 된다, 얘들아. 트리나가 수락했어!"

우리는 앞으로 뛰쳐나갔다. 키티는 곧장 아줌마에게 달려가 품에 안겼고, 이내 아줌마와 함께 잔디밭에 쓰러져 뒹굴었다. 아줌마는 웃느라 숨도 제대로 쉬지 못했다. 아줌마의 웃음소리가 숲 속에서 메아리쳤다. 나는 아빠를 꼭 끌어안았다. 그 와중에도 피터는 계속 동영상을 찍었다. 착한 남자친구답게 길이길이 남을 이 순간을 열심히 카메라에 담아주었다.

"아빠, 행복하세요?" 내가 아빠를 올려다보며 물었다.

아빠는 눈물이 그렁그렁한 얼굴로 고개를 끄덕이며 나를 더 꼭 안아줬다.

그렇게 하여 작은 우리 가족이 조금 더 커졌다.

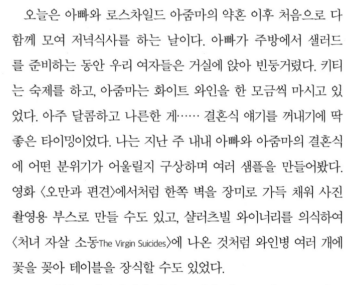

15

오늘은 아빠와 로스차일드 아줌마의 약혼 이후 처음으로 다함께 모여 저녁식사를 하는 날이다. 아빠가 주방에서 샐러드를 준비하는 동안 우리 여자들은 거실에 앉아 빈둥거렸다. 키티는 숙제를 하고, 아줌마는 화이트 와인을 한 모금씩 마시고 있었다. 아주 달콤하고 나른한 게…… 결혼식 얘기를 꺼내기에 딱 좋은 타이밍이었다. 나는 지난 주 내내 아빠와 아줌마의 결혼식에 어떤 분위기가 어울릴지 구상하며 여러 샘플을 만들어봤다. 영화 〈오만과 편견〉에서처럼 한쪽 벽을 장미로 가득 채워 사진 촬영용 부스로 만들 수도 있고, 샬러츠빌 와이너리를 의식하여 〈처녀 자살 소동The Virgin Suicides〉에 나온 것처럼 와인병 여러 개에 꽃을 꽂아 테이블을 장식할 수도 있었다.

로스차일드 아줌마에게 내가 준비한 걸 노트북으로 보여주었다. 아줌마는 놀란 눈치였다. 와인잔을 손에서 내려놓고 화면을 유심히 들여다보며 말했다. "너무 아름답다, 라라 진. 너무 예뻐. 이거 준비하느라 시간 꽤 들였겠는데?"

사실 시간이 엄청 많이 들긴 했다. 그래서 이번 주 피터의 라크로스 시합에 가는 것도 빼먹고, 패미와의 영화 약속도 건너뛰

라라 진의 세 번째 이야기

었다. 하지만 그만큼 이 작업도 중요했다. 물론 아줌마한테 이런 얘기는 하지 않았다. 대신 나는 기쁨이 넘치는 얼굴로 미소를 지어 보였다. "제가 준비한 샘플이 아줌마가 생각하는 결혼식 분위기하고 어울려요?"

"아…… 실은 아빠와 난 그냥 치안판사 만나고 오는 걸로 끝내려고 했어. 지금 내가 사는 집을 팔면 안 쓰는 물건들을 처분해야 하는데, 그것만으로도 벌써 골치가 아파서 말이야."

아빠가 한 손에 나무로 만든 샐러드 접시를 들고 다가와 무미건조한 투로 물었다. "지금 나랑 결혼하는 게 골치 아프다는 말이에요?"

아줌마가 놀란 눈으로 아빠를 바라봤다. "그 말이 아닌 거 알잖아요, 댄! 당신도 거창한 결혼식 같은 거 준비할 시간 없기는 마찬가지 아니에요?" 아줌마는 와인을 한 모금 마시고 다시 나를 보며 말했다. "너희 아빠나 나나 이게 첫 번째 결혼은 아니니까 일을 크게 만들고 싶지 않은 것뿐이야. 그냥 집에 있는 드레스 입고 해도 돼."

"일을 크게 벌이는 게 당연하지 않아요? 아빠가 만든 요리를 먹어주고 아빠가 좋아하는 다큐멘터리를 함께 봐주실 분을 찾기까지 얼마나 오랜 세월이 걸렸는데요!" 이렇게 말하며 나는 고개를 절레절레 저었다. "로스차일드 아줌마, 아줌마는 정말 기적 같은 분이에요. 그러니까 우리는 축하해야 한다고요." 나는 이미 주방으로 자취를 감춘 아빠를 향해 큰 소리로 외쳤다.

"아빠도 들었죠? 로스차일드 아줌마는 시청에 가는 걸로 끝내려고 했대요. 아빠가 아줌마 좀 잘 설득해보세요."

"그런데 너, 계속 나를 로스차일드 아줌마라고 부를 거야? 이제 곧 사악한 새엄마가 될 텐데 트리나라고 불러야지. 아니면 트리도 좋고. 둘 중에 맘에 드는 걸로 골라."

"그럼 '새엄마'는 어때요? 저는 그게 맘에 들어요." 나는 순진무구한 표정으로 말했다.

"요게! 혼난다!" 아줌마가 나를 찰싹 때렸다.

나는 깔깔 웃으며 아줌마의 손을 잽싸게 피했다. "결혼식 얘기 좀 더 해요. 이런 거 여쭤봐도 될지 모르겠는데요, 혹시 예전 결혼식 사진 가지고 계세요? 어떤 스타일로 입으셨는지 궁금해서요."

아줌마가 못 볼 걸 보았다는 듯한 표정을 지었다. "다 버린 것 같은데. 사진첩에 끼워놓은 사진이 한 장 있을지도 몰라. SNS가 유행하기 전에 결혼식을 올린 게 천만다행이다. 생각해봐. 이혼하면 인터넷에 올렸던 결혼사진을 다 내려야 하잖아."

"결혼 계획 세우면서 이혼 얘길 하면 부정 타지 않을까요?"

아줌마가 웃었다. "흠, 그럼 이미 망한 거네." 그 말에 내가 나도 모르게 깜짝 놀란 표정을 지은 모양이었다. 아줌마가 서둘러 수습했다. "농담이야! 너한테 보여줄 만한 결혼사진이 있나 한번 찾아볼게. 그런데 솔직히 보여주기 좀 민망해. 그땐 스모키 메이크업이 유행이었는데, 내가 좀 과하게 스모키에 빠져 있었거든. 초콜릿색 립라이너를 바르고 반짝이는 펄로 포인트를 주는 것도 2000년대 초반 유행이었고……."

나는 얼굴에 감정을 드러내지 않으려고 최대한 노력했다. "음, 알겠어요. 드레스는 어떤 거 입으셨어요?"

"한쪽 어깨만 드러낸 머메이드 스타일이었어. 엉덩이를 돋보이게 해주는 디자인이었지."

"알겠어요."

"이상하게 생각하지 마!"

아빠가 아줌마의 어깨에 한 손을 올리며 물었다. "집에서 결혼식을 올리는 건 어때요?"

"안마당에서요? 괜찮은 아이디어 같아요. 바비큐를 조그맣게 준비하고, 가족들이랑 친한 친구들 몇 명만 부를까요?"

그때 거실 저쪽에서 무릎 위에 수학 책을 올리고 앉아 있던 키티가 말했다. "아빠는 친구 없는데."

아빠가 찡그린 얼굴로 키티를 바라봤다. "나도 친구 있어. 병원에서 같이 일하는 강 박사랑 마저리도 있고, 디 고모도 있잖아. 말하고 보니 손님이 그리 많지는 않겠네……."

"내나 할머니는요?" 키티가 그 이름을 언급한 순간 아빠와 아줌마 모두 긴장하는 것 같았다. 친할머니는 결코 상냥한 분이 아니었다.

"할머니를 빼놓으면 안 되죠." 나는 키티를 거들었다.

친할머니와 로스차일드 아줌마는 지난 추수감사절에 한 번 만났다. 아빠가 교제 중인 사이라고 말하지 않았는데도 눈치가 백단인 할머니는 기회를 놓치지 않았다. 아줌마에게 자식이 있는지, 이혼한 지 얼마나 됐는지, 학자금 대출이 남아 있는지 등을 꼬치꼬치 캐물었다. 아줌마는 꽤 능숙하게 대처했다. 내가 할머니를 차까지 배웅할 때 할머니는 아줌마가 그다지 '나쁘지 않다'고 말했다. 나이에 비해 옷을 어리게 입긴 했지만 활력이 넘치고 성격이 밝은 것 같다고도 했다.

"거창한 결혼식은 이미 한 번 해봤으니 저도 손님이 많지 않을 거예요. 대학 친구들 몇 명이랑 같이 일하는 셸리는 꼭 부를 거고. 지니 언니랑 소울사이클 친구들 몇 명 정도?" 아줌마가 말했다.

"저희가 신부 들러리 해도 돼요?" 키티가 묻자 아줌마가 웃음을 터뜨렸다.

"키티! 그렇게 다짜고짜 물으면 어떡해!" 나는 이렇게 말했지만 대답이 궁금해서 아줌마를 빤히 바라봤다.

"당연하지. 라라 진, 들러리 하는 거 괜찮아?"

"저야 영광이죠."

"그럼 너희 세 자매랑 내 친구 크리스틴이 하면 되겠다. 신부 들러리에 크리스틴을 빼놓으면 나를 죽이려 들 거야."

나는 손뼉을 마주쳤다. "그럼 이렇게 정해졌으니 다시 드레스로 돌아가 볼까요? 앞마당에서 결혼식을 올린다면 드레스도 거기에 맞추는 게 좋겠어요."

"소매 있는 드레스여야 해. 출렁이는 내 박쥐 날개를 묶어놔야 하니까."

"로스⋯⋯ 아니, 트리나 아줌마. 아줌마한테 무슨 박쥐 날개가 있다고 그러세요?" 내가 말했다. 아줌마는 필라테스와 소울사이클로 몸매 관리에 신경 쓰고 있었다.

키티의 두 눈이 반짝거렸다. "박쥐 날개가 뭐예요? 징그러운 것 같은데."

"이리 와봐. 내가 보여줄게." 키티가 다가오자 아줌마가 한 팔을 들어 쭉 뻗었다. 그러더니 곧바로 키티를 붙잡고 간지럽히기 시작했다. 키티와 아줌마는 웃느라 숨이 넘어갈 지경이었다.

"징그럽다고? 사악한 새엄마에게 징그럽다고 하다니, 따끔한 맛을 보여주겠어!" 아줌마가 숨을 헐떡이며 말했다.

아빠는 그 어느 때보다 행복해 보였다.

그날 밤 욕실에서 키티가 양치질하는 동안 나는 한국 화장품 판매 사이트에서 구입한 새 각질 제거제를 얼굴에 발랐다. 호두껍질과 블루베리 성분이 들어간 제품이었다. "메이슨 유리병 Máson jàr에 깅엄gingham 체크…… 그러면서도 품격 있어 보여야 하는데……." 내가 생각에 잠겨 중얼거렸다.

"메이슨 유리병은 고리타분해. 핀터레스트 봐봐. 한 사람도 안 빼놓고 다 메이슨 유리병을 선택한다니까."

키티 말도 틀린 것은 아니었다. "음. 난 머리에 화관 써야지. 네가 고리타분하다고 해도 상관없어."

"언니는 화관 못 써." 키티가 딱 잘라 말했다.

"왜!"

"나이가 너무 많잖아. 화관은 화동이 써야지." 키티가 치약을 뱉어내고 말했다.

"아니야, 네가 뭘 몰라서 그래. 내가 말하는 건 안개꽃 화관이 아니란 말이야. 분홍색이나 복숭아색 장미꽃에다가 초록 나뭇잎을 많이 써서 장식할 거야. 담록색 나뭇잎 같은 거. 무슨 말인지 알겠지?"

키티는 단호하게 고개를 저었다. "우린 숲 속에 사는 요정이 아니거든? 그럼 너무 귀여워 보일 거야. 고고 언니도 나랑 같은 생각일걸?"

마고 언니도 키티와 같은 생각일 게 뻔하다. 나는 기운이 빠졌다. 이 문제는 나중에 생각해야겠다. 꼭 오늘 정할 필요는 없으니까. "드레스는 빈티지를 구해봐야겠어. 아이보리색 말고 베이지색에 가까운 걸로. 약간 나이트 가운 같은 스타일 있잖아. 여리여리한…… 요정이라기보단 좀 더 천상의 존재 같은 느낌."

"난 턱시도 입을 거야."

"뭐라고!" 나는 사레가 들릴 뻔했다.

"턱시도 입고 컨버스 신는다고."

"내 눈에 흙이 들어가기 전에는 안 돼!"

키티가 어깨를 으쓱했다.

"키티, 군이 정장을 입을 필요가 없는 결혼식이야. 안마당에서 하는데 턱시도는 어울리지 않는다고! 그리고 우리 셋은 세트처럼 맞춰 입어야지! 송 자매 세트!"

"트리 아줌마하고 아빠한테도 벌써 그렇게 얘기했어. 두 분은 좋다고 하던데? 그러니 언니도 그냥 받아들여." 키티는 절대 양보하지 않겠다는 단호한 표정을 지어 보였다. 이럴 땐 꼭 황소 같다.

"그럼 시어서커* 수트를 입어. 턱시도는 너무 더울 거야. 시어서커는 바람이 통하잖아." 내가 이만큼 양보했으니 키티도 어느 정도는 양보할 줄 알았다. 하지만 꿈쩍도 하지 않았다.

"모든 걸 언니가 결정하려고 하지 마. 언니 결혼식이 아니잖아."

"그건 나도 알거든!"

"그럼 잊지 말라고."

내가 키티를 붙잡아 흔들어주려고 하는데 키티는 그전에 달아나 버렸다. 달려가다가 뒤돌아보며 외쳤다. "언니 인생이나 신경 써!"

---

* Searsucker. 면직물의 일종. 가볍고 세탁이 편해서 여름용 드레스나 수트에 많이 사용된다.

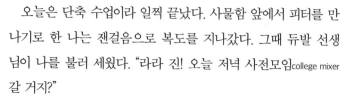

16

오늘은 단축 수업이라 일찍 끝났다. 사물함 앞에서 피터를 만나기로 한 나는 잰걸음으로 복도를 지나갔다. 그때 듀발 선생님이 나를 불러 세웠다. "라라 진! 오늘 저녁 사전모임college mixer 갈 거지?"

"아……." 사전모임이라니 금시초문이었다.

"까먹을까 봐 지난주에 이메일도 다시 보내줬더니! 윌리엄앤드메리 대학에 합격한 우리 지역 학생들을 위한 작은 모임이야. 우리 학교엔 몇 명 없지만 다른 학교 학생들이 많이 올 거다. 입학하기 전에 같이 공부할 친구들을 만나볼 수 있는 좋은 기회야."

"아……." 이메일을 보긴 했는데 완전히 까먹고 있었다. "저도 정말 가고 싶은데요. 오늘은 집에 일이 있어서 힘들 것 같아요."

엄밀히 말하면 집안일이 맞다. 오늘 리치먼드에서 유품 저가 판매를 한다고 해서 피터와 함께 가기로 했다. 피터는 피터네 엄마가 운영하는 앤티크 숍에 진열해둘 만한 작은 테이블을 보기로 했고, 나는 아빠의 결혼식 때 케이크 테이블로 쓸 만한 물건을 찾아볼 계획이었다.

듀발 선생님은 나를 가만히 바라보고 말했다. "알았다. 모임은 다음에 또 있을 거야. 아무나 갈 수 있는 자리가 아니라는 건 너도 잘 알겠지, 라라 진?"

"그럼요." 나는 선생님이 안심할 만한 대답을 대충 얼버무린 뒤 허둥지둥 달려갔다.

유품 저가 판매에서는 건진 게 없었다. 적어도 나한테는 그랬다. 피터는 작은 테이블을 몇 개 골랐다. 하지만 우아한 안마당 결혼식에 어울릴 만한 테이블은 보이지 않았다. 대체품으로 쓸 만한 서랍장이 하나 있긴 했다. 페인트를 새로 칠하거나 스텐실로 장미 봉오리를 그려 넣으면 괜찮을 것 같았는데 가격이 300 달러였다. 아빠와 트리나 아줌마가 가격을 알면 그 서랍장은 안 된다고 하실 것 같았다. 그래도 혹시 몰라 일단 사진을 찍어 두었다.

피터와 나는 내가 인터넷에서 검색한 '크로커스 스폿'이라는 식당에 가서 달콤한 소스에 담긴 버터 콘브레드와 생선튀김을 먹었다. "리치먼드는 시원하네. 윌리엄앤드메리 대학교도 리치먼드에 있으면 좋을 텐데. 버지니아 대학교하고도 가까우니까." 피터가 턱에 묻은 소스를 닦으며 말했다.

"30분 거리야. 계산해보니까 버지니아 대학에 편입할 때까지 1년도 안 남았더라고." 나는 손가락을 접으며 몇 개월 남았는지 세어봤다. "실제로는 아홉 달이야. 겨울방학 때도 집에 올 거고, 봄방학도 있고."

"맞아."

집에 도착했을 땐 해가 저서 캄캄했다. 아빠, 트리나 아줌마, 키티가 함께 식사 중이었다. 식사는 거의 끝나가고 있었다. 내가 주방에 들어서자 아빠가 자리에서 일어나며 말했다. "앉아라. 저녁 차려줄 테니." 그리고 윙크를 하며 덧붙였다. "트리나가 오늘 레몬치킨을 만들었어."

트리나 아줌마의 레몬치킨은 레몬으로 양념한 닭가슴살을 사기그릇에 담아 오븐에 굽기만 하면 된다. 요리법은 단순하지만 정말 맛있어서 아줌마가 자랑할 만한 요리다. 하지만 나는 의자에 앉으며 말했다. "괜찮아요. 엄청 배부르게 먹고 왔어요."

"사전모임에서 저녁도 줬어?" 아빠가 다시 자리에 앉으며 물었다. "모임은 어땠어?"

"사전모임 있는 거 어떻게 아셨어요?" 나는 팔을 뻗어 아줌마의 개인 시몬을 쓰다듬으며 물었다. 시몬은 방금 나를 따라 주방에 들어와 부스러기라도 얻어먹을까 싶어 내 발치에 앉아 있었다.

"우편으로 초대장이 와서 내가 냉장고에 붙여놨잖니!"

"아! 근데 저 오늘 거기 안 갔어요. 피터랑 리치먼드에 갔었거든요. 결혼식 때 케이크 테이블로 쓸 만한 게 있나 보려고요."

"학교 끝나고 리치먼드까지 다녀왔단 말이야? 케이크 테이블 때문에?" 아빠가 인상을 쓰며 말했다.

이런! 나는 재빨리 휴대폰을 열어서 서랍장 사진을 보여드렸다. "조금 비싸긴 한데, 서랍을 반쯤 열고 장미로 가득 채우는 것도 괜찮을 것 같아요. 이걸 못 구하더라도 비슷한 걸 찾을 수 있을 거고요."

아빠가 얼굴을 가까이하고 사진을 들여다봤다. "서랍을 장미로 가득 채운다고? 돈도 많이 들 테고, 환경보호 측면에서도 바람직하지 않을 것 같은데."

"데이지 꽃으로 채울 수도 있지만 효과는 좀 차이가 있겠죠." 나는 말을 잇기 전에 키티를 흘깃거렸다. "신부 들러리 드레스 좀 의논했으면 좋겠는데요."

"잠깐만. 그전에 네가 사전모임을 빼먹고 리치먼드에 다녀온 얘기부터 하자."

"걱정 마세요, 아빠. 사전모임은 학기 시작 전에 여러 번 열릴 거예요." 이어서 나는 키티에게 말했다. "키티, 신부 들러리 드레스 말인데……."

"언니가 전에 말한 그 나이트 가운은 언니 혼자 입어." 키티가 고개도 들지 않고 내 말을 끊었다.

키티가 내 드레스를 나이트 가운이라고 부르는 건 그냥 무시하고 말했다. "나 혼자 드레스 입으면 이상하잖아. 다 같이 입어야 예쁜 건데. 들러리들끼리 드레스를 맞춰 입어야지. 천사들처럼 우아하게. 그래야 그림이 딱 나온다고. 나 혼자 입으면 무슨 소용이야. 우리 셋이 다 같이 입어야지." 사람들에게 이 결혼식의 분위기를 설명하면서 '우아한'이라는 단어를 대체 몇 번이나 입에 올리고 있는지 모르겠다.

"세트로 입고 싶으면 언니가 턱시도를 입어. 그건 찬성할게."

나는 소리 지르지 않으려고 숨을 꾹 참았다. "그럼 마고 언니

의견을 물어보자."

"큰언니는 어느 쪽이든 상관하지 않을 거야."

키티가 접시를 개수대에 넣으려고 자리에서 일어났다. 키티가 등을 보이자 나는 뒤에서 목 조르는 시늉을 했다. "봤거든." 키티가 돌아보지도 않고 말했다. 저 녀석은 뒤통수에도 눈이 달린 게 분명하다.

"트리나 아줌마, 아줌마 생각은 어떠세요?" 내가 물었다.

"난 너희들이 뭘 입든 신경 덜 쓸 거야. 그래도 결정하기 전에 마고나 크리스틴하고 이야기를 해봐야겠지. 두 사람도 생각해 둔 게 있을지 모르니까."

내가 조심스럽게 말했다. "음, 신경 '덜 쓴다'보단 '안 쓴다'고 말하는 게 맞는 것 같아요. 신경이 덜 쓰인다면 신경이 쓰이긴 하는 거잖아요."

아줌마가 놀라서 눈을 동그랗게 떴다. 키티가 자리로 돌아와 앉으며 말했다. "대체 왜 그래?"

나는 키티 옆구리를 슬쩍 찌르고 아줌마를 보며 말했다. "크리스틴 아줌마는 어른이잖아요. 그러니 어린 저희들이 뭘 하든 괜찮다고 하실 거예요. 어른이니까요."

트리나 아줌마는 잘 모르겠다는 얼굴이었다. "크리스틴은 팔이 드러나는 옷이라면 입으려고 하지 않을 거야. 아마 드레스에 어울리는 카디건을 입자고 할 수도 있어."

"아, 이런."

아줌마가 두 손을 들며 말했다. "크리스틴이랑 직접 얘기하는 게 좋겠다. 그리고 말했다시피, 나는 신경 덜 쓸 거니까." 아줌마가 내게 곁눈질하며 말했다. 내가 웃음을 터뜨리자 키티도 함께 웃었다.

"잠깐 있어봐라. 사전모임 얘기 좀 더 하자니까? 굉장히 유익한 행사 같던데." 아빠가 인상을 쓰며 말했다.

"다음에 꼭 갈게요." 나는 이렇게 말했지만 당연히 진심은 아니었다.

고작 아홉 달 다니고 그만둘 건데 사전모임에 가서 사람들과 친해지는 게 무슨 소용일까 싶었다.

나는 그릇에 아이스크림을 담아 위층으로 올라갔다. 마고 언니가 일어났는지 확인하려고 문자를 보냈더니 언니는 깨어 있었다. 나는 곧 언니에게 전화해 이 들러리 드레스 분쟁에 대한 지지를 요청했다. 하지만 키티 말대로 언니는 이러거나 저러거나 상관없다는 입장이었다.

"너희들이 고른 대로 입을게."

"위기가 닥쳤을 때 중립을 선택한 사람들은 지옥에서도 가장 뜨거운 불구덩이에 떨어진다고 했어." 나는 스푼을 빨며 말했다.

언니가 웃음을 터뜨렸다. "다른 여자를 돕지 않은 여자가 지옥에서 가장 뜨거운 불구덩이에 떨어지는 줄 알았는데."

"지옥에 불구덩이야 많겠지. 근데 솔직히 말해봐. 키티가 턱시도 입으면 웃길 것 같지 않아? 안마당 결혼식이잖아. 우아한 맛이 있어야지!"

"키티가 턱시도 입은 것보다 네가 혼자 화관 쓰고 있는 게 더 웃길 것 같은데. 그냥 입게 놔둬. 너는 화관 쓰고 싶으면 쓰고. 나는 중립을 지킬 거야. 솔직히 로스차일드 아줌마랑 친하지도 않은데 내가 신부 들러리를 왜 해야 하는지도 모르겠다. 아줌마가 착해서 우리한테 들러리 해도 된다고 한 것 같긴 한데, 그건 좀 오버라고."

괜히 쓸데없는 말을 꺼내서 턱시도니 화관이니 하는 문제로 분란을 일으킨 건 아닌지 후회됐다. 마고 언니가 핑계를 대면서 결혼식에 참석하지 않겠다는 말만 하지 않았으면 좋겠다. 언니가 트리나 아줌마에 대해 미적지근한 태도를 보였을 때가 그나마 나았다. 나는 급하게 상황을 수습해보려고 했다. "그럼, 화관을 쓸 필요는 없을 것 같아. 언니랑 나는 그냥 수수한 드레스를 입고 키티는 턱시도 입으라고 하지 뭐. 그것도 괜찮을 것 같아."

"오늘 사전모임은 어땠어? 괜찮은 친구들 좀 만났어?"

"어떻게 나만 빼고 사전모임에 대해 다 알고 있는 거야?"

"냉장고에 붙어 있던데?"

"아, 난 안 갔어."

언니가 잠시 뜸을 들였다. "라라 진, 윌리엄앤드메리 대학교에 예치금은 보냈어?"

"조만간 보낼 거야! 5월 1일 전까지만 보내면 돼."

"혹시 마음이 바뀔 것 같아서 그래?"

"아니야! 시간이 없어서 그래. 결혼식 준비도 그렇고 이것저것 정신없어 죽겠다고."

"결혼식에 신경 쓸 일이 많은가 보네. 두 분은 간단하게 하고 싶어 하시는 것 같던데."

"여러 가능성을 따져보는 거야. 간단하게 하긴 할 건데, 정말 특별한 결혼식을 하면 좋을 것 같아서 그래. 세월이 흐른 뒤에도 잊지 않고 추억할 수 있도록 말이야."

통화를 마치고 아래층으로 내려갔다. 다 먹은 아이스크림 접시를 개수대에 넣고 다시 내 방으로 향하다가 거실을 들여다보게 됐다. 벽난로 위에 걸린 엄마 아빠의 결혼식 사진이 눈에 띄었다. 엄마는 소매가 짧고 치마가 몸을 따라 흘러내리는 레이스 드레스를 입고 있었다. 옆으로 말아 올린 머리는 몇 가닥이 자연스럽게 흘러내려 있었다. 귀에는 다이아몬드 귀고리가 걸려 있는데 엄마가 저 귀고리를 하고 있는 모습을 실제로 본 기억은 없다. 엄마는 액세서리도, 화장도 거의 안 하는 편이었다. 아빠는 회색 정장을 입었는데 머리는 아직 회색이 아니었다. 두 뺨은 사과처럼 매끈해서 수염 자국이 전혀 보이지 않았다. 엄마는 내 기억 속의 모습과 별반 다를 게 없지만 아빠는 훨씬 젊어 보였다.

문득 이 사진을 다른 곳으로 치워야겠다는 생각이 들었다. 트리나 아줌마가 이걸 매일 본다면 기분이 썩 좋지 않을 것이다. 지금까지는 별로 신경 쓰지 않는 것 같지만, 결혼식을 올리고 여기서 살게 되면 느낌이 다를 수 있다. 마고 언니도 이 사진을 갖고 싶어 할 것 같다. 하지만 일단은 내 방에 걸어두고 나중에 언니가 오면 물어봐야겠다.

며칠 뒤 저녁 시간이 지났을 때 트리나 아줌마의 친구인 크리스틴 아줌마가 우리 집에 왔다. 로제 와인 한 병과 결혼 관련 잡지 한 무더기를 들고서. 트리나 아줌마의 얘기만 들었을 땐 크리스틴 아줌마가 덩치 크고 우락부락한 사람 같았는데, 직접 보니 그렇지도 않았다. 키는 나와 비슷하고, 머리는 갈색에 짧은 단발이고, 피부는 까무잡잡했다. 크리스틴 아줌마는 《마사 스튜어트 웨딩》 잡지를 엄청나게 많이 가져왔다. 꽤 오랫동안 모은 모양이었다. "모서리 구겨지지 않게 조심해." 아줌마의 말에 나는 인상을 찡그렸다. 내가 구기기라도 한 것처럼 말하다니.

"일단 신부 파티bridal shower를 어떻게 할지부터 얘기하자." 크리스틴 아줌마가 제이미를 쓰다듬으며 말했다. 제이미는 아줌마 무릎에 황갈색 머리를 올리고 앉았다. 제이미가 낯선 사람에게 이렇게 빨리 마음을 여는 걸 보기는 처음이었다. 나는 좋은 징조로 받아들이기로 했다.

"티 파티처럼 하는 것도 재미있을 것 같아요. 가장자리를 잘라낸 식빵으로 샌드위치도 만들고, 한입에 먹을 수 있는 스콘도 만들고요. 고형 크림이랑……." 내가 말했다.

"난 소울사이클 파티를 생각했는데. '팀 트리나'라고 적힌 형광 탱크톱을 맞춰 입는 거야. 그리고 연습실을 통째로 빌리는 거지!" 크리스틴 아줌마가 말했다.

나는 실망한 티를 내지 않으려고 괜히 생각하는 척하며 고개를 끄덕였다.

"있잖아, 둘 다 멋진 아이디어긴 한데 신부 파티는 안 할 거야." 트리나 아줌마가 말했다. 크리스틴 아줌마와 나는 놀라서 그대로 굳어버렸다. "지금은 필요한 게 별로 없잖아. 신부 파티는 새 살림에 필요한 물건들을 선물하는 파티인데, 난 필요한 게 전혀 생각나지 않거든." 트리나 아줌마가 미안하다는 듯 말했다.

"우리 집에 아이스크림 제조기 없는데요." 내가 얼른 말했다. 요즘 계속 아이스크림 만들기에 도전해보고 싶은 마음이 드는데, 내가 찜해둔 제조기는 400달러가 넘었다. "아빠는 파스타 기계가 갖고 싶대요."

"그런 건 우리가 직접 사면 돼. 둘 다 경제활동을 하고 있잖아." 이렇게 말하는 트리나 아줌마를 크리스틴 아줌마가 설득하려 들자 트리나 아줌마가 또 쏘아붙였다. "설득하려고 하지 마. 신부 파티는 안 해. 나 지금 40대라고. 이미 다 해봤어."

크리스틴 아줌마도 쉽게 물러서지 않았다. "그게 신부 파티랑 무슨 상관이야? 신부 파티를 하는 이유는 신부가 특별한 사람이고 사랑받는 사람이란 걸 느끼게 해주려는 거잖아. 어쨌든 알았어. 네가 그렇게 말하니 우리도 관둘게."

"고마워." 트리나 아줌마가 친구의 어깨에 팔을 둘렀다. 크리스틴 아줌마는 무언가 단단히 결심한 얼굴이었다.

"그래도 처녀 파티bachelorette는 절대 양보하지 않을 거야. 처녀 파티는 무조건 한다. 얘기 끝."

"그건 말리지 않을게. 아까 네가 말한 소울사이클 아이디어를 처녀 파티에 써먹어도 되겠다." 트리나 아줌마가 웃으며 말했다.

"안 돼. 처녀 파티는 더 크게 해야. 라스베이거스를 가든지,

안 그래? 너 라스베이거스 좋아하잖아. 오늘 밤 다른 애들한테도 이메일을 보내자. 세라 남편이 벨라지오 호텔에 스위트룸 잡아줄 거야."

"라스베이거스는 안 돼. 처녀 파티는 동네에서 할 거고 미성년자도 참여할 수 있어야 해. 그래야 우리 애들도 오니까."

"무슨 애들?" 크리스틴 아줌마가 따지듯 물었다.

트리나 아줌마가 나를 가리켰다. "우리 딸들." 아줌마는 나를 보며 쑥스러운 듯 미소를 지었다. 그 모습을 보니 나도 절로 미소가 나왔다. 가슴속이 따뜻해지는 느낌이었다.

"노래방 가는 건 어때요?" 내가 묻자 트리나 아줌마가 좋아서 손뼉을 쳤다.

크리스틴 아줌마는 놀라서 입을 쩍 벌렸다. "기분 나쁘게 생각하지 말고 들어, 라라 진. 트리나, 너 지금 대체 뭐하자는 거야! 처녀 파티에 의붓딸들을 데려오는 경우가 어딨어? 그건 아니야. 그럼 처녀 파티에서 해야 하는 것들을 하나도 못 하잖아. 옛날 기억 안 나? 처녀 파티면 술 진탕 취해서 알몸으로 기절도 하고 그러는 거지. 싱글로 보내는 마지막 순간이니까!"

트리나 아줌마가 나를 보며 고개를 절레절레 흔들었다. "분명히 말하는데 '술 진탕 취해서 알몸으로 기절'한 적 없어." 그리고 크리스틴 아줌마를 보며 말했다. "크리스틴, 이 아이들은 그냥 의붓딸들이 아니야. 그냥…… 우리 애들이지. 너무 걱정하지는 마. 재미있게 할 수 있으니까. 마고는 대학생이고 라라 진도 이제 대학생이나 마찬가지니 상그리아sangria나 샤도네이chardonnay

정도는 마셔도 될 거야."

"아줌마, 정말 화이트 와인을 좋아하시나 봐요." 내 말에 트리나 아줌마가 내 어깨를 찰싹 때렸다.

"막내는 몇 살이야?" 크리스틴 아줌마가 크게 한숨을 내쉬고 물었다.

"키티는 나이에 비해 좀 성숙하니까 괜찮아." 트리나 아줌마가 말했다.

"그건 절대 안 돼. 처녀 파티에 어린이를 데려오면 안 되지. 옳지 않다고." 크리스틴 아줌마가 팔짱을 끼고 말했다.

"크리스틴!"

이쯤 되자 내가 끼어드는 게 낫겠다는 생각이 들었다. "저도 크리스틴 아줌마와 같은 생각이에요. 노래방에 키티를 데리고 가는 건 좀 그래요. 너무 어리잖아요. 열한 살짜리는 들여보내 주지 않을 거예요."

"빼놓고 가면 키티가 엄청 실망할 텐데."

"그건 키티가 극복할 거예요." 내가 말했다.

크리스틴 아줌마가 로제 와인을 한 모금 마시고 말했다. "아이들은 가끔 실망도 하고 그래야 해. 그래야 진짜 세상에 나가서도 대처할 수 있어. 세상은 우리 마음대로 되는 게 아니니까."

"처녀 파티에 키티를 못 데려가게 하면 나도 남근 모양으로 된 건 전부 다 반대할 거야. 무슨 말인지 알지? 남근 케이크도 안 되고, 남근 빨대도 안 되고, 남근 파스타도 안 돼. 남근 금지. 끝." 트리나 아줌마가 친구를 노려보며 말했다.

나는 얼굴을 붉혔다. 남근 모양 파스타 같은 게 있단 말이야?

"알았어." 크리스틴 아줌마가 아랫입술을 쭉 내밀었다.

"그럼 됐어. 이제 결혼식 얘기로 넘어가 볼까?"

나는 노트북을 켜고 내가 준비한 샘플들을 열었다. 그때 키티가 등장하여 상황을 점검하기 시작했다. 조금 전까지만 해도 거실에서 티비를 보고 있었는데…… "계획은 어디까지 세웠어요?"

"이제 음식 정할 차례야." 크리스틴 아줌마가 키티를 가만히 바라보다가 대답했다.

"푸드 트럭은 어때요? 와플 트럭 같은 거요." 내가 제안했다.

"바비큐가 좋을 것 같은데. 트리나가 바비큐 좋아하니까." 크리스틴 아줌마가 입술을 오므렸다.

"흐음, 근데 바비큐는 다른 사람들도 많이 하지 않나요? 그건 좀……."

"고리타분하다고?" 키티가 끼어들었다.

"흔하다고 말하려고 했는데." 사실 고리타분하다고 말하려 했다.

"트리나는 바비큐를 좋아한다고!"

"나 여기 있거든! 없는 사람 취급하지 말아줄래?" 트리나 아줌마가 말했다. "바비큐 좋지. 메이슨 유리병도 쓸까?"

나한테 그랬던 것처럼 키티가 이번에도 메이슨 유리병은 퇴짜 놓을 줄 알았다. 그런데 키티는 이렇게 묻기만 했다. "음료수에 식용 꽃을 넣는 건 어때요?" 아무래도 이건 내 아이디어였던 것 같은데 키티는 자기 아이디어인 것처럼 말했다.

"그러자! 완전 맘에 들어!" 트리나 아줌마가 앉은 자리에서 엉덩이를 들썩이며 말했다.

나는 재빨리 덧붙였다. "예쁜 펀치 볼*에 꽃잎을 몇 장 띄우는 방법도 있어요."

크리스틴 아줌마가 맘에 든다는 표정으로 나를 바라봤다.

나는 자신감이 붙어서 좀 더 호기롭게 떠들었다. "케이크는 웨딩 케이크랑 그룸 케이크**를 따로 준비하는 게 좋겠어요."

"케이크가 두 개나 필요해? 어차피 손님도 많지 않을 텐데." 트리나 아줌마가 손톱을 물어뜯으며 말했다.

"여긴 남부잖아요. 그룸 케이크는 필수예요. 아줌마를 위한 웨딩 케이크로는 바닐라 버터크림 프로스팅을 올린 노란 케이크를 생각해뒀고요." 트리나 아줌마가 나를 보고 활짝 미소 지었다. 아줌마는 아무것도 들어가지 않은 케이크를 가장 좋아한다. 만드는 건 그다지 재미있지 않지만 어쨌든 아줌마가 가장 좋아하는 거니까. "아빠를 위한 그룸 케이크는…… 민트 케이크예요! 민트로 프로스팅한 초콜릿 케이크요. 민트를 잘게 부숴서 케이크 위에 얹을 거예요." 그룸 케이크에 대한 구상도 확실했다.

이번에는 키티가 맘에 든다는 듯 고개를 끄덕였다. 지난 몇 주 동안 인생에 별다른 확신이 없었는데 오랜만에 내 영역 안으로 돌아온 기분이었다.

---

* punch bowl. 펀치(과일즙에 설탕, 양주 등을 섞은 음료)를 담는 넓은 그릇.

** Groom's Cake. 신랑을 위해 신부가 선물하는 케이크. 영국의 결혼식 관습이지만 미국 남부 지역에서도 흔히 볼 수 있다.

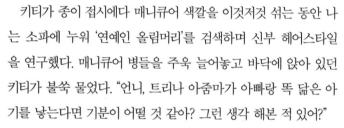

17

키티가 종이 접시에다 매니큐어 색깔을 이것저것 섞는 동안 나는 소파에 누워 '연예인 올림머리'를 검색하며 신부 헤어스타일을 연구했다. 매니큐어 병들을 주욱 늘어놓고 바닥에 앉아 있던 키티가 불쑥 물었다. "언니, 트리나 아줌마가 아빠랑 똑 닮은 아기를 낳는다면 기분이 어떨 것 같아? 그런 생각 해본 적 있어?"

키티는 내가 꿈에도 생각해보지 못한 것들을 잘도 끄집어낸다. 아빠와 트리나 아줌마가 아기를 낳는다거나 그 아기가 우리랑 전혀 다르게 생겼을 거라든가, 그런 생각은 전혀 해보지 못했다. 아기가 태어난다면 물론 아빠와 트리나 아줌마를 닮겠지. 그 아기가 누구 아이인지, 누굴 얼마나 닮았는지 애써 궁금해할 사람은 없을 것이다. 보면 바로 알 수 있을 테니까.

"두 분 나이가 있잖아." 내가 말했다.

"트리나 아줌마는 마흔셋이야. 마흔셋에도 임신은 할 수 있어. 매디네 엄마도 지금 마흔셋인데 임신하셨대."

"그렇긴 한데……."

"아들이면 어떨까?"

아빠와 아들이라……. 왠지 어색하다. 아빠는 운동을 좋아하

라라 진의 세 번째 이야기

는 편이 아니다. 전통적인 남성상이 아니라는 말이다. 물론 봄에는 자전거를 타거나 둘씩 짝지어 테니스를 치는 것도 좋아하지만…… 문득 궁금해졌다. 우리가 아무도 관심을 갖지 않아서 아빠도 멀어지게 된 취미 같은 게 있을까? 혹시 아들이 생기면 함께 그런 걸 해보고 싶지 않을까? 이를테면 낚시 같은 거. 아빠는 축구에는 관심이 없다. 오히려 트리나 아줌마가 아빠보다 축구를 더 좋아한다.

엄마가 키티를 가졌을 때 마고 언니는 여동생을 원했지만 나는 남동생이길 바랐다. 송 자매와 막내 남동생. 지금이라도 남동생이 생기면 좋을 것 같다. 어쨌거나 나는 집을 떠나 있을 테니 한밤중에 시끄럽게 우는 아기 때문에 고생할 일은 없다. 어쩌다 한 번씩 조그만 양가죽 부츠를 사서 보내거나 빨간 여우 또는 토끼가 그려진 스웨터를 선물하면 된다.

"만약 아기 이름을 '테이트'라고 지으면 난 '테이터 토트'*라고 불러야지." 내가 혼자 중얼거렸다.

그때 키티의 두 뺨이 발갛게 물들었다. 키티의 예전 모습을 떠올릴 때면 내 눈앞에 나타나던 그 어린 키티의 모습 그대로였다. "아빠랑 아줌마가 아기 안 낳았으면 좋겠어. 아기가 태어나면 난 중간에 끼어버리잖아. 중간에 끼는 건 아무 의미 없다고."

"야! 난 이미 중간에 끼어 있거든!" 내가 버럭 화를 냈다.

"마고 언니는 맏딸이자 가장 똑똑한 딸이고, 언니는 가장 예

---

* Tater Tots. 원래는 감자를 갈아서 조그맣게 빚은 후 튀긴 음식을 말한다.

쁜 딸이잖아." *내가 가장 예쁘다고? 내가 가장 예쁘다고 생각했던 거야?* 키티의 말이 아직 끝난 게 아니어서 나는 너무 기분 좋은 티를 내지 않으려고 노력했다. "난 그냥 막내딸인데, 동생이 생기면 막내도 못 한다고."

나는 노트북을 내려놓으며 말했다. "키티, 너는 그냥 송 자매 막내딸이 아니야. 송 자매 중에서도 가장 야생에 가깝지. 제일 못됐고 제일 잘 삐치고." 키티는 아랫입술을 삐죽 내밀고 웃음을 꾹 참았다. "중요한 건 말이야, 트리나 아줌마가 너를 사랑한다는 거야. 아줌마가 아기를 낳더라도 너를 사랑하는 건 변함없을 거야. 내 생각엔 아기를 낳을 것 같지 않지만." 나는 문득 궁금해져서 물었다. "잠깐, 내가 가장 예쁘다고 한 거 진심이야?"

"아니, 그거 취소할래. 고등학교 들어갈 때쯤엔 내가 더 예뻐질 것 같아. 언니는 그냥 제일 착한 송 자매 해." 순간 내가 벌떡 일어나 키티의 양 어깨를 움켜잡고 흔들려는데 키티가 먼저 웃음을 터뜨렸다.

"제일 착한 건 하기 싫어." 내가 말했다.

"어쨌든 착한 건 사실이잖아." 키티의 말이 욕인지 칭찬인지 구분되지 않았다. "언니는 나한테 부러운 거 있어?"

"네 배짱."

"또 다른 건?"

"네 코. 작고 귀엽잖아." 나는 키티의 코를 톡 치며 말했다. "나한테 부러운 건?"

키티가 어깨를 으쓱했다. "잘 모르겠어." 그리고 다시 웃음을 터뜨렸다. 나는 키티의 어깨를 붙잡고 마구 흔들었다.

그날 밤에도 그 생각이 머릿속에서 떠나지 않았다. 아빠와 트리나 아줌마가 아기를 낳을 거란 생각은 한 번도 해보지 않았다. 하지만 트리나 아줌마에게는 아이가 없다. 골든 리트리버인 시몬뿐이다. 아줌마도 아기를 낳고 싶어 할 수 있다. 아빠도 말은 안 하지만, 아들이 있었으면 좋겠다는 생각을 해보지 않았을까? 아기는 나와 열여덟 살 차이가 나겠지. 생각하니 기분이 묘했다. 그리고 나도 이제 아기를 낳을 수 있는 나이가 되었다는 사실을 떠올리고 더 묘한 기분이 들었다.

임신하면 피터와 나는 어떻게 될까? 어떤 일이 생길지 상상조차 되지 않는다. 하지만 아빠에게 임신 소식을 알렸을 때 아빠가 어떤 표정을 지을지는 눈에 선하다. 내가 상상할 수 있는 건 딱 거기까지였다.

다음 날 아침 피터의 차를 타고 학교로 가면서 피터의 옆얼굴을 슬쩍 바라봤다. "네 얼굴은 부드러워서 좋아. 아기 같아."

"마음만 먹으면 수염 기를 수도 있어. 텁수룩하게." 피터가 턱을 어루만지며 말했다.

"안 돼, 기르지 마. 나중에 남자가 된 다음에 길러도 돼." 나는 목소리에 애정을 듬뿍 담아 말했다.

"난 이미 남자야. 열여덟 살이라고!" 피터가 얼굴을 찌푸렸다.

나는 코웃음을 쳤다. "네 점심도 네가 직접 안 싸면서 무슨. 세탁기 돌릴 줄은 알아?"

"중요한 건 어느 모로 보나 내가 남자라는 거야."

나는 의기양양하게 떠드는 피터를 노려봤다.

"만약 전쟁에 징집된다면 어떻게 할 거야?"

"음…… 대학생은 징집 대상이 아니지 않아? 징집 제도가 아직 있나?"

그건 나도 모른다. 하지만 어쨌든 계속 밀고 나아갔다. "그럼 내가 임신하면 어떻게 할 거야?"

"라라 진, 우린 같이 자지도 않잖아. 그럼 네가 성모 마리아라는 얘긴데."

"잤다 치고 만약에 말이야." 나는 집요하게 물었다.

피터가 끙 하고 앓는 소리를 냈다. "그런 질문은 왜 하는데! 나도 몰라. 내가 어떻게 알아?"

"어떻게 하고 싶은지 생각해봐."

"네가 하고 싶다는 대로 따라야지." 피터가 주저 없이 대답했다.

"너도 결정에 참여하고 싶지 않아?" 왜 이러는지는 모르겠지만 나는 지금 피터를 시험하고 있었다.

"아기를 낳는 건 내가 아니잖아. 내 몸이 아니라 네 몸이잖아."

마음에 드는 대답이었다. 하지만 나는 여기서 멈추지 않았다. "내가 만약…… 결혼해서 아기를 갖자고 하면?"

"당연히 가져야지. 갖자!" 이번에도 망설이지 않고 대답했다.

"당연히? 그렇게 쉽게 결정하는 거야? 네 인생에서 가장 중요한 결정을?" 나는 얼굴을 찡그렸다.

"그래. 나는 확신이 있으니까."

"이래서 네가 아직 어리다는 거야. 그렇게 확신에 차 있으니까." 나는 두 손으로 피터의 매끈한 두 뺨을 감쌌다.

"확신이 있다는데 왜 그걸 안 좋은 것처럼 말해?" 피터가 찡그린 얼굴로 나를 보았다.

"넌 너 자신에 대해 너무 확신하는 것 같아. 늘 그랬어." 나는 솔직히 말했다.

"그야 이거 하나만큼은 확실하니까." 피터가 전방을 응시한 채 말했다. "이다음에 늙더라도 절대 우리 아빠 같은 사람은 되지 않겠다는 거."

나는 입을 다물었다. 괜히 안 좋은 기억을 들춰내서 괴롭힌 것 같아 미안했다. 아직도 아버지가 피터와 화해하고 싶어 하는지 묻고 싶었지만, 굳게 닫힌 피터의 얼굴을 보고 그만두었다. 어쨌든 피터가 대학에 가기 전에 아버지와의 관계를 바로잡았으면 좋겠다. 왜냐하면 아직은 피터도 소년이니까. 소년이라면 누구나 자기 아버지에 대해 알고 싶지 않을까? 아버지가 아무리 형편없는 사람이라도 말이다.

수업이 끝난 후 피터와 함께 드라이브 스루에 들렀다. 피터는 주차장을 빠져나가기도 전에 프라이드 치킨 샌드위치를 입에 넣고 우걱우걱 씹으며 말했다. "아까 말한 거 진심이야? 나랑 결혼하는 게 상상이 안 된다는 거 말이야."

"그런 말 한 적 없거든!"

"어쨌든 비슷하게 말했잖아. 나더러 아직 어린애라며. 어린애랑 결혼할 순 없을 거 아냐."

괜한 소리를 해서 피터에게 상처를 준 모양이다. "그런 뜻으로 한 말이 아니야. 지금은 누구하고든 결혼할 수 없을 것 같다는 말이었어. 너나 나나 아직 어린데 우리가 어떻게 아기를 낳을 수 있겠어?" 그리고 별다른 생각 없이 덧붙였다. "하여간 우리 아빠가 대학 갈 때 가져가라고 피임 도구 세트도 챙겨주셨으니까 임신할 걱정은 없어."

피터는 샌드위치가 목에 걸려 켁켁거렸다. "피임 도구 세트?"

"그래, 콘돔이랑⋯⋯." 덴탈댐도 있다. "피터, 너 덴탈댐이 뭔지 알아?"

"뭐? 그거 치과에서 치료받을 때 입에 씌우는 거 아냐?"

나는 깔깔 웃었다. "아니야. 오럴섹스할 때 쓰는 거야. 너는 다 알 줄 알았는데 그것도 아닌가 보네. 대학 가서 네가 나한테 가르쳐줘야 하는 거 아냐?"

나는 약간 설레는 마음으로 피터의 반응을 기다렸다. 대학에 가면 우리도 섹스할 수 있느냐고 농담할 줄 알았다. 그런데 피터의 반응은 의외였다. 농담하는 대신 얼굴을 찡그리며 이렇게 말했다. "우린 섹스를 안 하는데 너희 아빠가 오해하시는 것 같아서 마음에 걸려."

"아빠는 그냥 우리가 조심했으면 하는 것뿐이야. 그쪽이 아빠 직업이잖아. 어쨌든 난 임신하지 않으니까 괜찮아." 나는 피터의 무릎을 토닥거렸다.

피터가 냅킨을 구겨서 종이봉투에 던져 넣었다. 시선은 여전히 도로에 머물러 있었다. "너희 부모님은 대학에서 만났다고 했지?"

"으응." 피터가 그걸 기억하고 있다니 놀라웠다. 내가 피터에게 그 얘기를 한 적이 있던가?

"그럼 그때 부모님이 몇 살이었어? 열여덟? 열아홉?" 피터의 질문이 내가 짐작할 수 없는 방향으로 나아가기 시작했다.

"아마 스무 살이었을걸."

피터의 얼굴빛이 살짝 흐려졌다. "스무 살, 그렇구나. 나는 지금 열여덟 살이고 너는 다음 달에 열여덟 살이 되니까 우리보다 두 살이 더 많았던 거네. 2년이면 얼마나 큰 차이가 있는 걸까?" 피터가 나를 보며 활짝 웃었다. "너희 엄마 아빠는 스무 살에 만나셨고 우리는……."

"열두 살에 만났지." 내가 대신 문장을 마무리했다.

피터는 내가 자기 이야기를 망쳐서 짜증이 났는지 얼굴을 찌푸렸다. "그래. 더 어렸을 때 만나긴 했지만, 우리가 사귀기 시작한 건 열일곱……."

"난 열여섯이었어."

"우리가 진짜로 사귀기 시작한 건 대략 열일곱 살 때였잖아. 열일곱 살이면 대략 열여덟 살이라고 할 수 있고, 열여덟 살이면 대략 스무 살이라고 할 수 있어." 피터는 재판정에서 최후진술로 멋지게 승리를 못 박은 변호사라도 된 듯 회심의 미소를 지었다.

"되게 장황하고 이상한 논리 같은데? 변호사 되고 싶다는 생각 안 해봤어?"

"안 해봤는데? 지금이라도 한번 생각해볼까?"

"버지니아 대학교 로스쿨이 훌륭하대." 이렇게 말해놓고 보니 갑자기 속상했다. 대학도 어떻게 될지 모르는데 로스쿨이라니! 그건 먼 훗날의 일이다. 그사이 무슨 일이 생길지 아무도 모른다. 그때쯤 우리는 아주 다른 사람이 되어 있을 것이다. 20대가 된 피터의 모습을 상상하면 내가 절대 만나지 못할 남자를 갈망하는 것 같다. 지금 피터는 아직 소년이다. 그리고 지금의 나는 피터에 대해 그 누구보다 잘 알고 있다. 하지만 언제까지 그럴 수 있을까? 우리가 가야 할 길은 벌써부터 조금씩 멀어지고 있다. 8월에 가까워질수록 더욱 멀어질 것이다.

18

트리나 아줌마는 약혼하고 2주 정도 지나서 부동산에 집을 내놓았다. 부동산 중개인인 크리스틴 아줌마가 봄에는 집을 사려는 사람이 많으니 지금이 집을 팔기에 적기라고 귀띔해줬다. 크리스틴 아줌마 말이 맞았다. 집을 내놓은 바로 그 주에 한 부부가 집을 사겠다고 했다. 집이 그렇게 빨리 팔릴 거라고는 아무도 예상하지 못했다. 아빠와 트리나 아줌마는 집이 팔리려면 한 달 정도 걸릴 거라 예상했는데, 지금 이삿짐 센터 직원들이 우리 집으로 상자들을 옮기고 있다. 모든 게 번개 같은 속도로 진행되고 있었다.

누가 누구 집으로 들어와 살 것인지에 대해서는 별다른 논의가 없었다. 트리나 아줌마가 우리 집에 들어오는 게 당연하게 받아들여졌다. 일단 우리 집이 아줌마 집보다 크고, 네 사람보다는 한 사람이 이동하는 게 더 간편하니까. 그런데 트리나 아줌마는 혼자 산 사람치고 짐이 엄청났다. 옷과 신발 상자만 해도 여러 개였고, 운동기구에 이런저런 가구들, 그리고 벨벳을 씌운 거대한 침대 머리판까지 있었다. 아빠가 이 머리판을 보면 분명 충격받을 것이다.

"나라면 다른 여자 집에 들어가서 살고 싶지 않을 텐데." 크리스가 말했다. 크리스는 내 방 창가에 서서 트리나 아줌마가 이삿짐 센터 직원들에게 지시하는 모습을 지켜보고 있었다. 일하러 가는 길에 내 신발을 빌리려고 잠깐 들른 참이었다.

"다른 여자 누구?"

"너네 엄마! 여기가 너네 엄마 집처럼 느껴질 거 아냐. 네 엄마가 직접 가구도 고르고 벽지도 고르고 하셨을 텐데."

"대부분은 마고 언니랑 내가 고른 거야. 주방 벽지는 내가 골랐고, 2층 화장실 색깔은 언니가 골랐어." 벽지 샘플북이며 카펫 샘플, 페인트 색상이 잔뜩 널려 있는 거실 바닥에 언니와 함께 앉아 있던 기억이 떠올랐다. 우리는 오후 내내 샘플들을 꼼꼼히 살펴보면서 어느 파란색이 우리가 함께 쓸 위층 화장실에 잘 어울릴지 한참 실랑이를 벌였다. 나는 로빈 에그 블루*를 고집했고, 언니는 하늘색을 고집했다. 결국 엄마가 가위바위보로 결정하라고 해서 우리는 가위바위보를 했고 마고 언니가 이겼다. 나는 그 일로 잠시 부루퉁해 있었지만 벽지를 고를 땐 내가 가위바위보에서 이겼다.

"말이 그렇다는 거지. 내가 저 아줌마라면 완전히 새 출발 하고 싶을 거라고."

"음, 예비남편한테 자식이 이미 셋이나 있으니 새 출발은 불가능하지 않을까?"

---

* robin's egg blue. 초록빛 도는 청색.

라라 진의 세 번째 이야기

"그 얘기가 아니잖아. 최대한 가능한 범위 안에서 새 출발 한다는 거지."

"그래도 침대는 새로 샀어. 내일 배달 올 거야."

이 말에 크리스가 귀를 쫑긋했다. 그리고 내 침대에 털썩 주저앉으며 말했다. "으으, 너희 아빠가 아줌마랑 잔다고 생각하면 기분 이상하지 않아?"

나는 크리스의 다리를 찰싹 때렸다. "그런 생각 안 하거든! 그러니까 그 얘긴 그만해."

"트리나 아줌마 몸매 진짜 좋은 것 같아." 크리스가 해진 청바지에서 삐져나온 실오라기를 만지작거리며 말했다.

"그만 좀 하라고, 크리스!"

"그냥 그렇다고. 내가 아줌마 나이가 됐을 때 저런 몸매면 진짜 좋겠다."

"아줌마 나이 별로 안 많아."

"어쨌든." 크리스가 갑자기 귀엽게 애교를 떨면서 물었다. "창문 열고 여기서 담배 피워도 돼?"

"내가 뭐라고 할지 이미 알잖아."

크리스가 입을 삐죽거렸지만 괜히 한번 그래보는 거였다. 내가 허락할 리 없다는 건 크리스도 알고 있었다. "윽, 미국에선 담배 피우는 것도 너무 짜증 나. 완전 지겨워."

크리스는 얼마 안 있어 코스타리카로 떠날 예정이었다. 그래서 미국에 관한 것이라면 뭐든 흉보기 바빴다. 크리스가 떠난다는 사실이 아직도 믿기지 않았다. "정말 프롬 안 갈 거야?"

"안 가."

"안 가면 후회할 텐데." 내가 은근히 협박했다. "코스타리카의 농장에서 일하다가 갑자기 프롬에 안 간 게 생각나서 영원히 비참하고 후회 가득한 삶을 살게 될 거야. 그리고 평생 너 자신을 탓하겠지."

"절대 그럴 일 없어!" 크리스가 웃음을 터뜨리며 말했다.

크리스가 가고 나서 나는 주방에 내려가 노트북을 펴고 신부 드레스나 프롬 드레스로 괜찮은 게 있는지 찾아봤다. 잠시 후 이삿짐 센터 직원들과 밖에 나가 있던 아빠와 트리나 아줌마가 집 안으로 들어왔다. 혹시 두 분이 도와달라고 할까 봐 나는 공부에 집중하느라 바쁜 척했다. 약삭빠른 키티는 며칠 전부터 집에 있는 시간보다 집에 없는 시간이 더 많았다. 키티를 따라 하지 않은 게 조금 후회됐다.

아빠가 물을 벌컥벌컥 들이켜며 이마에 맺힌 땀을 닦았다. "저 러닝머신이 정말 있어야 해요?" 아빠가 트리나 아줌마에게 물었다. "잘 작동되지도 않는 것 같던데."

"잘 돼요."

"당신이 쓰는 걸 한 번도 못 봐서 그래요." 아빠가 남은 물을 마저 마시고 말했다.

"당신이 못 봤다고 해서 내가 안 쓴다고 말할 순 없죠." 아줌마가 인상을 찡그리고 말했다.

"알았어요. 그럼 마지막으로 쓴 게 언제예요?"

"당신은 몰라도 돼요." 아줌마가 눈을 가늘게 뜨고 아빠를 노려봤다.

"트리나!"

"댄!"

아빠의 새로운 모습이었다. 말다툼을 하고 쉽게 짜증을 내는……. 트리나 아줌마가 아빠에게서 끌어낸 모습이다. 이런 말하면 이상하게 들린다는 거 알지만 나는 아빠의 새로운 모습이 반가웠다. 아빠에게 저런 면도 있었다니, 정말 몰랐다. 큰 굴곡 없이 즐겁게 인생을 사는 것도 그럭저럭 만족스러운 삶이지만, 사랑하는 사람과 가끔은 부딪치고 다투기도 해야 하지 않을까? 트리나 아줌마는 외출 준비를 할 때 시간이 오래 걸려서 아빠를 미치게 한다. 그리고 들새를 관찰하거나 다큐멘터리를 보는 아빠를 놀리기도 한다. 그래도 어쨌든 참 잘 어울리는 한 쌍이다.

19

오늘 저녁에는 라크로스 시합이 있다. 그런데 패미는 일하러 가야 하고, 크리스는 안 갈 게 분명했다. 그래서 키티를 데리고 가기로 했다. 키티는 고민하는 척하면서 시합이 지겨울 것 같다는 둥 혼잣말을 큰 소리로 하다가 내가 됐다고 하니 그제야 같이 가겠다고 했다.

우리는 관중석에서 피터의 엄마와 남동생 오언을 만나 함께 앉았다. 키티와 오언은 줄곧 서로 모르는 척, 안 보이는 척 행동했다. 오언은 휴대폰으로 계속 게임을 했고, 키티도 휴대폰으로 계속 게임을 했다. 오언은 키가 큰데 머리카락으로 얼굴을 다 가린 채 웅크리고 앉아 있었다.

나는 카빈스키 아줌마와 함께 우리 아빠의 결혼 이야기를 하면서 결혼식 아이디어 몇 가지를 이야기했다. 아줌마는 고개를 끄덕이며 듣고 있다가 갑자기 화제를 돌렸다. "라라 진한테도 축하할 일이 있다고 하던데."

"무슨 축하요?" 나는 얼른 알아듣지 못하고 되물었다.

"윌리엄앤드메리!"

"아, 감사합니다."

"버지니아 대학교에 가길 원했던 건 나도 알지만, 거기가 너한 테는 더 좋을지도 몰라." 카빈스키 아줌마는 동정 어린 미소를 지어 보였다.

나는 아줌마의 말이 이해되지 않았지만 함께 웃었다. '더 좋을 지도 모른다'는 게 정확히 무슨 뜻인지……. 아줌마는 내가 피터와 함께 버지니아 대학에 가지 못하게 되어 기쁜 걸까? 우리가 같은 학교에 못 가서 곧 헤어질 거라고 생각하는 걸까? 나는 할 말이 없어서 그냥 이렇게 대꾸했다. "윌리엄스버그가 샬러 츠빌에서 그리 멀진 않아요."

"으음, 그래. 그건 그렇지." 아줌마는 이렇게 대답할 뿐이었다. 그때 피터가 점수를 올리자 우리는 자리에서 벌떡 일어나 환호성을 질렀다.

다시 자리에 앉으려는데 키티가 물었다. "우리 팝콘 먹을까?"

"그러자." 자리를 비울 핑계가 생겨서 기뻤다. "뭐 필요한 거 있으세요?" 나는 아줌마와 오언 쪽을 보며 물었다.

"팝콘." 오언이 고개도 들지 않고 대답했다.

"같이 먹으면 되겠네." 아줌마가 말했다.

나는 관중석을 내려가 매점으로 향했다. 그때 한쪽 구석에서 팔짱을 끼고 선 채 경기를 관람 중인 남자가 눈에 들어왔다. 밤색 머리에 키가 크고 미남인 아저씨였다. 아저씨가 고개를 돌리자 옆얼굴이 낯익어 보였다. 누군지 알 것 같았다. 내가 아는 얼굴이었다. 저 턱선, 저 눈동자. 피터의 아버지였다. '미래의 크리스마스 유령'이라도 본 듯 나는 그 자리에 얼어붙었다.

아저씨는 나와 눈이 마주치자 상냥하게 미소 지었다. 나는 나도 모르게 한 걸음 다가가 물었다. "저기…… 혹시 피터 아버지세요?"

아저씨가 깜짝 놀라 고개를 끄덕였다. "피터 친구니?"

"저는 라라 진 커비예요. 피터…… 여자친구고요." 아저씨는 또다시 깜짝 놀란 표정을 지으며 내게 한 손을 내밀었다. 나는 악수를 나누며 손에 지그시 힘을 주었다. 피터의 아버지에게 좋은 인상을 남기고 싶었다. "와, 근데 정말 피터랑 많이 닮으셨네요."

아저씨가 웃었다. 웃는 얼굴도 어찌나 비슷한지 놀라지 않을 수 없었다. "피터가 나를 많이 닮았단 얘기지?"

"맞아요. 오늘 처음 오신 거죠?"

잠시 어색한 침묵이 흘렀다. 아저씨는 헛기침을 하더니 이렇게 물었다. "피터는 잘 지내니?"

"그럼요. 피터는 잘 지내요. 아주 잘 지내죠. 라크로스 장학생으로 버지니아 대학에 간다는 얘기 들으셨어요?"

아저씨가 미소 지으며 고개를 끄덕였다. "피터 엄마한테 들었다. 어찌나 자랑스러운지. 내가 해준 건 없지만, 그래도 얼마나 자랑스러운지 몰라." 아저씨의 눈길이 경기장으로, 피터에게로 향했다. "피터가 뛰는 걸 다시 보고 싶었어. 그게 참 그립더라고." 아저씨는 잠시 머뭇거렸다. "피터한테는 내가 왔었다는 얘기 하지 말아줄래?"

나는 놀라서 얼른 대답하지 못하고 겨우 이렇게 대답했다. "아…… 네, 그럴게요."

"고맙다. 정말 고마워. 만나서 반가웠다, 라라 진."

"저도 반가웠어요, 카빈스키 아저씨."

나는 발을 돌려 관중석으로 향했다. 계단을 반쯤 올라갔을 때 팝콘을 사지 않은 게 떠올랐다. 다시 내려가 매점에 도착하니 피터의 아버지는 가고 없었다.

우리 학교는 시합에서 졌지만 피터가 3점이나 득점을 올렸다. 피터는 오늘 아주 잘 뛰었다. 피터의 아버지가 시합을 보러 온 건 좋았지만, 피터에게 말하지 않겠다고 약속한 건 후회됐다. 그 생각을 하니 속이 쓰렸다.

차에 올라타서도 피터 아버지가 자꾸 떠올랐다. 그때 키티가 불쑥 말했다. "피터 오빠 엄마가 언니한테 그런 말 한 거 너무 이상해. 언니가 버지니아 대학에 안 가는 게 잘된 거라고 했잖아."

"맞아, 내 말이! 네가 듣기에도 그렇게 들렸어?"

"그렇게 들릴 수밖에 없는 말이었어."

나는 학교 주차장을 빠져나가 좌회전하기 전에 사이드미러를 확인했다. "나 기분 나쁘라고 그렇게 말씀하신 것 같지는 않아. 피터가 상처받는 게 싫으신 거겠지. 그뿐일 거야." 그건 나도 마찬가지였다. 그러니 오늘 피터에게 아버지에 대해서는 아무 말 하지 않는 게 좋을 것 같다. 아버지가 시합을 보러 오셨다는 걸 알고 좋아했는데 나중에 아버지한테 또 상처받게 되면 너무 속상할 것이다. 나는 키티에게 불쑥 물었다. "우리 프로즌 요구르트 사 갈까?" 키티는 당연히 내 제안을 받아들였다.

피터는 샤워를 마친 후 곧장 우리 집으로 달려왔다. 행복해 보이는 피터의 모습을 보는 순간, 아무 말도 하지 말아야겠다고 다시 한 번 다짐했다.

우리는 거실 바닥에 누워서 얼굴에 마스크팩을 붙였다. 학교 친구들이 팩을 붙인 피터를 보면 얼마나 놀랄까? 피터가 입을 거의 다문 상태로 물었다. "이건 왜 하는 거야?"

"칙칙해진 피부 밝아지라고."

피터가 꿈틀거리며 다가와 갈라진 목소리로 말했다. "안녕하신가, 클라리스 요원."

"그게 무슨 말이야?"

"〈양들의 침묵〉이잖아!"

"아. 나 그거 안 봤어. 되게 무서워 보이던데."

피터가 일어나 앉았다. 하여간 가만히 있질 못한다. "지금 보자. 이건 말도 안 돼. 〈양들의 침묵〉을 보지 않은 사람하곤 말을 섞을 수 없어."

"음. 다음 영화는 내가 고를 차례 같은데."

"커비, 이건 아니지! 그 영화는 고전이라고." 그때 피터의 휴대폰에서 진동이 울렸다. 전화를 받자 스피커에서 피터 엄마의 목소리가 들렸다. "네, 엄마…… 라라 진네 집이에요. 금방 갈게요…… 저도 사랑해요."

피터가 전화를 끊자 내가 말했다. "있잖아, 아까 깜박하고 말 안 한 게 있어. 오늘 시합 때 너희 엄마가 버지니아 대학에 못 가는 게 나한테는 더 잘된 일일 수 있다고 하더라."

"*뭐?*" 피터가 똑바로 앉더니 얼굴에 붙은 마스크팩을 떼어냈다.

"아. 딱 그렇게 말씀하신 건 아니지만, 그런 의미로 말씀하신 것 같단 생각이 들어서."

"정확히 뭐라고 얘기했는데?"

나도 얼굴에서 팩을 떼어냈다. "윌리엄앤드메리에 합격한 거 축하한다면서 이렇게 말씀하셨어. '버지니아 대학에 가길 원했던 건 나도 알지만, 거기가 너한테는 더 좋을지도 몰라'라고."

피터는 한숨을 내쉬었다. "아, 우리 엄만 늘 그런 식으로 얘기해. 어떻게든 좋은 점을 찾으려고 하지. 그런 건 너랑 참 비슷해."

내가 느끼기에는 그렇지 않았지만 나는 더 이상 밀어붙이지 않았다. 피터는 엄마에 대한 거라면 남들에게 늘 방어적이었다. 아마 아버지가 떠나고 세 사람만 남았을 때부터 그렇게 된 것 같다. 만일 그럴 필요가 없었다면, 피터에게 아버지와 다시 가까워질 기회가 있었다면 어땠을까? 오늘 있었던 일이 피터가 아버지와 다시 가까워질 수 있는 가능성의 증거라면? 나는 무심코 피터에게 물었다. "넌 졸업 카드* 몇 장 신청했어?"

"열 장. 우리는 가족이 많지 않으니까. 그건 왜 물어?"

"그냥 궁금해서. 나는 쉰 장 신청했어. 외할머니가 한국에 있는 친척들한테도 보낸다고 하셔서." 나는 잠시 망설이다 결국 이렇게 물었다. "너, 아빠한테도 졸업 카드 보낼 거야?"

피터가 얼굴을 찡그렸다. "아니. 내가 왜?" 그리고 전화기를

---

* graduation announcement. 친척, 지인들에게 졸업을 알리기 위한 카드.

들며 말했다. "아직 안 본 영화가 뭐 있는지 확인해보자. 〈양들의 침묵〉 안 볼 거면 〈트레인스포팅Trainspotting〉이나 〈다이 하드〉 볼래?"

나는 잠시 말없이 앉아 있다가 피터의 손에서 휴대폰을 낚아챘다. "내가 고를 차례니까! 오늘은…… 〈아멜리에〉 보자!"

로맨틱 코미디나 외국 영화는 보지 않겠다며 난리 쳤던 사람치고 피터는 〈아멜리에〉를 꽤 집중해서 보았다. 이 영화는 세상에 나가는 게 두려워서 말하는 전등이나 움직이는 그림, 레코드판같이 둥그런 크레이프*를 가지고 기발한 상상을 떠올리는 어느 프랑스 여자의 이야기다. 영화를 보고 있으니 파리에 가서 살고 싶어졌다.

"네가 앞머리를 내리면 어떤 모습일지 궁금하다." 피터가 중얼거렸다. "당연히 귀엽겠지." 영화가 끝나갈 때 주인공이 자두 케이크를 굽자 피터가 물었다. "자두 케이크 만들 줄 알아? 엄청 맛있어 보인다."

"미니 자두 케이크가 디저트로 좋을 것 같긴 하네." 나는 휴대폰으로 레시피를 검색하기 시작했다.

"만들 때 꼭 나한테 전화해야 해." 피터가 하품을 하며 말했다.

---

* crepe. 밀가루 반죽을 얇고 둥그렇게 구워서 이런저런 속재료를 싸서 먹는 프랑스 빵.

라라 진의 세 번째 이야기

20

트리나 아줌마와 함께 소파에서 차를 마시며 꽃꽂이 사진을 보고 있는데 아빠가 현관문을 열고 들어와 아줌마와 나 사이에 털썩 주저앉았다. "오늘 많이 힘들었어요?" 아줌마가 물었다.

"너무 힘들었어요." 아빠가 두 눈을 감고 말했다.

"저 질문 있어요." 내가 말했다.

"그래, 우리 둘째 딸." 아빠가 눈꺼풀을 파르르 떨더니 두 눈을 떴다.

"첫 번째 댄스곡으로 무슨 노래가 좋을까요?"

아빠가 끙 하고 앓는 소리를 냈다. "지금 댄스곡 정하기에는 너무 피곤한데."

"아빠, 아빠 결혼식이잖아요! 참여하셔야죠, 아빠."

"참여하세요, 댄!" 아줌마가 웃음을 터뜨리며 한쪽 발로 아빠 옆구리를 쿡 찔렀다.

"알았어, 알았다고. 트리나는 샤니아 트웨인* 팬이야." 아빠와 아줌마는 서로 마주보며 씨익 웃었다. "〈지금 이 순간부터From

---

* Shaina Twain. '컨트리 팝의 여왕'이라 불리는 캐나다 출신 가수.

This Moment On〉 어때요?"

"이야, 당신은 나를 너무 잘 안다니까." 아줌마가 말했다.

"샤니아 트웨인요? 〈오! 여자가 된 기분이야Man! I Feel Like a Woman〉라는 노래도 부르지 않았어요?" 내가 물었다.

아줌마는 머그잔을 마이크처럼 잡고 고개를 옆으로 젖혔다. "지금 이 순간부터 당신을 사랑할 거야." 아줌마 노래는 음정이 전혀 맞지 않았다.

"저는 모르는 노래 같아요." 나는 최대한 감정을 싣지 않고 말했다.

"휴대폰으로 그 노래 좀 틀어줘 봐요." 아줌마가 말했다.

"이상하게 생각하지 마." 아빠는 내게 경고를 날린 뒤 노래를 틀었다.

지금까지 들어본 노래 중에 아빠와 가장 어울리지 않는 노래였다. 하지만 아빠는 노래가 흘러나오는 동안 줄곧 바보 같은 미소를 짓다가, 아줌마가 한 팔로 아빠 어깨를 감싸자 더 방긋 웃으며 박자에 맞춰 어깨를 흔들었다. "아주 완벽해요." 이 말을 하는데 갑자기 눈물이 나오려고 해서 나는 헛기침을 했다. "그럼 곡은 정해졌으니까 다음 단계로 넘어갈게요. 제가 알아봤는데요, 틸리스 트리츠에선 미니 바나나 푸딩을 조그만 통조림 병에 담는 식으로 하면 개당 7달러 이상 받는다고 하고요."

"꽤 비싼 것 같은데, 아닌가?" 아빠가 인상을 쓰며 말했다.

"걱정 마세요. 리치먼드에 있는 베이커리에도 전화해봤는데 배달비가 너무 비싸지 않으면 거기로 결정할 거예요." 나는 바인더를 넘기며 말했다. "디저트 알아보느라 바빠서 밴드하고는 연락만 하고 아직 만나질 못했어요. 이 밴드가 이번 주말에 케즈윅 Keswick에서 공연한다니까 직접 가서 연주하는 것 좀 볼까 해요."

아빠는 걱정이 가득한 눈으로 나를 바라봤다. "아무래도 네 스트레스 해소 방법이 베이킹에서 결혼 준비로 바뀐 것 같은데. 라라 진, 그렇게까지 할 필요 없어."

"딱히 밴드라고 부르기도 뭣한 밴드예요." 나는 재빨리 덧붙였다. "노래하는 사람 하나랑 기타 치는 사람 한 명뿐이거든요. 밴드 활동 시작한 지도 얼마 안 돼서 비용도 저렴해요. 직접 보면 더 확실히 알 수 있겠죠."

"인터넷에 동영상 같은 거 없어?" 트리나 아줌마가 물었다.

"당연히 있지만 라이브로 직접 보는 거랑은 다르잖아요."

"밴드까진 필요 없을 것 같은데." 아빠가 아줌마와 시선을 주고받으며 말했다. "음악은 그냥 노트북으로 틀어도 괜찮을 것 같아."

"그것도 괜찮죠. 근데 그러려면 오디오 장비를 빌려야 해요."

바인더를 넘기는데 아줌마가 한 손을 내 팔에 얹으며 말했다. "라라 진, 네가 결혼식 도와주려는 건 고마운데 그것 때문에 스트레스받진 말았으면 좋겠어. 아빠도 그렇고 나도 결혼식에 그리 신경 쓰지 않으니까. 우리는 그냥 결혼하고 싶은 것뿐이야. 푸드 트럭도 필요 없고, 미니 바나나 푸딩도 필요 없어. 비비큐 익스체인지에서 주문하는 걸로도 충분할 거야." 내가 반박하려는데 아줌마가 내 입을 막았다. "고등학교 마지막 학년이잖아.

네가 그 시간을 즐겼으면 좋겠어. 섹시한 남자친구도 있겠다, 좋은 대학에도 붙었겠다, 얼마나 좋아? 네 생일도 이제 얼마 안 남았잖아. 아직 어리다는 걸 함께 축하하고 만끽하라고!"

"그래, 물론 선을 지키는 조건 하에서." 아빠가 급하게 단서를 달았다.

"근데 저 스트레스 같은 거 없어요. 결혼식에 집중하고 있으면 마음이 편해서 그래요! 차분해진다고요."

"지금까지 충분히 많이 도와줬어. 네가 몰두할 수 있는 다른 일도 얼마든지 많을 것 같구나. 네 시간을 투자해도 아깝지 않은 일 말이다. 고등학교의 마지막 한 해를 마무리한다거나, 대학생활을 준비한다거나." 아빠는 절대 흔들릴 것 같지 않은 단호한 얼굴로 나를 바라봤다. 아빠가 이런 표정을 짓는 일은 좀처럼 없었다.

나는 미간을 찡그렸다. "그럼 제가 결혼식 준비에서 완전히 발 빼길 바라세요?"

"신부 들러리 드레스는 네가 계속 책임지고 도와줬으면 좋겠어. 그리고 웨딩 케이크랑……" 아줌마가 말했다.

"그룸 케이크도 하실 거죠?" 나는 아줌마의 말이 끝나기도 전에 물었다.

"당연하지. 하지만 나머지는 우리가 알아서 할게. 정말 너를 생각해서 하는 말이야, 라라 진. 가게에 전화해서 가격 흥정하는 건 이제 그만해."

"케이크 테이블을 구하겠다고 리치먼드로 불쑥 떠나는 것도 안 돼." 아빠가 덧붙였다.

나는 아쉬움이 담긴 한숨을 길게 내쉬었다. "정말 괜찮……."

아줌마가 고개를 끄덕였다. "그냥 지금 네 시간을 즐겨. 프롬 드레스에도 신경 쓰고. 드레스는 알아봤니?"

"네, 뭐." 프롬까지 한 달도 채 남지 않았는데 아직도 드레스를 고르지 못했다는 생각이 퍼뜩 떠올랐다. "두 분 정말 괜찮……."

"우린 괜찮아." 아빠가 말했다. 아줌마도 고개를 끄덕였다.

위층으로 올라가는데 아빠가 아줌마에게 속삭이는 소리가 들렸다. "섹시한 남자친구를 만끽하라니, 대체 그런 말은 뭐하러 해요?"

나는 하마터면 소리 내어 웃을 뻔했다.

"그런 의미가 아니었잖아요!" 아줌마가 말했다.

"딱 그렇게 들렸어요." 아빠가 불만 가득한 목소리로 말했다.

"세상에! 댄, 말을 문자 그대로 받아들이면 어떡해요? 그리고 피터가 섹시한 건 사실이죠."

노트북으로 프롬 드레스를 알아볼 때도 아빠가 한 말이 자꾸 떠올라서 웃음이 났다. 한 시간쯤 검색을 계속하다 보니 내 드레스를 찾은 것 같은 예감이 들었다. 금속 소재의 격자무늬 몸판에 망사 스커트로 이루어진 발레리나 스타일의 드레스였다. 쇼핑몰 웹사이트에는 이 드레스의 색상이 '더스티 핑크*'라고 적

---

* dusty pink. 회색을 띤 분홍색.

혀 있었다. 스토미 할머니가 좋아할 만한 드레스다.

드레스를 고른 다음에는 윌리엄앤드메리 대학교 웹사이트에 들어가서 예치금을 넣었다. 일주일 전에 했어야 하는 일이었다.

며칠 후 학교 가는 차 안에서 피터가 엄마의 가구 배달 심부름을 안 해도 된다며 밴드 공연을 보러 케즈윅에 갈 때 같이 가자고 했다.

나는 침울하게 말했다. "아빠랑 트리나 아줌마는 밴드가 필요 없대. 음악에는 신경 안 쓰실 건가 봐. 결혼식을 정말 간단하게 하고 싶으신 것 같아. 그냥 스피커 몇 개 빌려서 노트북으로 음악을 튼대. 두 분이 첫 댄스곡으로 뭘 골랐는지 알아?"

"무슨 노랜데?"

"샤니아 트웨인의 〈지금 이 순간부터〉."

"들어본 적 없는 거 같은데." 피터가 얼굴을 찡그렸다.

"되게 통속적인 노래야. 그런데 두 분은 그게 맘에 드나 봐. 그러고 보니 우린 아직 노래가 없네. 우리만의 우리 노래 말이야."

"그럼 지금 골라보자."

"그런 식으로 정할 수 있는 게 아니야. 네가 노래를 선택하는 게 아니라 노래가 널 선택하는 거거든. '마법의 모자'*처럼."

피터가 근엄하게 고개를 끄덕였다. 드디어 《해리 포터》 시리즈 일곱 권을 다 읽은 피터는 내가 해리 포터 이야기를 할 때마

---

* 《해리 포터》에서 호그와트 마법학교 신입생들에게 기숙사를 정해주는 모자.

라라 진의 세 번째 이야기

다 알아들었다는 증거를 적극적으로 표시했다. "무슨 말인지 알겠어."

"그건…… 어쩌다 우연히 정해지는 거야. 어떤 한순간에. 그러면 그 노래는 시간을 초월해서 존재하게 되는 거지. 우리 엄마 아빠 노래는 에릭 클랩튼의 〈원더풀 투나잇〉이야. 결혼식 때 그 노래에 맞춰 춤을 추셨대."

"그 노래가 어떻게 두 분의 노래가 됐어?"

"대학에서 두 분이 처음으로 함께 춤을 췄던 느린 곡이 그 노래래. 두 분이 사귄 지 얼마 안 됐을 때 열린 댄스 파티에서. 그날 밤 두 분이 찍은 사진도 있는데 아빠는 너무 커 보이는 정장을 입었고, 엄마는 프렌치 트위스트 스타일*로 머리를 올렸더라고."

"바로 다음에 흘러나오는 노래를 무조건 우리 노래로 정하자. 그 노래가 우리 운명이 되는 거야."

"운명을 그렇게 정하면 안 되지."

"그렇게 정해도 돼." 피터가 팔을 뻗어 라디오를 켰다.

"잠깐! 아무 방송국이나 틀려고? 느린 노래가 아니면 어떡해?"

"그럼 '라이트 101'을 켤게." 피터가 버튼을 눌렀다.

"곰돌이 푸는 꿀단지에 코를 박고 어찌해야 할지 몰라 망설였어요." 낮은 목소리로 부드럽게 말하는 여자 목소리가 흘러나왔다.

---

* French twist style. 머리카락을 꼬거나 비틀어 모양을 내면서 머리 뒤쪽이 착 달라붙게 한 스타일.

"이게 대체 뭐지?" 피터가 말했다. 동시에 나는 이렇게 외쳤다. "이걸 우리 노래로 정할 순 없어."

"세 곡 중에서 가장 좋은 걸로 할까?"

"억지로 하지 말자. 우리 노래가 흘러나오면 자연스럽게 알게 될 거야."

"프롬에서 듣게 될 수도 있겠다. 아, 그러고 보니 까먹고 있었네. 네 드레스 무슨 색이야? 엄마가 꽃집 하는 친구분한테 네 코르사주 부탁하신다고 해서."

"더스티 핑크." 드레스는 어제 택배로 도착했다. 드레스를 입고 가족들 앞에 섰을 때 트리나 아줌마는 지금까지 본 것 중 '가장 라라 진다운' 드레스라고 말했다. 사진을 찍어 스토미 할머니에게 보내자 할머니는 곧바로 '맙소사'라는 문자와 함께 춤추는 여자 이모지를 답장으로 보내왔다.

"더스티 핑크가 무슨 색이야?"

"로즈 골드랑 비슷한 색이야." 피터가 그래도 이해하지 못한 표정을 짓자 나는 한숨을 내쉬며 말했다. "그냥 엄마한테 그렇게 말씀드려. 그럼 아실 거야. 아, 그리고 키티한테 줄 작은 코르사주도 하나 가져다줄 수 있어? 네 아이디어인 것처럼 해서."

"당연하지. 나도 그 정도 아이디어는 혼자 생각해낼 수 있어. 나한테도 그럴 기회를 좀 달라고." 피터가 툴툴거리며 말했다.

"제발 까먹지나 마세요." 나는 피터의 무릎을 토닥여줬다.

21

늦은 밤, 침대에 앉아 윌리엄앤드메리 대학교에서 온 신입생 안내 자료를 살펴봤다. 신입생은 캠퍼스에 차를 가지고 들어올 수 없다고 나와 있었다. 이 정보를 피터에게 전하려고 휴대폰을 들었을 때 존 앰브로즈 매클래런에게서 문자가 왔다. 화면에 뜬 존의 이름을 보고 깜짝 놀랐다. 우리가 마지막으로 이야기를 나눈 지도 한참 되었기 때문이었다. 나는 문자를 확인했다.

— 스토미 할머니가 어젯밤 주무시다가 돌아가셨어. 장례식은 수요일에 로드아일랜드에서 있을 거야. 너한테도 알려줘야 할 것 같아서 연락했어.

나는 잠시 멍하니 있었다. 어떻게 이럴 수 있지? 지난번에 뵀을 때 할머니는 건강했다. 아주 좋아 보였다. 다른 사람도 아니고 스토미 할머니가 이렇게 돌아가실 리 없다. 그럴 리가 없다. 한순간도 평범한 적 없었던 할머니인데…… "그렇게 바르면 밤새 키스를 하고 샴페인을 마셔도 지워지지 않는다니까"라며 내게 빨간 립스틱 바르는 방법도 가르쳐줬었는데……

눈물이 흐르기 시작했다. 하염없이 흘렀다. 우느라 제대로 숨쉴 수가 없었다. 눈물 때문에 앞이 잘 보이지 않았다. 휴대폰 위로 눈물방울이 떨어졌다. 나는 손등으로 계속 눈물을 닦았다. 존에게는 뭐라 말해야 하지? 존은 스토미 할머니의 손자, 그것도 할머니가 제일 예뻐한 손자다. 두 사람은 무척 친했다.

답장을 적기 시작했다. 너무 가슴 아프다. 내가 도울 일이 있을까? 그러나 곧 삭제했다. 내가 대체 뭘 도울 수 있단 말인가?

　ㅡ너무 가슴 아프다. 그 누구보다 열정적인 분이었는데. 할머니가 몹시 보고 싶을 거야.
　ㅡ고마워. 할머니도 너를 참 예뻐하셨는데.

존의 답장을 받고 또다시 눈물이 터졌다.

할머니는 언제나 당신이 아직도 20대 같다고 말했다. 이따금 다시 젊은 아가씨가 되어 전남편들을 만나는 꿈도 꾸신다고 했다. 꿈속에서 그분들은 나이가 들었는데 할머니는 여전히 '스토미'다. 그러다 아침에 잠에서 깨면 노인의 뼈와 노인의 몸을 한 당신의 모습을 보고 깜짝 놀란다고 했다. "내 다리는 여전히 늘씬하지만." 할머니가 말했다. 그 말은 사실이었다.

장례식을 로드아일랜드에서 치른다는 말에 오히려 마음이 놓였다. 내가 가기엔 너무 먼 곳이다. 엄마를 떠나보낸 뒤로는 장례식에 가본 적이 없다. 엄마의 장례식 때 나는 아홉 살, 마고 언니는 열한 살, 키티는 겨우 두 살이었다. 그날 아빠는 키티를 안고 내 옆에서 가만히 몸을 떨며 소리 없이 눈물을 흘렸다. 그 기억이 내겐 또렷하게 남아 있다. 키티의 두 뺨에 아빠의 눈물이 떨어졌다. 키티는 아빠가 슬퍼한다는 거 말고는 아무것도 이해하지 못했다. 키티는 계속 이렇게 말했다. "울지 마, 아빠." 아빠는 키티에게 애써 미소를 지어 보였지만 미소는 자꾸 일그러졌다. 그런 기분은 처음이었다. 이제 아무것도 안심할 수 없다는, 더 이상 예전처럼 살 수 없을 거라는 기분이 들었다.

지금 나는 또다시 눈물을 흘리고 있다. 스토미 할머니를, 엄마를, 그 모든 것을 생각하면서…….

스토미 할머니는 내게 회고록을 컴퓨터로 쳐달라고 했다. 〈폭풍이 몰아치던 날〉, 할머니가 생각해둔 제목이었다. 그 회고록을 마치는 건 불가능한 일이 되었다. 이제 사람들에게 할머니의 이야기를 들려줄 방법이 없다.

피터에게서 전화가 왔지만 당장은 슬픔이 너무 커서 통화를 할 수 없었다. 그래서 음성 메시지로 넘어갈 때까지 그냥 내버려뒀다. 마음 같아서는 존에게 전화하고 싶었지만, 나는 그럴 자격이 없었다. 스토미 할머니는 존의 할머니다. 나는 그저 할머니가 머물던 양로원에서 봉사활동을 했을 뿐이다. 딱 한 사람, 지금 내가 이야기를 나누고 싶은 사람이 딱 하나 있다면 그건 마고 언니다. 마고 언니도 할머니를 잘 아니까, 언니와 이야기하면 항상 위로가 되니까. 하지만 지금 스코틀랜드는 한밤중이다.

다음 날 잠에서 깨자마자 마고 언니에게 전화를 걸었다. 언니에게 소식을 전하는데 또다시 울음이 터졌다. 언니도 같이 울었다. 언니는 벨뷰 양로원에서 스토미 할머니를 기리는 추도식을 여는 게 어떠냐고 했다. "할머니에 대해 몇 마디 하고, 쿠키 좀 내놓고, 다른 분들하고 할머니에 대한 기억을 나누는 거야. 그래 줄 수 있어? 할머니 친구분들도 장례식까지 가긴 힘드실 테니까 그렇게 하자고 하면 좋아하실 거야."

나는 코를 풀었다. "스토미 할머니도 좋아하실 거고."

"나도 참석할 수 있으면 좋을 텐데."

"나도 언니가 왔으면 좋겠어." 내 목소리가 가늘게 떨렸다. 마고 언니가 내 옆에 있으면 용기가 날 텐데.

"피터가 같이 있어줄 거야." 언니가 말했다.

학교에 가기 전에 벨뷰의 자넷에게 전화해 추도식을 해도 될지 물었다. 자넷은 곧바로 좋다고 하면서 목요일 오후에 있을 빙고 시간 전에 할 수 있을 거라고 일러주었다.

학교에서 피터에게 스토미 할머니의 추도식에 대해 이야기했다. 피터는 당황한 얼굴이었다. "젠장. 그날 엄마랑 잔디밭 생활 행사Days on the lawn 가기로 했는데." '잔디밭 생활'은 버지니아 대학교에서 신입생들을 대상으로 하는 학교 및 기숙사 개방 행사다. 부모님과 함께 학교에 가서 강의실도 구경하고 기숙사 탐방도 할 수 있다. 무척 중요한 행사다. 버지니아 대학 불합격 소식을 듣기 전에는 나도 이 행사를 기대했었다.

"그냥 빼먹지 뭐."

"안 돼. 너희 엄마가 엄청 화내실 거야. 빼먹지 마."

"상관없어." 피터가 말했다. 그 말이 진심이라는 걸 나는 안다.

"정말 괜찮아. 너는 스토미 할머니도 잘 모르잖아."

"그렇긴 한데 너 때문에 가려고 하는 거야."

"말만으로도 고마워."

나는 검은 옷 대신 여름 원피스를 입었다. 스토미 할머니가
내게 잘 어울린다고 했던 옷이다. 스커트에 푸른 물망초가 수
놓여 있고, 어깨를 돋보이게 하는 볼록한 짧은 소매가 달렸으
며, 허리 부분이 잘록하게 들어간다. 여름이 끝나갈 무렵에 사는
바람에 한 번 입고 옷장에 넣어둬야 했다. 이 원피스를 처음 입
은 날, 피터를 만나러 영화관에 가는 길에 벨뷰에 잠깐 들렀는
데 나를 본 스토미 할머니가 이탈리아 영화에 나오는 여자 같
다고 했다. 나는 이 원피스에 졸업식 때 신으려고 사둔 하얀 샌
들을 신었다. 그리고 스토미 할머니가 좋아할 만한 하얀 레이스
장갑을 꼈다. 리치먼드에 있는 '바이곤스'라는 빈티지 상점에서
이 장갑을 발견했을 때 나는 스토미 할머니가 이걸 끼고 무도회
나 토요일 밤 댄스 파티에서 춤추는 모습을 상상했다. 할머니
가 준 핑크색 다이아몬드 반지는 끼지 않았다. 그 반지는 프롬
에 갈 때 처음으로 낄 것이다. 할머니도 그러길 바라실 것 같다.

나는 땅콩을 담을 크리스털 그릇과 펀치 볼, 체리가 수놓인
칵테일 냅킨 한 묶음을 집에서 챙겨 왔다. 칵테일 냅킨은 소유품
처분 판매를 하는 데서 구입한 것이다. 추수감사절에 사용했던
식탁보도 가져왔다. 스토미 할머니가 자주 앉았던 피아노에 장
미 몇 송이를 올려놓고, 진저에일에 냉동과일 주스를 섞어 펀치
를 만들었다. 알코올은 넣지 않았다. 스토미 할머니가 알면 기

함하겠지만 양로원 어르신들 중에는 복용 중인 약 때문에 술을 금하는 분들이 많았다. 다만 펀치에 좀 더 특별한 맛을 더하고 싶은 분들을 위해 펀치 볼 옆에 샴페인도 한 병 내놓았다. 그런 다음 스토미 할머니가 늘 두 번째 남편으로 삼고 싶었다고 했던 프랭크 시나트라*의 노래를 틀었다.

존도 로드아일랜드에서 늦지 않게 돌아오면 벨뷰에 들르겠다고 했다. 그 때문에 약간 긴장이 됐다. 정확히 1년 전 내 생일날 존을 본 게 마지막이었다. 존과 내가 사귀었던 건 아니지만 거의 사귈 뻔했고, 그래서 존을 다시 보려니 긴장할 수밖에 없었다.

몇 분이 방으로 들어오셨다. 암브러스터 할머니는 간호사가 밀어주는 휠체어를 타고 오셨다. 지금은 치매에 걸렸지만 스토미 할머니와 꽤 친한 사이였다. 그 뒤로 페렐리 할아버지, 얼리샤 할머니, 안내 데스크 직원인 섀니스, 그리고 자넷이 따라 들어왔다. 상당히 작은 모임이었다. 이제는 벨뷰에 내가 아는 분이 그리 많지 않았다. 아들이나 딸 집으로 거처를 옮기신 분들도 있고, 몇몇은 그사이 세상을 떠나셨다. 직원들 중에도 처음 보는 얼굴이 많았다. 발걸음이 뜸한 사이 이곳도 많이 바뀌었다.

나는 앞에 나가서 섰다. 가슴이 두근거렸다. 사람들 앞에서 추념사를 낭독하려니 떨렸다. 혹시 더듬거나 내 설명이 부족해서 스토미 할머니를 제대로 표현하지 못할까 봐 겁이 났다. 잘하고 싶었다. 스토미 할머니가 뿌듯해할 만한 낭독을 하고 싶

---

* Frank Sinatra. 미국 '재즈 보컬의 대명사'로 알려진 가수이자 배우.

라라 진의 세 번째 이야기

었다. 멍한 얼굴로 허공을 응시하며 뜨개질을 하고 있는 암브러스터 할머니를 제외하고는 다들 기대에 찬 눈빛으로 나를 바라봤다. 다리가 후들후들 떨렸다. 심호흡을 하고 입을 열려는 순간, 잘 다림질한 셔츠와 카키색 바지를 입은 존 앰브로즈 매클래런이 안으로 들어왔다. 존은 얼리샤 할머니 옆에 앉았다. 내가 존을 향해 손을 흔들자 존도 격려하듯 미소를 지어 보였다.

나는 다시 크게 숨을 내쉬고 적어 온 글을 읽어내렸다. "1952년, 라디오에서 프랭크 시나트라의 노래가 흘러나오던 더운 여름날이었습니다. 라나 터너Lana Turner와 에이바 가드너Ava Gardner가 한창 스타로 떠오르던 때였죠. 열여덟 살의 스토미는 악단의 멤버였고, '최고의 각선미' 투표에서 일등을 차지했습니다. 토요일 밤에는 항상 데이트를 즐겼습니다. 평소보다 조금 더 특별했던 어느 토요일 밤, 스토미는 월트라는 청년과 데이트를 했습니다. 두 사람은 과감하게 마을 호수에서 알몸으로 수영을 즐겼죠. 스토미는 절대 모험을 거부하지 않았습니다."

그때 페렐리 할아버지가 웃으며 덧붙였다. "맞아. 정말 그런 사람이었지." 다른 분들도 중얼거렸다. "그래, 그랬어."

"한 농부가 경찰에 두 사람을 신고했습니다. 경찰이 호수 쪽으로 전등을 비추자 스토미는 경찰들에게 나갈 테니 돌아서라고 말했죠. 그리고 그날 밤 경찰차를 타고 집에 돌아왔습니다."

"한두 번 해본 게 아니었을 거야." 누군가의 말에 다들 함께 웃었다. 덕분에 긴장으로 굳었던 내 어깨가 서서히 풀렸다.

"스토미는 보통 사람들의 평생에 걸친 경험보다 하룻밤 사이에 더 많은 삶을 경험했습니다. 스토미는 자연의 힘 그 자체였습니다. 그분은 제게 사랑이란……" 두 눈에 눈물이 가득 고였다. "스토미 할머니는 제게 사랑이란 매일 용감한 결정을 내리는 것이라고 말씀하셨습니다. 할머니 역시 그런 인생을 사셨고요. 할머니는 항상 사랑을 선택하셨습니다. 그리고 늘 모험을 선택하셨죠. 스토미 할머니에게 사랑과 모험은 하나였고, 동일한 것이었습니다. 이제 스토미 할머니가 새로운 모험을 떠나셨으니 우리 모두 할머니의 새 모험을 축하합시다."

소파에 앉아 있던 존이 소매로 눈물을 훔쳤다.

내가 자넷에게 고개를 끄덕여 보이자 자넷이 오디오를 틀었다. 〈폭풍이 몰아치던 날〉이라는 곡이 방 안을 가득 메웠다. "어째서 하늘에 해가 보이지 않는 걸까……."

잠시 후 존이 과일 펀치가 담긴 일회용 컵을 양손에 하나씩 들고 내게 다가와 아쉬움 가득한 목소리로 말했다. "할머니가 이 자리에 계셨다면 술을 타라고 하셨을 텐데……." 존이 내게 컵 하나를 내밀었다. 존과 나는 컵을 맞부딪쳤다. "이디스 싱클레어 매클래런 시핸, 또는 스토미를 위하여."

"스토미 할머니 본명이 이디스였어? 너무 점잖은 이름인데? 울 스커트에 두꺼운 스타킹 신고 밤에 캐모마일 차를 마실 것 같은 이름이잖아. 스토미 할머니는 칵테일을 드셨는데!"

"그러게 말이야." 존이 웃었다.

"그럼 스토미란 이름은 어디에서 온 거야? 왜 '이디'라는 애칭을 안 쓰셨지?"

"난들 알겠어?" 존이 씁쓸한 미소를 지었다. "할머니도 네 추도사가 맘에 드셨을 거야." 그리고 고마움이 담긴 따뜻한 표정으로 나를 바라봤다. "넌 정말 좋은 사람이야, 라라 진." 나는 당황해서 아무 말도 못 했다. 존과 데이트한 적은 없지만 이렇게 다시 보니 마치 예전 남자친구를 만난 기분이었다. 왠지 모를 아쉬움이 있었다. 만나서 반갑지만 어딘가 모르게 어색하기도 하고…… 아마 못다 한 이야기가 많아서 그런 것 같다.

"할머니가 계속 여자친구랑 놀러 오라고 했었는데 약속만 하고 못 지켰어." 존이 말했다.

"아, 사귀는 친구 있어?" 나는 최대한 자연스럽게 물었다.

존은 잠시 망설이는가 싶더니 고개를 끄덕였다. "응. 이름은 딥티야. 버지니아 대학에서 모의 UN 총회 할 때 만났어. 나를 완전히 작살내고 우리 위원회 의사봉을 빼앗아 갔지."

"우아!"

"맞아. 진짜 대단한 애야."

"대학 어디로 갈지 정했어?" 우리는 동시에 말했다. "대학 어디 갈지……"

우리는 함께 웃었다. 잠시 마음이 통한 것 같았다. 존이 먼저 대답했다. "난 아직 결정 못 했어. 칼리지 파크*랑 윌리엄앤드메리 중 한 곳이 될 것 같아. 칼리지 파크는 경영 대학원이 훌륭하다고 하더라고. 워싱턴에서도 아주 가깝고. 대학 등급은 윌리엄

---

* 메릴랜드 대학교 칼리지 파크 캠퍼스.

앤드메리가 높긴 한데 도시에서 먼 게 마음에 걸리고. 그래서 아직 결정 못 했어. 아빠는 내가 노스캐롤라이나 대학교에 가길 바라셨는데 떨어져서 실망이 이만저만이 아니야."

"아, 그랬구나." 내가 그 대학에 예비합격했단 말은 하지 않기로 했다.

존이 어깨를 으쓱하며 말했다. "어쩌면 2학년 때 거기로 편입할지도 몰라. 두고 봐야지. 너는 어떻게 됐어? 버지니아 대학에 붙었어?"

"아니, 떨어졌어." 나는 솔직히 털어놓았다.

"말도 안 돼! 올해 버지니아 대학교 선발기준이 엄청 까다로웠다 그러긴 하더라. 우리 학교 전교 2등도 떨어졌어. 스펙이 장난 아닌데 말이야. 네 스펙도 엄청 좋았을 것 같은데."

"그렇게 말해줘서 고마워." 나는 좀 부끄러워하면서 말했다.

"버지니아 대학교가 아니면 그럼 어디로 가?"

"윌리엄앤드메리."

존이 활짝 미소 지었다. "정말? 진짜 잘됐다. 카빈스키는 어디 붙었어?"

"버지니아 대학교."

"아, 라크로스." 존이 고개를 끄덕였다.

"어디 붙었어…… 딥티는?" 존이 딥티라는 이름을 말한 지 2분도 채 지나지 않았으니 기억나지 않을 리 없었지만, 나는 깜박한 것처럼 뜸을 들여 말했다. "어디 가기로 했어?"

"딥티는 미시간에 조기합격했어."

"이런, 엄청 멀리 가네."

"버지니아 대학이나 윌리엄앤드메리보다는 확실히 멀지."

"너희는 대학 가서도…… 계속 만날 거야?"

"계획은 그래. 일단 장거리 연애라는 걸 시도해보려고. 너랑 피 터는?"

"우리도 계획은 그래. 1학년 때만. 나도 한 해 마치고 버지니아 대학으로 편입할 생각이거든."

"잘되길 바랄게, 라라 진." 존이 다시 건배를 했다.

"너도, 존 앰브로즈 매클래런."

"윌리엄앤드메리로 정하면 너한테 전화할게."

"그래."

나는 예상보다 벨뷰에 더 오래 머물렀다. 어느 분이 옛날 레 코드판을 가져와서 사람들이 음악에 맞춰 춤추기 시작했다. 페 렐리 할아버지는 골반도 안 좋으면서 내게 굳이 룸바*를 가르쳐 주겠다고 했다. 자넷이 글렌 밀러의 〈인 더 무드In the Mood〉를 틀 자 존과 나는 눈길을 주고받았다. 우리 둘 다 USO 파티를 떠올 리며 은밀한 미소를 지었다. 마치 영화에서 그대로 옮겨온 것 같 은 날이었다. 1년 전의 일인데 벌써 아득한 옛날처럼 느껴졌다.

사랑했던 사람의 추도식에 와서 이런 기분이 든다는 게 이상 하긴 하지만, 지금 정말 행복하다. 스토미 할머니를 멋지게 보내 드리고 오늘 하루를 잘 마무리했다는 생각에 기분이 좋아졌다.

---

* Rumba. 쿠바의 민속 춤곡. 4분의 2박자의 활기찬 리듬에 라틴아메리카 특유의 타악기로 연주한다.

제대로 된 작별인사를 나눌 수 있어서, 그럴 기회를 가져서 다행이었다.

집에 돌아오니 피터가 한 손에 스타벅스 컵을 들고 현관 앞 계단에 앉아 있었다. 나는 걸음을 서두르며 물었다. "집에 아무도 없어? 오래 기다린 거야?"

"아냐." 피터는 앉은 채 두 팔을 뻗어 내 허리를 꼭 끌어안았다. "들어가기 전에 잠깐 여기 앉아서 나랑 얘기하자." 피터가 내 배에 얼굴을 묻고 말했다. 내가 옆에 앉자 피터가 물었다. "추도식은 어땠어? 추도사 잘했어?"

"잘 끝났어. '잔디밭 생활'은 어땠어? 그것부터 말해봐." 나는 피터의 손에서 컵을 가져와 한 모금 마셨다. 커피가 차가웠다.

"가서 강의실에도 앉아보고 사람들도 몇 명 만났어. 별로 재미있지는 않더라." 피터는 내 오른손을 잡고 한 손가락으로 장갑의 레이스를 더듬었다. "장갑 멋지다."

피터는 어딘가 불편해 보였다. 무슨 일이 있는 게 분명했다. "왜 그래? 무슨 일 있었어?"

피터가 먼 곳을 응시하며 말했다. "오늘 아침에 아빠가 왔어. 행사에 같이 가고 싶다고."

나는 눈이 휘둥그레졌다. "그래서…… 같이 갔어?"

"아니." 피터는 더 이상 설명하려 하지 않았다. 그냥 '아니', 그게 다였다.

나는 잠시 망설이다 조심스럽게 말했다. "아빠가 너랑 화해하고 싶으신가 보다."

"그동안 그럴 기회는 많았어. 하지만 지금은 아니야. 이미 늦었어. 나도 이제 어린애가 아니라고." 피터가 턱을 높이 쳐들었다. "나도 다 컸어. 아빠 없이도 이만큼 컸다고. 아무것도 안 해놓고 이제 나타나서 숟가락만 얹으려고 하다니. 골프 친구들한테 아들이 버지니아 대학교 라크로스 선수라고 자랑하고 싶어서 그러는 걸 거야."

나는 망설였다. 며칠 전 라크로스 경기장에서 피터의 모습을 바라보던 아저씨의 표정이 떠올랐다. 자랑스러운 아들, 사랑하는 아들을 바라보는 아버지의 눈빛이었다. "피터…… 있잖아, 네가 아빠한테 마음을 열어보는 건 어때?"

피터가 고개를 저었다. "라라 진, 네가 우리 아빠를 몰라서 그래. 알아서 좋을 것도 없지만. 너희 아빠는 너희를 위해서 무슨 일이든 마다 않는 멋진 분이니까 너는 잘 모를 거야. 우리 아빠는 전혀 그렇지 않아. 자기밖에 모른다고. 내가 다시 받아주면 죄다 망쳐버릴 게 뻔해. 그러니 굳이 받아줄 필요 없어."

"한번 시도해봐서 나쁠 건 없잖아. 사람 일이란 게 언제 어떻게 될지 모르니까." 피터가 움찔했다. 나도 지금까지 이런 얘기는 꺼낸 적이 없었다. 엄마 얘기를 할 때도 이런 맥락은 아니었다. 하지만 스토미 할머니가 돌아가시고 나니 갑자기 그런 생각이 들었다. 하지만 내 말이 틀린 것도 아니고, 말하지 않으면 후회할 것 같았다. "너희 아빠 생각해서 그러라는 게 아니라 너를 위해서야. 나중에 후회할 일 만들지 말라고. 아빠가 밉다고 너 자신까지 괴롭히지는 마."

"아빠 얘기는 더 이상 하기 싫어. 너 위로해주려고 온 거지, 아빠 얘기 하러 온 게 아니야."

"알았어. 그래도 이건 약속해줘. 졸업식에 아빠 초대하는 거 생각해본다고 말이야." 피터가 뭐라 말하려고 했지만 내가 가로막았다. "그냥 생각만 해보라는 거야. 그게 다야. 아직 한 달이나 남았잖아. 지금 당장 결정하지 않아도 돼. 지금은 대답하지 마."

피터가 한숨을 내쉬었다. 싫다고 할 줄 알았는데 피터는 대신 질문을 던졌다. "추도사는 어땠어?"

"괜찮았던 것 같아. 스토미 할머니도 좋아하셨을 거야. 할머니가 알몸으로 호수에서 수영하다가 경찰차 타고 집으로 돌아갔던 이야기를 했어. 아, 존도 시간 맞춰서 왔더라."

피터는 융통성 있게 고개를 끄덕였다. 오늘 존이 추도식에 올 거라고 얘기했을 때 피터는 그냥 "잘됐네, 잘됐어"라고만 대답했다. 달리 할 말이 없었기 때문이다. 존은 어쨌든 스토미 할머니의 손자가 아닌가. "매클래런은 어느 대학 간대?"

"아직 결정 못 했대. 메릴랜드랑 윌리엄앤드메리 중에서 고민 중인가 봐."

피터가 두 눈을 번쩍 떴다. "그렇구나. 잘됐네." 말은 이렇게 했지만 전혀 그렇게 생각하지 않는 말투였다.

나는 재미있다는 얼굴로 피터를 바라봤다. "뭐가 잘됐는데?"

"아니야. 걔는 네가 어디로 가는지 알고 있었어?"

"아니. 오늘 만나서 얘기해줬지. 존이 어디 가든 우리랑은 전혀 상관없는 일인데, 너 지금 되게 이상해."

"제너비브가 버지니아 대학교에 간다고 하면 너는 기분 어떨 것 같아?"

"글쎄. 별로 신경 안 쓸 것 같은데?" 진심으로 한 말이었다. 피터와 제너비브를 생각하면 마음이 불편했던 것도 이제 다 옛날 일처럼 느껴졌다. 피터와 나는 그동안 많은 시간을 함께 보냈다. "그게 어떻게 같아? 존하고 나는 데이트한 적도 없잖아. 소식 주고받은 지도 한참 됐고. 아, 존도 여자친구 생겼대. 그리고 존이 아직 윌리엄앤드메리 대학교로 결정한 것도 아니야."

"걔 여자친구는 어디로 간대?"

"앤아버."*

"걔네도 오래 못 가겠네." 피터가 회의적인 투로 말했다.

"우릴 보고 그렇게 생각할 사람들도 있을걸?" 나는 차분한 목소리로 말했다.

"우린 상황이 완전 다르지. 한두 시간 거리잖아. 네가 나중에 편입할 거니까 1년만 떨어져 있으면 되고. 주말마다 내가 운전해서 가면 돼. 그 정돈 완전 아무것도 아니야."

"너 방금 '완전'이라고 두 번이나 말했어." 피터를 웃게 하려고 한 말인데 피터는 웃지 않았다. "넌 라크로스 연습도 해야 하고, 시합도 해야 하잖아. 그런데 어떻게 주말마다 윌리엄앤드메리에 오겠어?" 나도 말하면서 처음으로 이런 생각이 떠올랐다.

---

* Ann Arbor. 미시간주 남동부의 도시 앤아버에 위치한 '미시간 대학교'의 또 다른 이름.

피터는 잠시 멍한 표정을 짓더니 이내 어깨를 으쓱했다. "그럼 네가 오면 되겠다. 그러다 보면 운전도 늘겠지. I-64번 도로만 타고 오면 돼."

"윌리엄앤드메리에서 신입생은 운전 금지래. 버지니아 대학교도 마찬가지고. 내가 확인해봤어."

"그럼 너 만나러 갈 땐 엄마한테 차 갖다달라고 해야겠다. 집에서 그렇게 멀지 않으니까. 너는 버스 타고 오면 되겠네. 다 잘될 거야. 나는 걱정 안 해." 피터는 아무렇게 않게 대꾸했다.

나는 약간 걱정되긴 했지만 아무 말도 하지 않았다. 피터는 현실적인 문제에 대해 별로 이야기하고 싶지 않은 눈치였다. 나도 어느 정도는 같은 마음이었다.

피터가 갑자기 몸을 바짝 붙이며 물었다. "오늘 밤 내가 같이 있어줄까? 집에 갔다가 엄마 주무실 때 다시 나오면 돼. 우울한 생각이 들려고 하면 내가 막아줄게."

"꿈 깨." 나는 피터의 볼을 꼬집으며 말했다.

"조시 형은 자고 간 적 없어? 마고 누나 방에서?"

나는 기억을 더듬었다. "내 기억엔 없는 것 같은데. 아마 그런 적 없을걸. 마고 언니랑 조시 오빠잖아. 뻔하지."

"그렇긴 해." 피터가 고개를 숙여 내 뺨에 자기 뺨을 비볐다. 내 뺨이 부드러워서 좋다며 늘 이렇게 비비곤 했다. "우린 그 두 사람하고 다르지."

"먼저 얘기 꺼낸 건 너거든?" 내가 입을 연 순간 피터가 내게 입을 맞췄다. 나는 말은 둘째 치고 생각도 끝마칠 시간이 없었다.

22

프롬 날 아침, 방에서 발톱에 매니큐어를 바르고 있는데 키티가 들어왔다. "이 색깔 어때? 드레스랑 잘 어울려?" 내가 물었다. "펩토 비스몰*에 발가락 담갔다가 뺀 것 같아."

나는 물끄러미 내 발을 바라봤다. 듣고 보니 정말 좀 그렇게 보였다. 베이지색으로 다시 칠하는 게 나을 것 같았다.

다들 내 프롬 드레스에는 올림머리가 어울린다고 했다. "그래야 쇄골이 돋보이지"라고 트리나 아줌마가 말했다. 나는 지금까지 쇄골을 자랑할 수 있다는 생각을 해본 적이 없었다. 아니, 쇄골에 대해 생각해본 적도 없었다.

점심을 먹고 나서 미용실에 갔다. 키티도 감독한다는 명목으로 따라오더니 미용사에게 이렇게 말했다. "너무 과하지 않게 해주세요. 무슨 뜻인지 아시죠?"

미용사는 긴장한 얼굴로 거울에 비친 나를 바라봤다. "음, 알 것 같아. 자연스러워 보이게 해달라는 거지?" 미용사는 내가 아니라 키티에게 물었다. 책임자가 누구인지 정확히 알고 있었다.

---

* Pepto Bismol. 분홍색 액체로 된 소화제 브랜드.

"자연스러운 시뇽 스타일* 어때?"

"그런데 너무 자연스러워도 안 돼요. 그레이스 켈리처럼 해주세요." 키티는 휴대폰으로 사진을 열어 미용사에게 보여줬다. "이렇게요. 가운데 말고 옆으로 올려주세요."

"헤어스프레이는 너무 많이 뿌리지 말아주세요." 내가 까다롭게 구는 것처럼 보이지 않으려고 최대한 신경 써서 말하는데, 미용사가 내 목 뒤로 머리를 말아 올리더니 키티에게 보여줬다.

"아주 좋아요." 키티가 미용사에게 말하고 내게 시선을 돌렸다. "언니, 머리가 흘러내리지 않게 하려면 헤어스프레이를 쓸 수밖에 없어."

그 순간 올림머리가 과연 최선인지 갑자기 회의가 들었다. "정말 올림머리가 나아?"

"그래." 키티가 말했다. 그리고 미용사에게도 다시 확인해주었다. "올림머리로 해주세요."

올림머리가 필요 이상으로 잘된 것 같았다. 머리카락을 한쪽 옆으로 말아 올려서 윗부분은 발레리나 머리처럼 매끈했다. 예쁘긴 했지만 별로 나 같다는 느낌은 들지 않았다. 오페라나 교향악곡을 들으러 가는 교양 넘치는 중년의 라라 진 같았다.

미용사가 내 머리를 올리느라 애쓴 시간이 아깝긴 했지만 나는 집에 오자마자 머리를 풀어버렸다. 키티가 다시 빗질해주며

---

* chignon style, 쪽진 머리처럼 뒤로 모아 틀어 올린 스타일.

라라 진의 세 번째 이야기

잔소리를 늘어놓았지만 꾹 참았다. 오늘 밤에는 가장 자연스러운 내 모습으로 가고 싶다.

"화려한 등장을 연출해보는 건 어때?" 키티가 내 머리를 마지막으로 빗어내리며 물었다.

"화려한 등장이라니?"

"이따 피터 오빠 오면 어떻게 등장할지 생각해봤어?"

내 침대에 누워 팝시클 아이스크림을 먹고 있던 트리나 아줌마가 갑자기 끼어들었다. "나 프롬에 갈 땐 아버지가 우리 자매들 손을 잡고 계단을 걸어 내려갔어. 내려가는 동안 다른 사람이 소개 멘트를 읊어주고."

나는 두 사람이 제정신인가 싶어 멍하니 바라봤다. "결혼식 하는 게 아니고 그냥 프롬에 가는 거라고요."

"불 다 끄고 음악을 틀면 네가 방에서 걸어 나오다가 계단 위에 서서 포즈를 취하는 거지."

"별로 내키지 않아요." 나는 얼른 내 의견을 밝혔다.

"어느 부분이?" 아줌마가 얼굴을 찡그렸다.

"전부 다요."

"그래도 다들 언니만 바라볼 수 있는 순간이 있어야 하지 않겠어?"

"시선 집중의 순간이지. 너무 걱정하지 마. 내가 처음부터 끝까지 동영상을 찍을 거니까." 아줌마가 말했다.

"진작 생각했으면 제대로 할 수 있었을 텐데. 멋지게 찍어서 인터넷에 올리면 인기도 끌 수 있고 좋잖아." 키티가 한심하다는 듯 나를 향해 고개를 절레절레 저었다. 그렇게 하지 못한 게 마치 내 탓이라도 되는 것처럼.

"다른 건 몰라도 인터넷에 쫙 퍼지는 건 두 번 다시 겪고 싶지 않거든? 야외 온탕 동영상 기억 안 나?" 나는 날카롭게 말했다.

키티는 한순간 무안한 표정을 지어 보였다. "과거에 연연하지 마." 그리고 내 머리를 적당히 부풀려주었다.

"라라 진, 내일이 네 생일이네. 내일 정말 바비큐만 먹으러 가도 괜찮겠어?" 아줌마가 물었다.

"넵." 프롬과 결혼 준비로 정신없던 와중에 스토미 할머니까지 돌아가셔서 생일을 어떻게 보낼지 생각할 겨를이 없었다. 트리나 아줌마는 파티를 크게 열어주려 했지만, 나는 그냥 가족끼리 외식하고 집에서 케이크를 먹는 게 더 좋다고 말했다. 오늘 밤 내가 프롬에 가면 아줌마와 키티가 케이크를 굽기로 했으니 두고 보면 될 일이다!

준비를 마무리하느라 정신이 없을 때 피터와 피터 엄마가 도착했다.

"얘들아, 피터랑 피터 어머니 오셨다." 아빠가 아래층에서 큰 소리로 말했다.

"향수!" 내가 키티를 향해 외치자 키티가 얼른 향수를 뿌려줬다. "내 클러치는 어딨지?"

트리나 아줌마가 클러치를 건네줬다. "립스틱 챙겼니?"

나는 얼른 클러치를 열어봤다. "네, 있어요! 내 신발 어딨어요?"

"여기." 키티가 바닥에 신발을 내려놓았다. "얼른 신어. 내가 먼저 내려가서 언니 곧 내려올 거라고 말할게."

"난 어른들 마실 샴페인이나 한 병 따야겠다." 트리나 아줌마도 키티를 따라 나갔다.

내가 왜 긴장하는지 모르겠다. 피터가 온 것뿐인데. 정말이지 프롬은 사람을 홀리는 마법 같은 효과가 있다. 나는 마지막으로 스토미 할머니의 반지를 꼈다. 지금 이 순간, 할머니가 하늘에서 나를 내려다보고 계실 것만 같다. 프롬 날 밤, 할머니의 반지를 끼고 할머니와 할머니의 모든 댄스 파티를 기릴 수 있게 되어 행복하다.

아래층으로 내려가니 피터가 자기 엄마와 함께 소파에 앉아 있었다. 다리를 위아래로 떠는 걸 보니 피터도 긴장한 모양이었다. 피터는 나를 보자마자 자리에서 벌떡 일어났다.

"너 정말…… 와아!" 피터의 눈이 휘둥그레졌다. 지난주 내내 피터가 내 드레스에 대해 꼬치꼬치 캐물었지만, 나는 깜짝 놀래 주고 싶어서 아무 말도 해주지 않았다. 지금 피터의 표정을 보니 그러길 잘한 것 같다.

"너도 완전 멋져." 피터의 턱시도가 일부러 맞춘 듯 잘 맞았다. '애프터 아워스 포멀 웨어'*에서 빌린 건데 카빈스키 아줌마가 슬쩍 손봐준 게 아닌지 궁금했다. 아줌마의 바느질 솜씨는 가히 장인급이다. 턱시도 입은 피터를 보니 남자들이 턱시도를 더

---

* 남성 정장을 대여해주는 체인 상점.

자주 입으면 좋겠다는 생각이 들었다. 자주 입으면 감동이 어느 정도 줄어들긴 하겠지만.

피터가 내 손목에 코르사주를 매주었다. 하얀 라넌큘러스 ranunculus 꽃과 안개꽃으로 만든 것인데, 내가 직접 골랐어도 딱 이걸 골랐을 것 같았다. 나중에 자연스럽게 마르도록 침대 위에 걸어놔야겠다.

키티도 드레스를 차려입었다. 같이 사진을 찍으려고 가장 아끼는 드레스를 꺼내 입었다. 피터가 데이지 코르사주를 드레스에 꽂아주자 키티는 좋아서 얼굴이 발그스름해졌다. 피터가 그 모습을 보고 내게 살짝 윙크를 날렸다. 나는 먼저 키티와 함께 사진을 찍었고, 키티와 피터와 나 셋이서 한 번 더 찍었다. 그때 키티가 대장 행세를 하며 말했다. "이제 나랑 피터 오빠랑 단둘이 찍을래." 나는 웃고 있는 트리나 아줌마 옆으로 밀려났다.

"나중에 남자들 좀 괴롭히겠는데?" 트리나 아줌마가 나와 카빈스키 아줌마를 보며 말했다. 카빈스키 아줌마도 키티를 보며 미소 짓고 있었다.

"나하고는 사진 안 찍어줄 거야?" 아빠의 말에 우리는 아빠와 함께 또 한 차례 사진을 찍고, 트리나 아줌마와 카빈스키 아줌마하고도 몇 번 더 찍었다.

밖에 나와서도 사진을 계속 찍었다. 층층나무 옆에서도 찍고, 피터의 차 옆, 현관 계단에서도 찍었다. 결국 피터가 이렇게 외쳤다. "사진은 이제 됐어요! 이러다 프롬 다 끝나겠다고요."

차에 올라타려는데 피터가 정중하게 조수석 문을 열어줬다.

가는 길에 피터가 자꾸 내게 시선을 돌렸다. 나는 앞을 보고 있었지만 내 쪽으로 계속 고개를 돌리는 피터의 모습이 시야에 들어왔다. 누군가 이렇게 감탄하는 눈으로 나를 바라봐주는 건 처음이었다. 스토미 할머니도 항상 이런 기분을 느끼셨을까?

프롬에 도착하자 피터에게 사진사가 찍어주는 사진을 한 컷 찍자고 했다. 이미 줄이 길게 늘어서 있어서 피터는 줄이 없어질 때까지 기다렸다가 나중에 오자고 했지만, 나는 지금 줄을 서서 찍어야 한다고 우겼다. 머리가 흐트러지기 전에 스크랩북에 넣을 괜찮은 사진을 찍어두고 싶었다. 우리 차례가 되자 피터가 내 뒤에 서서 두 손을 내 허리에 올렸다. 전형적인 프롬 사진 포즈였다. 사진사가 사진을 보여주자 피터는 머리 모양이 맘에 들지 않는다며 한 컷만 더 찍어달라고 고집부렸다.

사진을 찍고 나서 보니 친구들은 모두 댄스장에 모여 있었다. 대럴은 패미의 드레스 색깔에 맞춰 라벤더색 넥타이를 매고 있었다. 크리스는 몸에 딱 맞는 검은색 밴디지 드레스를 입고 왔다. 저번에 송 자매들끼리 쇼핑 갔을 때 키티가 골랐던 드레스와 크게 다르지 않았다. 맞춤 제작한 수트를 우아하게 차려입은 루커스는 영국 멋쟁이처럼 말끔해 보였다. 나는 '잠깐 들렀다 가'라는 말로 결국 두 사람을 설득했다. 크리스는 프롬이 끝나면 직장 동료들과 클럽에 갈 거라고 했지만, 밴디지 드레스를 입고 사람들의 시선을 한 몸에 받고 있는 지금으로서는 별로 그럴 것 같아 보이지 않았다.

〈스타일〉*이 흘러나오자 다들 미친 듯이 소리 지르며 방방 뛰었다. 그중에서도 피터가 제일 미친 사람 같았다. 피터는 계속 내게 파티가 재미있냐고 물었다. 처음에는 큰 소리로 물었고 다음부터는 눈빛으로 재차 물었다. 기대에 차서 밝게 빛나는 눈이었다. 나도 눈으로 피터에게 대답했다. *응, 응, 아주 재미있어.*

사람들이 왜 느린 노래에 맞춰 춤을 추는지 알 것 같았다. 나중에 버지니아 대학교로 편입하면 피터와 같이 사교 댄스를 배워서 춤 실력을 늘리는 것도 괜찮을 것 같았다. 내가 이런 말을 하자 피터가 애정이 듬뿍 담긴 목소리로 말했다. "넌 뭐든 업그레이드하는 걸 좋아하는 것 같아. 초콜릿칩 쿠키도 업그레이드하고."

"그건 포기했어."

"핼러윈 의상도 업그레이드하고."

"특별하면 좋잖아." 이 말에 피터가 나를 내려다보며 미소 지었다. "같이 뺨 맞대고 춤추면 좋을 텐데. 그러지 못해서 너무 아쉽다." 내가 말했다.

"댄스용 스틸트**를 구해볼까?"

"하이힐 말하는 거야?"

"30센티미터 하이힐은 없지 않아?" 피터가 킥킥 웃으며 말했다.

나는 못 들은 척했다. "네 팔이 국수처럼 흐느적거려서 나를 들어 올리지 못하는 게 좀 아쉽다."

---

* 테일러 스위프트의 노래. 2014년 발표한 앨범 〈1989〉의 수록곡이다.

** stilt. 한 쌍의 긴 막대로, 30~40센티미터 높이에 발을 걸칠 수 있는 발판이 있어 키를 높여준다.

그러자 피터가 부상당한 사자처럼 고함을 내지르더니 나를 번쩍 들고 빙그르르 돌렸다. 딱 내가 예상한 반응이었다. 누군가를 속속들이 알기란 쉽지 않지만, 우리 가족을 제외하면 피터만큼 내가 잘 아는 사람도 없을 것이다.

프롬 킹은 당연히 피터였다. 프롬 퀸은 아샨티 딕슨이 차지했다. 왕관을 쓰고 무대에 올라 느린 곡에 맞춰 피터와 함께 춤을 추는 사람이 제너비브가 아니어서 천만다행이었다. 아샨티는 피터와 키가 비슷해서 서로 뺨을 맞대고 출 만도 했지만 그러지 않았다. 피터가 나를 보고 윙크했다. 나는 아샨티의 파트너인 마숀 홉킨스와 한쪽에 나란히 서 있었다. 마숀이 내게 몸을 기울이며 말했다. "저 둘이 아래로 내려오면 모른 척하고 우리 둘이 춤추자." 나는 웃음을 터뜨렸다.

무대에서 허리를 쭉 펴고 의젓하게 춤추고 있는 피터가 자랑스러웠다. 노래가 절정에 이르렀을 때 피터가 아샨티의 허리를 잡고 뒤로 젖히자 다들 고함을 지르고 발을 구르며 웃어댔다. 이런 모습까지도 자랑스러웠다. 다들 피터에 대한 애정을 감추지 않았고 아낌없이 찬사를 쏟아부었다. 피터는 언제나 남을 즐겁게 해주는 성격에다 착하기까지 하니까. 피터가 있어서 지금 이 순간이 좀 더 밝게 빛났고, 사람들도 즐거워했다. 나 또한 즐거웠다. 피터가 열렬한 찬사를 받으며 고등학교를 떠날 수 있게 되어 행복했다.

그리고 마지막 댄스.

우리는 둘 다 말이 없었다.

아직 끝난 건 아니다. 아직 여름이 남아 있다. 하지만 우리 두 사람이 고등학교에서 함께하는 시간은 이제 끝이다. 다시 이곳에 돌아오더라도 지금 같지는 않을 것이다.

피터는 어떤 기분일까? 나처럼 울적할까? 이런 생각을 하고 있는데 피터가 내 귀에 대고 속삭였다. "게이브 좀 봐. 은근슬쩍 케이샤 엉덩이에 손 올리려고 해."

피터는 내가 볼 수 있게 방향을 살짝 틀었다. 정말로 게이브의 손이 케이샤 우드의 허리와 엉덩이 중간쯤에 어정쩡하게 떠 있었다. 마치 내려앉을 곳을 정하지 못해 어슬렁거리는 나비처럼. 나는 큭큭 웃었다. 이래서 피터가 참 좋다. 피터는 내 눈에 보이지 않는 것들을 볼 줄 안다.

"어떤 곡이 우리 노래가 될지 나는 알지." 피터가 말했다.

"뭐?"

그때 마법처럼 알 그린Al Green의 목소리가 호텔 연회장을 가득 메웠다. "〈계속 나와 함께해요Let's Stay Together〉."

"네가 이 노래 틀어달라고 했구나." 나는 이렇게 말했지만 두 눈에 눈물이 핑 돌았다.

"운명이야." 피터가 씨익 웃었다.

당신이 무얼 하고 싶든…… 나와 함께라면 괜찮아요.

피터가 내 손을 잡고 자기 가슴 위에 올리더니 노래를 따라 불렀다. "함께, 나와 함께해요." 피터의 맑은 목소리에서 진심이 느껴졌다. 머리부터 발끝까지 사랑스러운 남자다.

애프터 프롬에 가는 길에 피터가 배고프다며 잠깐 식당에 들르자고 했다.

"애프터 프롬에 가면 피자가 있을 텐데. 그냥 거기 가서 먹지?"

"난 팬케이크 먹고 싶어." 피터가 투정을 부렸다.

피터가 식당 주차장에 차를 대고 내리더니 얼른 조수석으로 달려와 문을 열어줬다. "오늘 정말 신사다우십니다." 이 말에 피터가 씨익 하고 웃었다.

식당에 들어갈 때도 피터가 정중하게 문을 열어줬다.

"공주 대접에 익숙해져야겠어." 내가 말했다.

"전에도 열어줬거든?" 피터가 따졌다.

안으로 들어서다가 나는 걸음을 멈추었다. 피터와 내가 항상 앉던 우리 자리 주변으로 밝은 핑크색 풍선들이 매달려 있었다. 테이블 가운데에는 초가 잔뜩 꽂힌 동그란 케이크가 놓여 있고, 핑크색 스프링클을 뿌린 케이크 위에 하얀 스프링클로 적은 '생일 축하해, 라라 진'이라는 글자가 보였다. 그때 칸막이 아래와 메뉴 뒤에서 머리들이 뽕 뽕 하고 나타났다. 루커스, 게이브, 케이샤, 대럴, 패미, 크리스…… 우리 친구들이었다. 다들 프롬 의상을 그대로 입고 있었다. "서프라이즈!" 다들 한 목소리로 외쳤다.

나는 피터를 향해 돌아섰다. "세상에, 피터!"

피터는 씨익 웃으며 손목시계를 보고 말했다. "이제 자정이다.

생일 축하해, 라라 진."

나는 깡충 뛰어올라 피터를 끌어안았다. "프롬 날 생일 파티
를 한다면 딱 이렇게 하고 싶었을 거야. 따로 생각해보진 않았
지만." 나는 피터를 놓아주고 칸막이 쪽으로 걸음을 옮겼다.

친구들이 내 곁으로 다가와 꼭 안아줬다. "내일이 내 생일인
거 아무도 모르는 줄 알았어! 아니, 오늘!" 내가 말했다.

"생일인 거 당연히 알고 있었지." 루커스가 말했다.

"우리 피터가 몇 주 전부터 준비했어." 대럴이 말했다.

"피터 정말 멋지다!" 패미가 말했다. "피터가 나한테 전화해서
케이크 만들 때 어떤 팬 써야 하는지 묻더라니까."

"나한테도 전화했었어. 근데 그걸 내가 어떻게 아냐고!" 크리
스가 말했다.

"크리스, 너!" 나는 크리스 팔을 툭 쳤다. "너 클럽에 가버린
줄 알았단 말이야!"

"프렌치 프라이 좀 먹고 갈지도 몰라. 나의 밤은 이제 시작이
니까, 자기." 크리스는 나를 꼭 안아주고 뺨에 뽀뽀도 해줬다.
"생일 축하해."

나는 고개를 돌려 피터를 바라봤다. "정말 이렇게까지 해줄
줄 몰랐어."

"케이크도 내가 직접 구웠어." 피터가 어깨에 힘을 주고 말했
다. "이미 놀랐겠지만 이게 다가 아니야." 피터가 재킷을 벗더니
재킷 주머니에서 라이터를 꺼내 초에 불을 붙이기 시작했다. 게
이브가 불붙은 초를 하나 빼서 피터를 거들었다. 불을 다 붙이

자 피터는 테이블에 엉덩이를 걸치고 앉았다. 두 다리가 테이블 옆에서 흔들거렸다. "어서 올라와."

나는 주변을 둘러봤다. "그건……"

그때 스피커에서 톰슨 트윈스가 부른 〈네가 여기 있다면If You Were Here〉의 전주가 흘러나왔다. 나는 두 손으로 얼굴을 감쌌다. 믿기지가 않았다. 피터는 지금 영화 〈아직은 사랑을 몰라요 Sixteen Candles〉의 마지막 장면을 재연하고 있었다. 이 영화 마지막 장면에서 몰리 링월드Molly Ringwald와 제이크 라이언Jake Ryan이 테이블에 생일 케이크를 놓고 딱 이렇게 앉아 있었다. 몇 달 전 피터와 그 영화를 보면서 내가 너무 로맨틱하다고 했더니 피터가 그 장면을 기억해두었던 것이다.

"얼른 올라가서 앉아. 이러다 초 다 타겠어." 크리스가 외쳤다.

대럴과 게이브는 내 드레스에 불이 붙지 않게 조심하며 나를 테이블 위로 올려줬다. 피터가 말했다. "됐다. 이제 사랑이 듬뿍 담긴 눈길로 나를 쳐다봐. 난 이렇게 몸을 살짝 기울이고 앉을게."

크리스가 다가와 내 드레스를 만져줬다. "소매 좀 걷어 올려." 크리스가 휴대폰의 사진과 우리 모습을 비교하면서 피터에게 지시를 내렸다. 피터가 소매를 올리자 크리스가 고개를 끄덕끄덕했다. "좋아, 아주 좋아." 그리고 다시 자기 자리로 돌아가 사진을 찍기 시작했다. 오늘 밤 사랑이 듬뿍 담긴 눈길로 피터를 바라보는 건 전혀 힘든 일이 아니었다.

나는 바람을 후 불어 초를 끄고 소원을 빌었다. 항상 지금 같은 마음으로 피터를 사랑하게 해달라고……

23

매년 메모리얼 데이*가 있는 주말에 동네 수영장이 문을 연다. 마고 언니와 나는 어릴 때 이날만 손꼽아 기다렸다. 엄마는 파라핀지에 싼 햄치즈 샌드위치와 당근 스틱, 사과 음료를 간식으로 싸주곤 했다. 사과 음료는 무가당 사과 주스를 희석한 것인데 거의 맹물 맛이었다. 나는 자판기에서 파는 소다나 과일 펀치를 사달라고 졸랐지만 엄마는 항상 안 된다고 했다. 엄마는 칠면조에 버터를 바르듯 늘 우리에게 선크림을 듬뿍 발라주었다. 키티는 선크림 바르는 게 싫어서 목이 터져라 비명을 지르곤 했다. 키티는 지금도 선크림 앞에서 징징거린다. 선크림을 발라주려고 보면 사라지고 없어서 찾아다녀야 할 때도 있다. 어릴 때 습성이 크면서도 거의 변하지 않는 걸 보면 좀 신기하다. 키티가 아니었으면 나도 깨닫지 못했을 것이다.

올해 키티는 수영 팀에 들어가지 않았다. 이제는 수영 팀에 같이 들어갈 친구가 없어서 재미없다고 했다. 키티는 아쉬운 얼굴

---

* Memorial Day. 5월 마지막 주 월요일. 미국 남북전쟁의 전사자 추모식을 1868년 5월 30일에 연 것이 메모리얼 데이의 계기가 되었다. 미국에서는 이때부터 여름이 시작되는 것으로 간주한다.

라라 진의 세 번째 이야기

로 주민 게시판에 붙은 대회 일정을 들여다보고 있었다. 나는 그런 키티를 물끄러미 바라봤다. 키티는 내가 자기를 보고 있다는 걸 몰랐다. 이제 키티도 그 단계에 접어든 것 같다. 어릴 때 좋아하던 것들에 작별을 고해야 하는 단계 말이다.

동네에 잔디를 깎은 지 얼마 안 된 집들이 많아서 클로버와 초록색 풀들의 향기가 공기를 타고 흘러다녔다. 올여름 첫 번째 귀뚜라미들이 찌르르 소리를 내며 울었다. 이 귀뚜라미 소리가 나의 여름 사운드트랙이다. 매년 그렇다. 피터와 나는 어린이 수영장에서 가장 멀리 떨어진 선 베드에 자리를 잡았다. 여기가 그나마 제일 조용했다. 나는 자리에 앉아 프랑스어 기말시험 공부를 했다. 아니, 적어도 공부하려고 했다.

"이리 와. 어깨 먼저 바르자." 나는 브리엘과 함께 수영장 옆에 서 있는 키티를 향해 외쳤다.

"내 피부는 안 탄다니까!" 키티가 큰 소리로 대답했다. 키티 말이 맞다. 키티의 양 어깨는 이미 금빛 브리오슈처럼 보기 좋게 그을렸다. 여름이 끝날 때쯤엔 통밀빵 겉면처럼 어두운 갈색이 되어 있을 것이다. 키티는 머리를 매끈하게 뒤로 넘기고 어깨에 수건을 두른 채 서 있었다. 지금은 팔다리만 눈에 보인다.

"일단 이리 와보라니까." 내가 다시 말했다.

키티는 피터와 내가 앉아 있는 선 베드 쪽으로 재빨리 걸어왔다. 슬리퍼가 바닥에 닿으며 딱딱 소리를 냈다.

나는 선스프레이를 키티의 어깨에 뿌리고 손으로 문질렀다. "타든 안 타든 상관없어. 피부를 보호해야지. 안 그러면 오래된 가죽 가방처럼 쭈글쭈글해진다고." 스토미 할머니가 내게 늘 하던 말이었다.

'오래된 가죽 가방'이라는 말에 키티가 깔깔 웃음을 터뜨렸다. "레티 할머니 생각난다. 그 할머니도 피부가 핫도그 색이잖아."

"그 할머니 생각하고 한 말은 아니지만 그건 그래. 레티 할머니도 젊었을 때 선크림을 열심히 발랐으면 그렇게 되지 않았을 거야. 너도 명심해." 레티 할머니는 우리 옆집에 사는 분인데, 피부가 크레이프 페이퍼처럼 쪼글쪼글하면서 축 늘어져 있다.

"너네 정말 못됐다." 피터가 선글라스를 끼며 말했다.

"할머니 잔디밭을 휴지로 쓴 사람이 누군데!"

내 말에 키티가 깔깔 웃으며 "오빠, 정말 그랬어?" 하고는 내 콜라를 한 모금 마셨다.

"다 거짓말이고 흑색선전이야." 피터가 명랑하게 대답했다.

날이 점점 더워지자 피터가 프랑스어 교과서는 내려놓고 같이 수영장에 들어가자며 유혹했다. 수영장에는 어린애들만 잔뜩 있었다. 스티브 블러델의 집에도 수영장이 있긴 하지만 나는 옛날 생각이 나서 여기 와보고 싶었다.

"나 물속에 처박을 생각 하지 마." 내가 피터에게 경고했다. 피터는 상어처럼 내 주변을 빙글빙글 돌며 점점 가까이 다가왔다. "농담 아니야!"

피터는 물속으로 잠수해서 들어가더니 내 허리를 움켜잡았다. 하지만 나를 물속에 밀어 넣는 대신 내 입술에 입을 맞췄다. 내 몸에 맞닿은 피터의 살결이 부드럽고 시원했다. 피터의 입술도 마찬가지였다.

나는 피터를 밀쳐내며 속삭였다. "키스하지 마. 애들 보잖아!"

"그게 뭐?"

"어린애들이 노는 수영장에서 10대들이 키스하는 건 보기 좋지 않아. 옳지 않은 행동이라고." 내가 지금 지나치게 얌전한 척한다는 건 나도 알지만 상관없다. 어릴 때 수영장이 자기네 소유인 것처럼 굴며 시끄럽게 떠들던 10대들을 보면 수영장에 들어가기가 겁났었다.

피터가 갑자기 웃음을 터뜨렸다. "너 진짜 웃긴다, 커비." 피터는 옆으로 헤엄을 치면서 내 말을 따라 했다. "옳지 않은 행동이라고." 그리고 또다시 웃기 시작했다.

안전 요원이 성인 수영 시간임을 알리는 호루라기를 불자 아이들은 모두 수영장 밖으로 나왔다. 피터와 나도 마찬가지였다. 피터는 선 베드로 돌아와 우리 의자를 더 가까이 붙였다.

나는 햇빛 때문에 눈을 찡그리며 옆으로 돌아누웠다. "성인 수영장은 몇 살부터 들어갈 수 있지? 열여덟? 아니면 스물하나?"

"글쎄. 스물한 살부터 아닐까?" 피터가 휴대폰 화면을 넘기며 대답했다.

"어쩌면 열여덟 살부터일 수도 있어. 가서 물어보자." 나는 선글라스를 끼고 영화 〈사운드 오브 뮤직〉의 사운드트랙 중 하나인 〈열여섯과 열일곱 사이Sixteen Going on Seventeen〉를 부르기 시작했다. "당신에게 조언해줄 현명하고 나이 많은 사람이 필요해요."

그리고 강조의 의미로 피터의 코를 톡 쳤다.

"야, 내가 너보다 더 일찍 태어났거든?" 피터가 따졌다.

나는 한 손으로 피터의 뺨을 쓸어내리며 계속 노래했다. "난 열일곱, 이제 곧 열여덟, 내가 당신을 돌봐줄게요."

"진짜야?" 피터가 물었다.

"너도 한번 불러봐." 나는 피터를 부추겼다. 피터가 나를 가만히 노려봤다. "한 번만 불러봐. 나는 너 노래할 때 좋더라. 정말 맑고 깨끗한 목소리야."

피터는 결국 씨익 웃었다. 기분 좋은 말을 들으면 꼭 이렇게 씨익 웃는다. "가사 모른단 말이야." 피터가 한 번 더 튕겼다.

"모르긴 뭘 몰라." 나는 피터의 얼굴에 대고 지팡이를 휘두르듯 손가락을 휘둘렀다. "*임페리오!* 잠깐, 너 이게 무슨 말인지 알아?"

"그게…… 용서받지 못할 저주였나?"

"맞아. 아주 잘했어, 피터 K. 그럼 뭐 할 때 쓰는 주문이지?"

"상대방이 하기 싫어하는 걸 억지로 시킬 때 쓰는 거잖아."

"아주 훌륭하다, 젊은 마법사여. 아직 희망이 있구나. 그럼 노래를 불러랏!"

"요 쪼꼬만 마녀가!" 피터는 누가 듣지 않을까 고개를 두리번거리다가 부드러운 목소리로 노래를 부르기 시작했다. "나에게 조언해줄 현명하고 나이 많은 사람이 필요해요…… 당신은 열일곱, 이제 곧 열여덟…… 나는 당신만 믿을게요."

나는 너무 좋아서 물개 박수를 쳤다. 내가 원하는 대로 해주는 남자친구를 볼 때보다 더 짜릿한 순간이 또 있을까? 나는 피터에게 다가가 두 팔로 목을 끌어안았다.

"사람들 보는 데서 이러는 거 싫다며!"

"너 목소리 되게 좋다. 합창단 계속했으면 좋았을 텐데."

"여자애들이 다 합창단에 있어서 나도 들어갔던 것뿐이야."

"흠. 그럼 버지니아 대학에 가서 합창단 들어갈 생각은 하지 마. 아카펠라 그룹도 안 돼." 농담으로 한 말인데 피터가 인상을 찡그렸다. "농담이야! 아카펠라 그룹에 들어가고 싶으면 들어가! 흘라바후스엔 남자밖에 없으니까."

"거기 들어갈 생각 없어. 다른 여자들 쳐다볼 생각도 없고."

오호라. "당연히 다른 여자들을 보겠지. 너도 눈이 있으니까. 사람들이 자기는 피부색 안 본다고 말하는 것도 정말 웃긴다니까. 볼 수 있는 건 다 보면서 말이야. 너도 어쩔 수 없이 보게 될 거야."

"지금 그 말이 아니잖아!"

"알아, 알아." 나는 몸을 일으켜 앉아 프랑스어 책을 무릎에 올렸다. "너 정말 공부 안 할 거야? 수요일에 미국사 시험 있다며?"

"낙제만 안 하면 돼."

"그것참 좋겠네요, 참 좋겠어." 나는 노래를 불렀다.

"야, 네가 프랑스어에서 C 받는다고 윌리엄앤드메리가 널 떨어뜨리는 것도 아니잖아."

"프랑스어 시험은 걱정 안 해. 금요일 미적분 시험이 문제지."

"네가 미적분 C 받아도 그 학교가 널 내쫓진 않을 거야."

"그야 그렇지. 그래도 잘 마무리하면 좋잖아." 5월도 거의 끝났으니 이제 진짜 며칠 남지 않았다. 앞으로 일주일만 학교에 가면 끝이다. 나는 팔다리를 쭉 뻗으며 눈을 가늘게 뜨고 해를 바라봤다. 그리고 기분 좋은 한숨을 내쉬었다. "다음 주말에도 여기 오자."

"난 안 돼. 주말 훈련 들어간다니까. 기억 안 나?"

"벌써?"

"그래. 시즌도 끝났잖아. 더 이상 시합 뛸 일 없다고 생각하니 기분이 이상해."

우리 학교 라크로스 팀은 주 선수권 대회에 나가지 못했다. 애초에 나갈 가능성도 거의 없었다. 피터도 "선수가 나밖에 없잖아"라고 늘 말했다. 피터는 다음 주말에 버지니아 대학 라크로스 팀과 합숙 훈련에 들어갈 예정이었다.

"대학 팀 선수들 만날 생각 하면 신나지 않아?"

"아는 사람도 몇 명 있어. 어쨌든 기대되는 건 사실이야." 피터가 손을 뻗어 내 머리를 땋기 시작했다. "나 이제 좀 잘하는 것 같아."

"여름 내내 연습해도 돼." 나는 피터 쪽으로 몸을 기울였다. 피터는 아무 말도 하지 않았다.

24

학기가 끝날 무렵이면 늘 감상에 젖는다. 매년 그렇지만 올해는 좀 더 특별한 기분이었다. 아무래도 고등학교 마지막 학년이라 그럴 것이다. 모든 게 끝을 맺는 분위기였다. 선생님들은 반바지와 티셔츠 차림으로 수업에 들어왔고, 우리가 책상을 정리하는 동안 영화를 틀어줬다. 선생님들도 우리에게 신경 쓸 여력이 바닥난 모양이었다. 우리는 시간을 흘려보내며 졸업만 손꼽아 기다렸다. 다들 자기가 어디로 갈지 알고 있었다. 그래서인지 벌써부터 고등학교 시절이 백미러에 비친 과거처럼 보였다. 갑자기 삶이 너무 빠르게 흘러가는 것 같으면서도 너무 느리게 지나가는 것 같았다. 동시에 두 장소에 있는 기분이었다.

기말시험은 잘 마무리했다. 미적분 시험도 생각만큼 어렵지 않았다. 이렇게 해서 내 고등학교 생활도 점점 끝을 향해 달려가고 있었다. 피터는 이미 주말 훈련에 들어갔다. 훈련에 들어간 지 하루밖에 안 되었는데 나는 7월부터 크리스마스를 애타게 기다리는 사람처럼 벌써 피터가 그리웠다. 내게 피터는 잔에 담긴 뜨거운 코코아이고, 나의 빨간 엄지장갑이며, 크리스마스 날 아침 같은 존재다.

피터는 체육관에서 돌아오는 즉시 전화하겠다고 했다. 나는 휴대폰 벨소리를 키우고 하루 종일 들고 다녔다. 오늘 아침에는 피터가 일찍 전화를 걸었는데 내가 샤워하느라 받지 못했고, 내가 부재중 전화를 확인했을 땐 피터가 훈련에 들어간 후였다. 앞으로도 계속 이렇게 지내야 하는 걸까? 학기가 시작되고 내 시간표가 정해지면 상황이 달라지겠지만, 지금은 등대 꼭대기에 서서 사랑하는 이의 배가 돌아오길 기다리는 심정이었다. 낭만적인 걸 즐기는 사람이라면 이런 상황이 그리 불편하지만은 않을지도 모르겠다. 어쨌든 나에게 지금 이 순간만큼은 그런 느낌이었다. 만일 이 상황이 익숙해진다면, 피터를 매일 보지 못하는 게 새로운 일상이 되어버린다면 이야기가 달라지겠지만, 지금은 피터를 그리워하는 이 순간이 묘하게 즐겁기도 했다.

나는 기다란 흰색 잠옷 가운을 걸치고 오후 늦게 아래층으로 내려갔다. 마고 언니는 이 가운을 보고 《초원의 집Little house of Praire》 등장인물 같다고 했고, 키티는 유령 같다고 했다. 나는 조리대 위에 한 발을 걸치고 앉은 채 복숭아 통조림을 꺼내 통째 들고서 복숭아를 꺼내 먹었다. 시럽이 뚝뚝 떨어지는 복숭아를 한입 베어 무니 기분이 좋았다.

내가 길게 한숨을 내쉬자 노트북을 들여다보고 있던 키티가 고개를 들고 물었다. "무슨 한숨을 그렇게 요란하게 내쉬어?"

"그립다…… 크리스마스가." 나는 복숭아를 한입 더 베어 물었다.

키티 얼굴이 갑자기 환해졌다. "나도 나도! 올해 크리스마스에는 앞마당에 사슴 몇 마리 세워놓자. 싸구려 말고 철사로 고급스럽게 만든 거 있잖아. 조명도 반짝반짝하고."

나는 또다시 한숨을 내쉬며 통조림을 내려놓았다. "그러든지." 시럽 때문에 벌써 속이 더부룩해지는 기분이었다.

"한숨 좀 그만 쉬어!"

"한숨 쉬면 왜 기분이 좋을까?" 내가 중얼거렸다.

키티가 크게 한숨을 내뱉었다. "그야 숨 쉬는 거하고 근본적으로 같아서 그런 거 아닐까? 숨 쉬면 기분 좋잖아. 공기도 맛있고."

"맞아. 그런가?" 나는 포크로 복숭아를 한 조각 더 찔렀다. "그런 사슴은 어디 가면 살 수 있을라나? 타겟*에서 팔지도 모르겠다."

"크리스마스 하우스**에도 가보자. 잔뜩 사서 쟁여두자. 윌리엄스버그에도 매장이 있지 않아?"

"있어. 아웃렛 몰 가는 길에. 야, 우리 크리스마스 리스***도 새로 사자. 쇼핑몰에 라벤더색 전구 있었으면 좋겠다. 그럼 완전 동화 나라에 나오는 겨울 같아 보일 거야. 나무 전체를 파스텔 톤으로 해도 좋고."

"너무 흥분하진 마." 키티가 건조한 투로 말했다.

---

* Target Corporation. 가구, 식료품, 생활 잡화 등을 판매하는 대형 마트.
** 크리스마스 관련 제품만 판매하는 쇼핑몰로, 원래 상호는 덴마크어로 된 'Jule Hus'인데, 이를 영어로 바꾸면 'Christmas House'가 된다.
*** wreath. 꽃으로 둥글게 고리 모양을 만든 화환. 크리스마스 때 현관문 앞에 장식으로 건다.

나는 못 들은 척했다. "트리나 아줌마도 크리스마스 장식품이 무지 많던데. 크리스마스 마을이 통째로 있더라고. 너도 알지? 차고에 쌓아놓은 박스에 들어 있어." 트리나 아줌마의 '크리스마스 마을' 장식품은 조그만 예수 탄생 장면 수준이 아니었다. 이발소, 빵집, 장난감 가게 등등에다 하나하나의 모양새가 정교하기까지 했다. "그런데 그걸 대체 어디에 두지?"

키티가 어깨를 으쓱했다. "우리 물건들 중에서 오래된 건 버려야 할지도 몰라." 세상에! 키티 쟤는 어쩜 저렇게 감성이 메말랐을까? 키티는 극히 '실용적인 목소리'로 말을 이었다. "우리 건 별 볼일 없는 것도 제법 많잖아. 크리스마스 트리 스커트*도 올이 다 풀려서 씹다 뱉어놓은 것 같고. 왜 오래됐다는 이유만으로 그렇게 애지중지하는 거야? 오래된 것보단 새로운 게 더 좋잖아."

나는 허공을 바라봤다. 그 트리 스커트는 초등학교에서 열린 크리스마스 장터에 갔다가 뜨개질을 하는 어느 학부모회 회원한테서 엄마가 사 온 거였다. 그때 마고 언니와 나는 서로 자기 맘에 드는 걸 사고 싶어서 실랑이를 했다. 언니가 고른 건 타탄체크로 테두리를 두른 빨간 스커트였고, 내가 고른 건 하얀색이었다. 크리스마스 트리 아래 하얀 스커트를 깔아놓으면 나무가 눈 쌓인 들판에 서 있는 것처럼 보일 것 같았다. 하지만 엄마는 결국 빨간색으로 정했다. 흰색은 때가 잘 탄다는 이유였다. 빨간 트리 스커트는 아직 상태가 괜찮았지만, 키티 말이 맞다. 이

---

* Christmas tree skirt. 크리스마스 트리 밑에 까는 깔개나 밑에서 트리를 받치는 받침대.

라라 진의 세 번째 이야기

제 은퇴할 때가 됐는지도 모른다. 하지만 그 스커트를 내다 버리지는 못할 것 같다. 마고 언니도 나와 같은 생각일 것이다. 사각형으로 잘라서 내 모자 상자에 잘 넣어둬야지.

"트리나 아줌마 트리 스커트가 좋아 보이던데. 하얀 털로 덮여 있어서 제이미 폭스피클이 파고들기 좋을 거야." 내가 말했다.

그때 내 휴대폰이 진동했다. 피터인가 싶어 곧장 확인했는데, 저녁으로 태국 음식을 포장해 오겠다는 아빠의 문자였다. 아빠는 팟타이Pad Thai와 팟씨유Pad See Yew 중에 뭐가 먹고 싶은지 물었다. 나는 또 한 번 한숨을 내쉬었다.

"언니, 진짜 한숨 좀 그만 쉬어!" 키티가 무섭게 말하고는 나를 노려보며 덧붙였다. "크리스마스가 기다려져서 그러는 거 아니잖아. 나도 다 알아. 피터 오빠가 훈련 들어간 지 고작 하루 됐는데 무슨 전쟁터에라도 나간 것처럼 굴고 그래!"

나는 못 들은 척했다. 그리고 팟타이를 좋아하는 키티를 골려줄 작정으로 '팟씨유'라고 답장을 보냈다.

그때 이메일이 하나 들어왔다. 노스캐롤라이나 대학교 입학처에서 보낸 메일이었다. 내 지원서가 업데이트되었다는 소식이다. 나는 링크를 클릭했다. 축하합니다…….

예비합격자 명단에서 내 이름이 빠졌다고……?

이게 무슨 소리지?

나는 멍하니 앉아 메일을 읽고 또 읽었다. 나, 라라 진 송 커비가 노스캐롤라이나 대학교 채플힐 캠퍼스에 합격했다는 말이었다. 믿기지 않았다. 합격할 줄은 꿈에도 몰랐다. 그런데 합격이라니.

"언니! 여보세요?"

나는 어리벙벙한 얼굴로 고개를 들었다.

"내가 세 번이나 불렀는데 안 들려? 대체 무슨 일이야?"

"어…… 나 노스캐롤라이나 채플힐에 붙었대."

키티가 입을 쩌억 벌렸다. "우아!"

"희한하다. 그치?" 나는 여전히 넋이 나가서 고개를 절레절레 저었다. 이런 일이 있을 거라고 누가 생각이나 했을까? 나는 전혀 생각 못 했다. 예비합격 소식을 들은 후 노스캐롤라이나 대학교에 대해서는 거의 까맣게 잊고 있었다.

"거기 들어가기 엄청 힘든 학교잖아!"

"그니까." 나는 아직도 어리둥절했다. 버지니아 대학교에 떨어지자 별 볼일 없는 사람이 된 것만 같아 자신감이 땅바닥에 떨어졌었다. 그런데 노스캐롤라이나 대학교라니! 같은 주에서 버지니아 대학교에 들어가는 것보다 다른 주에서 노스캐롤라이나에 들어가는 게 훨씬 어렵다.

키티의 얼굴에서 미소가 사라졌다. "그런데 언니는 윌리엄앤드메리에 가려던 거 아니었어? 예치금 벌써 보낸 거 아냐? 내년에 윌리엄앤드메리에서 버지니아 대학교로 편입하려고 했던 거 아니냐고!"

버지니아 대학교……. 노스캐롤라이나 대학교에 붙은 게 너무 기뻐서 버지니아 대학에 편입하기로 했던 건 잠시 잊고 있었다. "그게 우리 계획이었지." 내가 말했다. 그때 또 휴대폰이 진동했다. 피터인가 싶어 가슴이 뛰었다. 하지만 크리스가 보낸 문자였다.

ㅡ스타벅스 가고 싶다.

답장을 보냈다.

ㅡ나 노스캐롤라이나에 붙었대!

ㅡ우왁! 전화할게.

1초 후에 전화벨이 울렸다. 받자마자 크리스가 비명을 질러댔다. "대박!"

"고마워! 근데 진짜…… 진짜 좋은 학교잖아. 나는……."

"이제 어떻게 할 거야?" 크리스가 다짜고짜 물었다.

"아." 나는 키티를 흘끗 바라봤다. 키티는 매의 눈으로 나를 노려보고 있었다. "어떻게 하긴. 난 윌리엄앤드메리에 갈 거야."

"노스캐롤라이나가 더 좋은 학교 아냐?"

"등급은 더 높지. 나도 모르겠다. 그 학교는 가본 적이 없어서."

"그럼 가보자." 크리스가 말했다.

"가보자고? 언제?"

"지금이지! 즉흥 자동차 여행!"

"미쳤어? 4시간 거리잖아!"

"그렇지 않아. 정확히 3시간 25분 거리야. 방금 검색해봤어."

"도착할 때쯤엔 아마……."

"6시겠지. 그게 뭐 대수라고? 그냥 좀 돌아다니다가 저녁 먹고 집에 오면 되지. 안 될 게 뭐냐고! 우린 젊잖아. 그 학교를 선택하지 않는다고 해도 뭘 놓치게 될지는 알아야지." 내가 입을 열려는데 크리스가 곧바로 말을 이었다. "10분 안에 너네 집에 도착할 테니까 가면서 먹을 간식이나 좀 챙겨봐." 그리고 끊어버렸다.

키티가 나를 계속 노려봤다. "지금 노스캐롤라이나에 가려는 거야? 지금?"

행복에 취한 기분이었다. 나는 웃으며 말했다. "그러려고!"

"그건 윌리엄앤드메리 대신 그 학교에 간다는 의미야?"

"아니야. 그냥…… 그냥 한번 가보는 거야. 바뀌는 건 없어. 그래도 아빠한테는 말씀드리지 마."

"왜?"

"음…… 그냥. 그냥 크리스 만나러 나가서 저녁때까지 못 들어온다고만 말씀드려. 노스캐롤라이나 대학 얘기는 하지 말고."

나는 옷을 챙겨 입고 유령처럼 집을 날아다니며 가방 안에 말린 와사비콩, 포키,* 생수 같은 걸 던져 넣었다. 크리스랑 자동차 여행은 처음이었다. 언젠가 크리스와 꼭 한 번 자동차 여행을 가고 싶었다. 채플힐에 가서 그냥 한번 둘러보는 것도 나쁘진 않을 것 같았다. 그 학교로 진학하지는 않을 거지만, 그런 생각을 해보는 것만으로도 재미는 있으니까.

채플힐까지 반쯤 갔을 때 보니 휴대폰 배터리가 별로 없었다. 충전기도 깜박하고 가져오지 않았다. "너 차량용 충전기 있어?"

크리스는 라디오에서 흘러나오는 노래를 따라 부르다가 대

---

* Pocky. '빼빼로'처럼 생긴 스틱 모양의 과자.

라라 진의 세 번째 이야기

답했다. "없어."

"이런!" 크리스 휴대폰도 GPS를 사용하느라 배터리가 쑥쑥 줄고 있었다. 휴대폰 배터리도 없는 상태에서 주 경계선을 넘어간다고 생각하니 조금 불안했다. 게다가 아빠한테는 내가 어디 가는지 절대 얘기하지 말라고 키티에게 신신당부까지 해두었다. 무슨 일이 생기면 어떡하지? "집에 몇 시쯤 돌아갈 수 있을까?"

"걱정 좀 그만하세요, 라라 진 할머니. 별일 없을 거야." 크리스는 앞좌석 창을 내리더니 가방을 찾아 이리저리 더듬었다. 나는 크리스가 다른 차를 들이받기 전에 뒷좌석 바닥에서 크리스의 가방을 찾아 담배를 꺼내줬다. 정지 신호에 멈춰 섰을 때 크리스가 담배에 불을 붙이며 연기를 깊이 들이마셨다. "개척자 같지 않냐? 진짜 모험이 시작되는 거지. 우리 조상들에게도 휴대폰은 없었잖아."

"명심해. 그냥 둘러보러 가는 거야. 나는 윌리엄앤드메리로 마음 정했어."

"너나 내 말 들어. 선택할 수 있다는 게 제일 중요한 거야."

마고 언니도 늘 그렇게 말했다. 마고 언니와 크리스는 생각에서 의외로 공통점이 많았다.

도착할 때까지 라디오 채널을 돌리며 노래를 따라 부르다가, 크리스가 앞머리를 핑크색으로 염색하면 어떨지 하는 이야기도 했다. 출발 후 3시간 반이 좀 안 됐을 때 채플힐에 도착했다. 시간이 너무 빨리 가서 깜짝 놀랐다. 크리스가 말한 대로였다. 우리는 프랭클린가街에 주차했다. 프랭클린가가 중앙 도로인 것 같았다. 도착하고 가장 먼저 받은 느낌은 노스캐롤라이나 대학교 캠퍼스가 버지니아 대학교와 상당히 닮았다는 거였다. 단풍나무도 많고, 녹색식물도 많고, 벽돌 건물도 많았다.

"예쁘다. 그치?" 나는 걸음을 멈추고 분홍색 꽃을 피운 층층나무flowering dogwood tree를 향해 감탄을 내뱉었다. "여기 층층나무가 되게 많다. 층층나무는 버지니아주를 상징하는 나무인데 말이야. 노스캐롤라이나를 상징하는 나무는 뭐더라?"

"몰라. 뭐 좀 먹자. 배고파." 크리스는 집중력이 형편없었다. 특히 배고플 땐 신경이 예민해지므로 조심하는 게 좋다.

나는 크리스의 허리에 팔을 둘렀다. 어떻게 될지 모르니 일단 구경이라도 하자며 다짜고짜 나를 여기까지 데리고 온 크리스가 갑자기 고마웠다. "그럼 일단 배부터 채우자. 뭐 먹고 싶어? 피자? 호기빵 샌드위치? 중국 음식?"

크리스가 내 어깨에 팔을 둘렀다. 음식 이름을 몇 개 나열했을 뿐인데 크리스는 벌써 군침이 도는 모양이었다. "네가 골라. 중국 음식만 아니면 돼. 피자도 안 되고. 그래, 초밥 먹자."

크리스가 길을 건너는 남자 둘을 향해 소리 질렀다. "저기!"

남자들이 뒤돌아봤다. "왜요?" 키 크고 잘생기고 팔 근육도 멋진 흑인 남자가 물었다. '캐롤라이나 레슬링'이라고 적힌 티셔츠를 입고 있었다.

"여기 초밥 제일 맛있는 집이 어디예요?"

"난 초밥을 안 먹어서 잘 모르겠는데." 남자는 옆에 있는 빨간 머리 친구를 바라봤다. 흑인 남자만큼은 못하지만 그래도 귀여운 편이었다. "너 아는 데 있냐?"

"스파이시 나인." 빨간 머리가 크리스를 향해 말했다. "프랭클린가를 따라 쭉 가다 보면 나와요." 그리고 크리스에게 윙크를 날렸다. 두 남자는 가던 길로 걸음을 옮겼다.

"쟤네들 따라갈래?" 크리스가 눈으로 두 남자를 좇으며 말했다. "오늘 밤 뭐 하는지 물어볼까?"

"너 배고프다며." 나는 크리스를 붙잡고 남자들이 가리킨 방향으로 이끌었다.

"아, 맞다. 어쨌든 이 대학교에 1점 추가야. 남자들이 섹시하잖아."

"윌리엄앤드메리에도 잘생긴 남자는 많을걸." 나는 이렇게 말했다가 재빨리 덧붙였다. "어쨌거나 나하고는 상관없는 일이야. 나는 남자친구가 있으니까." 아직도 전화 한 통 없긴 하지만. 내 휴대폰은 이제 배터리가 5퍼센트 남았다. 피터가 전화하기 전에 곧 꺼질 것이다.

초밥을 먹은 후 프랭클린가를 따라 걸으며 상점들을 구경했다. 노스캐롤라이나 대학교 타힐스* 모자를 피터에게 선물로 사다 줄까 했지만, 피터는 와후**가 될 테니 이걸 쓸 일은 별로 없을 것이다.

---

* Tar Heels. 노스캐롤라이나 대학교의 남자 농구 팀 명칭이다.
** Wahoo. 버지니아 대학교의 스포츠 팀이나 버지니아 대학교 학생들을 가리킨다.

표지판이 여러 개 붙은 기둥을 지나는데 크리스가 우뚝 멈춰 섰다. 크리스는 손으로 '캣츠 크래들'이라는 클럽 이름이 적힌 표지판을 가리켰다. '미야오 믹스'라는 밴드가 오늘 밤 공연한다고 적혀 있었다. "저기 가자!" 크리스가 말했다.

"미야오 믹스를 알아? 무슨 음악 하는 밴드야?"

"그걸 내가 어떻게 알아. 일단 가보자!" 크리스가 내 손을 잡았다. 우리는 깔깔 웃으며 길을 따라 달렸다.

공연은 이미 시작되었는데 아직 들어가는 줄이 늘어서 있었다. 열린 문으로 댄스 음악이 띄엄띄엄 흘러나왔다. 우리 바로 앞에 여자 둘이 줄 서 있었다. 크리스가 두 팔로 나를 끌어안고 두 여자에게 말했다. "내 절친이 노스캐롤라이나 대학교에 합격했어요."

크리스가 나를 절친이라고 말해주니 마음 한구석이 따뜻해지는 기분이었다. 크리스에게는 함께 일하는 동료들이 있고 내게는 피터가 있지만, 우리가 여전히 서로에게 중요한 존재라는 걸 재차 확인한 기분이랄까. 크리스가 코스타리카로 떠나든, 스페인으로 떠나든 크리스와 나는 계속 가까운 친구로 남을 거라는 예감이 강하게 들었다.

두 여자 중 하나가 나를 안으며 말했다. "축하해요! 우리 학교 정말 좋아요. 분명 맘에 들 거예요." 그녀는 밀크메이드 브레이드로 머리를 땋았고, '내 대통령은 힐러리'라고 적힌 티셔츠를 입고 있었다.

다른 한 명이 머리에 꽂은 막대 사탕 모양의 에나멜 핀을 바로잡으며 말했다. "기숙사는 에링하우스나 크레이그로 신청해요. 그 두 군데가 제일 재밌으니까."

나는 약간 멋쩍어하며 말했다. "실은 여기 말고 다른 학교 갈건데 한번 와본 거예요. 그냥 궁금해서."

"아, 어느 학교요?" 여자는 주근깨로 덮인 얼굴을 살짝 찡그리며 물었다.

"윌리엄앤드메리요."

"아직 확실한 건 아니에요." 크리스가 끼어들었다.

"거의 확실해요." 내가 말했다.

"난 프린스턴 대신 여기 왔는데." 머리 땋은 여자가 말했다. "와보니까 학교가 정말 맘에 들더라고요. 구경해보면 알 거예요. 그건 그렇고 내 이름은 홀리스라고 해요."

우리는 서로 인사를 주고받았다. 여자들은 내게 영어학과나 딘 돔*에서의 농구 경기에 대해 설명해주다가, 프랭클린가에서 신분증 검사를 하지 않는 가게들에 대한 정보도 귀띔해줬다. 영어학과 이야기를 할 땐 멍한 표정을 짓던 크리스도 다른 이야기는 귀 기울여 들었다. 안으로 들어가기 전에 홀리스가 내게 전화번호를 주며 말했다. "혹시 우리 학교에 오게 되면 연락해요."

클럽 안으로 들어서니 사람이 제법 많았다. 사람들이 무대 근처에서 맥주를 마시며 춤을 추고 있었다. 밴드 멤버는 두 명뿐이고, 장비도 기타와 노트북이 전부였다. 일렉트로니카 팝을 하는

---

* Dean Dome. 노스캐롤라이나 대학교의 체육 경기장.

밴드 같았다. 음악이 공연장 전체에 울려 퍼졌다. 공연장을 찾은 관객들은 꽤 다양했다. 록 밴드 티셔츠를 입고 수염을 기른 우리 아빠 나이 대도 보였고 학생들도 많았다. 크리스는 맥주가 마시고 싶어서 손에 찍은 스탬프를 지워보려고 했지만 성공하지 못했다. 나는 어차피 맥주를 좋아하지도 않고, 집에 갈 때 크리스가 운전해야 하니 실망할 것도 없었다. 휴대폰 충전기를 갖고 있는 사람이 있는지 물어보고 다니는데 크리스가 내 팔을 찰싹 때리며 소리 질렀다. "우린 지금 모험을 떠나온 거라고! 모험하는 데 휴대폰 따윈 필요 없어!"

크리스는 내 손을 잡고 무대 쪽으로 이끌었다. 우리는 춤을 추며 중간까지 나아갔다. 아는 노래는 전혀 없었지만 음악에 맞춰 발을 구르기 시작했다. 관객 하나가 노스캐롤라이나 대학교 학생인지 공연 도중에 관객들과 함께 타힐스 응원가를 부르기 시작했다. "난 타힐로 태어나, 타힐로 자라서, 타힐*로 죽는다!" 사람들이 미친 듯이 열광하자 공연장이 흔들리는 것 같았다. 크리스와 나는 의미도 모르면서 사람들을 따라 함께 소리를 질렀다. "듀크**는 꺼져라!" 머리가 온통 헝클어졌다. 온몸이 땀에 젖었다. 나는 지금 갑작스럽게 생애 최고의 시간을 보내고 있다. "진짜 재미있다." 나는 크리스의 얼굴에 대고 소리쳤다.

"나도!" 크리스도 고함을 질렀다.

---

* '타힐'은 노스캐롤라이나 대학교 학생 외에 노스캐롤라이나 주민을 일컫는 별칭이기도 하다.
** 노스캐롤라이나 대학교와 매우 가까운 거리에 위치한 듀크 대학교의 농구 팀 '듀크 블루데블스'를 가리킨다.

두 번째 무대가 끝난 후에 크리스가 배고프다고 해서 다시 밤 속으로 걸어 나왔다.

우리는 길을 따라 무작정 걸었다. 한참 걸은 것 같다는 기분이 들었을 때 '코스믹 칸티나'라는 음식점을 발견했다. 조그만 멕시코 음식점인데 줄이 길었다. 크리스는 줄이 긴 걸 보니 무지 맛있는 집이거나 무지 싼 집일 거라고 했다. 우리는 부리토를 거의 흡입하듯 먹었다. 쌀밥, 콩, 녹아내리는 치즈, 가게에서 직접 만든 피코 데 가요*로 꽉꽉 채워 만든 부리토였다. 핫소스를 제외하면 상당히 평범한 맛이었다. 핫소스는 입술에 불이 붙은 게 아닐까 싶을 정도로 매웠다. 내 휴대폰이 죽지 않았거나 크리스의 휴대폰이 거의 죽은 상태가 아니었다면 채플힐에서 가장 맛있는 부리토 집을 검색해 찾아갔을 것이다. 그랬다면 아마도 이 가게를 찾지 못했을 것이다. 이유를 정확히 설명하기는 힘들지만 이건 내가 살면서 먹은 부리토 중 과연 최고였다.

부리토를 다 먹은 후 내가 물었다. "지금 몇 시야? 1시 전에 도착하려면 빨리 출발해야 할 텐데."

"아직 캠퍼스는 제대로 보지도 못했잖아. 특별히 보고 싶은 데 있어? 나야 잘 모르지만, 너라면 도서관처럼 따분한 데가 가고 싶을 것 같은데."

"너만큼 나를 잘 아는 사람도 없을 거야, 크리스." 내 말에 크리스가 눈을 깜박이며 귀여운 척했다. "보고 싶은 데가 한 군데

---

* Pico de gallo. 토마토, 양파, 고추 등의 재료를 썰어 만든 요리로, 소스처럼 먹기도 한다.

있긴 한데…… 올드 웰Old Well이라고. 안내서에 안 빠지고 등장하더라고."

"그럼 거기 가자."

걸어가면서 크리스에게 물었다. "채플힐이랑 샬러츠빌이랑 비슷한 거 같지 않아?"

"아니. 여기가 더 좋아 보여."

"딱 키티처럼 말하네. 너희 둘은 새로운 게 항상 더 좋다고 생각하는 것 같아."

"넌 오래된 게 항상 더 좋다고 생각하잖아."

크리스 말도 일리가 있었다. 우리는 도착할 때까지 다정한 침묵 속에서 조용히 걸음을 옮겼다. 나는 이 대학교가 버지니아 대학교와 어디가 닮았는지, 또 어디가 닮지 않았는지 생각해봤다. 캠퍼스는 조용했다. 아마 여름방학을 맞아 학생들이 집으로 돌아갔기 때문일 것이다. 그래도 캠퍼스를 배회하는 사람들이 있긴 했다. 여름 원피스에 샌들을 신은 여자들과 카키색 반바지에 노스캐롤라이나 대학교 야구모자를 쓴 남자들이 몇 명 눈에 띄었다.

푸른 잔디밭을 가로지르자 올드 웰이 모습을 드러냈다. 올드 웰은 벽돌로 된 두 기숙사 건물 사이에 위치해 있었다. 조그만 원형 홀 모양의 올드 웰은 버지니아 대학교에 있는 로툰다의 작은 버전처럼 보였다. 가운데에는 음수대가 있었다. 올드 웰 뒤로는 엄청 큰 흰색 참나무가 서 있고, 철쭉이 그 주변을 둘러싸고 있었다. 스토미 할머니가 즐겨 바르던 립스틱처럼 진한 분홍색

철쭉이었다. 그야말로 황홀한 풍경이었다.

"소원 같은 거 빌어야 하는 거 아니야?" 크리스가 음수대로 다가서며 물었다.

"어디서 들었는데 수업 첫날 학생들이 음수대 물을 마시면서 소원을 빈대. 행운을 빌거나 아니면 전 과목 A 같은 거."

"코스타리카에서 전 과목 A 같은 건 필요 없으니까 행운이라도 받아 가야겠다."

크리스가 허리를 숙여 물을 마시려 하자 지나가던 여자 둘이 말렸다. "마시지 마! 남학생 클럽 애들이 거기다 맨날 오줌 싸."

크리스는 고개를 번쩍 들고 음수대에서 뒷걸음질 쳤다. "으으! 셀카나 찍자."

"못 찍어. 우리 둘 다 배터리 없잖아. 까먹었어? 옛날처럼 그냥 우리 가슴에 담아둬야 해."

"음, 그렇군. 우리 이제 갈까?"

나는 머뭇거렸다. 왠지 몰라도 난 아직 떠날 준비가 안 된 것 같았다. 여기 다시 올 일이 없으면 어쩌지? 그때 벽돌 건물과 마주해 있는 벤치가 눈에 띄었다. "조금만 더 있다가 가자." 우리는 벤치에 가서 앉았다.

나는 무릎을 가슴에 붙이고 두 팔로 끌어안았다. 크리스는 내 옆에 앉아 팔찌를 만지작거리며 말했다. "나도 너랑 같이 가고 싶다."

"대학교에? 노스캐롤라이나 대학교에?" 나는 크리스의 목소리에서 묻어나는 감상적인 어조에 약간 당황하여 내가 이 학교에 다니지 않으리란 걸 깜박하고 대뜸 물었다.

"어느 쪽이든. 오해는 하지 마. 코스타리카에 갈 생각 하면 신나지만, 그게…… 나도 잘 모르겠어. 대학 갈 나이에 다른 걸 하다가 중요한 걸 놓치는 건 아닐까 하는 생각이 들어서." 크리스가 자신 없는 눈빛으로 나를 바라봤다.

"대학은 언제나 여기서 너를 기다리고 있을 거야, 크리스. 내년에도, 내후년에도. 네가 가고 싶을 때 가면 돼."

크리스는 고개를 돌려 잔디밭을 바라보았다. "그럴지도. 두고 보면 알겠지. 내 생각엔 네가 이 학교에 다니게 될 것 같아. 네 생각은 어때?"

나는 침을 삼켰다. "난 이미 계획이 있잖아. 1년 동안 윌리엄앤드메리에 다니다가 버지니아 대학교로 편입할 거야."

"그게 너와 피터의 계획이지. 그래서 지금 망설이는 거잖아."

"그래. 그게 나와 피터의 계획이야. 하지만 그것 때문만은 아니야."

"어쨌든 중요한 이유지."

나는 부정할 수 없었다. 내가 어느 대학에 가든, 윌리엄앤드메리든 노스캐롤라이나든 피터는 그곳에 없을 테니까.

"그럼 여기 1년 다녀보는 건 어때? 여기랑 윌리엄앤드메리랑 무슨 차이가 있어? 한 시간 거리? 어딜 가든 어차피 버지니아 대학교가 아닌데, 여긴 안 될 게 뭐야?" 크리스는 내 대답을 기다리지 않고 자리에서 일어나 잔디밭으로 달려나갔다. 그리고 신발을 벗더니 옆으로 재주넘기를 연달아 했다.

이 학교에 진학했다가 결국 여길 사랑하게 되면 어쩌지? 그래서 1년 후에도 떠나고 싶지 않으면? 그땐 어떡하지? 하지만 여길 사랑하게 되면 그것도 나름대로 괜찮지 않을까? 왜 좋아할 리 없다고 미리 단정하는 거지? 기회가 생기면 움켜잡고 행복해지길 바라는 게 낫지 않을까? 중요한 건 그게 아닐까?

나는 벤치에 누워서 다리를 쭉 펴고 하늘을 바라봤다. 하늘 높이 솟은 나뭇가지들이 내 머리 위에서 지붕을 만들었다. 한 나무는 건물 옆에 자리 잡았고, 다른 나무는 잔디밭에 뿌리를 내리고 있었다. 두 나무가 통행로 쪽으로 가지를 뻗으며 서로 맞닿아 있다. 피터와 나도 두 나무처럼 멀리 떨어져서도 계속 서로에게 닿을 수 있지 않을까? 어쩌면 이곳에서 나는 즐겁게 대학생활을 할 수 있을지도 모르겠다. 내 생각에도 내가 이 학교에 다니게 될 것만 같다.

스토미 할머니의 말이 생각난다. 마지막으로 할머니를 뵀을 때 할머니는 내게 반지를 주면서 말했다. *'예스'라고 하고 싶을 때 '노'라고 대답하면 안 된다고.*

새벽 3시가 막 지났을 때 우리 집 앞에 도착했다. 집에는 온통 불이 켜져 있었다. 나는 침을 꿀꺽 삼키고 크리스에게 간청했다. "나랑 같이 들어가자. 응?"

"안 돼. 네 앞가림은 네가 알아서 해. 난 우리 집에 가서 우리 엄마를 상대해야 해."

나는 크리스를 꼭 껴안아준 다음 차에서 내려 터덜터덜 걸음을 옮겼다. 현관문 앞에서 가방을 뒤지며 열쇠를 찾는데 현관문이 벌컥 열렸다. 키티가 잘 때 입는 커다란 티셔츠를 입고 내 앞에 서 있었다. "각오 단단히 해!" 키티가 소곤거렸다.

안으로 들어서자 키티 바로 뒤에 아빠가 서 있었다. 아직도 출근할 때 입었던 옷 그대로였다. 트리나 아줌마가 소파에 앉아서 나를 바라보았다. '이런 말썽을 저지르다니. 이해는 하지만 그래도 전화는 했어야지'라는 표정이었다. "밤새 어디 있다 오는 거냐! 전화는 왜 안 받아!" 아빠가 소리쳤다.

나는 기어들어 가는 목소리로 말했다. "배터리가 다 돼서요. 죄송해요. 이렇게 늦을 줄 몰랐어요." 나는 이래서 밀레니얼 세대가 시계를 차고 다니나 보다 뭐 그런 농담으로 분위기를 무마해볼까 했지만 지금은 농담이 먹힐 타이밍이 아니었다.

아빠가 거실을 서성거리기 시작했다. "그럼 크리스 휴대폰으로라도 전화를 했어야지!"

"크리스 전화기도 마찬가지로……."

"걱정돼서 죽을 뻔했다고! 키티는 네가 아무 말 없이 크리스랑 나갔다 그러고……." 이 말에 키티가 나를 노려봤다. "정말 경찰에 신고하려던 참이었어! 네가 지금 저 문으로 걸어 들어오지 않았다면 정말이지……."

"죄송해요. 정말 잘못했어요."

"이건 몹시 무책임한 행동이야." 아빠는 내 말을 들어보려 하지도 않고 혼자 중얼거렸다. "라라 진, 너도 이제 열여덟 살이지만……."

그때 트리나 아줌마가 끼어들었다. "댄, *여긴 내 집이야,* 라는 말은 하지 마요. 식상하다고요."

아빠가 아줌마를 돌아보며 말했다. "식상한 덴 다 이유가 있는 거예요! 그만큼 적절하니까. 그보다 더 적절한 말이 어딨어요!"

"언니, 어디 갔다 왔는지 얼른 말씀드려." 키티가 조급하게 말했다.

아빠가 따져 묻는 얼굴로 키티를 노려봤다. "키티, 너 작은언니가 어디 갔었는지 알고 있었어?"

"언니가 절대 말하지 말라고 했단 말이에요!"

"크리스랑 노스캐롤라이나에 다녀왔어요." 내가 얼른 끼어들었다.

아빠가 놀라서 두 손을 번쩍 들었다. "노스캐롤라이나에? 대체, 그게 대체 무슨 소리냐? 아빠한테 말 한마디 없이 주 경계를 넘었다는 말이니? 더군다나 휴대폰 배터리도 없는 상태에서?"

아빠가 이만저만 걱정하신 게 아닌 모양이었다. 너무 죄송스러웠다. 왜 전화를 안 했는지 나도 모르겠다. 모르는 사람의 휴대폰이라도 빌려서 전화할 수 있었을 텐데. 아무래도 그곳에 있다는 사실이 너무 신났던 모양이다. 집이나 주변 사람들에 대한 생각은 전혀 하지 못했다. "죄송해요." 나는 여전히 기어들어 가는 목소리로 말했다. "죄송해요, 정말 죄송해요. 전화했어야 했는데……."

"대체 거긴 왜 갔니?" 아빠가 고개를 저으며 물었다.

"그건……." 나는 말을 멈추었다. 그래, 지금 말씀드리자. 말씀드리면 된다. "제가 노스캐롤라이나 대학교에 붙었거든요."

아빠가 눈을 크게 떴다. "붙었다고? 그건…… 그건 정말 잘됐구나. 그럼 윌리엄앤드메리는?"

나는 웃으며 어깨를 으쓱했다.

트리나 아줌마가 비명을 지르며 소파에서 벌떡 일어났다. 그 바람에 어깨에 두르고 있던 담요가 떨어져서 아줌마가 담요에 걸려 넘어질 뻔했다. 아빠가 나를 꼭 안아주었다. 트리나 아줌마도 합세했다. "장하다, 라라 진! 이제 타힐이 되는 거네!" 아줌마가 내 등을 찰싹 때리며 말했다.

"네가 행복하다니 나도 행복하다." 아빠는 눈물을 훔쳤다. "전화하지 않은 걸 생각하면 화가 풀리지 않지만, 그래도 기분은 좋구나."

"정말 그 대학교에 갈 거야?" 키티가 계단에 앉아서 물었다.

나는 키티를 바라보며 떨리는 듯한 미소를 지으며 말했다. "그래. 갈 거야." 피터와 나는 다시 방법을 찾을 것이다. 우리는 잘할 수 있다.

나는 가족들에게 채플힐에서 있었던 일들을 하나도 빠짐없이 이야기했다. 클럽에서 공연을 본 것, 멕시코 음식점에서 부리토를 먹은 것, 그리고 올드 웰까지 모두. 트리나 아줌마가 팝콘을 만들어 왔다. 결국 우리는 해 뜰 무렵에나 잠자리에 들었다. 아빠가 발을 질질 끌며 침대로 가는 모습을 보고 아줌마가 내 귀에 속삭였다. "네 아빠 좀 봐. 하룻밤 사이에 10년은 늙어버렸어.

이제 지팡이 짚고 걸어야 할 것 같아. 네 덕분에 할아버지랑 결혼했지 뭐야." 우리는 동시에 웃음을 터뜨렸다. 웃음을 멈출 수 없었다. 잠이 부족해서 다들 정신이 약간 둥둥 떠 있는 것 같았다. 아줌마는 바닥에 등을 대고 누워서 허공에 발길질을 했다. 정말 열심히 웃고 있다. 소파에 누워 잠들었던 키티가 잠에서 깨 물었다. "뭐가 그렇게 재미있어?" 키티의 이 말이 웃음을 더 자극했다. 계단을 오르던 아빠가 멈춰 서더니 우리를 향해 고개를 절레절레 저었다.

"두 사람은 나 놀리는 재미로 사는 것 같아." 아빠가 말했다.

"받아들이세요, 아빠. 아빠는 모계 사회에서 벗어날 수 없어요." 나는 이렇게 말하고 아빠에게 키스를 날렸다.

아빠가 험상궂게 말했다. "전화 한 통 없이 밤새 싸돌아다닌 걸 내가 잊었을 거라고 생각하면 오산이야."

이런. 기분 좋은 티를 내기엔 너무 일렀나? 느릿느릿 계단을 오르는 아빠를 향해 외쳤다. "정말 죄송해요!"

전화하지 않아서 죄송해요. 하지만 노스캐롤라이나에 다녀온 건 죄송하지 않아요.

25

잠에서 깬 후에도 잠시 침대에 누워 빈둥거렸다. 팔다리를 동 서남북으로 쭉 뻗고 스트레칭도 했다. 어젯밤의 일이 꿈만 같았 다. 이게 현실일까? 내가 정말 노스캐롤라이나에 가는 걸까?

그렇다. 나는 노스캐롤라이나에 갈 것이다. 하룻밤 사이에 인 생의 궤적이 갑자기 달라질 수 있다는 게 미친 소리 같으면서도 동시에 이보다 더 신나는 일이 있을 수 있을까 싶었다. 나는 변 화를 두려워하는 사람이었는데 이제 더 이상 두렵지 않다. 오히 려 기대감에 가슴이 두근거린다. 두근거리는 가슴으로 미래를 계 획할 수 있다는 게 얼마나 큰 특권인지 이제 알 것 같다. 가고 싶 어 했던 곳에 가게 된 피터, 크리스, 루커스와 달리 내 미래는 차 선책이었다. 윌리엄앤드메리 대학교도 좋은 곳이지만 순전히 내 의지로 그곳을 선택한 건 아니었다. 노스캐롤라이나 대학교는 내가 선택하게 될 줄 몰랐던 곳이다. 그곳은 갑자기 나타난 마법 의 문 같은 존재고, 그 문은 어디로 이어질지 알 수 없는 문이다.

공상에서 깨어나 시계를 확인했다. 거의 하루 종일 잔 모양이 었다. 일어나 앉아 휴대폰을 켜니 어젯밤 아빠와 키티에게서 온 부재중 전화와 음성 메시지가 잔뜩 쌓여 있었다. 나는 음성 메시지를 확인하지 않고 그냥 지웠다. 화난 아빠의 목소리를 굳이 찾아 들을 필요가 있을까. 그때 피터가 남긴 음성 메시지를 발견했다. 피터의 이름을 보자 가슴이 약간 철렁했다. 문자도 여러 개 들어와 있었다. 어디 있느냐고 묻는 문자였다. 피터에게 전화를 걸어봤지만 받지 않았다. 아직 훈련 중인 모양이다. 훈련이 끝나면 우리 집에 들르라는 문자를 남겼다. 오늘 밤 스티브 블런델네 집에서 하는 파티에 가기로 했다. 피터에게 새로운 소식을 전하려니 가슴이 떨렸다. 우리 둘이 세운 계획을 이제 내가 바꾸려고 한다. 내 앞에 이런 문이 열릴 줄은 나도 몰랐다. 피터는 이해해줄 것이다. 분명히 이해해줄 것이다.

다시 침대에 누워 마고 언니에게 영상 통화를 걸었다. 언니는 밖에서 어딘가로 걸어가는 중이었다. "무슨 일이야?"

"맞혀봐."

"뭔데!"

"나 노스캐롤라이나 대학에 합격했어!"

언니는 꺄악 비명을 지르다가 휴대폰을 떨어뜨렸다. 풀밭에 떨어뜨려서 그나마 다행이었다. 언니는 허둥지둥 휴대폰을 주워 들면서도 계속 비명을 질렀다. "세상에! 굉장하다! 너무 기쁜 소식이야! 합격한 거 언제 알았어?"

나는 엎드려 누웠다. "어제! 어젯밤에 크리스랑 학교에도 다녀왔어. 정말 재밌더라. 밴드 공연 보면서 춤도 추고 우리끼리 막 비명도 질렀어. 그래서 목이 쉬었다니까!"

"잠깐. 그 학교로 정한 거지? 그치?"

"그래!"

언니가 또다시 비명을 질러서 나도 웃음이 터졌다. "노스캐롤라이나 대학교 캠퍼스는 어때?" 언니가 꼬치꼬치 물었다.

"음, 버지니아 대학교랑 꽤 비슷하던데?"

"그렇다고 하더라고. 캠퍼스가 굉장히 비슷하게 생겼대. 동네도 그렇고. 둘 다 개방적인 분위기이긴 한데, 그래도 채플힐이 좀 더 개방적일 것 같아. 위대한 사상가들도 많잖아. 대학 교재가 어떨지도 궁금하다." 언니가 다시 걷기 시작했다. "너도 그 학교가 맘에 들 거야. 나보다 한 학년 위였던 매기 코언 있잖아. 그 언니도 그 학교 무척 맘에 들어 하더라고. 나중에 직접 이야기해봐." 언니가 활짝 웃더니 말을 이었다. "이제 모든 게 새로 시작되는 거야, 라라 진. 두고 봐."

나는 전화를 끊고 거품 목욕을 하면서 나만의 작은 의식을 시작했다. 마스크팩에서부터 샤워 스폰지, 슈거 라벤더 스크럽까지. 욕조에 앉아 피터에게 어떻게 말하면 좋을지 연습했다. *서로 마주보고 선 두 나무가 있어. 두 나무의 가지는 중간에서 맞닿았지*……. 욕조에 한참 앉아 있었더니 키티가 빨리 나오라고 소리를 질렀다. 나는 욕조에서 나와 머리를 말리고 머리에 컬을 넣었다. 매니큐어도 다시 바르고 전에 사놓고서 한 번도 쓰지 않은 레몬 큐티클 크림까지 발랐다.

아빠, 트리나 아줌마, 키티는 영화를 보러 나갔고, 집에는 나 혼자뿐이었다. 저녁 8시쯤 피터가 도착했다. 피터는 새 버지니아 대학교 셔츠를 입고 있었다. 감은 지 얼마 안 됐는지 머리가 촉촉했고, 몸에서 도브 비누 냄새가 났다. 내가 좋아하는 냄새다. 피터는 나를 꼭 끌어안고 내게 몸을 기댔다. "너무 힘들다." 피터가 거실 소파에 털썩 주저앉으며 말했다. "우리 스티브네 가지 말까? 그냥 여기서 너랑 놀고 싶어. 다른 사람들하고 말 섞기도 귀찮아. 진짜 완전 지쳤어."

"그러자." 내가 말했다. 숨을 깊이 들이마신 후 피터에게 새로운 소식을 전하려고 하는데 피터가 지친 눈으로 나를 바라봤다.

"우리 팀 선배들 있잖아. 다들 몸이 장난 아니게 좋더라. 따라가기 너무 힘들었어."

"야, 너도 몸 좋잖아." 나는 인상을 쓰며 말했다.

"그 선배들만큼은 아니야. 나도 몸을 더 만들어야겠어." 피터가 뒷목을 문지르며 말했다. "근데 어제저녁 어디 갔었는지 말 안 해줄 거야?"

나는 다리를 접어 엉덩이 밑에 깔고 피터를 마주보고 앉았다. 그리고 약간 붉어진 내 뺨에 손등을 잠시 댔다가 다시 두 손을 무릎에 올렸다. "그래, 말할게." 나는 잠시 멈췄다가 피터에게 물었다. "준비됐어?"

"그래, 준비됐어." 피터가 웃었다.

"그럼 말할게. 미친 소리 같겠지만 어제 크리스랑 노스캐롤라이나에 갔었어."

"그건 예상 밖인데. 뭐, 계속해봐." 피터가 눈을 크게 뜨고 말했다.

"거기 왜 갔었냐면 내가…… 노스캐롤라이나 대학교에 합격했거든!"

피터가 눈을 깜박거렸다. "우아! 정말…… 우아, 대박이다!"

나는 다시 숨을 깊이 들이마셨다. "그 학교에 가고 싶어질 줄 몰랐는데, 어제 크리스랑 가보니까 동네도 예쁘고 사람들도 친절하더라고. 올드 웰 옆에 벤치가 하나 있는데 거기 누워서 하늘을 바라보니까 마주보고 선 두 나무가 중간에서 만나는 거야. 가지가 이렇게 맞닿았더라고." 나는 두 나무의 모습을 흉내 내 보려고 하다가 그만뒀다. 피터는 이미 마음이 딴 데 가 있는 것 같았다. 멍하니 허공을 응시하면서……. "무슨 생각 해?"

"그럼 이제 노스캐롤라이나로 간다는 얘기야? 윌리엄앤드메리가 아니라?"

나는 머뭇거리다 답했다. "응."

피터가 알겠다는 듯 고개를 끄덕였다. "잘됐다. 진심이야. 네가 멀리 간다는 게 좀 속상하긴 하지만. 지금 채플힐까지 운전해서 가라고 하면 운전하다가 잠들지도 모르겠다. 샬러츠빌에서 채플힐까지 얼마나 걸리지? 4시간쯤 걸리나?"

나는 약간 의기소침해졌다. "3시간 25분. 먼 것 같지만 얼마 안 걸려!"

"샬러츠빌에서 윌리엄앤드메리까지 가는 것보다 두 배는 더 걸리네. 차가 안 밀린다고 해도 말이야." 피터는 소파에 머리를 기대고 누웠다.

"두 배까지는 아니야. 한 시간 반이지." 나는 차분하게 말했다.

피터가 나를 바라봤다. 마음이 복잡해 보였다. "미안해. 내가 지금 너무 기운이 없어. 생각했던 것보다 훨씬 더 힘들 것 같아. 우리 얘기가 아니라 학교생활 말이야. 이제 하루도 빠짐없이 훈련해야 할 것 같아. 훈련 안 할 땐 운동을 하거나 수업을 듣거나 잠을 자야 할 거고. 엄청 빡셀 것 같아. 고등학교 때하고는 딴판이야. 그래서 부담이 커. 그리고…… 네가 그렇게 멀리 가게 될 줄도 몰랐고."

피터가 이런 모습을 보이는 건 처음이었다. 크게 좌절한 것 같았다. 라크로스나 학교생활에 대해서는 언제나 느긋하고 자신감을 보였던 피터다. 피터는 무슨 일이든 쉽게 받아들였다. "피터, 너는 잘할 거야. 이제 막 시작했잖아. 익숙해지면 다 괜찮을 거야." 나는 약간 주춤하며 이렇게 덧붙였다. "우리도…… 적응하면 괜찮아질 거야."

피터가 벌떡 일어나 앉았다. "이러지 말고 파티나 가자."

"진심이야?"

"그래. 너 준비하고 기다렸잖아. 머리도 예쁘게 했는데 집에 있으면 아깝지." 피터가 내 손을 잡고 일으켜 세웠다. "너도 좋은 일 생겼으니 축하해야지."

나는 두 팔로 피터를 꼭 끌어안았다. 피터의 어깨가 뻣뻣했다. 등에서도 긴장이 느껴졌다. 대부분의 남자들은 여자가 머리에 컬을 넣었다거나 블라우스를 입었다는 걸 눈치채지 못한다. 나는 그런 것에만 신경 쓰기로 했다. 피터가 나를 진심으로 축하해주지 않았다는 사실 같은 건 모른 척할 것이다.

26

스티브 블러델의 집에 도착하니 한 무더기의 사람들이 거실에서 담배를 피우며 벽에 걸린 거대한 티비로 축구를 보고 있었다. 루커스도 와 있었다. 루커스는 내가 놀라운 소식을 전하자 나를 번쩍 들고 빙글빙글 돌렸다. "너도 버지니아주를 떠나는구나!"

"겨우 옆 동네로 가는 건데 뭐. 노스캐롤라이나는 바로 옆이잖아. 그렇게 멀지 않아." 내가 웃으며 말했다. 소리 내서 이런 말을 하고 보니 예상치 못한 흥분이 밀려왔다.

"어쨌든 나가는 거잖아. 정말 잘됐어, 라라 진." 루커스는 나를 내려놓고 두 손으로 내 뺨을 감쌌다.

"진짜 그렇게 생각해?"

"당연하지."

주방에 가서 콜라를 한 잔 따르는데 제너비브가 맨발로 걸어들어왔다. 제너비브는 버지니아공대 후드티를 입고, 버지니아공대 로고가 박힌 보냉 컵에 맥주를 담아 들고 있었다. 제너비브가 두 발을 흐느적거리며 말했다. "채플힐에 붙었다며? 축하해."

이제 제너비브의 일격이 뒤따를 거라고 예상했다. 은밀하게 훅치고 들어오는 공격 같은 거 말이다. 하지만 공격 같은 건 없었다. 제너비브는 그 자리에 가만히 서 있었다. 약간 취한 것 같았지만 정신은 또렷해 보였다.

"공대 붙은 거 축하해. 거기 가고 싶어 했던 거 알아. 너희 엄마가 엄청 좋아하시겠다."

"그래. 크리스가 코스타리카에 간다는 얘기 들었어? 진짜 운 좋은 기지배라니까." 제너비브가 맥주를 한 모금 마시며 말했다. "채플힐이면 여기서 꽤 멀지?"

"그렇게 멀진 않아. 3시간쯤." 거짓말을 했다.

"암튼 행운이 따르길! 피터가 너한테 지금처럼만 헌신적이면 딱 좋을 텐데. 그런데 내가 걔를 모르는 것도 아니고, 별로 믿음은 안 간다." 그때 제너비브가 크게 트림을 했다. 당황한 표정이 너무 웃겨서 하마터면 소리 내어 웃을 뻔했다. 제너비브도 순간적으로 웃음을 참는 것 같았으나 다시 정색하고 눈에 힘을 주더니 밖으로 나갔다.

내가 찾을 때마다 피터는 맥주를 들이켜면서 친구들과 이야기하고 있었다. 아까보단 기분이 좀 나아 보였다. 이야기하며 계속 웃었고, 얼굴이 좀 상기되어 있었다. 술을 꽤 마신 모양이었다.

1시가 다 되었을 때 나는 피터를 찾아 헤매고 다녔다. 피터는 차고에서 컵 뒤집기 게임을 하고 있었다. 피터가 무슨 말을 하자 다들 자지러지게 웃었다. 나는 계단 위에 서 있었다. "와서 같이 놀자, 커비!" 나를 본 피터가 손짓을 하며 엄청 크게 외쳐댔다.

나는 계단에 두 발을 딱 붙이고 섰다. "안 돼. 이제 집에 갈 시간이야."

피터의 얼굴에서 미소가 사라졌다. "알았어. 내가 데려다줄게."

"아니야, 괜찮아. 다른 사람 차 타고 가든지 택시 불러서 타고 갈게." 내가 돌아서서 나가자 피터가 따라왔다.

"그러지 마. 내가 데려다줄게."

"안 돼. 너 취했어." 마음 상한 티를 내고 싶지 않았지만 어쩔 수 없었다.

"나 안 취했어. 맥주 세 병밖에 안 마셨다고. 여기 온 지 세 시간쯤 됐나? 난 괜찮아. 네가 술을 안 마셔서 잘 모르겠지만 이 정도는 아무것도 아니야. 진짜야." 피터가 웃으며 말했다.

"글쎄. 너한테서 술 냄새 나는데? 음주 측정기에 걸릴 거야."

"화났어?" 피터가 나를 빤히 바라봤다.

"아니. 나 집에 데려다줄 필요 없다는 말이야. 너도 운전해서 집에 갈 생각 마. 여기서 자고 가든지 해."

"으, 화났구나." 피터는 주변을 두리번거리더니 내게 가까이 다가와 말했다. "아깐 내가 미안했어. 좀 더 진심으로 축하해주고 기뻐했어야 했는데. 너무 피곤해서 그랬어."

"괜찮아." 사실 괜찮지 않았다. 적어도 완전히 괜찮은 건 아니었다.

스토미 할머니가 늘 하던 말이 있었다. 함께 온 사람이 술에 취하지 않았다면 자리를 뜰 때도 함께 뜨고, 그 사람이 술에 취했다면 자기가 알아서 집에 돌아가야 한다고. 나는 결국 루커스의 차를 얻어 타고 집에 왔다. 1시가 되기 직전에 아슬아슬하게 도착했다. 어젯밤 일도 있고 해서 통금을 지키고 싶었다.

피터가 계속 문자를 보냈다. 좀스러운 생각이긴 하지만 내가 떠난 후 피터도 파티를 즐기지 못하는 것 같아서 고소했다. 나는 한참 뜸을 들이다가 오늘은 운전해서 집에 가지 말라는 퉁명스러운 답장만 보냈다. 피터는 답장에 대한 답장으로 다른 사람의 재킷을 덮고 스티브네 소파에 누워 찍은 사진을 보내왔다.

나는 잠이 오지 않았다. 치즈 샌드위치나 만들어 먹을까 해서 아래층에 내려갔다. 키티도 아래층에서 심야 프로그램을 틀어놓고 휴대폰 게임을 하고 있었다. "너도 치즈 샌드위치 먹을래?"

"그래." 키티가 고개를 들고 말했다.

나는 키티에게 줄 샌드위치 먼저 만들었다. 샌드위치 빵을 프라이팬에 대고 눌렀다. 그래야 빵이 얇고 바삭해진다. 버터를 약간 덜어 팬에 올리고 버터가 녹는 모습을 바라봤다. 오늘 밤의 일을 다시 떠올리니 마음이 편치 않았다. 그런데 그때 뜬금없이 아이디어가 떠올랐다. 직접 접촉. 빵을 적당히 바삭하게 만들려면 프라이팬에 직접 대야 한다.

바로 그거다. 영원히 난제로 남을 뻔한 내 초콜릿칩 쿠키의 해답은 바로 이거였다. 나는 그동안 쿠키가 프라이팬에 붙지 않게 하려고 베이킹 시트를 사용했다. 하지만 유산지를 쓰면 문제가 해결된다. 유산지는 베이킹 시트와 달리 아주 얇아서 반죽에 더 직접적으로 열이 전달되는 동시에 더 넓게 퍼질 수 있다. 그렇다는 건! 쿠키를 더 얇게 만들 수 있다는 뜻이다. 나는 확신에 찬 모습으로 당장 재료를 꺼내 왔다. 지금 반죽을 만들어놓고 밤사이 묵혀놓으면 내일 바로 내 이론을 시험해볼 수 있다.

또다시 늦잠을 잤다. 교직원 회의 관계로 학교 수업이 없어서
다행이었다. 어젯밤에는 반죽을 만들고 키티랑 티비를 보느라
새벽 3시가 넘어서 잠들었다. 잠에서 깨보니 전날처럼 피터에게
서 문자가 들어와 있었다.

— 미안해.

— 내가 한심하다.

— 화내지 마.

문자는 몇 분 간격으로 한마디씩 들어와 있었다. 나는 피터의
문자를 읽고 또 읽었다. 내가 화났을까 봐 피터도 몹시 걱정한
모양이었다. 나는 화내고 싶지 않았다. 그냥 모든 게 평소 같았
으면 하는 마음뿐이었다.

나는 답장을 보냈다.

— 우리 집으로 올래? 깜짝 놀랄 일이 있어.

곧바로 피터의 답장이 왔다.

— 금방 갈게.

"완벽한 초콜릿칩 쿠키란 무엇이냐." 나는 설명을 시작했다.
"세 개의 고리로 구성된 쿠키야말로 완벽한 초콜릿칩 쿠키라고
할 수 있어. 가장 안쪽의 고리는 부드럽고 약간 쫀득하게, 중간
고리는 적당히 쫀득하게, 그리고 바깥 고리는 바삭하게 구워져
야 한다는 말이야."

"이걸 또 듣고 있어야 하다니. 지겨워 죽을 것 같아." 키티가

피터에게 말했다.

"좀만 참아. 거의 끝나가잖아. 좀만 참으면 쿠키 먹을 수 있어." 피터가 키티의 어깨를 단단히 잡으며 말했다.

"따뜻할 때 먹는 쿠키가 제일 맛있지만 실온도 괜찮아."

"계속 그렇게 떠들다간 쿠키가 다 식어버릴 거야." 키티가 툴툴거렸다. 나는 키티를 가만히 노려보았지만 사실 키티는 지금 피터와 나 사이에서 완충제 역할을 해주고 있었다. 키티가 함께 있으니 이야기를 자연스럽게 꺼낼 수 있는 것이다.

"베이킹 세계에서는 말이야, 완벽한 초콜릿칩 쿠키를 만들어 낸 인물로 자크 토레스를 꼽을 수 있어. 피터, 우리도 몇 달 전에 먹어봐서 어떤지 알잖아?" 나는 두 사람을 괴롭힐 작정으로 말을 질질 끌었다. "내 쿠키는 과연 자크 토레스 쿠키와 얼마나 차이가 있을까? 스포일러를 주지. 획기적인 비밀이 숨어 있거든."

"됐어. 난 안 들을래. 초콜릿칩 쿠키 좀 먹자고 이런 수모를 당할 순 없어." 키티가 의자에서 내려오며 말했다.

내가 키티의 머리를 토닥거렸다. "아, 아무것도 모르는 어린애 같으니. 이 어리석은 꼬맹아, 이 쿠키는 이보다 더한 수모를 당하더라도 참고 견딜 만한 가치가 있단다. 안 앉을 거면 먹지도 마."

키티가 곁눈으로 나를 째려보며 다시 자리에 앉았다.

"여러분, 결국 나는 발견했습니다. 나의 흰고래이자 황금 반지를 말이죠. 이게 바로 이 세상을 지배할 쿠키입니다." 나는 거창한 몸짓으로 마른 행주를 걷어 올렸다. 납작하고 푸석하지 않고 쫀득한 나의 쿠키가 드디어 아름다운 자태를 세상에 드러냈다.

피터가 쿠키 하나를 통째로 입에 던져 넣었다. 당황스러웠다. 입안에 쿠키를 가득 문 채 피터가 말했다. "맛있어!"

피터는 아직 내 눈치를 보느라 무슨 말이든 할 준비가 되어 있었다. "천천히 먹어, 피터. 맛을 음미하면서 먹으라고."

"음미하고 있어. 진짜야."

한 가지 기대할 만한 사실은 키티만큼 진실한 비평가가 없다는 사실이었다. 나는 열심히 설명했다. "무스코바도* 설탕을 넣었어. 맛에서 당밀의 흔적이 느껴져?"

키티는 조심스럽게 쿠키를 깨물었다. "이거랑 아까 처음 만들었던 거랑 뭐가 다른지 모르겠어."

"이번에는 초콜릿 덩어리 대신 초콜릿 페브를 썼어. 여기 초콜릿이 녹으면서 결을 만든 거 보여?"

"페브가 뭐야?"

"동글납작한 판 같은 초콜릿이야."

"그럼 그냥 판이라고 해. 초콜릿에 30달러나 썼다고 아빠가 화내지 않았어?"

"화내셨다고 하긴 좀 그렇고, 약간 당황하신 거지. 하지만 아빠도 그만한 가치가 있다는 덴 동의하실걸." 키티가 '그래, 맞는 말이야'라는 얼굴로 나를 노려봤다. 나는 계속 설명을 늘어놓았다. "발로나** 초콜릿이야, 알지? 절대 저렴한 초콜릿이 아니야. 게

---

* muscovado. 사탕수수 즙에서 당밀이 함유된 채로 부분 정제해 만든 흑설탕.
** 프랑스의 유명 초콜릿 브랜드.

라라 진의 세 번째 이야기

다가 한 봉지에 900그램밖에 안 들었어! 봐봐. 어쨌든 지금 중요한 건 그게 아니고, 가장자리는 훨씬 바삭하고 안쪽은 훨씬 쫀득한 거 모르겠어? 실팻 베이킹 시트와 유산지의 차이점까지 설명해줘?"

"됐어."

피터가 내 청바지의 벨트 고리에 손가락을 걸고 나를 끌어당겼다. "지금까지 살면서 먹은 쿠키 중에 최고야." 피터가 당당하게 말했다. 심하게 과장해서 말했지만 듣기 싫지는 않았다.

"고리타분해서 못 들어주겠어. 내 거 챙겨서 올라갈래. 여기 있고 싶지 않아." 키티는 번개 같은 속도로 냅킨에 쿠키를 담았다.

"세 개만 가져가!"

키티는 두 개를 도로 내려놓고 위층으로 올라갔다.

피터는 키티가 안 보일 때까지 기다렸다가 말했다. "아직 나한테 화났어? 앞으로 너 데려다주기로 한 날에는 절대 술 안 마실게. 약속해." 그러면서 애교 가득한 표정으로 웃어 보였다.

"그럼 나 노스캐롤라이나에 가는 거 정말 괜찮아?"

피터의 얼굴에서 미소가 사라졌다. 피터는 약간 머뭇거린 다음에야 고개를 끄덕였다. "네가 말했잖아. 우리는 어떤 상황이든 잘 헤쳐나갈 수 있을 거라고." 아주 잠깐이지만 피터의 두 눈이 내 표정을 살폈다. 피터는 확신이 필요했던 것이다. 나는 피터를 꼬옥 끌어안았다. 내가 여기 있다는 걸, 여기서 피터를 놔주지 않으리란 걸 피터도 확실히 느낄 수 있도록…….

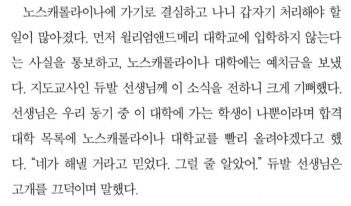

27

노스캐롤라이나에 가기로 결심하고 나니 갑자기 처리해야 할 일이 많아졌다. 먼저 윌리엄앤드메리 대학교에 입학하지 않는다는 사실을 통보하고, 노스캐롤라이나 대학에는 예치금을 보냈다. 지도교사인 듀발 선생님께 이 소식을 전하니 크게 기뻐했다. 선생님은 우리 동기 중 이 대학에 가는 학생이 나뿐이라며 합격 대학 목록에 노스캐롤라이나 대학교를 빨리 올려야겠다고 했다. "네가 해낼 거라고 믿었다. 그럴 줄 알았어." 듀발 선생님은 고개를 끄덕이며 말했다.

졸업 모자와 가운이 도착했다고 해서 피터와 나는 졸업 카드도 받을 겸 체육관에 갔다.

우리는 관중석에 앉아 졸업 모자를 썼다. 피터가 내 모자를 한쪽으로 기울이며 말했다. "귀여운데."

나는 피터에게 키스를 날렸다. "네 졸업 카드 좀 보여줘." 캘리그래피로 멋지게 적은 피터의 이름이 보고 싶었다.

피터가 졸업 카드가 든 상자를 내밀었다. 나는 상자를 열어 돋을새김한 피터의 이름을 손가락으로 어루만졌다. 피터 그랜트 카빈스키. "졸업식에 아빠 초대하는 거 생각해봤어?"

피터는 주변을 두리번거리더니 목소리를 낮춰 말했다. "왜 자꾸 그 얘길 하는 건데?"

나는 손을 뻗어 피터의 졸업 모자를 툭 쳤다. "네 마음속 깊은 곳에 아빠를 초대하고 싶은 마음이 있지 않을까 싶어서. 네가 얼마나 잘 컸는지 너네 아빠도 봐야 하지 않겠어? 그래야 당신이 뭘 놓치고 사셨는지 확인할 수 있잖아."

"지금은 모르겠어." 피터가 말했다. 나도 그쯤에서 그만뒀다. 어쨌거나 피터가 결정할 일이다.

학교에서 집으로 돌아오는 길에 피터가 물었다. "오늘 저녁 영화 보러 갈까?"

"안 돼. 크리스틴 아줌마가 오늘 우리 집에 온댔어. 마지막으로 처녀 파티 세부 계획을 점검하기로 했거든."

피터가 음흉한 눈으로 나를 바라봤다. "스트립 클럽이라도 가는 거야?"

"아니거든! 으으, 그런 거 보고 싶은 생각 눈곱만큼도 없다고!"

"그런 거가 뭔데?" 피터가 물고 늘어졌다.

"기름 떡칠한 근육 같은 거." 나는 몸서리를 쳤다. "넌 근육이 그렇게 두껍지 않아서 참 좋아."

"야, 나도 한 근육 하거든?"

나는 피터의 이두박근을 꽉 움켜잡았다. 내 손가락이 닿자 피터의 근육이 울끈불끈 움직였다. "넌 잔 근육이라 보기 좋아."

"정말 남자 힘 빼는 재주가 있다니까." 피터가 커브를 돌며 말했다.

지난번 피터가 다른 라크로스 선수들하고 체격 차이가 많이 난다고 했던 게 그제야 생각나서 아차 싶었다. "난 지금 이대로의 네가 좋다는 말이야." 피터가 내 말에 웃음을 터뜨리는 걸 보니 진짜 마음 상한 건 아닌 모양이었다.

"너희 아빠는 총각 파티 때 뭐 하셔?"

나는 크게 웃음을 터뜨렸다. "너 우리 아빠 몰라? 그런 거 절대 안 하실 분이야. 그런 파티에 초대할 친구도 없을걸?" 나는 잠시 말을 멈추고 기억을 더듬어봤다. "으음. 그나마 조시 오빠가 아빠랑 제일 친했던 것 같아. 오빠가 대학에 간 후론 거의 보지 못했지만, 아빠하곤 종종 이메일 주고받는 것 같더라."

"너희 가족은 왜 그렇게 그 형을 좋아하는지 이해가 안 돼. 대체 뭐가 그렇게 잘났는데?" 피터가 시큰둥해져서 말했다.

다소 민감한 주제였다. 피터는 우리 아빠가 자기보다 조시 오빠를 더 좋아한다고 생각했다. 나는 피터에게 이건 경쟁할 문제가 아니라고 말했다. 왜냐하면 경쟁할 것이 없으니까. 아빠는 조시 오빠가 어릴 때부터 가깝게 지냈고, 서로 만화책까지 빌려주는 사이다. 그러니 피터가 경쟁할 수가 없다. 게다가 아빠는 피터보다 조시 오빠를 더 잘 아니까 조시 오빠를 더 좋아하는 게 당연했다.

또 아빠와 조시 오빠가 닮은 점이 많아서 더 친해지기도 했을 것이다. 둘 다 멋있는 스타일이 아니었다. 반면에 피터가 멋있는 스타일이라는 건 명백한 사실이고, 아빠는 멋있는 사람을 보면 당황하는 분이었다.

"조시 오빠는 아빠가 만든 음식을 잘 먹어."

"나도 잘 먹잖아!"

"조시 오빠는 아빠랑 영화 취향도 비슷해."

"조시 형은 당신 딸이랑 야외 온탕에서 동영상 같은 것도 안 찍혔고." 피터가 불쑥 내뱉었다.

"세상에, 이제 그 일은 좀 잊어! 우리 아빠도 벌써 다 잊었어." '잊었다'는 말은 다소 과장된 표현인지도 모른다. 더 이상 아빠가 그 얘기는 꺼내지 않는다고 하는 쪽이 맞을 것이다. 나중에도 그 일을 언급할 것 같진 않다.

"못 믿겠어."

"그냥 믿어. 우리 아빠는 너그러운 분이기도 하고 건망증이 심한 분이기도 하니까."

차가 우리 집 진입로에 들어설 때 피터가 갑자기 물었다. "내가 너희 아빠 총각 파티 열어드리면 어떨까? 스테이크도 굽고 같이 담배도……."

"우리 아빠 담배 안 피워."

"음, 그럼 스테이크만."

"스테이크만이야. 스트립 클럽은 안 돼."

"맙소사. 날 그렇게 못 믿어, 커비? 그리고 나 아직 스물한 살도 안 됐어. 그런 데 들어가지도 못할 거라고."

나는 피터를 매섭게 째려봤다.

피터가 급하게 변명을 얹었다. "가고 싶었던 적도 없어. 특히 여자친구 아버님하곤 절대 가고 싶지 않다고." 피터가 몸서리치며 말했다. "으, 너무 이상하다."

"그럼 계획이 뭐야? 그릴에 스테이크 굽는 거?"

"아니. 옷 잘 차려입고 고급 스테이크 하우스에 갈 거야. 진짜 남자들만의 밤이 될 테니까. 정장을 입는 것도 괜찮겠다."

나는 웃음이 나오려는 걸 꾹 참았다. 피터는 차려입는 걸 굉장히 좋아한다. 본인은 절대 인정하지 않지만, 하여간 허세가 꽤 심한 편이었다. "괜찮겠는데?"

"네가 아빠한테 여쭤봐 줄래?"

"네가 여쭤보는 게 좋을 것 같은데."

"너희 아빠가 좋다고 하시면 누굴 초대하지?"

"조시 오빠?" 나는 피터가 싫다고 할 걸 알았지만 별생각 없이 내뱉었다.

"절대 안 돼. 병원에 친구분 없어?"

"병원에는 딱히 친한 친구가 없는데. 강 박사님 말고는 생각이 안 나. 빅터 이모부도 초대해야겠다. 아빠가 가끔 저 아래 사는 샤 아저씨하고 자전거 타러 가실 때도 있으니 샤 아저씨도."

"그분들 이메일 주소 좀 최대한 빨리 구해줄 수 있어? 너희 아빠가 좋다고 하시면 곧바로 초대하게. 처녀 파티는 언제야? 다다음 주 주말?"

가슴이 벅차올랐다. 피터가 아빠에게 잘 보이고 싶어서 총각 파티에 이렇게 열성을 보이다니 정말 감동이었다. "이번 달 셋째

주 금요일. 마고 언니가 오면 할 거거든."

트리나 아줌마의 처녀 파티에서 키티만 쏙 빠졌는데도 키티는 이상하리만치 조용했다. 나는 속으로 이야, 키티도 이제 철들었구나 싶었다. 처녀 파티의 주인공은 자기가 아니라는 걸, 그날은 트리나 아줌마를 위한 날이라는 걸 키티도 받아들인 줄 알았다.

하지만 키티는 항상 큰 그림을 그린다.

학교 가는 길에 키티가 모처럼 피터의 차를 탔다. 키티는 2인승인 피터의 아우디를 타고 가길 원했지만 나는 쉽게 물러서지 않았다. 나도 학교에 가야 하기 때문이었다. 결국 우리 셋은 예전처럼 피터 엄마의 미니밴을 타고 등굣길에 올랐다. 키티에게 조수석을 내주고 나는 뒷자리로 밀려나긴 했지만…….

키티가 한숨을 크게 내쉬며 차창에 머리를 기댔다.

"무슨 일 있어?" 피터가 물었다.

"신부 들러리들이 처녀 파티에 나 안 데리고 간대. 나만 쏙 빠졌어."

나는 도끼눈을 뜨고 키티의 뒤통수를 노려봤다.

"말도 안 돼!" 피터가 백미러를 통해 나를 쳐다봤다. "왜 키티만 못 가게 하는 거야?"

"노래방에 갈 건데 키티는 너무 어려서 못 데리고 간단 말이야! 나도 겨우 끼워줬다고."

"우리처럼 레스토랑 가면 되잖아."

"그럼 처녀 파티가 안 되니까 그렇지."

피터가 눈에 힘을 주었다. "스트립 클럽 같은 데 갈 것도 아니잖아. 잠깐, 혹시 계획이 바뀌었어? 스트립 클럽 가는 거야?"

"아니야!"

"그럼 뭐가 문제야? 그냥 다른 데 가."

"피터, 그건 내가 바꿀 수 있는 게 아니야. 크리스틴 아줌마한 테 따져." 나는 키티의 팔뚝을 찰싹 때렸다. "너도 마찬가지야, 이 쪼그만 악당 같으니! 피터 이용하려고 하지 마! 피터가 어떻게 해줄 수 있는 게 아니야."

"미안하다, 꼬맹아." 피터가 말했다.

키티가 좌석에 몸을 푹 파묻었다가 다시 바로 앉으며 물었다. "그럼 대신 총각 파티에 가도 돼? 총각 파티는 레스토랑에서 한다며?"

"어…… 그…… 나도 모르겠다. 물어봐야 할 것 같은데……."

"그럼 오빠가 물어봐 줄래? 나도 스테이크 좋아하거든. 진짜 완전 좋아해. 곁들이는 요리는 통감자 구이로 하고, 디저트는 딸기 선데이 아이스크림에 휘핑크림 얹어서 먹어야지." 키티가 피터를 향해 활짝 웃자 피터도 마지못해 살짝 웃었다.

학교 앞에 도착하자 키티가 차에서 얼른 뛰어내렸다. 아주 활기 넘치고 의기양양한 게 승리감에 도취된 한 마리 박새 같았다. 나는 고개를 앞으로 들이밀고 피터의 귀에 속삭였다. "너 방금 재한테 놀아난 거야."

28

학교에 가는 날도 사흘밖에 남지 않은 오늘, 드디어 졸업 앨범이 도착했다. 뒷장에 친구들의 서명을 받는 빈 면이 여러 장 있었지만 다들 뒤표지에 서명받는 걸 더 좋아했다. 나도 당연히 뒤표지에 피터의 서명을 받으려고 자리를 남겨놓았다. 올해가 나에게 얼마나 특별한 해였는지 절대 잊고 싶지 않았다.

내 사진 밑에는 이런 인용구를 넣었다. *네 발밑에 내 꿈을 펼쳐놨어. 내 꿈을 밟고 섰으니 살살 밟아.* 이것과 다음 인용구 중에 한참 고민했었다. *네가 없었다면 지금 내 감정은 어제의 찌꺼기에 불과했을 거야.*

피터의 반응은 이랬다. "〈아멜리에〉에 나왔던 대사인 건 알겠는데, '찌꺼기'는 좀 그렇지 않아?" 피터의 말도 틀리지는 않았다. 피터는 자기 사진 밑에 넣을 인용구를 내게 써달라고 했다. "기발한 걸로 적어줘."

카페테리아 안으로 들어서는데 누가 문을 잡아줬다. "치어스."* 피터가 말했다. 피터는 요즘 고맙다는 말 대신 '치어스'라

---

* 영국에서 '치어스(cheers)'라는 표현은 편한 사이에서 고맙다는 인사로 사용한다.

고 말하는 버릇이 생겼는데, 라비 오빠한테서 배운 거였다. 피터의 이런 모습을 볼 때마다 나도 모르게 미소가 지어졌다.

지난달에는 점심시간에 카페테리아에 가도 사람이 평소의 절반밖에 없었다. 3학년들이 대부분 밖으로 나가서 점심을 먹었기 때문이다. 하지만 피터는 엄마가 싸주는 점심을 좋아하고 나는 카페테리아의 프렌치 프라이를 좋아해서 우리는 늘 카페테리아를 찾았다. 오늘은 학생회에서 졸업 앨범을 나눠주는 날이라 카페테리아가 북적거렸다. 나는 내 앨범을 받아 들고 우리 테이블로 재빨리 돌아왔다. 그리고 피터의 사진이 실린 페이지를 제일 먼저 펼쳤다. 턱시도를 입은 피터의 웃는 얼굴이 눈에 들어왔다. 그 아래에는 이렇게 적혀 있었다. *"고마워하라."– 피터 카빈스키.*

"이게 대체 무슨 말이야?" 피터가 인상을 찡그렸다.

"이런 의미야. 자, 날 봐라. 잘생기고 매력 넘치는 나를." 나는 교황처럼 너그럽게 두 팔을 벌리며 말했다. "그리고 고마워하라."

대럴이 웃음을 터뜨렸다. 게이브도 두 팔을 크게 벌리고 깔깔 댔다. "고마워하라." 두 사람은 계속 그 말을 따라 하며 웃었다.

"너희들 제정신이 아닌 것 같아." 피터가 우리를 향해 고개를 절레절레 저었다.

나는 허리를 숙이고 피터의 입술에 입을 맞췄다. "자기도 좋으면서!" 나는 피터 앞에 내 졸업 앨범을 내려놓았다. "오래 기억에 남을 만한 걸로 써줘." 그리고 피터의 귀에 대고 덧붙였다. "로맨틱한 걸로."

"네 머리카락 때문에 간지럽잖아. 집중이 안 된다고." 피터가 짜증을 냈다.

"기다릴게." 나는 똑바로 서서 발꿈치에 체중을 싣고 팔짱을 꼈다.

"그렇게 뒤에서 보고 있는데 어떻게 좋은 말을 생각해내라는 거야? 나중에 할게."

"안 돼! 그럼 안 쓸 거잖아."

내가 계속 귀찮게 하자 결국 피터가 이렇게 말했다. "뭐라고 써야 할지 모르겠어서 그래." 이 말에 나는 눈썹을 추켜올렸다.

"추억이나 희망 같은 거 적어. 아니, 아무거나 상관없어." 나는 실망했지만 티 내지 않으려고 했다. 문장 하나 생각해내는 게 피터에게는 그렇게 어려운 일일까?

"오늘 밤에 집에 가서 할게. 천천히 생각하다 보면 떠오르겠지." 피터가 대충 얼버무렸다.

나는 그날 학교가 끝날 때까지 졸업 앨범을 들고 다니며 아이들한테 서명을 받았다. 대부분 일반적인 인사말을 적어주었다. '노스캐롤라이나 가서 잘해.' '너 덕분에 1학년 체육 시간이 즐거웠어.' '내 인스타그램 팔로해줘.' 이런 말 외에도 '너랑 더 일찍 친해지지 못한 게 아쉬워'와 같은 의미 있는 글귀도 있었다. 벤 시머노프는 이렇게 적어줬다. '조용한 사람들이 언제나 가장 흥미로운 것 같아. 앞으로도 흥미로운 사람으로 남길 바랄게.' 나는 집에 가기 전에 피터에게 졸업 앨범을 넘겨주며 말했다. "잘 챙겨."

피터는 다음 날 내 졸업 앨범을 깜박하고 가져오지 않았다. 3학년 전체에게 서명을 받으려고 했던 나는 짜증이 났다. 내일은 수업 마지막 날이다.

"쓰긴 했어?"

"그래! 가져오는 걸 깜박해서 그래. 내일 꼭 가져올게. 맹세해." 피터가 움찔하며 대답했다.

'비치 위크'는 우리 학교 전통으로 해변에서 일주일을 보내는 행사였다. 졸업식 다음 날 3학년들은 짐을 싸서 넥스 헤드*로 일주일 동안 여행을 떠난다. 나는 내가 비치 위크에 따라가게 될 줄은 꿈에도 몰랐다. 민박집을 빌리려면 친구들을 충분히 모아야 하기 때문이었다(아마도 열 명 정도!). 피터와 사귀기 전엔 같이 민박집을 빌릴 친구가 열 명이 되지 않았다. 보통 민박집에서는 고등학생들에게 방을 내주려고 하지 않기 때문에 부모님들 중에서 누군가가 대신 민박집을 예약해주기도 했다. 마고 언니는 3학년 때 비치 위크에 가지 않았다. 대신 조시 오빠와 다른 친구들 몇 명과 함께 캠핑을 떠났다. 언니는 비치 위크가 별로 내키지 않는다고 했다. 나도 1년 전만 해도 별로 내키지 않았다. 하지만 지금은 피터도 있고, 패미도 있고, 크리스와 루커스도 있으니 가지 않을 이유가 없었다.

몇 달 전에 처음으로 비치 위크 얘기가 나왔을 때 피터는 우

---

* Nags Head. 노스캐롤라이나주 데어 카운티에 위치한 해변마을.

리 아빠가 우리 둘이 같은 민박집에서 지내는 걸 허락해주실지 궁금해했다. 나는 절대 안 될 거라고 말했고, 다른 여자애들과 함께 묵기로 했다. 우리가 묵을 민박집은 패미의 언니인 줄리아 언니가 예약해주었다. 패미는 민박집에 에어컨이며 모든 게 갖춰져 있으니 걱정할 게 없다고 했다. 남자애들 민박집은 해변에 바로 맞닿아 있는데 우리 민박집은 두 골목 뒤에 있으니 이쪽이 훨씬 낫다고도 했다. 남자애들 민박집에 들러 모래를 다 털고 오면 우리 민박집을 깨끗하게 유지할 수 있기 때문이었다.

그땐 아빠도 허락하셨는데 그 후로 까맣게 잊으신 모양이었다. 오늘 저녁을 먹으면서 비치 위크 이야기를 꺼냈더니 아빠는 무슨 얘기인지 모르겠다는 표정이었다. "잠깐, 비치 위크가 뭐라고?"

"졸업식 다음 날 해변에 가서 일주일 내내 파티하고 노는 거요." 키티가 입에 피자를 가득 물고 말했다.

나는 키티를 힐끗 쩨려봤다.

"비치 위크 때 진짜 미치게 놀았었는데." 트리나 아줌마가 기분 좋은 미소를 지으며 말했다.

나는 트리나 아줌마도 쩨려봤다.

"미쳤었다고요?" 아빠가 인상을 쓰며 아줌마에게 말했다.

"흐음, 그렇게 미쳤었다는 건 아니고요. 여자친구들끼리 재미있게 놀았다는 얘기예요. 대학 가기 전에 여자친구들끼리 모여서 마지막으로 실컷 놀고 그러잖아요."

"피터는 어디서 묵니?" 아빠가 내게 물었다. 아빠가 인상을 너무 심하게 써서 이마가 호두처럼 쭈글쭈글했다.

"남자애들 민박집에요. 저번에 가도 된다고 하셨으니 지금 말
바꾸시면 안 돼요. 졸업식 바로 다음 날이라고요!"

"감독하는 어른은 없니? 애들끼리만 가는 거야?"

트리나 아줌마가 아빠 팔에 손을 얹으며 말했다. "댄, 라라
진이 이제 어린애는 아니잖아요. 몇 달만 더 있으면 혼자 지내게
될 텐데 연습이라고 생각하세요."

"당신 말이 맞아요. 그건 나도 알아요. 그렇다고 해서 내 마
음이 이성을 따라야 하는 건 아니잖아요." 아빠가 깊게 한숨을
내쉬며 자리에서 일어났다. "키티, 상 치우는 것 좀 도와줄래?"

아빠와 키티가 자리를 비우자 아줌마가 조곤조곤 이야기를
시작했다. "라라 진, 네가 술 안 마시는 건 나도 알지만 비치 위
크나 대학에 가서, 아니면 앞으로 사회생활할 때 써먹을 수 있는
꿀팁 하나 알려줄게. 술 마실 땐 항상 둘씩 팀을 짜. 이렇게 하는
거야. 하루에 한 사람씩 번갈아가면서 술을 마셔. 그러면 하나
가 술에 취해서 사고 치려고 할 때 맨정신인 다른 사람이 머리끄
덩이를 잡고 말리는 거야. 그럼 나쁜 일이 생길 수가 없어."

나는 웃으며 대답했다. "피터도 같이 있을 거니까 그런 일이
생기면 피터가 제 머리끄덩이를 잡아줄 거예요. 아예 포니테일로
묶고 가는 것도 괜찮겠네요."

"그래. 그냥 혹시나 해서 한 말이야."

피터가 내 옆에 없을 경우에……. 내가 침울한 표정을 짓자
아줌마가 얼른 말을 이었다.

"우린 비치 위크 갔을 때 한 사람씩 번갈아 식사를 담당했어. 내 차례가 돼서 치킨 파르메산을 만드는데 갑자기 화재 경보가 울리는 거야. 어떻게 끄는지 몰라서 밤새 얼마나 고생했는지 몰라." 트리나 아줌마가 깔깔 웃어댔다. 아줌마는 정말 잘 웃는 사람이다.

"그렇게 이상한 사건이 쉽게 일어나진 않을 것 같은데요?"

"하지만 조금은 미치는 것도 좋겠지?" 아줌마가 말했다.

29

이 계단을 함께 오르는 것도 오늘이 마지막이다. 피터는 늘 계단을 한 번에 두 칸씩 올라갔고, 나는 뒤에서 피터를 따라잡느라 헉헉거렸다. 3학년들에게는 오늘이 마지막 수업이다. 내 고등학교 생활도 오늘 마침표를 찍는다.

계단을 다 올라갔을 때 내가 말했다. "한 번에 두 칸씩 올라가는 건 허세 같아. 너 그거 알아? 계단을 그렇게 올라가는 건 남자애들밖에 없어."

"여자들도 키가 크면 그렇게 다닐 거야."

"마고 언니 친구인 첼시 언니는 키가 180센티미터지만 그렇게 다니지 않는다고."

"무슨 말이 하고 싶은 건데? 남자들이 허세가 심하다고?"

"그럴 수도 있다는 거지. 네 생각은 안 그래?"

"그런 것도 같네." 피터도 결국 수긍했다.

수업 종이 울리자 다들 교실로 이동하기 시작했다.

"1교시 빼먹으면 안 돼? 팬케이크 먹으러 가자." 피터가 귀엽게 눈썹을 씰룩거리며 내 가방에 달린 끈을 잡고 끌어당겼다. "가자, 너도 먹고 싶잖아."

"안 돼. 마지막 수업이잖아. 로페즈 선생님한테 인사도 드려야 해."

"정말 모범생처럼 말하네." 피터가 꿍얼거렸다.

"내가 이렇다는 건 나랑 사귀기 전부터 알고 있었잖아."

"맞아."

교실로 향하기 전에 나는 두 손을 내밀고 피터를 바라봤다. 피터가 눈치 못 채고 왜 그러느냐는 표정을 지었다.

"내 졸업 앨범 달라고!"

"아, 젠장! 또 까먹었다."

"피터! 오늘 마지막 날이잖아! 아직 반밖에 서명 못 받았는데 어쩔 거야?"

"미안해." 피터가 손으로 머리를 문지르는 바람에 머리가 온통 헝클어졌다. "지금 집에 가서 가져올까? 지금 다녀오면 돼." 피터가 미안해 어쩔 줄 몰라 하며 말했지만 나는 화가 풀리지 않았다.

내가 바로 대답하지 않자 피터가 계단 쪽으로 방향을 틀었다. "아냐, 됐어. 괜찮아. 그냥 졸업식 날 돌리지 뭐."

"정말이야?"

"그래." 수업도 몇 시간 안 하는데 졸업 앨범 때문에 피터에게 집에 다녀오라고 할 수는 없었다.

수업은 꽤 느슨했다. 여기저기 돌아다니면서 선생님들과 직원들, 카페테리아에서 일하는 분들, 양호 선생님에게 작별인사를 하는 게 전부였다. 대부분은 졸업식 날 또 보겠지만, 오늘이 지나면 보지 못할 분들도 있었다. 나는 돌아다니면서 어젯밤에 구운 쿠키를 돌렸다. 기말고사 성적도 오늘 나왔다. 내 성적은 대부분 괜찮게 나와서 걱정할 일은 없었다.

사물함 청소는 아무리 해도 끝날 기미가 보이지 않았다. 피터가 준 쪽지들이 몇 개 나와서 얼른 가방에 넣었다. 피터에게 줄 스크랩북에 붙일 생각이었다. 오래된 시리얼 바도 한 개 나오고, 먼지 잔뜩 묻은 검은 고무줄도 나왔다. 머리 고무줄은 필요할 땐 절대 보이지 않다가 늘 이렇게 갑자기 튀어나온다.

"이걸 다 버리려니까 아깝다. 심지어 이 오래된 시리얼 바도 아까워." 내가 루커스에게 말했다. 루커스는 나 심심할까 봐 바닥에 앉아서 놀아주고 있었다. "매일 사물함을 열면 바닥에 깔려 있었는데 말이야. 오래된 친구 같았다고. 마지막 날을 기념하는 의미로 반씩 나눠 먹을까?"

"더러워. 곰팡이 슬었을 거야." 루커스가 무미건조한 투로 덧붙였다. "졸업하면 앞으로 이 학교 사람들 볼 일 없겠다."

나는 상처받은 표정으로 루커스를 바라봤다. "아! 나는! 나도 안 볼 거야?"

"넌 예외지. 나 보러 뉴욕에 놀러 와."

"오오! 좋아, 갈게."

"세라로렌스 대학교는 시내에서 가까우니까 브로드웨이에 공연 보러 가고 싶을 때 언제든지 갈 수 있어. 당일 학생 티켓을 구할 수 있는 앱도 있더라고." 이렇게 말하는 루커스의 눈은 아주 먼 곳을 바라보는 것 같았다.

"좋겠다." 내가 말했다.

"너도 데리고 가줄게. 게이 바에도 가자. 엄청 재미있을 거야."

"고마워!"

"다른 사람들은 진짜 다시 볼 일이 있을지 모르겠다."

"아직 비치 위크가 남았잖아." 내 말에 루커스가 고개를 끄덕였다.

"그것참 죽기 전에 두 번 다시 오지 않을 일이지." 루커스가 비웃으며 말했다. 나는 루커스에게 머리 고무줄을 집어던졌다.

곧 사라질 것들을 떠올리며 감상에 젖는 나를 루커스가 비웃든 말든 상관없었다. 나에게는 특별하고 소중한 시간들이었다. 나이를 먹은 후에도 고등학교 시절을 계속 추억하게 될 테니까.

학교가 끝난 후 피터와 함께 피터네 집으로 향했다. 우리 집은 결혼식 준비 때문에 난장판이 따로 없었다. 피터네 엄마는 오늘 퇴근 후에 독서 모임이 있고 오언도 축구하러 가서 집에는 우리 둘뿐이었다. 평소에 피터와 내가 단둘이 있을 수 있는 곳은 피터의 차뿐이었다. 집에서 이렇게 단둘이 있을 기회는 흔치 않았다. 마지막 수업을 마치고 나온 마지막 하굣길. 그리고 그 차를 운전하는 피터 K. 평소처럼 피터의 차 조수석에 앉아 집으로 돌아가는 것이야말로 고등학교 생활을 마감하기에 딱 좋은 방법인 것 같았다.

우리는 위층에 있는 피터의 방으로 올라갔다. 나는 깔끔하게 정리되어 있는 피터의 침대에 걸터앉았다. 반듯하게 펼쳐놓은 이

불과 모양을 잘 잡아놓은 베개가 눈에 들어왔다. 이불은 못 보던 거였다. 대학 입학 기념으로 새로 장만한 걸까? 빨간색, 크림색, 네이비색이 섞인 밝은 분위기의 타탄체크다. 피터네 엄마가 고른 게 분명했다. "엄마가 침대 정리해주시지?" 내가 베개에 머리를 기대며 물었다.

"응." 피터는 조금도 부끄러워하는 기색 없이 대답했다. 피터가 침대에 털썩 드러눕자 나는 공간을 더 내주려고 약간 옮겨 앉았다.

옅은 색깔의 커튼을 뚫고 들어온 늦은 오후의 햇살이 나른한 꿈같은 빛으로 방을 가득 채웠다. 이 빛에 이름을 붙인다면 '교외의 여름'은 어떨까. 피터는 언제나 아름답지만, 이 빛을 통해 볼 때 특히 더 아름답다. 나는 지금 이 순간 피터의 얼굴을 내 마음속에 저장했다. "너 심장 뛰는 게 느껴져." 내 품으로 파고든 피터가 내 가슴에 머리를 대고 말했다. 그 순간 졸업 앨범 때문에 짜증 났던 마음도 스르륵 녹아내렸다.

나는 피터의 머리를 만지작거렸다. 피터는 내가 머리를 만져주는 걸 좋아한다. 피터의 머리는 남자치고 참 부드럽다. 피터의 냄새도 좋다. 옷에서 나는 세제 냄새, 몸에서 나는 비누 냄새 모두 좋다.

피터가 고개를 들어 내 얼굴을 가만히 바라보더니 내 입술의 곡선을 따라 더듬었다. "난 여기가 제일 좋더라." 피터가 몸을 위로 끌어올렸다. 그리고 내 입술에 자기 입술을 맞대고 살짝 비비며 나를 약 올렸다. 장난으로 내 아랫입술도 살짝 깨물었다. 피터의 키스는 다 좋지만 지금 이게 제일 좋은 것 같다. 그러다 완전히 달아오른 사람처럼 두 손으로 내 머리를 받쳐 들고 급하게 키스를 퍼부었다. 방금 한 말은 취소다. 이 키스가 제일 좋다.

피터가 불쑥 물었다. "왜 이런 건 우리 집에서만 해?"

"그…… 그건 잘 모르겠어. 그런 생각 한 번도 안 해봐서." 그러고 보니 항상 피터의 집에서만 애무를 주고받았다. 어릴 적부터 잠을 자온 내 침대에서는 남자친구와 이러는 게 이상해서 더 나아갈 수가 없었다. 하지만 피터의 침대나 차에서는 그런 생각이 들지 않으니 그 순간에 완전히 몰입할 수 있었다.

우리는 다시 키스를 시작했다. 피터가 셔츠를 벗었지만 나는 그대로 입고 있었다. 그때 아래층에서 전화벨이 울렸다. 피터는 배관 수리 일정 때문에 배관공이 전화한 것 같다고 했다. 피터가 다시 셔츠를 입고 전화를 받으러 내려간 사이, 피터의 책상에 놓인 내 졸업 앨범이 눈에 들어왔다.

침대에서 일어나 졸업 앨범을 들고 뒤표지를 보았다. 여전히 텅 비어 있었다. 피터가 돌아오기 전에 나는 다시 침대에 앉았다. 졸업 앨범 얘기는 꺼내지 않았다. 왜 아직 아무것도 쓰지 않은 거냐고 묻지도 않았다. 앨범에 대해 왜 아무 얘기도 하지 않았는지 나도 모르겠다. 그냥 집에 가야 할 것 같다고만 말했다. 오늘 저녁 집에 오는 마고 언니를 위해 마트에서 언니가 좋아하는 먹을거리를 사다가 냉장고를 채워놔야겠다는 핑계를 대면서…….

피터는 실망한 얼굴이었다. "좀 더 있다가 가도 되지 않아? 내가 마트까지 태워줄게."

"집에 가서 2층 청소도 해야 해." 내가 일어서며 말했다.

피터는 내 셔츠 자락을 잡고 다시 침대로 끌어당겼다. "그러지 말고 5분만."

내가 다시 침대에 눕자 피터가 바짝 파고들었다. 하지만 내 머릿속에는 졸업 앨범 생각뿐이었다. 나는 피터에게 줄 스크랩북을 몇 달째 작업하고 있는데, 피터는 내 졸업 앨범에 문장 하나 써주지도 않았다니.

"이렇게 연습하는 것도 괜찮겠네." 피터가 나를 끌어당겨 뒤에서 꼭 감싸더니 작게 속삭였다. "버지니아 대학 기숙사는 침대가 작더라. 노스캐롤라이나 대학은 어때?"

나는 피터의 가슴에 등을 대고 누워 말했다. "몰라. 기숙사는 못 봤거든."

피터가 내 목과 어깨 사이에 얼굴을 파묻었다. "함정 질문이었는데." 피터가 내 목에 대고 미소 짓는 게 느껴졌다. "크리스랑 남자 기숙사 방에 들어가 본 건 아닌지 확인해봤어. 축하해. 테스트 통과야."

나는 웃지 않을 수 없었다. 하지만 기분이 금방 씁쓸해졌다. 나도 피터를 테스트해보기로 했다. "좀 이따 졸업 앨범 가져가라고 말해줘."

피터는 잠시 멈칫하더니 아무렇지 않게 말했다. "찾아봐야겠다. 어디 있을 텐데. 못 찾으면 나중에 가져다줄게."

나는 일어나 앉았다. 피터가 어리둥절한 표정으로 나를 바라봤다. "네 책상 위에 있는 거 봤어. 아직 아무것도 안 썼더라?"

피터도 일어나 앉았다. 한숨을 내쉬며 한 손으로 머리를 긁적이다 나를 흘끗 쳐다보고는 다시 고개를 떨구었다. "뭐라고 써야 할지 모르겠어. 근사하고 로맨틱한 말 써주길 바라는 거 나도 아는데, 뭐라고 써야 할지 도무지 모르겠다고. 뭐든 써보려고 했는데 머리가 굳어서 아무 생각도 안 나. 나 그런 거 잘 못하는 거 너도 알잖아."

나는 흥분해서 말했다. "뭐라고 적든 상관없어. 네 진심을 그대로 적으면 돼. 그냥 다정하게, 네 마음을 있는 그대로 적어." 나는 피터에게 다가가 목을 끌어안았다. "알았지?" 피터가 고개를 끄덕였다. 피터의 입술에 살짝 입을 맞추자 피터가 격하게 키스를 퍼부었다. 그 순간 졸업 앨범이고 뭐고 될 대로 되라는 마음이 들었다. 나는 피터의 모든 숨결과 모든 움직임을 하나하나 세심히 음미했다. 이 모든 것을 내 마음속에 새겨두고 영원히 간직하고 싶었다.

서로 엉켜 있던 몸을 풀었을 때 피터가 내 얼굴을 보며 말했다. "나 어제 아빠 집에 다녀왔어."

"정말?" 나는 놀란 눈으로 피터를 바라봤다.

"응. 저녁식사에 나랑 오언을 초대했거든. 안 가려고 했는데 오언이 같이 가자는 거야. 싫다고 할 수가 없었어."

나는 누워서 피터의 가슴에 머리를 올렸다. "어땠어?"

"괜찮았어. 집 좋더라." 나는 아무 말도 하지 않았다. 그냥 피터가 계속 말을 이어가길 기다렸다. 잠시 후 피터가 다시 입을 열었다. "네가 보여줬던 그 오래된 영화 있잖아. 가난한 집 애가 유리창에 코 박고 밖에서 들여다보던 거. 어제 내 기분이 딱 그랬어."

피터가 말한 오래된 영화는 〈찰리와 초콜릿 공장Willy Wonka and the chocolate factory〉이다. 다른 아이들이 사탕 가게에 있는 초콜릿을 쓸어 담느라 난리가 났을 때 돈이 하나도 없는 찰리는 밖에서 가만히 지켜만 보고 있었다. 언제나 자신감 넘치고 태연했던 피터의 기분이 어땠을지 생각하니 눈물이 날 것 같았다. 아빠를 만나보라고 밀어붙인 게 후회됐다.

"집에 농구 골대가 있더라고. 예전에 나도 농구 골대 해달라고 엄청 졸랐었는데 그땐 안 해줬으면서. 그 집 애들은 운동신경도 별로 없어 보이던데. 에버렛은 농구공 잡아본 적도 없을걸."

"오언은 좋아했어?"

피터는 마지못해 인정했다. "응. 오언은 에버렛이랑 클레이턴이랑 비디오 게임도 했어. 아빠는 햄버거랑 스테이크도 구워주었고. 셰프용 앞치마까지 둘렀더라. 우리 엄마랑 살 땐 주방일은 거들떠보지도 않았으면서." 피터가 잠시 말을 멈추었다. "설거지는 여전히 안 하는 걸 보면 크게 바뀌지는 않은 것 같아. 그래도 아빠랑 게일 아줌마는 많이 노력하는 것 같더라고. 아줌마가 케이크도 만들었어. 네가 만든 것만큼 맛있진 않았지만."

"어떤 케이크였는데?"

"데블스 푸드 케이크.* 단맛 안 나는 그런 거." 피터가 잠시 망

---

* Devil's food cake. 초콜릿 케이크의 한 종류.

설이다 이렇게 말했다. "아빠한테 졸업식에 오라고 했어."

"정말?" 나는 가슴이 벅차올랐다.

"자꾸 학교 얘길 묻더라고…… 나도 모르겠어. 네가 한 말도 생각나고 그래서, 그냥 오라고 했어." 피터는 아빠가 오든 안 오든 상관없다는 투로 어깨를 으쓱해 보였다. 하지만 그건 진심이 아니다. 피터는 신경 쓰고 있었다. 신경 쓰이는 게 당연하다. "졸업식 날 너도 만나볼 수 있을 거야."

"정말 잘했어, 피터." 나는 피터의 가슴에 얼굴을 묻으며 말했다.

"뭘?" 피터가 가볍게 웃으며 물었다.

"아빠한테 마음을 열었잖아. 굳이 그래야 하는 건 아닌데도." 나는 고개를 들어 피터의 얼굴을 바라봤다. "넌 정말 좋은 애야, 피터 K." 피터의 얼굴에 미소가 활짝 번졌다. 그 모습을 보니 피터가 더욱 사랑스러웠다.

30

피터가 나를 집 앞에 내려주고 갔다. 언니가 도착할 때까진 아직 시간이 남아 있었다. 나는 마트에 가서 칩스, 살사 소스, 아이스크림, 할라 빵,* 브리 치즈, 블러드 오렌지 소다 등을 샀다(당연히 다 필요한 것들이다). 집에 와서는 위층 욕실을 청소한 다음 언니의 침대에 깨끗한 시트를 깔았다.

아빠가 퇴근길에 공항에 들러 마고 언니를 데려오기로 했다. 언니는 트리나 아줌마가 우리 집으로 이사 오고 나서 처음으로 집에 오는 것이다. 우리가 언니의 캐리어를 끌고 집 안에 들어섰을 때 언니는 거실을 쭉 둘러봤다. 그러면서 벽난로 선반 쪽으로 슬쩍 시선을 던졌다. 벽난로 선반 위에는 트리나 아줌마가 전에 살던 집에서 가져온 그림 액자가 놓여 있었다. 바닷가를 그린 추상화였다. 마고 언니의 표정에는 별다른 변화가 없었지만 언니가 그 그림을 의식하고 있다는 게 느껴졌다. 의식하지 않는다면 그게 더 이상할 것이다. 트리나 아줌마가 이사 오기 전날, 나는 엄마 아빠의 결혼사진을 내 방에 가져다놓았다.

---

* hallah bread. 원래 안식일 같은 축일에 먹는 빵으로, 보통은 반죽을 몇 가닥으로 땋아 만든다.

라라 진의 세 번째 이야기

마고 언니는 집 안을 둘러보며 이전과 달라진 점들을 말없이 바라봤다. 소파에는 트리나 아줌마가 가져온 작은 자수 쿠션들이 늘어서 있고, 소파 옆 작은 탁자에는 아빠가 아줌마에게 프러포즈하던 날 찍은 사진 액자가 놓여 있었다. 원래 우리 안락의자가 있던 자리에는 아줌마의 안락의자가 있었다. 게다가 아줌마가 가져온 작은 장식품들은 또 어찌나 많은지……. 지금 마고 언니의 시선으로 거실을 다시 보니 꽤 어수선해 보이긴 했다.

언니는 신발을 벗고 신발장 문을 열었다. 신발장에 빈 자리가 없었다. 트리나 아줌마는 신발도 무척 많았다. "세상에, 신발장이 꽉 찼네." 언니가 부츠를 넣으려고 아줌마의 사이클링 신발을 옆으로 밀었다.

우리는 언니의 캐리어를 위층으로 옮겼고 언니는 편한 옷으로 갈아입었다. 아빠가 저녁을 준비하는 동안 우리는 아래층에 내려와서 간식을 먹었다. 내가 소파에 앉아 칩스를 아삭아삭 씹고 있는데, 언니가 벌떡 일어나더니 신발장에 있는 오래된 신발들을 정리해야겠다고 했다. "지금?" 나는 입에 칩스를 가득 넣고 우물거리며 물었다.

"뭐 어때?" 언니는 꽂히면 곧장 해치워야 하는 성격이었다.

언니는 신발장의 신발들을 모조리 꺼내 책상다리를 하고 바닥에 앉았다. 그리고 쌓아놓은 신발들을 하나씩 살피면서 어떤 걸 남겨두고 어떤 걸 구세군에 기증할지 결정했다. 언니가 검은 부츠 한 켤레를 집어 들며 물었다. "놔둘까, 넘길까?"

"놔둬. 아니면 나 주든지." 내가 토르티야 칩으로 살사 소스를 뜨며 말했다. "스타킹 신고 그거 신으면 귀엽겠다."

언니는 검은 부츠를 '놔둠' 쪽으로 던졌다. "트리나 아줌마 개는 털이 엄청 빠지는구나." 언니가 레깅스에 들러붙은 개털을 떼어내며 투덜거렸다. "대체 검은 옷은 어떻게 입어?"

"신발장 안에 돌돌이 테이프 있어. 그리고 난 검은 옷을 잘 안 입잖아." 앞으로는 검은 옷을 자주 입어야 할 것 같다. 패션 블로그를 보면 다들 몸에 딱 맞는 검정 드레스에 대해 떠들어대니까. "세인트앤드루스에선 정장 입을 일이 많아?"

"별로. 외출할 땐 대부분 청바지에 부츠 차림이야. 우리 학교는 옷차림에 그렇게 신경 쓰는 편이 아니라서."

"교수님 댁에서 와인 파티 같은 거 할 때도 정장 안 입어?"

"교수님들하고 고급 식당에 갈 땐 차려입는데 교수님 집에 초대받은 적은 없어. 그런데 노스캐롤라이나 대학에선 그런 거 할 것 같다."

"그럴지도!"

언니가 노란 레인 부츠를 집어 들었다. "놔둘까, 넘길까?"

"놔둬."

"진짜 도움 안 된다. 다 놔두라고 하면 어떡해." 언니가 기부할 상자에 레인 부츠를 던져 넣으며 말했다.

언니와 키티는 오래된 물건을 버릴 때 망설임이 없었다. 언니가 신발 정리를 끝내자 나는 상자를 뒤져 쓸 만한 게 있나 살펴봤다. 그리고 결국 노란 레인 부츠와 메리 제인 구두를 챙겼다.

그날 밤 양치질을 하려고 욕실로 가는데 언니 방에서 트리나 아줌마의 목소리가 들렸다. 나는 복도에 멈춰 서서 스파이 키티처럼 엿듣기 시작했다. "이런 이야기를 하려니 좀 이상하긴 한데, 어쨌든 네가 이걸 욕실에 놔둬서 내가 서랍에 넣어둔 거야. 다른 가족들이 보는 걸 네가 싫어할 수도 있잖아."

"다른 가족 누구요? 키티요?" 언니가 침착한 목소리로 대꾸했다.

"뭐, 네 아빠일 수도 있고, 누구든 될 수 있겠지. 내가 어떻게 알겠어."

"아빠는 산부인과 전문의잖아요. 그러니 아빠가 피임약이 어떻게 생겼는지 모르진 않을 텐데요."

"그야 그렇지. 나는 그냥……." 아줌마가 자신 없는 투로 말했다. "나도 잘 모르겠다. 비밀인지 뭔지……."

"어쨌든 생각해주셔서 고마워요. 하지만 저는 아빠한테 비밀로 하는 거 없어요."

나는 트리나 아줌마가 뭐라고 대꾸하기 전에 얼른 내 방으로 종종걸음 쳤다. 으이크.

졸업식 전날, 피터가 우리 집에 놀러 왔다. 나는 졸업 모자에 작은 꽃 몇 송이를 실로 꿰매는 중이었고, 키티는 빈백 쿠션에 앉아 티비를 보고 있었고, 마고 언니는 콩을 까서 큰 그릇에 담고 있었다. 오늘 저녁에 새로운 요리를 시험해보려는 것이었다. 티비에서는 어떤 결혼식이 가장 멋진지 가리는 웨딩 관련 쇼 프로그램을 하고 있었다.

"있잖아, 너희 아빠 결혼식 때 풍등 날리는 건 어때? 풍등에 불붙이고 소원 빌어서 하늘로 날려 보내는 거 말이야. 영화에서 봤거든." 피터가 불쑥 제안했다.

"피터, 그거 진짜 좋은 생각 같아!" 나는 엄청 감동했다.

"나도 영화에서 봤어. 〈행오버 2〉였나?" 키티가 끼어들었다.

"맞아!" 피터가 맞장구쳤다. 내가 두 사람을 가만히 노려보자 피터가 대뜸 물었다. "그거 아시아 전통 아니야? 결혼식 때 하면 멋있을 것 같아."

"한국 전통은 아니고, 태국 전통이야. 기억 안 나? 영화 배경이 태국이잖아." 키티가 말했다.

"그런 게 뭐가 중요해. 트리나 아줌마는 아시아인도 아닌데." 언니가 말했다. "우리가 아시아인이라고 해서 아줌마가 자기 결혼식에 아시아 문화를 가져다 쓸 필요는 없어. 아줌마랑 무슨 상관이 있다고."

"내 생각은 그렇지 않아. 아줌마는 우리가 함께한다는 기분을 느끼길 원하실 거야. 얼마 전에는 엄마한테 어떤 식으로든 감사의 마음을 전할 수 있었으면 좋겠다는 말씀도 하셨어."

"엄마랑 잘 알지도 못했으면서." 언니가 곁눈질을 하며 말했다.

"뭐, 어느 정도는 알고 있었잖아. 이웃이었으니까. 깊이 생각해 보지는 않았지만 어쩌면 결혼식 날 우리 셋이 양초에 불을 붙이고……." 언니가 전혀 내키지 않는다는 표정을 짓는 바람에 나는 말끝을 흐렸다. "그냥 생각만 해본 거야." 그런 나를 보며 피터가 멋쩍은 표정을 지었다.

"글쎄, 난 잘 모르겠다. 그냥 좀 이상하게 들려서 그래. 이 결혼식은 새로운 삶을 시작하는 트리나 아줌마와 아빠를 위한 거지, 지나간 일을 추억하려는 게 아니잖아."

"맞는 말이야." 피터가 말했다.

피터는 마고 언니에게 잘 보이려고 부단히 노력하고 있었다. 무슨 일이든 마고 언니 편만 들었다. 그럴 때 나는 화난 척했지만 속으로는 기분이 좋았다. 당연히 피터는 언니 편을 들어야 한다. 그게 피터가 해야 할 일이다. 피터의 이런 모습을 보고 있으면 내가 언니의 의견을 얼마나 중요하게 생각하는지, 언니가 내 인생에서 얼마나 중요한 자리를 차지하는지 피터도 잘 알고 있는 것 같아서 기뻤다. 내가 가족을 얼마나 중요하게 생각하는지 피터만큼 잘 이해해줄 사람은 없을 것이다.

언니가 키티를 데리고 피아노 레슨에 가자 피터가 말했다. "마고 누나는 로스차일드 아줌마가 마음에 안 드나 봐." 피터는 아직도 로스차일드 아줌마를 트리나 아줌마라고 부르는 게 익숙하지 않은 모양이었다. 어쩌면 영원히 적응하지 못할지도 모른다. 우리 동네 아이들은 어른을 부를 때 이름이 아닌 성으로 불렀다. 성에다 아줌마, 아저씨 등을 붙여서 불렀다. 박사님인 우리 아빠만 빼고.

"고고 언니가 트리나 아줌마를 싫어하는 건 아니야. 언니도 아줌마를 좋아해. 아직 적응이 안 돼서 그런 거지. 너도 트리나 아줌마가 어떤 사람인지 잘 알잖아."

"그건 그래. 마고 누나가 어떤 사람인지도 잘 알지. 나도 누나 맘에 들려면 평생 노력해야 할 거야."

"평생은 아니야. 너는 사람들이 처음부터 널 좋아하는 것에 익숙해서 그래." 내가 피터를 노려보며 말했다. "네가 워낙 매력 덩어리잖아." 피터도 나를 노려봤다. 칭찬이 아니란 걸 눈치챈 것이다. "언니는 매력 같은 거 신경 안 써. 대신 마음을 중요하게 여기지."

"그럼 이제 날 좋아하겠네." 피터가 자신만만하게 말했다. 내가 곧바로 대답하지 않자 조바심을 내며 물었다. "좋아하지? 그렇지?"

"그래, 좋아해." 나는 웃으며 말했다.

그날 피터가 엄마 일을 도와야 한다며 돌아간 후에 마고 언니와 트리나 아줌마가 머리카락 때문에 실랑이를 벌였다. 내가 세탁실에서 드레스를 다림질하고 있을 때 트리나 아줌마의 목소리가 들렸다. "마고, 샤워한 후에는 배수구에서 머리카락 좀 치워줄래? 아침에 욕조 청소하다 보니까 머리카락이 있더라고."

"알았어요." 마고 언니가 재빨리 대답했다.

"고마워. 배수구 막히는 게 싫어서 그래."

잠시 후에 마고 언니가 세탁실로 들어왔다. "너도 들었어? 그게 말이 돼? 네 머리카락이나 키티 머리카락일 수도 있는데 왜 나만 갖고 그래?"

"언니 머리카락은 좀 더 밝고 짧잖아. 그리고 키티랑 나는 머리카락을 늘 치우거든. 아줌마가 싫어하는 거 아니까."

"난 내 옷에 덕지덕지 붙은 개털이 더 싫어! 숨 쉴 때마다 개털이 코로 들어오는 것 같다고. 집안일에 그렇게 관심이 많으면 청소기라도 좀 더 자주 돌리든가."

언니 뒤에서 트리나 아줌마의 냉랭한 목소리가 들렸다. "청소기는 일주일에 한 번씩 돌리고 있어. 그게 평균이니까."

마고 언니는 얼굴이 발갛게 달아올랐다. "죄송해요. 하지만 시몬처럼 털이 많이 빠지는 개를 키우면 일주일에 두 번 정도 돌리는 게 나을 것 같아요."

"그런 얘기는 네 아빠한테 해. 그동안 네 아빠가 청소기 돌리는 건 한 번도 못 봤거든." 아줌마는 이렇게 말하고 사라졌다.

언니는 입을 쩍 벌린 채 아무 말도 못 했고 나는 가만히 다림질만 했다.

"좀 너무한 것 같지 않아?" 언니가 내게 속삭였다.

"그래도 아줌마 말이 맞아. 아빠는 절대 청소기를 안 돌리잖아. 쓸고 닦기는 해도 청소기는 절대 안 돌린다니까."

"어쨌든!"

"트리나 아줌마가 그렇게 만만한 사람은 아니야. 특히 생리 시작 직전에는 건드리지 않는 게 좋아." 언니가 나를 빤히 쳐다봤다. "아줌마랑 나는 주기가 같아졌거든. 언니도 곧 그렇게 될 거야."

나는 마고 언니를 데리고 쇼핑몰에 갔다. 대외적으로는 내 드레스에 받쳐 입을 끈 없는 브래지어를 사기 위해서지만, 진짜 이유는 마고 언니가 트리나 아줌마와 같이 있기 싫어해서 함께 나온 것이었다. 집에 돌아왔을 땐 진공청소기를 막 돌렸는지 카펫이 말끔했고, 키티가 청소기를 치우고 있었다. 마고 언니는 분명 기분이 좋지 않았을 것이다.

저녁식사 자리에서 트리나 아줌마와 마고 언니는 아무 일 없었다는 듯 화기애애했지만, 어떻게 보면 싸우는 것보다 이게 더 끔찍했다. 적어도 싸울 땐 상대의 존재를 인정하기라도 하니까.

31

졸업식 날, 아침 일찍 잠에서 깬 나는 침대에 가만히 누워 가족들이 일어나는 소리를 들었다. 아빠는 커피를 내리며 아래층을 어슬렁거렸고, 마고 언니는 샤워를 하고 있었다. 키티는 아직 꿀잠을 자고 있을 것이다. 트리나 아줌마도 마찬가지다. 두 사람 다 일찍 일어나는 편이 아니었다.

집을 떠나면 이런 소리도 그리워지겠지. 마음 한쪽은 벌써 향수병에 걸려 시름시름 앓고 있었다. 하지만 다른 한쪽은 앞으로 한 단계 나아간다는 생각에 무척 들떠 있었다. 나도 내가 이럴 줄 몰랐다. 내 인생이 예상과 다르게 흘러가기 시작한 후로는 매일이 놀라움의 연속이었다.

마고 언니는 졸업 선물로 대학생활 필수 키트를 주었다. 은색이 비치는 연푸른색으로 내 이름을 수놓은 새틴 재질의 핑크색 안대, 외관이 립스틱처럼 생긴 금색 USB 드라이브, 땅콩처럼 생긴 귀마개, 털이 보송보송한 핑크색 슬리퍼, 리본이 그려진 나일론 메이크업 가방. 키트에 들어 있는 모든 게 맘에 들었다.

키티는 멋진 카드를 만들어서 주었다. 가족들 사진을 콜라주한 것인데, 앱을 이용해 색칠공부 책처럼 사진의 윤곽만 남겨놓고 그 안에 색연필로 직접 색을 칠했다. 카드 안에는 이렇게 적혀 있었다. '졸업 축하해. 즐거운 대학생활이 되길 바랄게. P. S. 11만큼 언니가 그리울 거야.' 갑자기 눈물이 솟구쳤다. 나는 두 팔로 키티를 들어 올리고 꼬옥 껴안았다. 내가 놔주려고 하지 않자 키티가 결국 이렇게 말했다. "알았어, 알았어. 이 정도면 됐어." 하지만 키티도 속으로는 분명 기분 좋았을 것이다. "액자에 끼워놔야지." 내가 말했다.

트리나 아줌마의 선물은 빈티지 찻잔 세트였다. 분홍 장미꽃이 그려진 크림색 찻잔 가장자리에는 금박이 입혀져 있었다. "우리 엄마 거야." 트리나 아줌마의 말에 또 눈물이 나려 했다. 마음에 쏙 들었다. 나는 아줌마를 끌어안고 속삭였다. "정말 맘에 들어요." 그러자 아줌마가 내게 윙크를 날렸다. 윙크는 아줌마의 장기 중 하나로, 아줌마는 윙크를 아주 자연스러우면서도 멋지게 하는 능력을 타고났다.

그때 커피를 홀짝이던 아빠가 헛기침을 하며 말했다. "라라 진, 내가 너를 위해 준비한 선물에는 마고와 키티도 함께하게 될 거야."

"뭔데요? 뭔데요?" 키티가 조급하게 물었다.

"가만히 좀 있어. 내 선물이잖아." 내가 기대에 찬 눈으로 아빠를 보며 말했다.

"올여름 너희들은 외할머니랑 한국에 가게 됐다. 졸업 축하한다, 라라 진!" 아빠가 씨익 웃으며 말했다.

키티는 비명을 질러댔고 마고 언니도 활짝 웃었다. 나는 놀라서 어리둥절한 표정을 지었다. 한국에 가자는 얘기는 몇 년 전부터 계속 있었다. 엄마도 항상 우리를 한국에 데려가고 싶어 했다. "언제요? 언제 가는데요?" 키티가 물었다.

"다음 달. 너희는 한국에 가고, 아빠랑 나는 신혼여행을 갈 거야." 트리나 아줌마가 키티를 향해 미소 지으며 말했다.

다음 달이라고?

"에이, 두 분은 같이 안 가요?" 키티는 금세 얼굴이 뿌루퉁해졌다. 반면 마고 언니는 싱글벙글 웃고 있었다. 라비 오빠가 여름 내내 가족과 인도에 머물 계획이라 언니는 별다른 계획이 없었다.

"우리도 몹시 가고 싶은데, 병원을 오래 쉴 수가 없어서 말이야." 아빠가 아쉬움 가득한 얼굴로 말했다.

"얼마나요? 한국에 얼마나 있다가 와요?" 내가 물었다.

"7월 한 달 동안." 아빠가 남은 커피를 벌컥벌컥 삼키고 말했다. "외할머니랑 내가 계획은 다 세워놨어. 너희들은 서울에 있는 이모할머니 댁에서 지내게 될 거야. 일주일에 며칠은 한국어 수업을 들을 거고, 전국 여행도 하게 될 거야. 제주, 부산 등등 해서. 그리고 라라 진, 너를 위한 특별 선물도 있어. 한국식 제과 수업이야! 영어로 진행한다니까 걱정할 거 없어."

키티가 앉은 자리에서 엉덩이를 들썩이며 춤추기 시작했다.

마고 언니가 눈을 반짝이며 나를 바라봤다. "한국식 생크림 케이크 만드는 거 배워보고 싶다고 했잖아! 마스크팩도 사고,

문구점에도 가보고, 귀여운 거 잔뜩 사자. 돌아올 때쯤엔 자막 없이도 한국 드라마를 볼 수 있을 거야!"

"진짜 기대된다." 내가 말했다. 마고 언니와 키티와 아빠가 계획을 의논하기 시작했다. 트리나 아줌마가 옆에서 나를 유심히 바라봤다. 나는 그저 웃는 얼굴로 앉아 있었다.

한 달이라니. 그럼 한국에서 돌아오고 며칠 되지 않아 다시 노스캐롤라이나로 떠나야 한다. 여름 내내 피터와 떨어져 있어야 하다니…….

졸업식 날 여학생들은 모두 하얀 드레스를 입는다. 완전 하얀 드레스여야 한다. 나는 마고 언니가 2년 전에 입었던 드레스를 입었다. 소매가 없고 무릎까지 오는 약간 빳빳한 재질에 작은 물방울 무늬가 있는 드레스다. 그런데 내가 마고 언니보다 키가 작아서 트리나 아줌마가 치맛단을 약간 줄여주었다. 마고 언니는 이 드레스에 컨버스를 신었지만 나는 작은 구멍이 여러 개 있고 T 자 모양의 스트랩이 달린 하얀 에나멜 구두를 신었다.

졸업식장으로 가는 차 안에서 나는 치마를 매만지며 키티에게 말했다. "너도 고등학교 졸업할 때 이 드레스 입으면 되겠다. 우리가 했던 것처럼 참나무 옆에서 포즈를 잡는 거야. 그럼 멋진 트리프티카triptycha가 완성되는 거지." 키티가 어떤 신발을 신을지 궁금하다. 키티라면 하얀 스틸레토 힐도, 하얀 리복 운동화도 신을 수 있지만, 하얀 롤러스케이트를 신을 가능성도 높다.

키티가 레몬 씹은 표정을 지었다. "언니들 입었던 드레스는 싫어. 난 내 드레스 입을 거야. 내가 졸업할 때쯤이면 그 드레스는 유물이 되어 있을 거라고." 키티가 잠시 말을 멈추더니 이렇게 물었다. "근데 트리프티카가 뭐야?"

"그건 말이지, 세 개의 그림이 모여 하나의 온전한 그림이 되는 걸 말하는 거야." 나는 휴대폰을 꺼내 구글에서 '트리프티카'를 슬쩍 검색해봤다. "세 개의 패널을 경첩 같은 걸로 나란히 연결하는 건데, 그렇게 나란히 놓고 감상하는 거래."

"자기도 보고 읽으면서."

"재확인하는 거잖아." 나는 다시 치마를 매만지고, 가방에 졸업 모자가 있는지 확인했다. 나는 오늘 고등학교를 졸업한다. 결국 이날이 내게도 다가왔다. 내가 이만큼 자랐다는 말이다. 운전대를 잡은 트리나 아줌마는 주차할 자리를 찾았고, 조수석의 마고 언니는 휴대폰으로 문자를 주고받고 있었다. 키티는 나와 함께 뒷좌석에 앉아 창밖을 바라보고 있다. 아빠는 외할머니를 모시고 따로 오기로 했다. 친할머니는 남자친구와 플로리다에 살아서 오실 수 없었다. 엄마가 이 자리에 없다는 게 아쉬웠다. 엄마는 지금껏 많은 일들을 놓쳤고, 앞으로도 계속 놓치게 될 것이다. 나는 엄마도 알고 있을 거라고, 어떤 식으로든 나를 지켜보고 있을 거라고 믿어야 한다. 하지만 엄마가 내 졸업식에 와서 나를 안아줬으면 좋겠다는 생각도 떨쳐버릴 수 없다.

졸업생 대표가 발표하는 동안 나는 두리번거리며 피터의 가족을 찾았다. 피터의 아버지가 피터의 가족들과 함께 앉아 있을

지, 따로 앉아 있을지 궁금했다. 피터의 이복동생들도 왔을까? 우리 가족은 금방 찾았다. 못 찾는 게 불가능했다. 가족들이 있는 쪽으로 고개를 조금이라도 돌리면 다들 호들갑스럽게 손을 흔들어댔다. 게다가 트리나 아줌마는 챙이 엄청 넓은 켄터키 더비 모자*를 쓰고 있어서 아줌마 뒤에 앉은 사람은 앞이 전혀 보이지 않을 것 같았다. 집에서 아줌마가 저 모자를 쓰고 내려왔을 때 마고 언니는 아무렇지 않은 척하느라 엄청난 자제심을 발휘해야 했다. 키티마저도 그건 '좀 과하다'고 말했지만, 아줌마가 내게 어떠냐고 물었을 때 나는 맘에 든다고 대답했고 솔직히 내가 보기엔 괜찮았다.

교장 선생님이 내 이름을 불렀다. "라라 진 송 커비!" 하지만 '라라'가 아니라 '로라'라고 발음하는 바람에 나는 일어서다 말고 멈칫했다.

졸업장을 받고 교장 선생님과 악수를 나누며 조그맣게 속삭였다. "로라가 아니라 라라예요."

원래는 졸업장을 받고 단상을 걸어갈 때 가족들을 향해 키스를 날릴 계획이었는데 너무 긴장해서 깜박했다. 박수갈채 사이로 키티의 함성과 아빠의 휘파람 소리가 들렸다. 피터 차례가 됐을 때 나는 미친 듯이 박수를 치며 소리를 질렀다. 하지만 그건 다른 학생들도 마찬가지였다. 선생님들도 피터에게는 좀 더 열정

---

* 켄터키 더비(Kentucky Derby)는 켄터키주에서 열리는 경마 경주를 말하며, 이때 구경꾼들이 챙이 엄청 넓은 모자를 쓰는 데서 켄터키 더비라는 모자가 유래했다.

적으로 박수를 보냈다. 선생님들도 모든 학생을 똑같이 사랑하는 건 아닌 모양이다. 하지만 피터를 특히 예뻐한다는 이유로 선생님들을 비난할 마음은 없다. 우리도 모두 피터를 사랑하니까.

우리는 고등학교를 졸업했음을 선언하고 사각모까지 공중에 던졌다. 피터는 인파를 헤치며 급히 내 쪽으로 다가왔다. 사람들을 뚫고 오면서 피터는 웃으며 농담을 건네기도 하고 가볍게 인사를 주고받기도 했다. 그런데 어딘가 이상했다. 나에게 다가와 포옹할 때도 눈빛이 왠지 공허해 보였다. "안녕." 피터가 내 입술에 입을 맞췄다. "우리 이제 진짜 대학생이네."

나는 가운의 매무새를 바로 하고 주변을 둘러보며 물었다. "너희 엄마랑 오언이 안 보이네. 아빠는 가족들이랑 함께 앉아 계셔? 동생들도 왔어? 지금 뵈러 갈까? 아니면 우리 가족들이랑 사진부터 찍은 다음 가서 뵐까?"

피터는 고개를 저었다. 나와 눈을 마주치려고 하지도 않았다. "아빠는 갑자기 일이 생겨서 못 오셨어."

"뭐? 왜?"

"갑자기 급한 일이 생겼다나 봐. 뭔진 모르겠지만."

나는 머리가 멍했다. 지난번 라크로스 경기장에서 봤을 땐 피터의 아버지가 꽤 진심인 것 같았는데……. "아들이 고등학교 졸업식을 하는데 못 오실 정도면 엄청 중요한 일이겠네."

"상관없어." 피터는 어깨를 으쓱했지만 진심이 아닌 건 분명했다. 이를 어찌나 악물고 있는지 저러다 이가 상하지 않을까 걱정될 정도였다.

피터의 뒤로 사람들을 뚫고 이쪽으로 다가오고 있는 우리 가족들이 보였다. 이렇게 많은 사람들 속에서도 트리나 아줌마의 모자는 존재감이 엄청났다. 아빠의 손에는 모든 장미가 색깔별로 다 들어 있는 거대한 꽃다발이 들려 있었다. 외할머니는 크랜베리처럼 붉은 정장을 입고 오셨다. 머리는 파마한 지 얼마 되지 않은 것 같았다.

갑자기 마음이 급해졌다. 일 초라도 더 피터 곁에서 피터를 위로해주고 싶었다. 나는 피터의 손을 꼭 잡았다. "많이 속상하겠다." 무슨 말이라도 더 해주고 싶었는데 가족들이 다가와 나를 감싸 안았다. 피터는 우리 외할머니에게 인사하고 우리 가족들과 사진을 몇 컷 찍은 후 자기 엄마랑 동생을 찾으러 갔다. 내가 뒤에서 피터를 불렀지만 피터는 못 들었는지 뒤돌아보지 않았다.

사진을 실컷 찍고 나서 우리 가족들은 점심을 먹으러 일식집으로 갔다. 우리는 초밥과 회를 잔뜩 주문했다. 나는 내 하얀 드레스에 간장이 튈까 봐 냅킨을 턱받이처럼 가슴에 받쳤다. 트리나 아줌마는 외할머니 옆에 앉아서 할머니 귀에 대고 온갖 이야기를 늘어놓았다. 할머니 표정만 봐도 할머니가 무슨 생각을 하고 있는지 알 수 있었다. '염병, 엄청 말 많은 여자로군.' 어쨌든 트리나 아줌마가 노력하고 있다는 건 할머니도 인정해주었다. 내 졸업을 축하하는 자리인 만큼 나는 이 순간을 기쁜 마음으로 즐기고 싶었지만 속으로는 피터가 너무 걱정되었다.

할머니는 찹쌀떡 아이스크림을 먹으며 우리와 함께 한국에서 가보고 싶은 곳들을 말했다. 절, 재래시장, 할머니가 점 뺄 때 가신다는 피부관리실 등. 할머니는 키티의 뺨에 있는 조그만 점을 가리키며 말했다. "그것도 빼자."

아빠가 깜짝 놀란 표정을 지었다. 트리나 아줌마가 할머니에게 물었다. "점 빼기엔 너무 어리지 않나요?"

"괜찮아." 할머니가 손을 내저으며 말했다.

"한국에선 몇 살부터 코 수술받을 수 있어요?" 키티의 질문에 아빠가 켁켁거렸다. 맥주가 목에 걸린 모양이었다.

"넌 절대 코에 손대지 마라. 절대 안 돼. 네 코는 복코야." 할머니가 무서운 표정으로 말했다.

"정말요?" 키티가 자기 코를 조심스레 만지며 물었다.

"그럼, 복을 가져다줄 코야. 그 코에 손댔다간 복이 다 날아가 버리는 수가 있어. 그러니 절대 수술할 생각 마라."

나도 내 코를 만지작거렸다. 할머니는 내 코에 대해선 아무 말도 하지 않았다.

"마고, 너는 한국에 가서 안경 하나 새로 해라. 한국에 가면 안경이 매우 싸거든. 디자인도 다양하고."

"우아! 저는 빨간 테로 맞출래요." 마고 언니가 간장에 참치 한 조각을 살짝 담그며 말했다.

할머니가 이번에는 나를 돌아보며 물었다. "넌 어떠냐, 라라진? 빨리 한국 가서 요리 수업 받고 싶지 않니?"

"너무 기대돼요." 나는 활짝 웃으며 대답했다. 그리고 테이블 밑에 휴대폰을 놓고 피터에게 문자를 보냈다.

—괜찮아? 우리 점심 거의 다 먹었어. 아무 때나 와.

식당에서 집으로 가는 길에 아빠와 내가 한 차를 탔다. 외할머니는 트리나 아줌마, 마고 언니, 키티가 모셔다 드리기로 했다. 마고 언니는 아빠 차를 타겠다고 했지만 할머니가 잔말 말고 따라오라고 했다. 할머니는 마고 언니가 트리나 아줌마랑 껄끄러운 걸 눈치채고 어떻게든 둘을 붙여놓으려는 모양이었다. 할머니는 언제나 본인 뜻대로 밀고 나가는 분이었다.

집에 가는 길에 운전석에 앉은 아빠가 촉촉한 눈으로 나를 바라보며 말했다. "네 엄마가 봤으면 얼마나 자랑스러워했을까. 너도 엄마가 너희들 교육에 얼마나 신경 썼는지 잘 알 거다. 할 수 있는 건 다 해주고 싶어 했으니까."

나는 무릎 위에 놓인 사각모의 술을 만지작거리다가 아빠에게 물었다. "엄마는 석사 학위 따지 못한 게 아쉬웠을까요? 엄마가 키티 가진 걸 후회하진 않으셨지만, 상황이 좀 달랐다면 엄마에게 더 좋지 않았을까 싶어서요."

아빠는 놀란 얼굴로 나를 흘낏 보았다. "그렇지는 않아. 키티는 깜짝 선물이나 다름없었어. 그냥 하는 말이 아니라, 엄마랑 나는 항상 가족이 많았으면 좋겠다고 생각했거든. 엄마는 키티가 유치원에 들어가면 공부를 다시 할 계획이었어. 공부를 포기할 생각은 없었거든."

"정말요?"

"그래. 석사 학위를 받으려고 했지. 그해 가을에 다시 학교에 나가려고 했는데 결국…… 그럴 수 없었지." 아빠는 목이 메는 듯했다. "네 엄마랑 내가 함께한 시간이 18년밖에 안 되는구나. 딱 지금 네 나이만큼이네, 라라 진."

나도 갑자기 목이 메었다. 사랑하는 사람과 18년을 함께했다고 해도 가만히 생각해보면 그리 긴 세월도 아니었다. "아빠, 우리 문구점에 들렀다 가요. 인화지를 좀 사야 해서요."

오늘 아침, 졸업식 시작 전에 피터와 나는 졸업식 복장으로 함께 사진을 찍었다. 이 사진이 우리 고등학교 생활의 마지막 장, 마지막 페이지를 장식하게 될 것이다.

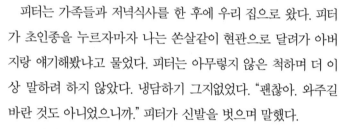

32

피터는 가족들과 저녁식사를 한 후에 우리 집으로 왔다. 피터가 초인종을 누르자마자 나는 쏜살같이 현관으로 달려가 아버지랑 얘기해봤냐고 물었다. 피터는 아무렇지 않은 척하며 더 이상 말하려 하지 않았다. 냉담하기 그지없었다. "괜찮아. 와주길 바란 것도 아니었으니까." 피터가 신발을 벗으며 말했다.

그 말이 내 가슴에 따갑게 박혔다. 피터가 날 원망한다는 기분이 들었다. 충분히 원망할 수 있다. 졸업식에 아버지를 초대하라고 계속 부추긴 사람이 나였으니까. 피터가 싫다고 했을 때 그만뒀어야 했는데…….

피터와 나는 위층 내 방으로 올라갔다. 아빠가 아래층에서 장난스럽게 외쳤다. "문 열어놔!" 아빠는 피터와 내가 방에 들어갈 때마다 이렇게 말하는데 피터는 아직도 그 말을 들으면 움찔하며 놀란다.

내가 침대에 앉자 피터는 책상에 걸터앉았다. 나는 피터에게 다가가 어깨에 한 손을 올리며 말했다. "미안해. 나 때문이야. 내가 그렇게 강요하지 말았어야 했는데. 나 때문에 화났다고 해도 나는 괜찮아."

라라 진의 세 번째 이야기

"내가 왜 너한테 화를 내? 우리 아빠가 그런 인간인 게 네 잘 못은 아니잖아." 내가 아무 말 없이 가만히 있으니 피터도 화가 조금 누그러진 것 같았다. "나 진짜 괜찮아. 아무렇지 않다니까. 다음에 너도 우리 아빠 만날 기회가 있을 거야."

나는 잠시 망설이다 결국 고백했다. "실은 너네 아빠 본 적 있어."

피터가 못 믿겠다는 표정으로 나를 빤히 바라봤다. "언제?"

나는 침을 꿀꺽 삼켰다. "너 시합 있던 날 우연히 만났어. 너 한텐 만난 얘기 하지 말아달라고 신신당부하시더라. 네가 아는 게 싫으셨나 봐. 그냥 네가 경기하는 모습을 보고 싶으셨던 것 같아. 그동안 못 봤다고 하시더라고……." 피터의 턱 근육이 불끈거렸다. "진작 말했어야 했는데. 미안해."

"미안해하지 마. 말했잖아. 아빠가 뭐라고 했든 난 관심 없어." 내가 입을 열려고 하자 피터가 재빨리 가로막았다. "아빠 얘기 좀 그만하면 안 돼? 어?"

나는 고개를 끄덕였다. 잔뜩 상처 입은 피터의 눈동자를 바라보고 있으니 나도 괴로웠다. 피터는 그 상처를 자꾸 감추려고 했지만 감춰지지 않았다. 내가 괜히 피터의 등을 떠밀어서 상황이 더 나빠진 것 같아 미안했다. 피터의 기분을 조금이라도 풀어주고 싶었다. 그때 피터에게 줄 선물이 떠올랐다. "나 너한테 줄 거 있어!"

화제가 바뀌니 피터도 마음이 놓이는 모양이었다. 잔뜩 힘이 들어갔던 어깨가 살짝 풀어졌다. "내 졸업선물 준비한 거야? 나는 아무것도 준비 못 했는데."

"괜찮아. 난 안 받아도 돼." 나는 자리에서 벌떡 일어나 모자 상자에서 스크랩북을 꺼냈다. 피터에게 스크랩북을 건네주는데 심장이 미친 듯이 두근거렸다. 신나기도 하고 떨리기도 했다. 피터도 내 선물을 받으면 기운이 날 것이다. 분명 그럴 거다. "빨리 열어봐!"

피터가 천천히 스크랩북을 펼쳤다. 트리나 아줌마의 짐들을 넣으려고 키티랑 다락을 치우다가 신발 상자에서 발견한 사진이 첫 번째 페이지를 장식했다. 중학교 때 피터와 다른 친구들과 함께 동네에서 찍은 사진이었다. 사진 속의 우리는 버스를 기다리고 있었다. 피터는 존 매클래런과 트레보 파이크의 어깨에 양팔을 걸치고 서 있었다. 제너비브와 나는 서로 팔짱을 끼고 있었고, 제너비브가 내 귀에 뭐라고 속삭이는 중이었다. 아마 피터에 대한 이야기를 했을 것이다. 나는 카메라가 아니라 제너비브에게 시선을 고정하고 있었다. 옷은 마고 언니의 연회색 캐미솔에 청치마를 입고 있다. 그렇게 입고서 꽤 어른이 된 듯한 기분을 느꼈던 게 기억난다. 긴 생머리가 허리까지 내려와 있다. 내 모습은 지금과 별반 다를 게 없어 보인다. 제너비브는 내게 중학생이 되었으니 머리를 짧게 잘라보라고 계속 설득했지만 나는 싫다고 했다. 사진 속의 우리는 다 어려 보였다. 발그레한 존의 뺨, 토실토실한 트레보의 뺨, 그리고 비쩍 마른 피터의 다리.

사진 밑에 나는 이렇게 적어 넣었다. '시작.'

"이야! 아기 라라 진하고 아기 피터네. 이건 어디서 찾았어?"

피터가 애정이 담긴 목소리로 물었다.

"신발 상자에서."

피터가 존의 웃는 얼굴을 손가락으로 튕기며 말했다. "애송이."

"피터!"

"농담이야."

홈커밍 때의 사진과 작년 핼러윈 사진도 있었다. 핼러윈에 나는 뮬란 분장을 했고, 피터는 용 의상을 입었다. 스크랩북에는 '타르트 앤 탠지'라는 가게에서 받은 영수증도 있고, 피터가 예전에 쓴 쪽지도 있었다. *'조시 형이 말한 그 이상한 화이트 초콜릿 크랜베리 쿠키만 만들고 내 과일 케이크 쿠키는 안 만들어주면 끝인 줄 알아.'* 시니어 위크 때 우리 둘이 찍은 사진, 프롬 사진. 코르사주에서 떼어낸 말린 장미꽃잎. 영화 〈아직은 사랑을 몰라요〉의 한 장면이 담긴 사진.

여기 넣지 않은 것들도 많았다. 우리 둘이 첫 데이트를 할 때 본 영화 표라든가, 피터가 '너는 파란색 옷이 잘 어울려'라고 써준 쪽지 같은 것들 말이다. 그것들은 영원히 내 모자 상자에 넣어두고 간직할 것이다. 내 품에서 떠나보내지 않을 것이다.

이 스크랩북에는 진짜 특별한 내 편지도 들어 있다. 오래전에 내가 피터에게 쓴 편지, 결국 우리를 연결해준 그 편지. 내가 보관하고 싶었지만 왠지 피터가 갖고 있는 게 맞다는 생각이 들었다. 언젠가 이 스크랩북에 담긴 모든 것이 우리가 이곳에 함께 있었고 서로 사랑했다는 증거가 되어줄 것이다. 나중에 우리 두 사람에게 무슨 일이 생기더라도 이 시간만큼은 우리 둘의 시간이었다는 사실을 보여주는 보증서 말이다.

페이지를 넘기던 피터가 내 편지를 발견했다. "이 편지는 네가 갖고 싶지 않아?"

"그러고 싶기도 한데, 네가 갖고 있는 게 나을 것 같더라고. 영원히 간직하겠다고 약속만 해줘."

피터가 다시 페이지를 넘겼다. 외할머니를 모시고 노래방에 갔을 때 찍은 사진이 나왔다. 나는 피터에게 바치는 노래로 〈넌 너무 허영심이 많아You're So Vain〉를 불렀고, 피터는 자리에서 일어나 테일러 스위프트의 〈스타일〉을 불렀다. 그러고 나서 할머니와 듀엣으로 〈언체인드 멜로디〉도 불렀다. 할머니는 피터와 나를 앉혀놓고 나중에 버지니아 대학에 가서 꼭 한국어 수업을 들으라고 당부하기도 했다. 그날 저녁 할머니와 피터는 셀카를 수백 컷은 찍었다. 할머니는 피터와 찍은 사진을 휴대폰 바탕화면에 깔아놓기까지 했다. 할머니와 같은 아파트 단지에 사는 친구분들은 그 사진을 보고 피터가 영화배우 같다고 했다. 나중에 실수로 그 이야기를 피터에게 했다가 한동안 피터의 잘난 척을 참고 견뎌야 했다.

피터는 그 페이지를 가만히 들여다봤다. 피터가 아무 말도 하지 않아서 내가 조용히 덧붙였다. "우리가 함께한 시간을 추억하려는 거야."

피터는 스크랩북을 탁 하고 덮었다. "고마워." 그리고 나를 향해 반짝 미소를 지어 보였다. "정말 멋지다."

"더 안 볼 거야?"

"나중에 볼게."

피터는 이제 집에 가서 비치 위크에 가져갈 짐을 싸야 한다고 했다. 아래층으로 내려가기 전에 나는 피터에게 정말 괜찮은지 다시 한 번 물었고, 피터는 괜찮다며 걱정하지 말라고 했다.

피터가 돌아간 후 마고 언니가 내 방에 와서 짐 싸는 걸 거들어줬다. 나는 바닥에 책상다리를 하고 앉아서 언니가 건네주는 것들을 차곡차곡 캐리어에 넣었다. 피터 때문에 마음이 영 편치 않았는데 언니가 옆에 있어주니 생각을 다른 데로 돌릴 수 있어 괜찮았다.

"네가 고등학교를 졸업했다는 게 믿기지 않아." 언니가 내 티셔츠를 개키며 말했다. "내가 보기엔 2년 전 내가 집을 떠날 때랑 달라진 게 하나도 없는 것 같은데." 언니가 장난스럽게 덧붙였다. "영원히 열여섯 살 해라, 라라 진."

"나도 이제 언니만큼 컸다고."

"뭐, 그래도 키는 나보다 항상 작을걸." 언니의 말에 나는 손에 쥔 비키니를 언니 머리를 향해 던졌다. "이제 곧 노스캐롤라이나에 가져갈 짐도 싸야겠네."

나는 캐리어 주머니에 고데기를 넣었다. "언니, 언니는 대학 가서 뭐가 제일 그리웠어?"

"그야 당연히 내 동생들이지."

"다른 건? 그리울 줄 미처 몰랐는데 그리웠던 건?"

"목욕하고 머리 감은 키티한테 잘 자라고 뽀뽀해줬던 거."

나는 약간 성질을 내며 말했다. "아니, 예상하지 못했던 거 말해보라니까!"

언니는 천천히 기억을 더듬었다. "맛있는 햄버거가 좀 그리웠어. 스코틀랜드 햄버거는 여기랑 맛이 좀 다르거든. 뭐랄까 더…… 미트 로프* 같아. 빵에 올린 미트 로프 말이야. 음, 그리고 또 뭐가 있더라? 아, 너희들 차에 태우고 다녔던 거. 그럴 때면 내가 꼭 선장이 된 기분이었거든. 네가 구워준 빵도 생각났고!"

"어떤 빵?"

"응?"

"뭐가 제일 먹고 싶었어?"

"네가 만든 레몬 케이크."

"말하지 그랬어. 만들어서 보내줬을 텐데."

"해외로 케이크 보내려면 돈 엄청 들걸?"

"그럼 지금 하나 만들지 뭐." 내 말에 언니는 좋아서 허공에 발길질을 했다.

우리는 아래층에 내려가 케이크를 만들기 시작했다. 키티는 잠들었고, 아빠와 트리나 아줌마는 문을 닫고 침실에 계셨다. 트리나 아줌마를 좋아하는 마음과는 별개로 아빠의 방 문이 닫혀 있는 건 좀처럼 적응이 되지 않았다. 전에는 저 문이 항상 열려 있었는데. 하지만 아빠도 아빠만의 시간이 필요한 법이다.

---

* 잘게 다진 고기를 양파 등과 함께 식빵 모양으로 구운 요리.

라라 진의 세 번째 이야기

그러니까 우리 아빠가 아닐 때의 시간이. 꼭 트리나 아줌마와의 잠자리 때문이 아니더라도 대화나 휴식을 위한 시간이 아빠에게도 있어야 하니까.

나는 밀가루를 계량 중인 언니에게 물었다. "언니는 조시 오빠랑 처음 그거 할 때 음악 틀고 했어?"

"너 때문에 얼마나 셌는지 까먹었잖아!" 언니는 밀가루를 밀가루 통에 쏟아붓고 다시 계량을 시작했다.

"그래서, 음악 틀고 했어?"

"안 틀었어, 이 참견쟁이야! 진짜 키티보다 네가 더 심해."

나는 레몬을 짜기 전에 좀 데우려고 조리대 위에서 이리저리 굴렸다. "그럼 그냥…… 조용하게?"

"조용하지 않았어. 밖에서 잔디 깎는 소리가 들렸거든. 조시네 집 건조기도 돌아가는 중이었고. 걔네 건조기 진짜 시끄럽잖아……."

"오빠네 엄마는 그때 집에 안 계셨던 거지?"

"당연하지! 계셨으면 안 했지. 전에 내 룸메이트가 기숙사에 남자를 데리고 왔는데 내가 그냥 자는 척한 적이 있었어. 근데 그때 웃음 참느라 얼마나 고생했는지 몰라. 남자 숨소리가 엄청 거칠더라고. 신음소리도 엄청났고."

우리는 깔깔 웃었다.

"내 룸메이트는 안 그랬으면 좋겠다."

"처음에 기본 규칙들을 정해봐. 언제 누가 방을 쓸 건지, 뭐 그런 거. 피터가 자주 올지도 모르니까 네 룸메이트 인내심이 바닥나지 않게 미리 잘해두는 게 좋을 거야." 언니가 잠시 말을 멈췄다. "너희는 아직 안 했지?" 그러더니 재빨리 덧붙였다. "대답하기 싫으면 안 해도 돼."

"아니. 그러니까 아직 안 했다고."

"혹시 계획은 있어?" 언니는 최대한 자연스러운 척하며 물었다. "비치 위크 때라든가?"

나는 곧바로 대답하지 못했다.

섹스에 대해서 깊이 생각해본 적이 없었다. 비치 위크를 위한 특별한 계획이 있는 건 더욱 아니었다. 피터와 내가 훗날 섹스를 한다는 생각, 영화관에 가거나 손을 잡는 것처럼 자연스럽게 잠자리도 같이한다고 생각하면 괜히 이상했다. 나는 우리가 첫 섹스를 한 후에도 섹스가 여전히 특별한 것으로 남았으면 좋겠다. 섹스가 항상 신성한 행위였으면 좋겠다. 남들이 다 한다고 해서, 우리가 이미 경험해봤다고 해서 당연하게 받아들이고 싶지는 않다. 무슨 일이든 여러 번 하고 나면 평범하고 흔한 것이 되겠지만 섹스만큼은 그렇게 되지 않았으면 좋겠다. 우리 두 사람에게만큼은. "난 섹스할 때 꼭 음악을 틀 거야." 나는 유리 계량컵에 레몬즙을 힘껏 짜내며 말했다. "그럼 피터나 내가 숨을 거칠게 쉬더라도 티가 별로 안 나겠지? 음악 틀고 하는 게 훨씬 로맨틱하기도 하고. 개를 데리고 산책 나갈 때 아델 곡을 들으면 사랑으로 가슴이 갈가리 찢긴 영화 속 주인공이 된 것 같잖아."

"영화에선 콘돔을 안 끼던데. 영화를 따라 하더라도 그 부분은 주의를 하는 게 좋을 거야."

이 정도면 공상에서 깨어나기에 충분했다. "아빠가 피임 도구 세트도 줬어. 2층 욕실에 두고 가셨더라고. 콘돔, 크림, 덴탈 댐 같은 게 들어 있더라." 나는 갑자기 웃음을 터뜨리며 말했다. "덴탈 댐이라니, 섹스랑은 거리가 영 먼 단어 같지 않아?"

"임질이 있을지 모르잖아!"

나는 정색하고 말했다. "피터는 임질 같은 거 없어! 피터는 아니라고!" 이제는 마고 언니가 웃음 발작을 일으켰다.

"나도 알아. 그냥 농담한 거야. 그래도 혹시 분위기가 어떻게 흘러갈지 모르니 피임 도구는 챙겨 가도록 해."

"언니, 나는 섹스하려고 비치 위크 가는 거 아니야."

"만약을 대비하라는 거잖아. 어떻게 될지 누가 알아." 언니는 머리를 뒤로 쓸어 넘기고 진지하게 말했다. "난 조시가 내 첫 섹스 상대여서 참 좋았어. 나를 잘 아는 남자랑 하는 게 중요한 것 같아. 나를 사랑하는 사람 말이야."

나는 잠자리에 들기 전에 피임 도구 세트에서 콘돔을 꺼내 내 캐리어 제일 안쪽에 밀어 넣었다. 그리고 가장 예쁜 속옷 세트를 서랍에서 꺼냈다. 가장자리에 밝은 파란색 레이스가 달린 연한 핑크색 속옷인데 아직 한 번도 입어보지 않았다. 만약의 경우를 대비해 이 속옷도 캐리어에 넣었다.

33

피터가 아침 일찍 나를 데리러 왔다. 친구들은 다 함께 대형차를 타기로 했는데, 피터는 자기 차로 나와 단둘이 가고 싶다고 했다. 피터는 기분이 좋아 보였다. 예전처럼 도넛도 사 왔는데 자기는 먹지 않겠다며 나한테만 먹으라고 했다. 피터는 라크로스 팀과 주말 훈련을 다녀온 후로 몸 만들기에 전념 중이었다.

내 캐리어를 싣기 위해 차 안의 물건을 정리하고 있는데 키티가 달려 나와 피터에게 인사했다. 그리고 내 캐리어 위에 올려둔 도넛 봉지를 발견하고 한 개를 낚아채 입에 넣었다.

"피터 오빠, 언니한테 한국 가는 얘기 들었어?" 키티가 입안 가득 도넛을 우물거리며 말했다.

"무슨 소리야?"

나는 고개를 쳐들고 키티를 노려봤다. "안 그래도 말하려던 참이었는데…… 피터, 내가 어제는 기회가 없어서 얘길 못 했는데, 아빠가 졸업선물로 한국에 보내주신대."

"와, 좋겠다!"

"응, 가서 친척들도 만나고 관광도 하고 그럴 거야."

"언제 가?"

나는 피터를 흘끗 쳐다봤다. "다음 달."

"얼마나?"

"한 달."

피터가 당황한 표정으로 나를 바라봤다. "한 달? 그렇게 오래?"

"그러게 말이야." 이미 6월 중순이었다. 여름도 두 달밖에 남지 않았다. 두 달이 지나면 피터는 이곳에 남고 나는 채플힐로 떠나야 한다.

"한 달이라." 피터가 곱씹었다. 피터와 사귀기 전이었다면 한 달씩 한국에 가는 것 정도는 전혀 개의치 않았을 것이다. 오히려 좋아서 방방 뛰었을 것이다. 하지만 지금은…… 내키지 않는다. 아빠에게도 그렇고, 마고 언니나 키티에게도 가고 싶지 않다는 말을 차마 할 수 없었지만, 정말 내키지 않았다. 가기 싫지만, 가기 싫다고 말할 수가 없었다.

차를 타고 가는 길에 내가 말했다. "매일 영상통화하자. 한국이랑 여기랑 열세 시간 차이니까, 내가 밤에 전화하면 네가 아침에 받을 수 있어."

피터는 울적해 보였다. "올해 독립기념일 주말에 블러넬네 집에 가기로 했잖아. 개네 아빠가 보트 새로 샀다고 자랑하던데. 너한테 웨이크보드wakeboard 타는 것도 가르쳐주고 싶었고."

"나도 알아."

"너 한국 가고 없는 동안 난 뭐 해? 이번 여름은 망했네. 너랑 포니 패스처도 가고 싶었는데."

포니 패스처는 리치먼드의 제임스강 근처에 위치한 작은 공원이다. 포니 패스처에 가면 거대한 암석들이 있어서 그 위에 누울수도 있고, 튜브를 타고 강을 따라 내려갈 수도 있다. 피터는학교 친구들과 예전에 가봤지만 나는 아직 한 번도 가보지 못했다.

　"한국에 다녀오면 같이 가자." 내 말에 피터는 건성으로 고개를 끄덕였다. "선물 엄청 많이 사 올게. 마스크팩, 한국 사탕. 하루에 선물 하나씩!"

　"호랑이 양말도 사다 줘."

　"네 발에 맞을 정도로 큰 게 있으면." 나는 피터의 웃는 얼굴이 보고 싶어서 농담을 했다. 멀리 떠나 있게 될 한 달을 보상하려면 이번 주에 가장 완벽한, 그 어느 때보다도 완벽한 한 주를보내야 한다.

　피터의 전화기에서 진동이 울렸다. 피터는 누구인지 확인도하지 않고 거절 버튼을 눌러버렸다. 잠시 후 다시 진동이 울리자 피터의 얼굴이 굳었다.

　"누구야?"

　"아빠." 피터가 짧게 대답했다.

　"어쩌다 아들 졸업식에 못 오셨는지 설명하고 사과하려고 전화하신 것 같은데."

　"못 오신 이유는 알고 있어. 아빠가 엄마한테 전화했더라고.에버렛한테 알레르기 증상이 있어서 급하게 병원에 갔었대."

　"아. 그것참 좋은 핑계네. 에버렛은 괜찮대?"

"괜찮아. 내가 봤을 땐 알레르기도 아닌 것 같아. 나도 딸기 먹으면 혀가 가렵거든. 그게 뭐 대수라고." 피터는 음악을 틀었다. 우리는 한동안 말없이 달렸다.

여자들 민박집은 두 번째 골목에 있었지만 해변이 잘 보였다. 그 골목의 다른 집들처럼 우리 민박집도 1층에는 집을 떠받치는 기둥들이 세워져 있었다. 건물은 3층짜리로 아래층에는 주방과 거실이 있고, 위층에는 침실이 여러 개 있었다. 크리스와 나는 위층의 침대 두 개짜리 방을 함께 쓰기로 했다. 마치 등대 꼭대기에 올라온 기분이었다. 청록색 침대보에 조개껍데기가 그려져 있었고, 방에서 흰곰팡이 냄새가 살짝 풍겼지만 그럭저럭 괜찮은 집이었다.

우리는 각자 역할을 분담했다. 맥주가 담긴 물병을 옆에 끼고 하루 종일 해변에서 잠자는 게 계획인 크리스만 빼고.

첫날, 크리스는 가슴과 얼굴이 바닷가재처럼 벌겋게 익은 모습으로 해변에서 돌아왔다. 선글라스로 가려져 있던 부분만 본래 피부색이 남아 있었다. 처음에는 크리스도 약간 당황하는 것 같더니 어차피 코스타리카에 가면 더 심하게 탈 테니 상관없다고 했다.

술을 마시지 않기로 부모님과 약속하고 온 패미는 엄마 역할을 맡았다. 술을 많이 마신 애들이 있으면 패미가 다음 날 아침 침대 맡에 물과 진통제를 갖다주겠다고 했다. 카일라는 스트레이트용 고데기를 무척 잘 다루었다. 심지어 그걸로 머리에 컬까지 넣었다. 나도 전에 시도해봤지만 아무리 해도 손에 익지 않았다. 할리는 다른 민박집 친구들과 계획을 짜고 일정을 맞추는 일을 맡았다.

나는 요리 담당이었다. 우리는 민박집에 도착하자마자 나가서 장을 잔뜩 봤다. 편육, 그래놀라, 건조 파스타, 각종 양념, 살사, 시리얼 등을 구입했는데, 화장지를 깜박하고 말았다. 둘째 날 결국 화장지가 떨어졌고, 그때부터 점심이나 저녁을 먹으러 나갈 때면 한 명이 식당 화장실에 가서 화장지를 한 뭉치씩 훔쳤다. 왜 마트에 가서 화장지 살 생각을 못 했는지 모르겠는데, 어느 순간 화장지 훔치기도 일종의 게임이 되어 있었다. 이 게임의 우승자는 단연 크리스였다. 화장지 걸이에서 저렴하고 양 많은 두루마리 하나를 통째로 빼서 셔츠 안에 숨기고 나왔다.

남자아이들은 날마다 우리 민박집에 놀러 왔다. 음식을 얻어먹으려는 이유도 있었지만 남자애들 민박집은 이미 모래로 뒤덮여서 말이 아니었다. 우리는 남자애들 민박집을 '모래성'이라고 불렀다. 남자애들 민박집 소파에 앉아 있으면 바디 스크럽으로 몸을 문지르는 것 같고, 자리에서 일어나면 살갗이 벗겨진 기분이었다.

대학교 여학생 기숙사에서 생활하는 것도 이것과 비슷할까 궁금했다. 처음에는 1940년대의 하숙집을 체험하는 것처럼 신나고 재미있었다. 매니큐어를 빌리는 것도 재미있고, 음악을 크게 틀어놓고 나갈 준비를 하는 것도, 침대에 앉아 아이스크림을 먹는 것도 재미있었다. 하지만 수요일이 되자 누가 고데기를 쓰고 안 껐는지를 놓고 아침부터 카일라와 할리가 고성을 지르며 싸우는 바람에 옆집 사람들이 경찰을 불렀다. 또 그날 밤 패미가 술에 취했다. 패미는 부모님과의 약속을 지키지 못해서 죄송하다며 해변에서 엉엉 울었고, 나는 그 옆에서 몇 시간씩 패미를 달래야 했다. 다음 날 밤에는 여자애들 몇 명이 클럽에 갔다가 몬태나Montana에서 놀러 왔다는 남자 셋을 데리고 왔다. 그중 한 남자의 눈빛이 아무래도 수상쩍어 내가 그날 밤 침실 문을 잠갔다. 그리고 남자 민박집에 돌아가 있던 피터에게 문자를 보냈다. 피터는 문자를 받자마자 '그 남자들을 감시'하겠다며 다시 우리 민박집에 와서 아래층에 진을 쳤다.

낮에 피터와 나는 해변에서 시간을 보냈다. 나는 주로 앉아서 책을 읽었고, 피터는 한참 동안 달리기를 했다. 이곳에 온 후로 피터는 매일같이 달리기를 했다. 집이나 체육관에서처럼 운동할 수가 없으니 장시간 달리기라도 하는 수밖에 없었다. 아침에 한참 달리고, 해가 뜨거운 한낮에도 잠깐 달렸다. 그리고 해질 무렵 또다시 장거리 달리기를 했다. 하루는 운동을 쉬고 나와 함께 킬데블 힐스에 있는 라이트 형제 박물관에 갔다. 키티가 태어나기 전에 가족들과 함께 가본 적이 있지만, 그땐 너무 어려서 기념비에 올라갈 수 없었다. 피터와 나는 기념비 꼭대기까지 올라가서 경치를 구경했다.

일주일 내내 피터는 쾌활하고 매력적인 모습을 보였다. 특히 다른 사람들이 있을 때는 더욱 그랬다. 표정은 늘 느긋하고 편안했으며, 게임이든 뭐든 항상 먼저 제안하는 쪽이었다. 하지만 나와 단둘이 있을 땐 생각이 딴 데 가 있는 사람 같았다. 그래서 나란히 앉아 있을 때조차 피터가 멀리 떨어져 있는 기분이었다. 내가 갈 수 없는 어딘가에 있는 것 같다고 할까. 내가 조심스레 아버지 얘기를 꺼냈을 땐 그냥 웃어넘길 뿐 더 이상 말하고 싶어 하지 않았다. 피터는 내가 한국으로 여행 가는 것에 대해서도 이야기하려 하지 않았다.

밤마다 우리 민박집을 제외한 모든 민박집에서 돌아가며 파티가 열렸다. 보증금을 돌려받지 못할까 봐 패미가 너무 걱정했기 때문에 우리는 절대 파티를 열지 않았다. 하지만 고등학교 때와는 다른 방식으로 다양한 사람들과 어울릴 수 있다는 점은 분명 좋았다. 이제 다 끝났다는 데서 오는 해방감 같은 것이 있었다. 이렇게 다 같이 시간을 보내는 것도 이게 마지막이었다. 그러니 뭐 어떤가? 크리스도 그런 맥락에서 조시 오빠와 같은 만화 동아리 멤버였던 패트릭 쇼와 어울렸다.

오늘 밤에는 피터네 민박집에서 파티가 열렸다. 아무래도 남자들은 보증금을 돌려받기 힘들 것 같았다. 그 집은 이미 모래로 난장판이 된 지 오래인 데다 고리버들 의자도 하나 부서졌고, 사방에 맥주 캔이 굴러다녔다. 게다가 누가 젖은 오렌지색 수건을 두르고 거실에 있는 베이지색 소파에 앉는 바람에 소파 가운데가 오렌지색으로 잔뜩 물들었다.

나는 사람들을 밀치고 주방으로 가다가 냉장고를 뒤지고 있는 존 앰브로즈 매클래런을 발견했다. 그 순간 그대로 얼어붙고 말았다. 지금 상황에서는 피터가 어떤 반응을 보일지 모른다.

자기 민박집에서 존을 보면 피터가 무슨 짓을 할지 짐작도 되지 않았다.

피터를 찾아서 존이 여기 있다는 걸 미리 알려줘야겠다고 결심한 순간, 존이 냉장고 문 뒤에서 고개를 내밀었다. 존은 한 손에 당근을 들고 우적우적 씹고 있었다. "앗! 어쩌면 여기서 너를 만날 수도 있겠다는 생각을 하긴 했는데."

"안녕!" 나는 도망가려고 했던 사람답지 않게 반갑게 인사했다. 내가 가까이 다가가자 존이 한 팔로 가볍게 포옹했다. 다른 한 손에는 계속 당근이 쥐여 있었다. "피터 만났어? 여기 피터네 민박집이거든."

"아니, 난 방금 왔어." 존은 파란색과 흰색이 섞인 낡은 체크무늬 셔츠에 카키색 반바지 차림이었다. 얼굴이 까무잡잡하게 그을린 데다 머리도 햇볕에 약간 탈색되어 있었다. "넌 어디서 묵어?"

"우리 민박집도 여기서 가까워. 너는?"

"우린 덕*에 있는 집을 빌렸어." 존은 싱긋 웃더니 내게 당근을 내밀었다. "너도 한입 먹을래?"

"괜찮아. 너는 대학 어디로 정했어?" 나는 웃으며 물었다.

"윌리엄앤드메리." 존이 한 손을 들고 하이파이브를 청했다. "우리 이제 학교에서 자주 보겠네?"

"그게 실은…… 나는 채플힐로 가기로 했어. 예비합격자였는

---

* Duck. 주변에 위치한 작은 지역 이름.

데 붙었다고 연락이 와서."

존이 입을 쩌억 벌렸다. "진짜야? 대박이다!" 존은 한 번 더 포옹하며 말했다. "진짜 잘됐다. 너한테 잘 맞는 학교 같아. 너도 학교가 맘에 들 거야."

어떻게 하면 예의를 적당히 지키면서 이 대화를 끝낼 수 있을지 고민하며 주방 문을 쳐다보고 있는데, 피터가 한 손에 맥주를 들고 어슬렁어슬렁 들어섰다. 피터는 우리를 보자마자 자리에 멈춰 섰다. 나는 속으로 잔뜩 쫄아 있었다. 피터가 씨익 웃으며 큰 소리로 존을 불렀다. "매클래런! 반갑다!" 두 사람은 남자들이 하는 식으로 가볍게 포옹을 나누고 주먹을 맞부딪쳤다. 피터가 존이 들고 있는 당근을 유심히 바라봤다. 피터는 매일 당근과 베리를 넣은 단백질 셰이크를 만들어 마시는 중인데, 존이 당근을 하나 먹어버려서 가슴이 쓰린 모양이었다. 여기 있는 동안 먹을 당근의 개수를 딱 맞춰놨는데.

"라라 진이 노스캐롤라이나에 붙었다는 얘기를 하던 참이었어. 진짜 부럽다." 존이 싱크대에 등을 기대며 말했다.

"그러게, 너도 전부터 거기 가고 싶어 했잖아. 그치?" 피터는 계속 당근에서 눈을 떼지 못했다.

"어릴 때부터 내 영순위였지." 존이 장난스레 나를 쿡 찔렀다. "그랬는데 얘가 밤도둑처럼 내 자리를 슬쩍 낚아채 가버렸네."

"좀 미안하네." 나는 웃으며 말했다.

"아니야, 농담이야." 존이 당근을 한입 더 베어 물었다. "나도 그리로 편입할지 몰라. 두고 보자고."

피터가 내 허리에 팔을 두르고 맥주를 벌컥벌컥 마셨다. "그래야지. 나중에 다 같이 타힐스 경기 보러 가자." 피터는 쾌활한 투로 말했지만 분명 긴장한 모습이었다.

존도 그걸 감지한 모양이었다. "그러자." 존은 남은 당근을 빨리 먹어치우고 줄기를 싱크대에 던져 넣었다. "내 여자친구도 소개해주고 싶은데, 딥티라고…… 아마 이 근처에 있을 거야." 존은 휴대폰을 꺼내 문자를 보냈다.

잠시 후 존의 여자친구가 주방에 들어섰다. 딥티는 나보다 키가 컸다. 운동을 좋아할 것 같았다. 어깨까지 내려오는 검은 머리에 피부도 까무잡잡한 게 아마도 인도계인 모양이었다. 웃을 때 하얗게 빛나는 치아와 한쪽 볼에만 생기는 보조개가 매력적이었다. 딥티는 실크 재질의 짧은 점프 수트에 샌들을 신고 있었다. 갑자기 피터의 버지니아 대학교 티셔츠에 반바지를 입고 있는 내가 싫어졌다. 인사를 나눈 뒤 딥티가 조리대에 걸터앉으며 물었다. "너희들은 어떻게 알게 된 거야?"

"매클래런이랑 나는 중학교 때 절친이었어." 피터가 말했다. "사람들이 우릴 부치 캐시디와 선댄스 키드라고 불렀었지. 딥티, 네가 보기엔 누가 부치 캐시디고 누가 선댄스 키드 같아?"

"난 그 영화 안 봐서 잘 모르겠어." 딥티가 웃으며 말했다.

"부치가 대장이야." 피터가 자기를 가리키며 말했다. "그리고 쟤가 선댄스 키드였지." 이번에는 존을 가리켰다. "선댄스 키드는 들러리고." 피터는 이렇게 말하고 혼자 낄낄 웃었다. 나는 속으로 민망해서 죽을 것 같은데, 존은 아무렇지 않은 얼굴로 가만히 고개만 내저었다. 그때 피터가 존의 이두박근을 움켜쥐며 물었다. "어라, 너 요새 운동 좀 하나 보다?" 그리고 딥티를 향해 말했다. "어릴 땐 스파게티 같은 팔로 맨날 책만 읽었거든. 이제 남자 다 됐네."

"야, 책은 지금도 읽어." 존이 말했다.

"피터랑 처음 사귈 때 나는 얘가 책 읽을 줄도 모르는 거 아닌가 걱정했어." 내 말에 존이 배를 움켜잡으며 웃었다.

피터도 웃었지만 방금 전처럼 그리 즐거워 보이지는 않았다.

시간이 늦어지자 피터는 내게 민박집으로 돌아가지 말고 여기서 자라고 했다. 나는 내 칫솔도 없고 아무것도 없어서 싫다고 했지만, 그보다는 피터가 존 앞에서 한 행동 때문에 화가 나 있었다.

여자 민박집으로 함께 걸어가는데 피터가 먼저 입을 열었다. "딥티 멋지더라. 매클래런이랑 잘 어울려. 둘이 계속 사귈 수 있을지 모르겠지만. 어쩌다 한 번씩 오가며 만나다가 크리스마스쯤 헤어지겠지."

나는 자리에 멈춰 섰다. "그런 말 같지도 않은 소리 하지 마."

"뭐? 나는 그냥 솔직하게 말한 것뿐이야."

나는 피터의 얼굴을 똑바로 바라봤다. 짭짤한 해변의 바람에 머리카락이 이리저리 휘날렸다. "그래? 네가 솔직히 얘기한 거라면 나도 솔직히 얘기할게." 피터는 한쪽 눈썹을 추켜올리고 내 말을 기다렸다. "너 오늘 정말 얼간이 같았어. 그렇게 자신 없는 모습은 너랑 안 어울린다고."

"내가?" 피터가 비웃는 투로 되물었다. "내가 자신 없어 보였다고? 뭐 때문에? 매클래런 때문에? 그 자식이 냉장고에서 마음대로 내 당근 꺼내 먹은 거 못 봤어?"

"당근 좀 먹은 게 뭐 어떻다고 그래!" 나는 빠른 걸음으로 걷기 시작했다.

"나 몸 만드는 중인 거 너도 알잖아!" 피터가 나를 따라잡으며 말했다.

"너 정말 웃긴다."

우리는 여자 민박집 앞에 도착했다. 화난 채로 걷다 보면 목적지에 빨리 도착하기 마련이다.

"잘 가, 피터." 나는 발을 돌려 계단을 올라갔다. 피터는 나를 붙잡지 않았다.

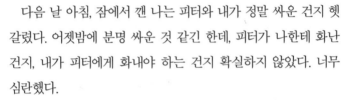

34

다음 날 아침, 잠에서 깬 나는 피터와 내가 정말 싸운 건지 헷갈렸다. 어젯밤에 분명 싸운 것 같긴 한데, 피터가 나한테 화난 건지, 내가 피터에게 화내야 하는 건지 확실하지 않았다. 너무 심란했다.

피터에게 화내고 싶은 마음은 없었다. 7월 1일이면 한국으로 떠난다. 한심하게 당근이나 존 앰브로즈 매클래런 때문에 싸우고 있을 시간이 없었다. 지금 상황에서는 일분일초가 소중하다.

나는 피터에게 화해의 선물로 프렌치 토스트를 만들어주기로 했다. 도넛을 제외하면 피터가 아침식사로 가장 좋아하는 음식이 프렌치 토스트였다. 주방에 가보니 찬장에 설탕 한 통이 있고 우유, 빵 한 덩어리, 계란 두어 개가 있었다. 그런데 필수 재료인 시나몬이 없었다.

나는 패미의 자동차 키를 빌려 민박집에서 가까운 마트에 갔다. 마트에서 시나몬 한 통과 버터, 달걀 열두 개, 흰 빵 한 덩어리를 더 샀다. 남자 민박집에 묵는 다른 애들 몫까지 만드는 게 좋을 것 같았다. 그리고 계산하기 직전에 당근 한 봉지도 장바구니에 넣었다.

라라 진의 세 번째 이야기

남자 민박집 애들은 아직도 한밤중이었다. 민박집 상태는 어젯밤보다 더 끔찍했다. 맥주병이 온 집 안을 굴러다녔고, 다 먹은 과자 봉지가 계속 발에 채였으며, 가구 위에는 남자 수영복이 줄줄이 널려 있었다. 싱크대에는 지저분한 접시가 산처럼 쌓여 있어서 토스트를 만들려면 일단 달걀이 딱딱하게 말라붙은 주걱과 볼부터 닦아야 했다.

갓 구운 빵이라 그런지 처음 몇 조각은 계란물에 담그자 모양이 흐트러졌다. 세 번째 시도에서 감이 좀 잡혔다. 빵을 잠깐만 계란물에 넣었다가 뺀 후 프라이팬에 올려야 했다.

남자애들이 하나둘씩 아래층으로 내려왔고 나는 프렌치 토스트를 계속 구웠다. 구워놓은 토스트가 무섭게 줄어들었다. 피터는 마지막으로 내려왔다. 내가 바삭하게 잘 구워진 토스트를 내밀자 피터는 고개를 저으며 다이어트 때문에 못 먹는다고 했다. 그 말을 하면서 나와 눈도 마주치려 하지 않았다. 다이어트 때문이 아니라 내가 만들어서 먹기 싫은 것이었다.

프렌치 토스트를 다 돌리고 나니 남자 민박집에 남아 미적거리고 싶지 않았다. 이번에도 피터는 나를 붙잡지 않았다. 나는 우리 민박집으로 돌아와서 어제 입었던 옷 그대로 잠들어 있는 크리스를 깨웠다. "너 주려고 아래층에서 프렌치 토스트 하나 만들어 왔어." 나는 피터 주려고 남겨뒀던 걸 크리스에게 주었다.

우리 민박집에서 몇 골목 떨어진 다른 민박집에서 야외 요리 파티가 있었다. 우리는 민박집에 남아 있던 감자 샐러드 여러 통과 와인 쿨러*를 모두 가지고 갔다. 비치 위크 마지막 날이라 냉장고를 완전히 비우고 싶었다.

테라스에서는 카일라가 제너비브의 친구인 에밀리 누스바움과 이야기하고 있었다. 이번 주 내내 제너비브는 거의 보이지 않았다. 제너비브는 교회 친구들과 함께 왔다. 그래서 제너비브의 민박집에는 다른 학교 학생들이 뒤섞여 있었다.

"너랑 카빈스키는 계속 사귀는 거야?" 에밀리가 내게 물었다.

지금 말인가? 밤사이 서로 거의 말도 하지 않은 지금 같은 상황에서는 나도 잘 모르겠다. 물론 그런 말을 입 밖에 내지는 않았다. 에밀리에게 이야기하는 즉시 제너비브의 귀에 들어갈 테니까. 제너비브가 피터에게 미련이 남았는지는 모르겠지만, 피터와 내가 다투었다는 이야기를 들으면 즐거워할 게 분명하다. 나는 에밀리의 질문에 이렇게 대답했다. "응. 당연히 계속 만나야지. 노스캐롤라이나 대학교랑 버지니아 대학교는 그렇게 멀지 않거든."

카일라가 다이어트 콜라를 섞은 럼주를 빨대로 빨며 내게 시선을 돌렸다. "넌 정말 재미있는 애야, 라라 진. 처음에는 부끄러움 많은 어린애 같아 보였는데, 이렇게 보면 자신감이 넘친다니까. 칭찬으로 하는 말이야."

"고마워." 내가 대답했다. 진심에서 우러난 칭찬이라면 굳이 칭찬이라고 덧붙이지 않아도 듣는 사람이 으레 알아들을 텐데. 나는 크리스가 만들어준 칵테일을 한 모금 마셨다가 하마터면

---

* 와인에 주스나 청량음료 등을 넣어 만든 칵테일.

라라 진의 세 번째 이야기

바로 뱉어낼 뻔했다. 너무 강했다. 크리스는 이 칵테일을 '다 자란 셜리 템플*'이라고 이름 붙였다. 그게 무슨 의미인지는 모르겠지만.

"카빈스키가 왜 널 좋아하는지 알 것 같아. 장거리 연애도 잘 되길 바랄게." 카일라가 말했다.

"고마워."

"난 블레이크가 헤어지자고 하면 아마 미쳐버릴 거야. 완전 폐인이 될지도 모르지." 에밀리가 한 발을 내 의자에 올리며 말했다.

"너네는 진짜 장난 아니게 열성적인 것 같아. 대학 졸업하고 바로 결혼할 것 같다니까."

"그럴 리가." 에밀리는 이렇게 말했지만 기분은 좋아 보였다.

"너넨 대학도 같은 곳으로 가잖아. 가능성이 있지." 카일라가 나를 물끄러미 바라보며 말했다. "난 장거리 연애는 못 할 것 같아."

"왜?" 내가 물었다.

"남자친구가 맨날 보고 싶으니까. 남자친구가 어떻게 지내나 궁금해하면서 시간을 보내긴 싫어. 내가 좀 집착하는 걸까? 뭐, 그렇다고 할 수 있지. 그래도 밤마다 남자친구가 뭐 하는지 확인하느라 전전긍긍하고 싶진 않아. 내가 남자친구의 삶에서 일부가 되고 남자친구는 내 삶의 일부가 되고, 그런 게 좋잖아."

---

* 원래 '셜리 템플 칵테일'은 석류 시럽과 탄산음료를 섞은 무알코올 칵테일이다. 1930년대 미국의 유명 아역 배우 셜리 템플이 나이가 어려 술을 못 마시자 바텐더가 이 칵테일을 만들어줬다고 한다.

카일라는 얼음을 오도독 씹었다.

마고 언니가 대학에 간 후 언니와 나의 관계는 이렇게 설명할수 있다. 우리 두 사람의 거리는 아주 천천히 멀어졌다. 미처 깨닫기도 전에 보트 안에 바닷물이 차올라 눈 깜짝할 사이에 보트가 물속에 잠겨버린 것처럼 말이다. 그래도 우린 자매이기 때문에 그 과정을 헤치고 나아갈 수 있었다. 자매는 언제나 서로에게 돌아가는 길을 알고 있으니까. 하지만 남자친구와도 그렇게 할 수 있을지는 잘 모르겠다. 피터와 내게 그런 일이 일어날 수 있다고 생각하니 너무 우울해서 견딜 수가 없었다. 어떻게 하면 그런 상황을 피할 수 있을까? 매일 통화하면 될까? 한달에 한 번씩이라도 만나면 될까? 하지만 피터는 얼마 전에 이렇게 말했다. 훈련이랑 시합 때문에 많이 바빠질 거라고. 피터는 이미 식이 요법과 운동을 병행하면서 생활방식을 바꾸고 있었다. 그리고 어제는 다투기까지 했다. 지금껏 이렇게까지 다툰 적은 없었다. 상황을 되돌릴 수 없을 정도로 다툰 적은 없다는 말이다. 그럼 이제 어떻게 해야 할까? 어떻게 하면 이 고비를 넘기고 다음 단계로 나아갈 수 있을까?

나는 몇 분 더 앉아 있다가 대화 주제가 여학생 클럽에 들어갈지 말지에 대한 이야기로 넘어갔을 때 피터를 찾아 나섰다. 어젯밤 피터와 다툰 것도 속상한데 방금 전에 그런 대화까지 나누고 보니, 피터와 함께 있을 때만이라도 피터를 더 가까이 두고 싶다는 마음이 간절했다. 피터는 모닥불을 피우고 있는 남자들 옆에 우두커니 서 있었다. 피터가 이미 너무 먼 곳에 있는 것처럼 느껴져서 빨리 평소의 우리 모습으로 돌아가고 싶었다. 나는 용기를 내려고 '다 자란 셜리 템플'을 한 모금 벌컥 삼켰다. 피터와 눈이 마주치자 소리 없이 입 모양으로 물었다. "*나랑 같이 갈래?*" 피터는 고개를 끄덕였다. 내가 안으로 들어가자 피터도 나를 따라왔다.

다 자란 셜리 템플을 한 모금 더 마시는데 피터가 물었다. "뭐 마셔?"

"크리스가 만들어준 거."

피터는 내가 들고 있던 빨간 일회용 컵을 가져가더니 나올 때 쓰레기통에 던져버렸다.

우리는 말없이 여자 민박집을 향해 걸었다. 파도가 물결치는 소리 외에는 아무것도 들리지 않았다. 나는 무슨 말을 해야 할지 몰라 망설였다. 피터도 나와 마찬가지인 것 같았다. 우리 둘 사이가 왜 이렇게 됐는지는 몰라도 존 앰브로즈 매클래런이나 당근 때문이 아니라는 건 분명했다.

길을 따라 걷는데 피터가 가라앉은 목소리로 물었다. "어젯밤 일 때문에 아직도 화났어?"

"아니."

"그럼 다행이고. 네가 사다 놓은 당근 봤어. 프렌치 토스트 안 먹겠다고 한 거 미안해."

"왜 안 먹었어? 다이어트 때문에 안 먹은 건 아니잖아."

피터가 뒷목을 문지르며 말했다. "나도 내가 왜 이러는지 모르겠어. 요즘 계속 기분이 좀 그래."

나는 피터를 가만히 바라봤다. 어두워서 얼굴이 잘 보이지 않았다. "이제 얼마 안 있으면 한국에 갈 텐데, 우리 시간 낭비하지 말자." 나는 손을 뻗어 피터의 손을 잡았다. 피터가 내 손을 꼭 움켜쥐었다.

여자 민박집에는 아무도 없었다. 일주일 만에 처음으로 텅 빈 것이었다. 다른 여자애들은 아직 파티하는 집에 있었고, 크리스는 애플비에서 알게 된 사람을 우연히 만나서 함께 놀러 나갔다. 우리는 위층 내 방으로 갔다. 피터는 신발을 벗고 내 침대에 누웠다. "영화 볼래?" 피터가 두 팔을 머리 위로 쭉 뻗으며 물었다.

아니. 영화 같은 건 보고 싶지 않다. 나는 갑자기 심장이 요동치기 시작했다. 지금 내가 원하는 게 무엇인지 분명해졌다. 나는 준비됐다.

나는 피터 옆자리에 앉았다. 피터가 다시 물었다. "그럼 다른 프로그램 볼까?"

나는 피터의 목에 내 입술을 살포시 댔다. 피터의 맥박이 느껴졌다. "영화나 티비 보는 거 말고…… 그거 하는 건 어때?" 나는 의미심장한 얼굴로 피터를 바라봤다.

피터는 놀라서 움찔했다. "뭐? 지금 하자는 거야?"

"응." 지금. 지금 해야 한다. 나는 다시 피터의 목에 입을 쪽쪽 맞추기 시작했다. "이렇게 하면 좋아?"

피터가 침을 삼켰다. "으응." 피터는 나를 살짝 밀고 내 얼굴을 정면으로 응시했다. "잠깐 멈춰봐. 생각할 수가 없잖아. 너 취했어? 아까 그 술에 크리스가 뭘 넣은 거야?"

"나 안 취했어!" 아깐 취기가 약간 돌았는데 민박집으로 걸어오다 보니 금세 말짱해졌다. 피터는 나를 계속 빤히 바라봤다. "나 안 취했다니까. 진짜야."

피터가 침을 삼키며 내 눈을 찬찬히 살폈다. "정말 지금 하고 싶은 거 맞아?"

"응." 나는 진심이었다. "그런데 먼저 프랭크 오션 음악 좀 틀어줄래?"

피터가 휴대폰을 잡았다. 잠시 후 반주와 함께 프랭크 오션의 감미로운 목소리가 방 안을 가득 채웠다. 피터는 셔츠 단추를 풀려고 더듬거리다가 포기하고 위로 당겨서 벗었다. 나는 깍소리를 질렀다. "잠깐만 기다려!"

"왜? 왜 그러는데?" 피터가 놀라서 펄쩍 뛰며 물었다.

나는 침대에서 얼른 내려가 캐리어를 뒤지기 시작했다. 지금 입고 있는 속옷은 내가 특별히 챙겨 온 속옷이 아니었다. 평소에 너무 많이 입어서 가장자리가 닳아빠진 카푸치노색 브래지어였다. 이런 추한 브래지어를 입고 처녀성을 잃을 수는 없다.

"뭐 하는 거야?"

"잠깐만 기다려줘."

나는 욕실로 달려가 레이스 달린 새 속옷으로 갈아입었다. 그런 다음 양치질을 하고 거울에 얼굴을 비춰봤다. 이제 됐다. 나, 라라 진 송 커비는 이제 곧 피터 K에게 처녀성을 잃게 될 것이다.

"괜찮아?" 피터가 방에서 외쳤다.

"잠깐만 기다려!" 다시 옷을 입고 나갈까, 아니면 속옷만 입고 나갈까? 피터는 속옷만 입은 내 모습을 아직 본 적이 없다. 어차피 곧 실오라기 하나 걸치지 않은 모습도 보게 될 텐데, 속옷 입은 모습을 보여주는 것도 나쁘지 않을 것 같았다.

나는 옷 꾸러미를 방패처럼 쳐들고 욕실에서 나왔다. 피터는 멍하니 보고 있다가 뒤늦게 생각난 사람처럼 다시 셔츠를 벗었다. 나는 얼굴이 빨개졌다. 손에 들고 있던 브래지어와 팬티를 캐리어에 밀어 넣고, 안쪽 주머니를 더듬어서 콘돔을 찾았다. 콘돔 하나를 꺼내 들고 다시 침대로 돌아왔다. "이제 다 됐어."

"브래지어 예쁘다." 피터가 시트를 벗기며 말했다.

"고마워."

피터가 가까이 다가와 내 눈꺼풀에 입을 맞췄다. 처음엔 왼쪽, 그다음엔 오른쪽. "떨려?"

"조금."

"오늘 밤에 꼭 이러지 않아도 돼, 커비."

"아니야, 나는 하고 싶어." 내가 콘돔을 내밀자 피터가 깜짝 놀랐다. "아빠가 주신 거야. 아빠가 피임 도구 세트 챙겨줬다고 얘기했잖아."

피터는 콘돔을 받아 들고 내 목에 키스하며 말했다. "지금 너희 아빠 얘기는 안 하면 안 될까?"

"그래."

피터가 내 위로 올라왔다. 또다시 가슴이 두근거리기 시작했다. 피터가 내 옆에 있을 땐 언제나 가슴이 두근거리지만 지금은 평소와 비교할 수 없을 정도로 더 세게 뛰었다. 이제 곧 모든 게 바뀔 것이다. 지금까지 한 번도 가본 적 없는 세계로 피터와 함께 떠날 것이다. 피터는 나를 짓누르지 않으려고 두 팔에 힘을 주고 조심스럽게 자세를 취했다. 하지만 나는 피터의 체중 같은 건 신경 쓰이지 않았다. 피터의 손이 내 머리카락 속으로 파고들 때의 느낌이 좋았다. 피터의 입술도 따뜻했다. 우리 둘 다 호흡이 약간 거칠어졌다.

그때 갑자기 피터가 키스를 멈추었다. 나는 눈을 뜨고 내 위에서 머뭇거리는 피터를 바라봤다. 피터가 인상을 쓰며 물었다. "어제 싸운 거 때문에 지금 이러는 거야? 그것 때문이라면……."

"어제 일하고는 상관없어. 그냥…… 그냥 너를 가까이 느끼고 싶어서 그래." 피터는 아무 말 없이 나를 빤히 바라봤다. 좀 더 그럴듯한 설명을 기다리는 게 분명했지만, 내 이유는 그게 전부였다. "갑자기 이러는 거 아니야. 너를 사랑하고 너랑 함께 있기 때문에 너랑 섹스하려는 거야."

"그게 왜 나냐고."

"그, 그건 네가 내 첫사랑이니까. 첫사랑이 아니면 누구랑 해?"

피터는 내려와 앉더니 두 손으로 머리를 감싸 쥐었다.

나도 일어나 앉아서 시트로 몸을 감쌌다. "너 왜 그래?" 내가 물었지만 피터는 한참 동안 입을 다물고 있었다. "무슨 말이든 해봐." 나는 토할 것 같은 기분이었다.

"지금은 별로 하고 싶지 않아."

"왜?" 나는 속삭이듯 물었다.

피터는 내 얼굴을 보지 않고 말했다. "나도 모르겠어…… 그냥 머리가 복잡해. 라크로스도 힘들고, 아빠가 졸업식에 오지 않은 것도 짜증 나고, 너는 여름 내내 한국에 가 있을 거라고 하고……."

"여름 내내 가는 게 아니잖아. 7월 한 달만 가 있는 거야. 7월 마지막 날 돌아온다고! 왜 여름을 그렇게 빨리 보내지 못해서 안달이야?"

피터가 고개를 저었다. "넌 그렇게 멀리 떠나면서 아무렇지도 않은 것 같아."

"내가 결정한 게 아니잖아! 나도 아빠 때문에 깜짝 놀랐다고! 그런데 네가 그렇게 말하면 안 되지, 피터."

피터가 나를 가만히 바라봤다. "그럼 노스캐롤라이나 대학교는? 나중에 버지니아 대학교로 편입할 생각이 아직 있긴 해? 윌리엄앤드메리에 가려고 했을 땐 당연히 편입할 것 같았는데, 지금은 아닌 것 같아서 묻는 거야."

나는 입술을 깨물었다. 심장이 제멋대로 쿵쾅거렸다. "나도 잘 모르겠어. 편입할 수도 있고 안 할 수도 있겠지. 노스캐롤라이나 대학교는 느낌이 좀 달라."

"그래, 나도 알아. 딱 보니까 알겠더라."

"그게 그렇게 나쁜 일인 것처럼 말하지 마! 내가 다른 데 가서 불행했으면 좋겠어?"

"불행은 잠깐이면 끝날 거야."

"피터!"

"솔직히 말해봐, 라라 진. 내 생각을 조금이라도 하긴 해?"

"아니, 나는…… 네가 왜 이러는지 정말 모르겠어. 나는 적어도 노스캐롤라이나 대학교에 가서 제대로 경험해보고 싶어. 나 자신에게 기회를 주고 싶다고." 두 눈에 눈물이 차올라 말을 잇기 힘들었다. "그리고 너는 내 의견을 존중해줄 거라고 생각했어."

피터는 한 대 맞기라도 한 듯 몸을 움찔했다. 우리가 함께 앉아 있는 침대는 너무 작은데, 피터는 그 어느 때보다 먼 곳에 가 있는 것 같았다. 나는 피터 곁으로 다가가고 싶은데 그럴 수 없어서 가슴이 아팠다.

피터는 말없이 셔츠를 입었다. "나 갈게." 피터는 자리에서 일어나 나가버렸다. 나는 현관문 닫히는 소리가 들릴 때까지 기다렸다가 울음을 터뜨렸다.

35

아침에 차에 짐을 실으면서도 피터가 나타나 집까지 데려다
주겠다고 할지 모른다는 생각을 계속 했다. 하지만 결국 피터
는 나타나지 않았다. 나도 피터를 찾으러 가지 않았다. 그냥 다
른 여자애들과 함께 차를 타고 버지니아로 돌아왔다.

다음 날이 되어서야 피터에게서 문자로 연락이 왔다.

—어젯밤 일은 미안해. 내가 바보였어. 우리는 잘 해낼 수 있을 거야.
진심이야. 오늘은 엄마 일을 도와야 하고, 나중에 볼 수 있을까?

나는 답장을 보냈다.

—그래.

피터에게서 답장이 왔다.

—정말 미안해. 사랑해.

'나도 사랑해'라고 문자를 적고 있는데 휴대폰이 울렸다. 피터
의 집 전화번호였다. 나는 얼른 전화를 받았다.

"나도 사랑해." 내가 말했다.

전화기 건너편에서 당황한 듯한 침묵이 흐르더니 곧 이를 무
마하려는 작은 웃음소리가 들렸다. "안녕, 라라 진. 나 피터 엄
마야."

나는 창피해서 죽을 것 같았다. "아! 안녕하세요, 카빈스키 아줌마."

피터네 엄마는 잠깐 집에 와서 함께 이야기를 나누었으면 좋겠다고 했다. 피터는 집에 없고 단둘이 할 얘기라고 했다. 나를 집으로 부르려고 일부러 피터를 심부름 보낸 모양이었다. 나는 가겠다고 할 수밖에 없었다.

노란 원피스를 입고 립스틱을 바른 뒤 머리를 빗고 피터네 집까지 운전해서 갔다. 초인종을 누르자 피터네 엄마가 활짝 웃으며 문을 열어주었다. 아줌마는 깅엄 체크 블라우스에 무릎 위까지 오는 반바지 차림이었다. "들어와라."

아줌마를 따라 주방으로 들어가자 아줌마가 말했다. "라라진, 마실 것 좀 줄까? 선 티* 어떠니?"

"좋아요." 나는 의자에 앉으며 말했다.

피터의 엄마는 차가운 플라스틱 주전자에 담긴 선 티를 유리잔에 따라 내게 건넸다. "와줘서 고마워. 여자들끼리 하고 싶은 얘기가 있어서 불렀어."

"좋아요." 나는 같은 대답을 반복했다. 피부가 괜히 따끔거렸다.

아줌마가 내 손에다 손을 포갰다. 아줌마의 손은 차갑고 건조했다. 내 손이 갑자기 너무 축축한 것 같았다. "피터한테 요즘 일이 많아. 운동하느라 바쁜 것도 있지만…… 너도 피터 아빠가 졸업식에 오지 않아서 피터가 얼마나 실망했는지 알 거야." 아

---

* sun tea. 커다란 투명 용기에 물과 티백을 넣고 햇볕에서 3~5시간 우려 마시는 차가운 차.

줌마가 내 눈을 바라보며 반응을 살폈다. 나는 고개를 끄덕였다. "겉으로는 괜찮은 척하는데, 속이 많이 상했겠지. 어제는 비치 위크에서 돌아오더니 2학년 때 노스캐롤라이나 대학교로 편입하겠다고 하더라. 너도 알고 있었니?"

얼굴로 온몸의 피가 몰리는 것 같았다. "아뇨, 저는 몰랐어요. 피터가…… 저한테는 아무 말 안 했거든요."

아줌마는 그럴 줄 알았다는 듯 고개를 끄덕였다. "편입을 한다고 하면 1년 동안 시합에 나가지 못할 거야. 그럼 체육 특기생 장학금도 못 받겠지. 너도 알겠지만 타 주 학생은 등록금도 훨씬 비싸잖니."

그건 사실이다. 마고 언니는 앞으로 2년만 더 다니면 졸업이고, 키티가 대학에 가려면 아직 멀었으니 아빠는 충분히 감당할 수 있다고 했다. 그리고 카빈스키 아줌마가 굳이 그런 말까지는 하지 않았지만, 아줌마보다 우리 아빠가 돈을 더 잘 버는 것도 사실이다.

"피터 아빠가 자기도 보태고 싶다고는 하는데, 별로 의지할 만한 사람은 아니거든. 그래서 그 사람 말은 못 믿겠어." 아줌마는 잠시 말을 멈추었다. "하지만 너는 믿을 수 있을 것 같구나."

나는 성급하게 대답했다. "걱정하실 거 없어요. 피터에게 편입하지 말라고 잘 얘기할게요."

"라라 진, 그렇게 말해줘서 고마워. 진심이야. 그런데 단지 편입 때문에 걱정하는 건 아니야. 피터의 정신 상태가 걱정돼서 그래. 버지니아 대학교에 가서 잘 다녀야 하잖니. 체육 특기생으로 가는 거니까 열심히 운동해야겠지. 그러니 주말마다 노스캐롤라이나까지 오갈 수는 없어. 그건 그다지 효율적이지 않아. 너희 둘 다 아직 어린데, 피터는 벌써부터 너를 중심으로 인생의 큰 결정을 내리려고 해. 앞으로 너희 둘 사이가 어떻게 될지 누가 알겠니? 너희는 아직 10대잖아. 인생이 늘 생각대로 흘러가는 것도 아니고…… 피터한테 들었는지 모르겠다만, 피터 아빠와 나도 꽤 어릴 때 결혼했어. 너희 둘이 우리와 똑같은 실수를 저지르는 건 보고 싶지 않구나." 아줌마는 잠시 망설이다 말을 이었다. "라라 진, 너도 피터를 잘 알잖아. 피터는 절대 먼저 너를 놓아주려고 하지 않을 거야. 네가 먼저 피터를 놔주지 않는 이상."

나는 두 눈을 깜박였다.

"피터는 너를 위해 뭐든 할 거야. 그 애 천성이 그렇거든. 매우 헌신적이지. 자기 아빠랑은 다르게." 카빈스키 아줌마는 호소하는 눈길로 나를 보았다. "네가 피터를 많이 아끼는 거 나도 알아. 너도 피터가 잘되길 바랄 거 아니니. 내 말 잘 생각해보길 바란다." 아줌마는 망설이다가 이렇게 덧붙였다. "피터에게는 아무 말 하지 말아줘. 피터가 알게 되면 나한테 엄청 화낼 거야."

나는 가까스로 목소리를 내서 대답했다. "말 안 할게요."

아줌마는 마음이 놓인 듯 환하게 웃었다. "넌 정말 착한 애야, 라라 진. 너만 믿는다." 아줌마는 내 손을 토닥이더니 놔주었다. 그리고 우리 아빠 결혼식이 어떻게 되어가는지 물었다.

나는 차로 돌아와 선바이저를 내리고 거울을 보며 내 얼굴이 아직도 빨갛게 달아올라 있는지 확인했다. 중학교 1학년 때 크리스네 엄마가 크리스의 담배를 발견하고 우리 둘이 같이 담배를 피웠다고 오해한 적이 있는데, 기분이 꼭 그때 같았다. 나는 안 피웠다고 말하고 싶었지만 그러지 못했다. 그냥 잔뜩 주눅 들어서 아무 말도 못 했다. 조금 전 내 모습도 그랬다. 야단맞는 사람처럼 주눅 들어 있었다.

피터와 나는 남들처럼 그렇게 쉽게 헤어지지 않을 거라 생각했는데, 우리가 순진했던 걸까? 피터네 엄마 말씀이 맞는 걸까? 우리가 지금 정말 큰 실수를 하고 있는 거라면? 갑자기 우리가 내리는 모든 결정이 너무 중요한 것처럼 여겨져서 잘못된 결정을 내릴까 봐 겁이 났다.

집에 돌아오니 아빠, 마고 언니, 키티가 거실에 앉아 어디 가서 저녁을 먹을지 이야기하고 있었다. 목요일 저녁이면 늘 있는 일이지만 오늘은 기분이 너무 이상했다. 내 발밑에서 돌고 있던 이 지구가 점점 흔들리기 시작하는데, 다들 저녁으로 뭘 먹을지나 이야기하고 있다니…….

"넌 뭐 먹고 싶니, 라라 진?" 아빠가 내게 물었다.

"저는 별로 배 안 고파요." 나는 휴대폰을 내려다보며 말했다. 피터가 전화하면 뭐라고 얘기해야 할까? 피터에게 이야기해야 하나? "저는 그냥 집에 있을래요."

"너 괜찮니? 어디 아픈 거야? 얼굴이 창백한데." 아빠가 나를 유심히 바라보며 물었다.

"안 아파요. 괜찮아요." 나는 고개를 가로저었다.

"서울하우스는 어때요? 저 한국 음식 엄청 먹고 싶었거든요."
마고 언니가 물었다.

아빠는 망설였다. 아빠가 왜 그러는지 나는 안다. 트리나 아줌마의 식성은 미식가와는 거리가 멀다. 아줌마는 거의 매일 다이어트 콜라와 치킨 텐더만 먹다시피 한다. 케일 샐러드 정도도 아줌마에게는 충분히 모험적인 음식이다. 초밥을 주문해도 트리나 아줌마는 캘리포니아 롤과 익힌 새우만 먹고, 생선은 아예 건드리지도 않는다. 세상에 완벽한 사람은 없는 법이다.

"트리나 아줌마는 한국 음식 별로 안 좋아하셔." 아빠가 곤란해하는 것 같아서 내가 대신 말했다. 그때 내 휴대폰에서 진동이 울렸다. 노스캐롤라이나 대학교 기숙사 담당 부서에서 온 이메일이었다.

"진짜?" 마고 언니가 못 믿겠다는 얼굴로 물었다.

"트리나한테는 좀 매운가 봐." 아빠가 급하게 변명했다. "그런데 한국 식당 가도 괜찮을 거야. 불고기 미니 버거나 볶음밥 먹으면 되니까."

"저는 한국 음식 별로 안 당겨요." 키티가 말했다.

"그냥 서울하우스 가자. 트리나는 걱정 안 해도 돼." 아빠가 말했다.

아빠가 예약하러 방으로 들어가자 내가 마고 언니에게 말했다. "트리나 아줌마가 한국 음식 안 좋아한다고 해서 안 좋게 생각하지는 마. 매운 걸 못 드셔서 그런 것뿐이니까."

"그래, 안 좋게 생각하지 마." 키티도 재빨리 합세했다.

"무슨 말을 못 하겠네!" 언니가 상처받은 얼굴로 말했다.

"언니가 왜 그러는지 우리도 알아." 내가 말했다. 언니가 무슨 생각을 하는지 나도 알고 있다. 나도 언니와 같은 생각을 했으니까. 처음에는 나도 짜증 냈으면서 지금은 트리나 아줌마 편을 들고 있는 게 조금 우습기는 하다. 트리나 아줌마가 입맛을 바꾼다고 해서 큰일이 나지는 않을 텐데.

"볶음밥이라고? 장난해?"

"아줌마가 한국 음식을 좋아하지 않는 게 뭐 어때서 그래?" 키티가 말했다.

"우리한테 한국 문화를 접할 수 있는 가장 큰 연결고리가 한국 음식이니까 그렇지. 그럼 아줌마가 안 좋아한다는 이유로 앞으로 한국 음식 안 먹을 거야?" 언니는 대답을 기다리지 않고 곧바로 쏟아냈다. "아빠랑 결혼하기로 했으면 아줌마가 감당해야 할 부분이 있는 거고, 한국도 거기 포함된다는 걸 알아야지."

"언니, 아줌마도 잘 알고 있어." 내가 말했다. "그리고 이번 여름에 한국 가서 매일 한국 음식 먹을 거잖아." 내가 피터와 멀리 떨어져 있어야 하는 이번 여름에…….

"아빠랑 아줌마도 같이 한국 가면 좋을 텐데." 키티가 말했다.

"우리끼리 가는 게 나아. 아줌마가 한국에 가서 뭘 드시겠어." 언니는 반쯤 농담으로 말했지만 사실 진심에 가까웠다.

제이미를 쓰다듬던 키티는 마고 언니의 말을 못 들은 척하고 내게 물었다. "집을 다 비우면 제이미 폭스피클이랑 시몬은 누가 돌봐줘?"

"펫 시터?" 내가 말했다. 하지만 나는 생각이 딴 데 가 있어서 대화에 집중할 수 없었다. 머릿속에 온통 피터 생각뿐이었다. "생각해봐야겠네."

언니가 거실을 빙 둘러봤다. 언니의 시선이 트리나 아줌마의 커다란 안락의자에 닿았다. "갑자기 집이 엄청 작아진 것 같다. 아줌마 물건이 많긴 많은가 봐."

"언니 없을 땐 별로 안 작아." 키티가 말했다.

나는 놀라서 숨을 삼켰다. "키티!"

언니의 얼굴에서 핏기가 싹 가시는가 싶더니 이내 벌겋게 달아올랐다. "너 방금 뭐라고 했어?"

키티도 속으로는 후회하는 게 분명했지만 키티답게 턱을 치켜들고 대꾸했다. "언니도 들었잖아."

"아주 버르장머리가 없구나." 언니는 화가 많이 난 듯 말했지만, 당장 눈물이 쏟아질 것 같은 얼굴로 위층으로 올라갔다.

"언니한테 그런 말은 왜 해?" 내가 키티에게 말했다.

"큰언니가 이유 없이 아줌마를 싫어하니까 그렇지!" 키티도 눈물을 흘렸다.

나는 손등으로 키티의 눈물을 닦아줬다. 나도 울고 싶었다. "언니는 소외된 기분이 들어서 그래. 그래서 그런 거야. 너랑 나는 트리나 아줌마랑 친해질 시간이 충분했으니까 아줌마를 잘 알지만, 언니는 아줌마를 잘 모르잖아. 그리고 언니는 너를 키우다시피 했는데, 네가 그렇게 말하면 안 돼."

"난 작은언니한테도 그렇게 말하는데." 키티가 건성으로 중얼거렸다.

"그건 다르지. 너도 알잖아. 우린 나이 차이가 많이 안 나니까."

"그럼 작은언니랑 나랑 같은 레벨이라는 거야?"

"그건 아니고. 나는 마고 언니랑 같은 레벨이야. 너는 제일 막내니까 우리보다 레벨이 낮아. 하지만 마고 언니보단 내가 너랑 더 레벨이 비슷하다는 얘기야. 마고 언니 심정을 좀 이해하려고 해봐. 언니도 자리를 뺏긴 것 같은 기분이 드는 건 싫을 거 아냐."

"마고 언니 자리를 누가 뺏는다고 그래?" 키티가 어깨를 움츠렸다.

"언니한테도 마음 기댈 구석이 조금 필요한 것뿐이야. 네가 이해해줘." 키티가 대답을 하거나 고개를 들진 않았지만, 내 말을 귀 기울여 듣고 있는 건 분명했다. "네가 버르장머리 없는 건 사실이지만." 키티는 고개를 바짝 들고 내게 달려들었다. 나는 웃음을 터뜨렸다. "올라가서 언니한테 미안하다고 해. 그게 옳은 행동이야."

이번만큼은 키티가 내 말을 따랐다. 키티가 위층에 올라가고 나서 얼마 후에 둘이 함께 내려왔다. 둘 다 눈이 빨갛게 충혈되어 있었다. 그사이 피터가 문자로 밖에 나올 수 있느냐고 물었다. 가족들이랑 저녁 먹으러 가기로 해서 못 나갈 것 같다고 답했다. 어차피 내일 밤이면 볼 것이다. 남자들이 스테이크 하우스에서 저녁을 먹은 다음 우리가 있는 노래방으로 오기로 했다. 내일 피터를 볼 때쯤이면 어떻게 해야 할지 해답이 떠오를 것이다.

그날 밤 나는 내 방에서 다음 날 있을 처녀 파티를 준비하며 민트그린색으로 매니큐어를 칠했고, 마고 언니는 내 침대에 누워 휴대폰을 들여다보고 있었다. "언니도 칠해줄까?"

"됐어. 난 하기 싫어."

나는 한숨을 내쉬었다. "언니, 제발 트리나 아줌마 때문에 우울해하지 마. 곧 아빠랑 결혼할 분이잖아."

언니도 한숨을 내쉬었다. "트리나 아줌마 때문에 그러는 게 아니야. 트리나 아줌마의…… 트리나 아줌마가……."

"아줌마가 뭐?"

언니는 윗입술을 깨물었다. 언니가 저렇게 입술을 깨무는 건 어릴 때 이후로 처음 보는 것 같다. "집에 돌아왔는데 모르는 가족이 이 집에 살고 있는 것 같아. 내 자리도 없어진 것 같고."

나는 언니에게 아무것도 바뀌지 않았다고, 예전이나 지금이나 언니 자리는 여기라고 말해주고 싶었지만 어쩜 그건 사실이 아닐지도 모른다. 언니가 없을 때도 남은 가족들은 계속 각자의 삶을 살았으며, 올가을 내가 집을 떠난 후에도 그 사실은 변함없을 것이다.

"엄마 보고 싶어." 언니의 뺨을 타고 눈물이 흘러내렸다.

"나도 보고 싶어." 나도 목이 메었다.

"키티가 엄마랑 좀 더 시간을 많이 보냈다면 좋았을 텐데." 언니가 한숨을 쉬며 말했다. "이기적인 생각이라는 건 알지만…… 아빠가 재혼하실 줄 몰랐어. 가끔 데이트를 한다거나 애인이 생길 수는 있다고 생각했지만, 결혼은 정말이지……."

나는 애써 부드럽게 말했다. "나도 아빠가 결혼하실 줄은 꿈에도 몰랐어. 그런데 언니가 스코틀랜드로 떠나고 나니까 그게 그렇게 이상하지는 않더라고. 아빠 곁에 다른 누가 있을 수 있다는 생각 말이야."

"그러게. 어쨌든 키티한테는 좋은 일이야."

"키티는 트리나 아줌마를 엄마로 생각하는 것 같아. 나도 트리나 아줌마하고 많이 친해지긴 했는데, 키티는 처음부터 아줌마에 대한 감정이 남달랐거든."

"와, 트리나 아줌마 일이라면 무섭게 덤비더라!" 언니가 웃음 같지 않은 웃음소리를 냈다. "트리나 아줌마를 진짜 사랑하는 것 같아."

"언니가 오늘 한국 음식 얘기하면서 왜 그렇게 속상해했는지 알아. 아줌마가 한국 음식 안 좋아한다는 이유로 아빠가 한국 음식을 안 만들어주면 키티는 한국을 접할 기회가 없어지니까 그런 거잖아. 한국을 잊으면 엄마도 잊게 될까 봐." 언니의 눈에서 또다시 눈물이 또르르 흘렀다. 언니는 소매로 눈물을 훔쳤다. "하지만 우리는 한국을 잊지 않을 거야. 그러니 엄마를 잊을 일도 없어. 알았지?"

언니는 고개를 끄덕이며 심호흡을 했다. "세상에, 하루에 두 번이나 울고. 정말 나답지 않은 일이다." 언니가 나를 보고 웃었다. 나도 최대한 밝게 웃어 보였다. 그때 언니가 한쪽 눈썹을 찡그렸다. "라라 진, 너 무슨 일 있어? 너 요즘 좀, 뭐랄까…… 울적해 보이는데. 비치 위크 다녀오고 나서부터 계속 그런 것 같아.

피터랑 무슨 일 있었어?"

언니에게 모든 걸 털어놓고 싶은 마음이 간절했다. 내 어깨에 짊어진 이 짐을 언니 앞에 내려놓고 언니의 조언을 듣고 싶었다. 언니가 어떻게 해야 할지 알려주면 이 상황도 간단하게 정리될 것 같았다. 하지만 언니가 뭐라고 말할지는 나도 잘 알고 있다. 언니도 이미 겪은 일이니까.

남자친구를 달고 대학에 가는 여자가 되지 마라. 엄마가 하셨던 말씀이다. 그리고 마고 언니가 했던 말이기도 하다.

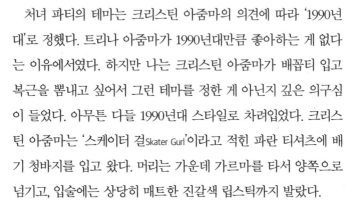

36

처녀 파티의 테마는 크리스틴 아줌마의 의견에 따라 '1990년
대'로 정했다. 트리나 아줌마가 1990년대만큼 좋아하는 게 없다
는 이유에서였다. 하지만 나는 크리스틴 아줌마가 배꼽티 입고
복근을 뽐내고 싶어서 그런 테마를 정한 게 아닌지 깊은 의구심
이 들었다. 아무튼 다들 1990년대 스타일로 차려입었다. 크리스
틴 아줌마는 '스케이터 걸Skater Gurl'이라고 적힌 파란 티셔츠에 배
기 청바지를 입고 왔다. 머리는 가운데 가르마를 타서 양쪽으로
넘기고, 입술에는 상당히 매트한 진갈색 립스틱까지 발랐다.

크리스틴 아줌마는 오자자마자 1990년대 음악 방송 채널부
터 틀었다. 집 안 가득 음악 소리가 울려 퍼졌다. 여자들은 우리
집에서 만나고, 남자들은(키티를 포함해) 스테이크 하우스에서 만
날 예정이었다. 피터에게 뭐라고 말해야 할지 아직 마음을 정하
지 못한 터라 다행이었다.

우리는 아직 준비를 끝마치지 못한 상태였다. 나는 엣시[*]에서

---

* Etsy. 핸드메이드 제품, 사진, 빈티지 제품 등을 판매하는 소셜 네트워크 쇼핑몰.

구입한 꽃무늬 베이비 돌 드레스[*]를 입고 크림색 반스타킹과 검은색 플랫폼 메리 제인 구두를 신을 예정이었다. 머리를 양갈래로 빗어 포니테일로 묶고 있을 때 크리스틴 아줌마가 확인할 겸 2층으로 올라왔다. 한 손에는 핑크색 필기체로 '대표 들러리'라고 쓰인 마티니 잔을 들고 있었다. "오! 귀엽다, 라라 진." 아줌마는 이렇게 말하고 칵테일을 한 모금 삼켰다.

나는 고무줄로 머리를 꽉 묶으며 대답했다. "고마워요, 아줌마." 내 의상이 기대에 부응한 것 같아서 기분이 좋았다. 아이디어는 많았지만, 어쨌든 트리나 아줌마의 밤을 망치고 싶지 않다는 마음이 제일 컸다.

키티는 마고 언니의 손톱에 검은색 매니큐어를 칠하는 중이었다. 언니 의상은 그런지 스타일[**]이다. 언니는 긴 모직 셔츠와 청바지를 입고, 내가 크리스한테 빌려온 닥터 마틴 신발을 신었다.

"아줌마, 뭐 마셔요?" 키티가 크리스틴 아줌마에게 물었다.

"코스모폴리탄 칵테일. 아래층에 가면 더 있어. 스프라이트 병에 담아 왔지. 하지만 키티 너는 안 돼."

키티가 이 말에 눈을 흘겼다. "트리 아줌마는 어딨어?"

"샤워하는 중이야." 내가 대답했다.

크리스틴 아줌마는 고개를 한쪽으로 기울이며 실눈을 뜨고 나를 뚫어져라 바라봤다. "뭔가 빠진 것 같은데?" 아줌마가 칵

---

[*] 허리 부분이 높고 품이 여유 있으면서 전체 기장이 짧은, 유아복 같은 느낌의 드레스.
[**] grunge style. 낡고 해진 듯한 옷으로 편안하고 자유로운 멋을 추구하는 패션 스타일.

테일 잔을 내려놓고 클러치에서 립스틱을 꺼냈다. "이걸 발라봐."

"아…… 이건 지금 아줌마가 바르고 있는 그 색 아니에요?"

"맞아! '토스트 오브 뉴욕' 색상이지. 그 시절엔 이 색이 인기 짱이었거든!"

"으음……." 나는 망설였다. 지금 크리스틴 아줌마는 입술에 키세스 초콜릿이 말라 붙은 듯한 모습이었다.

"나를 믿고 한번 발라봐."

"저는 이 색깔 바르려고 했는데요." 나는 머리빗을 내려놓고 반짝이는 핑크색 립글로스를 들어 보였다. "스파이스 걸스도 이런 립글로스 바르지 않았어요? 스파이스 걸스도 1990년대잖아요."

크리스틴 아줌마가 얼굴을 찡그렸다. "걔네들은 1990년대 후반, 2000년대 초반이지만 뭐, 그래. 그것도 괜찮은 것 같다." 아줌마가 이번에는 마고 언니에게 립스틱을 들이밀었다. "넌 이걸 바르는 게 낫겠다. 지금 상태로는 1990년대라고 할 수 없으니까." 이어서 매니큐어 작업을 마무리 중인 키티를 향해 말했다. "나 어릴 땐 샤피 마커펜으로 손톱 칠하고 그랬는데. 지금은 너희가 얼마나 풍요를 누리고 있는지 모를 거야. 이렇게 색깔도 다양하고 얼마나 좋아. 우리 땐 대충 만들어서 썼거든. 검은색은 샤피 펜으로 칠하고 흰색은 와이트 아웃Wite-Out을 썼어."

"와이트 아웃이 뭐예요?" 키티가 물었다.

"세상에, 와이트 아웃 수정액을 몰라?"

크리스틴 아줌마가 칵테일 잔을 집어 들려고 뒤돌아서자 키티가 아줌마 등에 대고 이를 드러내며 소리 없이 야유를 보냈다.

"거울로 다 보이거든?" 크리스틴 아줌마가 말했다.

"보시라고 그런 거예요." 키티가 받아쳤다.

"어서 네 언니 마무리해주고 나도 칠해줘." 아줌마가 키티를 노려보며 말했다.

"거의 끝나가요." 키티가 말했다.

잠시 후 초인종이 울렸다. 크리스틴 아줌마, 키티, 마고 언니 모두 아래층으로 내려갔다. 크리스틴 아줌마의 목소리가 크게 울려 퍼졌다. "너희가 문 좀 열어줘. 나는 마실 걸 챙길게!"

트리나 아줌마의 여학생 클럽 동기인 모니크 아줌마는 커다란 해바라기가 잔뜩 박힌 슬립 드레스 안에 흰색 티셔츠를 받쳐 입고, 우주에서나 신을 듯한 검은색 플랫폼 메리 제인 구두를 신었다. 트리나 아줌마의 소울사이클 친구인 켄드라 아줌마는 우주복같이 위아래가 붙은 옷에다 핑크색 골지 캐미솔을 받쳐 입고, 머리도 핑크색 곱창밴드로 묶었다. 아줌마들이 차려입고 온 옷이나 장신구들은 요즘 학생들도 많이 착용하는 것이었다. 유행은 정말 돌고 도는가 보다.

테마를 1990년대로 정한 건 옳은 선택이었다. 트리나 아줌마가 정말 즐거워 보였다.

"원피스 진짜 예쁘다!" 켄드라 아줌마가 내게 말했다.

"감사합니다! 빈티지 드레스예요."

"세상에! 1990년대가 벌써 빈티지가 됐어?" 켄드라 아줌마가 움찔 놀라며 말했다.

"당연하지. 요즘 애들한테 1990년대는 우리가 생각하는 1970
년대나 마찬가지거든." 트리나 아줌마가 말했다.

"너무 끔찍하다. 우리가 늙었나?"

"우린 노인네들이지."

차를 타고 노래방으로 가는 길에 피터가 휴대폰으로 사진을
보내왔다. 우리 아빠와 피터가 정장 차림으로 함박웃음을 지으
며 찍은 사진이었다. 나는 심장이 철렁했다. 이런 남자를 내가
과연 먼저 놔줄 수 있을까?

노래방은 특실을 예약해놓았다. 여직원이 오자 마고 언니는
석류 마르가리타를 주문했다. 옆에 있던 트리나 아줌마는 아무
말도 하지 않았다. 딱히 할 말이 없었을 수도 있다. 마고 언니는
대학생이고, 한 달 후면 스물한 살이 되니까.

"그거 맛있어?" 내가 언니에게 물었다.

"아주 달달해. 한 모금 마셔볼래?"

나는 당연히 맛보고 싶었다. 스테이크 하우스에 가 있는 피터
는 문자를 두 번이나 보내며 재미있게 놀고 있는지 물었지만 나
는 문자를 확인할 때마다 속이 뒤틀리는 것 같았다. 트리나 아
줌마를 슬쩍 보니 크리스틴 아줌마와 듀엣으로 노래를 부르고
있었다. 트리나 아줌마가 마고 언니는 그냥 내버려두었지만, 내
가 술을 마시면 한마디할지도 모른다.

"스코틀랜드에서는 열여덟 살부터 술 마실 수 있어."

마고 언니의 말에 나는 재빨리 한 모금 마셔봤다. 얼음처럼

차갑고 톡 쏘는 게 맛있었다.

사람들은 노래방 책을 넘기며 다음에 입력할 노래를 골랐다. 오늘 밤에는 1990년대 노래만 부르는 게 규칙이다. 분위기가 달아오를 때까지 시간이 좀 걸렸지만 술기운이 오르자 다들 고함을 지르며 서로 자기 곡을 먼저 입력하라고 난리였다.

다음 곡은 미셸 아줌마 차례였다. "그런 시절이 있었어. 내 가슴이 산산이 부서졌던 그런 시절이……."

"이 노래 좋다. 누구 노래예요?" 내가 물었다.

"에어로스미스Aerosmith란다, 아가야. 에어로스미스." 크리스틴 아줌마가 어린아이 다루듯 내 머리를 쓰다듬으며 말했다.

다 함께 일어나서 스파이스 걸스의 노래를 합창하기도 했다.

마고 언니와 나는 오아시스의 〈원더월Wonderwall〉을 불렀다. 노래를 끝내고 자리에 앉자 숨이 가빴다.

켄드라 아줌마는 가장자리에 설탕을 두른 마티니 잔을 한 손에 들고서 트리나, 크리스틴 아줌마가 함께 부르는 알 수 없는 곡에 맞춰 몸을 흔들었다. 유리잔에서는 밝은 초록색 액체가 흔들거렸다.

"켄드라 아줌마, 그건 뭐예요?" 내가 물었다.

"애플 마티니."

"맛있을 것 같아요. 마셔봐도 돼요?"

"당연하지. 마셔봐. 사과 향이 강해서 술 같지도 않을 거야."

나는 병아리 눈물만큼 맛보았다. 달콤했다. 졸리 랜처 사탕이랑 비슷한 맛이었다.

크리스틴, 트리나 아줌마는 노래를 마치자 내 옆에 털썩 주저앉았고, 켄드라 아줌마는 자리에서 벌떡 일어나 브리트니 스피어스 노래를 부르기 시작했다.

크리스틴 아줌마가 불분명한 발음으로 말했다. "그냥 얼굴 자주 보면서 살자는 말이야. 무슨 말인지 알지? 지루하게 살지 마. 갑자기 엄마 노릇 하겠다고 하지 말란 말이야. 그러니까 내 말은, 엄마 역할을 해야 하긴 하겠지만 너무 엄마 같은 엄마는 되지 말라고."

"그럴 생각 없어. 가능하지도 않고." 트리나 아줌마가 달래는 투로 말했다.

"와인 다운 웬즈데이*에 계속 나와야 해. 알았지?"

"알았어."

"사랑한다, 이 기지배야." 크리스틴 아줌마가 흐느끼는 목소리로 말했다.

"나도 사랑해." 트리나 아줌마의 눈에도 눈물이 맺혔다.

테이블에는 켄드라 아줌마의 마티니 잔만 덩그러니 놓여 있었다. 나는 아무도 보지 않을 때 마티니를 한 모금 더 마셨다. 맛있었다. 잠시 후에 또 한 모금 마셨다. 마지막으로 한 모금 털어넣다가 결국 트리나 아줌마에게 걸렸다. 아줌마가 눈을 동그랗게 뜨고 말했다. "비치 위크에서 술맛을 알아버린 모양이지?"

"비치 위크에서는 거의 취하지도 않았어요! 술은 마셨지만 취

---

* Wine Down Wednesdays. 수요일마다 열리는 와인 할인 행사.

　　　　　　　　　　　　라라 진의 세 번째 이야기

하지는 않았단 말입니다."

"마고, 얘 지금 취한 거니?" 트리나 아줌마가 당황한 얼굴로 물었다.

나는 두 손을 번쩍 들었다. "여보세요! 여러분! 저 안 취했어요!"

마고 언니가 내 옆에 앉아 내 눈을 살펴봤다. "취했어요."

나는 지금껏 살면서 술을 마셔본 적이 없었다. 지금 이게 취한 건가? 온몸이 나른했다. 술 취하면 이런 기분인가? 팔다리가 축 처지고 흐느적거리는 걸까?

"아빠가 알면 난리 날 텐데." 트리나 아줌마가 신음을 내뱉었다. "지금 막 집에다 키티 내려줬다고 하니까 곧 여기 도착할 거야. 라라 진, 물 좀 마셔. 여기 이 잔에 있는 물 다 마셔야 해. 나는 가서 한 통 더 떠 올게."

잠시 후 트리나 아줌마가 돌아왔을 때 그 뒤로 총각 파티 멤버들이 따라 들어왔다. 아줌마가 조심하라는 눈빛으로 나를 보며 입 모양으로 말했다. "취한 티 내지 마." 나는 아줌마를 향해 엄지손가락을 치켜들었다. 그리고 피터를 보자 자리에서 벌떡 일어나 두 팔로 피터를 끌어안았다.

"피터!" 나는 목소리가 음악 소리를 뚫고 나올 정도로 크게 소리 질렀다. 셔츠에 넥타이를 맨 피터가 진짜 귀여웠다. 너무 귀여워서 눈물이 날 지경이었다. 나는 다람쥐처럼 피터의 목에 얼굴을 파묻었다. "보고 싶었어. 엄청 많이 보고 싶었어."

피터가 나를 빤히 쳐다봤다. "너 취했어?"

"아니야. 두 모금밖에 안 마셨어. 딱 두 모금."

"트리나 아줌마가 허락한 거야?"

"아니. 몰래 마셨지." 나는 낄낄 웃었다.

"아빠가 보시기 전에 나가는 게 좋겠다." 피터가 주위를 휙 둘러보며 말했다. 아빠는 마고 언니 옆에서 노래방 책을 넘기는 중이었다. 마고 언니가 빨리 정신 차리라는 듯 나를 노려봤다.

"아빠가 알아서 좋을 건 없지."

"주차장에 가서 바람 좀 쐬자." 피터가 한 팔로 나를 감싸 안고 밖으로 이끌었다.

건물 밖으로 나오자 걸음이 휘청거렸다.

"바보 참치가 된 것 같아!"

"바보 천치겠지." 피터가 내 얼굴을 감싸 쥐며 말했다.

"맞다, 참치. 아, 천치." 이게 왜 이렇게 웃기지? 나는 웃음을 멈출 수 없었다. 하지만 다정한 눈길로 나를 바라보는 피터의 얼굴을 보는 순간 웃음이 저절로 멈추었다. 더 이상 웃을 수가 없었다. 금방이라도 눈물이 터져 나올 것 같았다. 내게 너무나 소중한 피터. 우리 아빠를 위해 총각 파티까지 준비해주고……. 피터가 내게 사랑을 표현하는 방식들이 너무나 사랑스럽다. 피터가 내게 해준 것만큼 나도 그 사랑에 보답해야 한다. 조금 전까지만 해도 어떻게 이 사랑을 되갚을 수 있을지 고민이었는데, 이제 알 것 같다. "너한테 하고 싶은 말이 있어." 나는 자세를 똑바로 하려다가 실수로 피터의 쇄골에 머리를 찧어서 피터가 기침을 했다. "미안해. 내가 너한테 하고 싶은 말이 있는데 말이지, 너는 네 일을 열심히 하고, 나는 내 일을 열심히 해야 한다는 거야."

　　　　　　　　　　　　　　라라 진의 세 번째 이야기

피터는 반쯤 웃는 얼굴로 나를 보다가 고개를 절레절레 저었다. "그게 대체 무슨 소리야, 커비?"

"말한 그대로야. 아무래도 우리는 장, 장거리 연애를 하면 안 될 것 같아."

피터에게 반쯤 남아 있던 미소가 사라져버렸다. "뭐?"

"넌 버지니아 대학에 가서 네가 해야 할 일을 해. 라크로스든 공부든 네 할 일을 하라고. 나는 노스캐롤라이나에서 내가 해야 할 일을 할게. 우리가 계속 만나면 다 엉망진창이 되고 말 거야. 그럼 안 돼. 그건, 그건 안 될 일이라고."

피터는 눈을 깜박이더니 무표정한 얼굴로 물었다. "나랑 헤어지고 싶다는 말이야?"

나는 고개를 저었다. 상처받은 피터의 표정을 보니 갑자기 정신이 들었다. "넌 네 할 일을 하라는 말이야. 나 때문에 시간 낭비하지 말고. 너는 버지니아 대학에 가서 할 일이 있잖아. 거기가 네가 있어야 할 곳이잖아. 노스캐롤라이나가 아니라."

피터의 얼굴이 잿빛으로 변했다. "우리 엄마가 무슨 얘기 했어?"

"응. 아니……."

"알았어. 더 얘기할 필요 없어." 피터의 턱 근육이 불끈거렸다.

"잠깐, 피터. 내 말 좀 들어봐."

"아냐, 됐어. 엄마한테 노스캐롤라이나 대학교 얘길 하긴 했지만 그냥 지나가는 말이었어. 완전히 결정하고 한 말이 아니라 그냥 한번 던져본 거였다고. 그런데 네가 싫다니 나도 됐어." 피터가 나를 두고 가버리려 하자 나는 피터의 팔을 붙잡았다.

"피터, 내 말은 그게 아니잖아! 네가 노스캐롤라이나 대학에 편입하면, 그래서 버지니아 대학에서 네가 이룬 것들을 다 포기해야 하면 결국 나를 원망하게 될 거야."

피터가 심드렁하게 말했다. "그만해. 난 이렇게 될 줄 알았어. 노스캐롤라이나에 가기로 결정한 순간부터 너는 나를 계속 밀어냈잖아."

피터를 붙들고 있던 손이 떨어졌다. "그게 무슨 말이야?"

"스크랩북만 봐도 그래. 우리가 함께한 시간을 추억하는 거라고 했지. 대체 왜 우리가 함께한 시간을 추억해야 하는 건데?"

"그런 의도로 한 말이 아니었다고! 몇 달에 걸쳐서 만든 스크랩북이야. 너는 나 때문에 이렇게 된 거라고 말하는데, 나를 계속 밀어낸 사람은 바로 너였어. 비치 위크 때부터 줄곧 그랬다고!"

"좋아, 그럼 비치 위크에서 그날 밤 있었던 일 먼저 얘기해보자." 피터가 너무 적대적인 눈길로 보는 바람에 나는 얼굴이 벌겋게 달아올랐다. "그날 밤 섹스하고 싶다는 네 말이 그동안 우리가 함께했던 시간을 매듭지으려는 것처럼 들렸어. 나를 마치…… 네 모자 상자에 넣고 보관하려는 것 같았다고. 네 첫 번째 러브 스토리에서 내가 맡은 역할은 다 끝났고, 너 혼자 다음 장으로 넘어가려는 것처럼 보였어."

나는 머리가 어지럽고 다리에 힘이 빠졌다. 피터를 누구보다 잘 알고 있다고 생각했는데……. "네가 그렇게 받아들였다면 미안해. 하지만 그런 의도는 아니었어. 전혀 아니었다고."

"하지만 조금 전에 네가 한 말은 그런 의도였던 것 같은데?

아니야?"

피터의 말에 내가 미처 깨닫지 못한 어떤 진실이 숨어 있는 걸까? 그런 게 과연 조금이라도 있는 걸까? 첫 섹스를 피터가 아닌 다른 사람과 하고 싶지 않은 건 사실이다. 피터는 내 첫사랑이니까 첫 섹스는 피터와 하는 게 맞다고 생각한 것도 사실이다. 대학에서 만난 남자와 하고 싶지는 않다. 대학에서 만난 사람은 낯선 사람이다. 피터와 나는 어릴 때부터 알고 지냈다. 그럼 내가 피터에게 섹스하자고 했을 때 한 챕터를 끝내려는 의도가 있었을까?

아니다. 나는 피터와 섹스하고 싶어서 피터에게 섹스하자고 한 것이다. 그런데 피터가 그렇게 오해하고 있다면 그 오해를 계기로 해서 헤어지는 게 오히려 더 쉬울지도 모르겠다.

나는 침을 삼켰다. "네 말이 맞는 거 같아. 너랑 섹스하면서 고등학교 시절에 마침표를 찍고 싶었던 것 같아. 그리고 우리 관계에도."

피터는 그대로 굳어버렸다. 굳어버린 얼굴이 고통으로 일그러지더니 이내 굳게 닫혀버렸다. 셔터를 내린 빈집처럼. 피터는 돌아서서 걷기 시작했다. 이번에는 나도 피터를 붙잡으려고 하지 않았다. 피터가 어깨너머로 말했다. "이제 끝났어, 커비. 더 이상 걱정할 필요 없어."

피터의 모습이 더 이상 보이지 않자 나는 돌아서서 그날 먹고 마신 걸 다 토하기 시작했다. 허리를 숙이고 어깨를 들썩거리며 먹은 걸 게워내고 있는데 안에서 트리나 아줌마, 아빠, 마고 언니가 문을 열고 나왔다. 아빠가 나를 보더니 한걸음에 달려왔다. "라라 진, 왜 그래? 괜찮아?"

"괜찮아요, 괜찮아." 나는 눈과 입을 닦으며 웅얼거렸다.

아빠가 눈을 크게 뜨고 나를 보았다. "너 술 마셨어?" 아빠는 내 등을 문지르는 트리나 아줌마를 원망이 섞인 눈으로 바라봤다. "트리나, 당신이 얘 술 마시게 내버려둔 거예요?"

"석류 마티니 몇 모금 마셨어요. 금방 괜찮아질 거예요."

"전혀 괜찮아 보이지 않잖아요!"

트리나 아줌마는 허리를 펴고 똑바로 섰다. 한 손으로는 내 등을 계속 문질렀다. "댄, 라라 진도 다 컸어요. 당신은 아직도 라라 진을 어린아이라고 생각하니 당신 눈에는 그렇게 보이지 않겠지만, 라라 진은 그동안 계속 자라서 이제 어른이 됐어요. 자기 앞가림은 자기가 할 수 있다고요."

마고 언니가 끼어들었다. "아빠, 제가 제 술 조금만 마셔보라고 했어요. 그뿐이에요. 얘가 술에 내성이 없어서 그래요. 그리고 어차피 대학 가기 전에 한 번쯤은 겪어봐야 하잖아요. 그러니까 트리나 아줌마한테 뭐라고 하지 마세요."

아빠는 마고 언니에게서 트리나 아줌마로, 그리고 다시 마고 언니에게로 시선을 돌렸다. 언니는 트리나 아줌마와 나란히 서 있었다. 지금 이 순간만큼은 두 사람이 한 팀이었다. 아빠의 시선이 내게로 향했다. "네 말이 맞다. 이건 라라 진이 알아서 할 일이야. 차에 타."

집에 오는 길에 속이 또 울렁거려서 차를 한 번 더 세워야 했다. 죽고 싶었지만 석류 마티니 때문에 죽고 싶은 건 아니었다. 피터의 얼굴에 떠올랐던 그 표정, 상처받은 얼굴……. 눈을 감으면 상처받은 피터의 얼굴이 떠올랐다. 그런 표정을 본 건 지금까지 딱 한 번뿐이었다. 졸업식 날 피터의 아버지가 오지 않았을 때였다. 그런데 오늘 나 때문에 피터는 또 그 표정을 지어야 했다.

차를 타고 가며 또다시 울음을 터뜨렸다. 어깨를 들썩이며 엉엉 울었다.

"울지 마라. 오늘 말썽을 좀 피우긴 했지만 그렇게 울 정도는 아니야." 아빠가 한숨을 내쉬며 말했다.

"그게 아니에요. 저 피터랑 헤어졌어요." 나는 간신히 말했다. "아빠가 피터의 표정을 못 봐서 그래요. 정말…… 끔찍했어요."

"피터랑 왜 헤어졌어? 그렇게 착한 애가 또 어딨다고." 아빠가 당황해서 물었다.

"저도 모르겠어요. 진짜 모르겠어요."

"괜찮아. 괜찮을 거야." 아빠가 한 손으로 내 어깨를 꽉 움켜쥐었다.

"하지만…… 괜찮지가 않아요."

"괜찮아질 거야." 아빠가 내 머리를 어루만지며 말했다.

오늘 내 결정은 옳았다. 분명 옳은 결정이었다. 피터를 놔주는 게 맞다.

나는 우리가 앞으로 어떻게 될지 알아, 피터. 결국 마음이 멀어질 거야. 그렇게 되도록 내버려둘 순 없어. 우리가 서로 얼굴을 마주 볼 수 있을 때 헤어지는 게 차라리 나아.

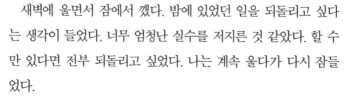

37

새벽에 울면서 잠에서 깼다. 밤에 있었던 일을 되돌리고 싶다는 생각이 들었다. 너무 엄청난 실수를 저지른 것 같았다. 할 수만 있다면 전부 되돌리고 싶었다. 나는 계속 울다가 다시 잠들었다.

아침이 되자 머리가 지끈거리며 속이 울렁거렸다. 화장실에 가서 게워내고 있으니 비치 위크에서 과음했던 여자애들이 생각났다. 지금 내 머리채를 끌어당겨 줄 사람은 없지만. 토하고 나니 속이 한결 편해졌다. 하지만 언제 다시 올라올지 몰라서 화장실 바닥에 누웠다. 그러다 잠이 든 모양이었다. 키티가 팔을 흔들며 깨웠다. "비켜, 나 쉬할 거야." 키티가 내 위로 지나가며 말했다.

"나 좀 일으켜줘." 키티는 내 발목을 잡고 질질 끌었다. 키티가 변기에 앉아 소변을 보는 동안 나는 얼굴에 찬물을 뿌렸다.

"가서 토스트 좀 먹어. 토스트가 위에 남은 알코올을 싹 흡수해줄 거야."

나는 양치질을 하고 휘청거리며 아래층으로 내려갔다. 아빠가 주방에서 달걀 요리를 하고 있었고, 마고 언니와 트리나 아줌마는 요구르트를 먹고 있었다.

"정신 좀 차려봐, 아가씨." 아줌마가 나를 보고 씨익 웃었다.

"트럭에 치인 것 같은 몰골이네." 마고 언니도 한마디 거들었다.

"결혼식만 아니었으면 당장 외출금지였어." 아빠는 단호하게 말했지만 별로 와닿지 않았다. "스크램블드에그 좀 먹어라."

생각만 해도 속이 메스꺼웠다.

"토스트 먼저 먹어. 그럼 알코올을 싹 흡수해줄 거야." 언니가 말했다.

"키티도 그렇게 말하던데."

트리나 아줌마가 숟가락으로 나를 가리키며 말했다. "일단 배 속에 음식을 좀 넣고 나서 진통제를 두 알 먹어. 절대 빈속에 먹으면 안 되고. 식사하고 진통제 먹으면 금방 괜찮아질 거야."

"앞으로 절대 술 안 마실 거예요." 내가 선언하자 언니와 아줌마는 히죽거리며 서로 눈길을 주고받았다. "진짜라고요."

나는 햇빛이 들어오지 않게 커튼을 치고 하루 종일 침대에 누워 있었다. 피터에게 전화하고 싶었다. 전화해서 다 용서해달라고 하고 싶었다. 어젯밤 내가 뭐라고 말했는지도 제대로 기억나지 않았다. 중요한 내용은 대충 기억나지만 기억이 전체적으로 흐릿했다. 가장 또렷하게 기억나는 건, 앞으로 절대 잊지 못할 그건 바로 상처받은 피터의 얼굴이었다. 피터에게 그런 표정을 짓게 한 내가 끔찍하게 싫었다.

나는 결국 포기하고 피터에게 문자를 보냈다. 단 두 마디만.

—내가 잘못했어.

대화창에 '입력 중' 표시가 떴다. 피터의 답장이 뜨길 기다리는 동안 심장이 미친 듯이 쿵쾅거렸다. 하지만 답장은 오지 않았다. 전화를 걸어봤지만 곧장 음성사서함으로 넘어가서 그냥 끊었다. 어쩌면 이미 나를 차단했는지도 모른다. 자기 아버지를 차단한 것처럼. 벌써 피터는 마음을 정리했는지도 모른다.

38

　가장 먼저 떠나게 된 사람은 크리스였다. 그 주에 크리스가 우리 집에 들러서 말했다. "이번 주말 너희 아빠 결혼식에 못 가. 내일 도미니카공화국으로 떠나거든."

　"뭐?"

　"좀 갑작스럽긴 하지. 미안." 말은 이렇게 했지만 크리스는 조금도 미안해하는 얼굴이 아니었다. 활짝 웃고 있었다. "대박이야. 어느 친환경 호텔에 일자리가 났다는데 거절할 이유가 없잖아? 도미니카공화국도 스페인어 쓰지?"

　"그렇긴 한데, 원래 코스타리카에 가기로 했잖아!"

　"새로운 기회가 찾아와서 붙잡았을 뿐이야." 크리스가 어깨를 으쓱하며 말했다.

　"그래도…… 이렇게 금방 떠난다니, 그게 말이 되냐고! 8월까진 어디 안 간다 그랬잖아. 그럼 언제 돌아와?"

　"글쎄…… 그걸 모른다는 게 매력 아니겠어? 일단 여섯 달 동안 도미니카에 있다가 다른 데서 부르면 그리 갈 수도 있고."

　나는 눈을 깜박였다. "그럼 영원히 안 돌아올 거야?"

　"영원히는 아니고 일단 그렇다는 거야."

크리스가 영원히 떠날 수도 있겠다는 생각이 들었다. 크리스가 1년 후에 버지니아로 돌아와서 피드몬트 버지니아 커뮤니티 칼리지에 들어가는 모습이 그려지지 않았다. 크리스는 길고양이 같아서 언제든 떠날 수 있고 또 돌아올 수도 있다. 언제나 고양이처럼 사뿐한 발걸음으로 땅에 내려설 것이다.

"그렇게 울적한 표정 짓지 마. 너는 나 없어도 잘 지낼 거야. 카빈스키가 있잖아." 순간 숨이 막히는 것 같았다. 피터의 이름을 듣는 것만으로도 가슴에 단검이 박히는 기분이었다. "너도 그렇고 다른 애들도 곧 다 떠날 텐데, 마지막까지 남아 있기 싫어. 차라리 잘됐어."

여기 남아 커뮤니티 칼리지에 들어가고 애플비에서 일하는 게 크리스에게는 그렇게 느껴질 수 있겠구나. 갑자기 크리스가 모험을 떠나는 게 잘된 일이라는 생각이 들었다. "그렇게 금방 떠난다니까 실감이 안 나." 피터와 헤어져서 더 이상 내 곁에 피터가 없다는 말은 하지 않았다. 지금은 나와 피터 얘기를 할 때가 아니었다. 크리스의 새로운 미래를 이야기할 때였다. "짐 싸는 거라도 도와줄까?"

"벌써 다 쌌어! 필요한 거 몇 가지만 가져가려고. 가죽 재킷이랑 비키니랑 액세서리 몇 개."

"스니커즈랑 일할 때 쓸 장갑 같은 건? 필요할지도 모르잖아."

"비행기 탈 때 스니커즈 신을 거야. 나머지 필요한 건 거기 가서 구하면 돼. 모험에서 가장 중요한 건 그거 아니겠어? 짐은 가볍게 싸고, 나머지는 그때그때 알아서 해결하는 거지."

시간이 좀 더 있었다면 밤새 크리스와 함께 내 침대에서 과자를 먹으며 은밀한 이야기를 나누고 싶었다. 크리스가 떠나기 전에 우리 우정을 더 단단히 다지고 싶었다. 옛날처럼 라라 진과 크리스 단둘이.

모든 게 끝을 향해 가고 있었다.

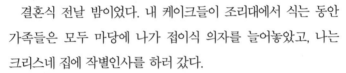

39

결혼식 전날 밤이었다. 내 케이크들이 조리대에서 식는 동안 가족들은 모두 마당에 나가 접이식 의자를 늘어놓았고, 나는 크리스네 집에 작별인사를 하러 갔다.

문을 열자마자 크리스가 말했다. "울면 안 들여보내 준다."

"그건 내 능력 밖이야. 앞으로 너를 영영 못 볼 것 같은 기분이 든단 말이야." 눈물이 뺨을 타고 또르르 흘러내렸다. 최후의 순간에 도달했다. 그냥 그런 느낌이 들었다. 크리스는 이제 다음 단계로 몸을 내던지려는 참이었다. 우리가 나중에 다시 만난다고 해도 지금 같지는 않을 것이다. 크리스는 끊임없이 움직이는 사람이다. 이만큼이라도 오랫동안 크리스가 내 곁에 있어준 것이 내게는 행운이었다.

"다음 주에 비행기 타고 돌아오면 다시 만날 수 있어." 크리스는 농담을 했지만 목소리에서 두려움이 조금 느껴졌다. 크리스처럼 간이 큰 사람도 긴장하긴 하나 보다.

"안 돼. 이제 막 시작한 거야. 진짜 시작이라고, 크리스." 나는 펄쩍 뛰어 크리스를 꼭 안았다. 울지 않으려고 안간힘을 썼다. "드디어 시작됐어."

"뭐가?"

"인생!"

"정말 식상해서 못 들어주겠네." 하지만 크리스의 눈에서도 눈물이 분명 반짝였다.

"이거 너 주려고 가져왔어." 나는 가방에서 상자를 꺼냈다.

크리스가 포장지를 뜯고 상자를 열었다. 조그만 하트 액자에 들어 있는 우리 둘의 사진이었다. 사진 속의 우리는 수영복을 맞춰 입고 해변에 앉아 있다. 열둘인가 열세 살 때 찍은 사진이다. "어딜 가든 이 사진을 벽에 걸어놔. 누군가 고향에서 널 기다리고 있다는 걸 사람들이 알 수 있게."

크리스는 흘러내리는 눈물을 손등으로 닦았다. "세상에, 진짜 가지가지 하는구나."

보통은 대학에서 만난 친구들이 가장 친한 친구가 되고 평생 친구가 된다고들 한다. 하지만 난 크리스도 나의 평생 친구라고 확신한다. 나는 잘 버리지 못하는 사람이니. 그러니 영원히 붙들고 있을 것이다.

집에 돌아오니 트리나 아줌마는 소울사이클에 가고 없었다. 아빠는 아직도 마당에서 의자를 정리하느라 바빴고, 언니는 들러리 드레스를 다림질하고 있었다. 키티는 디저트 테이블 위에 걸 깃발 장식을 만드느라 가위로 종이 깃발들을 오리고 있었다. 나는 웨딩 케이크를 위한 아이싱 작업에 착수했다. 웨딩 케이크는 내가 트리나 아줌마에게 약속한 대로 버터크림 프로스팅을 올린 노란 케이크다. 민트가 들어간 아빠의 그룹 케이크는 이미 준비가 끝났다. 웨딩 케이크는 이번이 두 번째 시도였다. 첫 번째로 만든 케이크는 쌓아 올릴 때 윗부분을 충분히 잘라내지 않아 한쪽으로 축 처져버렸다. 두 번째 케이크도 고르지 않은 부분이 조금 있긴 했지만, 두껍게 발린 버터크림이 부족한 부분을 잘 메워줬다. 나 혼자 그렇게 생각하는 건지도 모르겠지만.

"프로스팅을 어찌나 두껍게 했는지 이러다 다들 당뇨병 걸리겠어." 키티가 말했다.

나는 웃음을 꾹 참고 케이크를 빙빙 돌리며 윗부분이 매끈해지도록 계속 프로스팅을 했다. "이 정도면 괜찮아 보이지? 언니가 보기엔 어때?"

"전문가 솜씨야." 언니는 다리미로 치맛단을 쫙 누르며 말했다.

나는 키티 옆을 지나가며 결국 지적질을 했다. "혹시나 해서 하는 말인데, 마지막으로 자른 깃발 세 개 비뚤어졌어."

키티는 내 말을 무시하고 혼자 노래를 흥얼거렸다. "슈거 쇼크, 오 베이베, 저 케이크를 먹다가 슈거 쇼크가 오겠네." 옛날 팝송 〈슈거 색Sugar Shack〉에 맞춰 개사한 것이었다. 빵을 구울 때마다 그 노래를 틀어놓은 내가 죄인이다.

"네 식구로 지내는 건 오늘이 마지막이네." 내 말에 마고 언니가 나를 건너다보며 미소 지었다.

"난 다섯 식구 되는 게 더 좋아." 키티가 말했다.

"나도 좋아." 언니의 말에서 진심이 느껴졌다.

식구는 줄어들었다가도 다시 늘어난다. 우리는 다만 기뻐하며 받아들이면 된다. 가족이 우리 곁에 있을 때는 서로의 존재를 기뻐하는 것만으로도 충분하다.

잠이 오지 않아 차를 마시려고 아래층에 내려갔다. 주전자에 물을 받다가 무심코 창밖을 내다봤다. 어둠 속에서 빨갛게 타오르는 담뱃불이 눈에 들어왔다. 트리나 아줌마가 밖에서 담배를 피우고 있었다!

그냥 그대로 차를 끓일지, 아줌마가 나를 보기 전에 방으로 돌아갈지 고민했다. 하지만 주전자에서 물을 따라 버리고 있을 때 아줌마가 한 손에 프레스카를 들고서 안으로 들어왔다.

"앗!" 아줌마가 놀라서 소리를 냈다.

"잠이 안 와서요." 내 말과 동시에 아줌마가 재빨리 말했다. "키티한텐 말하지 마!"

우리는 함께 웃음을 터뜨렸다.

"마지막 담배였어. 진짜야. 몇 달 동안 한 개비도 안 피우고 꾹 참았다고."

"키티한테 말 안 할게요."

"부탁할게." 아줌마가 한숨을 내쉬었다.

"차 한 잔 드실래요? 엄마가 만들어주셨던 건데, 진정 효과가 있어서 이거 한 잔 마시면 편안해지면서 잠도 잘 와요."

"듣기만 해도 좋은데?"

나는 다시 물을 채운 주전자를 가스레인지에 올렸다. "내일 결혼식 때문에 떨리세요?"

"아니, 떨리는 건 아니고…… 뭐랄까, 용기를 불어넣으려는 거지. 식이 별 탈 없이 진행됐으면 좋겠어." 아줌마가 피식 웃으며 말했다. "말장난한 거야. 말장난은 왜 이렇게 재미있을까?"* 아줌마가 자세를 바로 하며 말했다. "너랑 피터는 어떻게 된 거니?"

나는 숟가락으로 머그잔에 꿀을 넣느라 바쁜 척했다. "아, 별거 아니에요." 결혼식을 하루 앞둔 아줌마에게 내 문제를 시시콜콜 늘어놓고 싶지 않았다.

아줌마가 내 얼굴을 빤히 바라봤다. "그러지 말고 얘기해봐."

"저도 잘 모르겠어요. 헤어진 것 같기도 하고……." 나는 울지 않으려고 어깨를 최대한 높이 으쓱해 보였다.

"아이고, 이런. 찻잔 들고 이리 와서 내 옆에 앉아봐."

나는 양손에 머그잔을 들고 소파로 가서 아줌마 옆에 앉았다. 아줌마는 다리를 엉덩이 밑에 깔고 앉아 담요로 우리 둘을 감쌌다. "이제 다 얘기해봐."

"제가 노스캐롤라이나에 붙었을 때부터 뭔가 틀어지기 시작한 것 같아요. 제가 윌리엄앤드메리를 1년 다니다가 버지니아로 편입하는 게 원래 저희 계획이었거든요. 1년만 떨어져 지내면 되는 거였어요. 그런데 노스캐롤라이나는 훨씬 멀기도 하고, 노스캐롤라이나에 가봤더니 거기 다니고 싶다는 생각이 드는 거예요. 한 발은 여기, 한 발은 저기 걸친 생활을 하는 게 아니라." 나는

---

* '별 탈 없이'라고 말할 때 트리나는 'without a hitch'라는 표현을 사용했는데, 'hitch'는 '결혼하다'는 의미로도 쓰인다.

라라 진의 세 번째 이야기

수저로 차를 휘휘 저었다. "대학생활을 제대로 해보고 싶어요."

"그건 매우 올바른 태도 같은데?" 아줌마는 찻잔에 손을 대고 녹였다. "그래서 피터랑 헤어진 거야?"

"아뇨, 그것 때문만은 아니에요. 피터네 엄마가 저한테 말씀하시더라고요. 피터가 내년에 노스캐롤라이나 대학으로 편입하겠다고 했다고…… 그래서 피터가 저 때문에 인생 망치기 전에 제가 피터랑 헤어졌으면 좋겠다고요."

"썩을! 피터 엄마 못돼 처먹었구나!"

"정확히 그렇게 말씀하신 건 아니지만, 요지는 그랬어요. 그런데 피터가 저 때문에 편입하는 건 저도 싫어요. 저희 엄마는 대학 갈 때 남자친구를 달고 가지 말라고 하셨대요. 그러다가 신입생 시절을 제대로 즐기지 못할 수 있다고요."

"글쎄다. 너희 엄마는 피터 카빈스키를 모르시잖아. 그러니 그 말씀 하셨을 땐 모든 변수를 고려하지 못했을 거야. 네 엄마도 피터를 만나보셨다면……." 아줌마는 낮은 휘파람 소리를 냈다. "아마 다르게 말씀하셨을 거야."

갑자기 눈물이 차올랐다. "사실 저도 피터랑 헤어진 게 너무 후회돼요. 할 수만 있다면 되돌리고 싶어요!"

아줌마가 손으로 내 턱을 받치고 눈을 마주한 채 말했다. "그럼 되돌리면 되잖아."

"제가 피터에게 너무 큰 상처를 줘서 피터는 영원히 저를 용서하지 않을 거예요. 피터는 사람을 쉽게 받아들이는 성격이 아니에요. 저는 이미 피터에게 죽은 사람이나 다름없을 거라고요."

아줌마는 웃지 않으려고 애쓰며 말했다. "내 생각엔 그럴 것 같지 않은데. 라라 진, 내일 결혼식 때 피터랑 얘기해봐. 드레스 입은 네 모습을 보면 피터가 뭐든 용서해줄 거야."

"피터는 안 올 거예요." 나는 훌쩍거리며 말했다.

"분명 올 거야. 총각 파티를 준비한 사람이 결혼식에 안 올 리 없잖아. 피터가 너한테 홀딱 빠져 있다는 건 말할 필요도 없고."

"제가 또 피터한테 상처 주면 어떡해요?"

아줌마는 두 손으로 머그잔을 쥐고 차를 한 모금 마셨다. "피터가 상처받지 않게 할 방법은 없어. 무슨 짓을 해도 그건 피할 수 없을 거야. 쉽게 무너지고, 누군가를 마음속에 받아들이고, 상처받고…… 이런 게 다 사랑하다 보면 일어나는 일이니까."

나는 이 말을 마음에 새겼다. "아줌마는 아빠가 인연이라는 걸 언제 느꼈어요?"

"글쎄 나는…… 그냥 그렇게 결정을 내린 것 같아."

"무슨 결정요?"

"너희 아빠로 결정을 내린 거지. 이 사람하고 함께해보자는 결정." 아줌마는 나를 보며 미소 지었다. "그 관계에 뒤따르는 모든 것을 포함해서."

1년 전까지만 해도 트리나 아줌마는 우리 이웃일 뿐이었다고 생각하니 기분이 묘했다. 키티와 나는 현관 앞 계단에 앉아 아줌마가 아침마다 차로 달려가면서 커피를 질질 흘리는 모습을 구경하고는 했다. 그런데 내일이면 아줌마와 아빠가 결혼식을 올리고, 트리나 아줌마는 우리 새엄마가 된다. 정말 기쁜 일이다.

40

은은하게 풍기는 인동덩굴 내음과 함께 여름은 하루하루 지나갔다. 결혼식을 올리기에 완벽한 날이었다. 6월의 버지니아만큼 아름다운 곳도 없을 것이다. 어딜 가든 활짝 핀 꽃과 초록색 식물을 볼 수 있다. 햇살이 가득할 때면 희망도 가득 솟아올랐다. 나도 결혼식을 올린다면 집에서 하고 싶다는 생각이 들었다.

일찍 일어나서 시간이 충분한데도 다들 정신없이 집 안을 뛰어다녔다. 트리나 아줌마는 크리스틴 아줌마가 사다 준 아이보리색 실크 가운을 입고 위층을 배회했다. 크리스틴 아줌마가 신부 들러리용으로 사다 준 가운은 핑크색으로, 앞주머니에 금색으로 이름이 수놓여 있다. 트리나 아줌마의 신부용 가운에는 이름이 빠지고 '신부'라고만 적혀 있어서 뒷수습을 크리스틴 아줌마에게 맡겼었다. 크리스틴 아줌마가 짜증 나는 분이긴 해도 일처리 능력은 뛰어났다. 일을 효율적으로 할 줄 아는 분이었다.

트리나 아줌마의 사진작가 친구가 다 함께 가운 입은 모습을 사진 찍었다. 트리나 아줌마는 까무잡잡한 백조처럼 가운데 앉아 포즈를 취했다. 이제 드레스를 입을 차례다.

키티는 조금 변형한 턱시도를 입었다. 소매가 짧은 흰색 셔츠에 멋진 격자무늬 나비넥타이를 맸고, 딱 발목까지 떨어지는 바지를 입었다. 머리는 스위스 미스 브레이드 스타일로 땋아서 아래로 밀어 넣고 핀으로 고정했다. 그런 모습도 꽤 예뻤다. 그리고 꽤…… 키티다웠다. 나는 화관 대신 안개꽃을 머리에 꽂는 것으로 타협을 보았다. 마고 언니와 내 의상으로 생각해두었던 요정 스타일의 나이트 가운은 포기하고, 그 대신 엣시에서 찾은 1950년대 풍 빈티지 꽃무늬 드레스를 입었다. 마고 언니 건 노란 데이지가 그려진 크림색 드레스이고, 내 드레스는 핑크색 꽃들이 그려진 것으로 어깨에서 끈을 묶게 되어 있었다. 다행히 치맛단이 딱 내 무릎 높이에 맞춰져 있어서 기장은 줄일 필요 없었다. 이 드레스의 원래 주인도 키가 작았던 게 분명하다.

트리나 아줌마는 몹시 아름다운 신부였다. 아줌마의 하얀 치아와 드레스가 까무잡잡한 피부와 대조를 이루어 더욱 하얗게 빛났다. "나 바보 같지 않아?" 아줌마가 긴장한 얼굴로 나를 보며 물었다. "하얀색 입기엔 너무 늙은 거 아닐까? 이혼녀가 이런 거 입어도 되나 모르겠어."

내가 뭐라 대답하기도 전에 마고 언니가 선수를 쳤다. "완벽하게 아름다워요. 완벽해요!"

마고 언니가 말하면 무슨 말이든 진실처럼 들리는 효과가 있었다. 트리나 아줌마는 공기가 빠지듯 온몸에서 힘을 쭉 뺐다. "고마워, 마고." 아줌마가 약간 떨리는 목소리로 말했다. "너무…… 행복하다."

"울지 마요!" 키티가 고함을 빽 질렀다.

"쉬잇." 나는 키티에게 말했다. "소리 지르지 마. 아줌마는 조용한 데서 마음을 진정시켜야 한다고."

키티는 넘치는 에너지를 주체하지 못하고 하루 종일 상기되어 있었다. 생일과 크리스마스와 개학날이 다 합쳐진 날을 보내는 것 같았다.

트리나 아줌마는 겨드랑이에 부채질을 했다. "땀나. 데오도런트를 더 뿌려야 할까 봐. 키티, 나한테서 땀 냄새 나니?"

키티가 몸을 기울여 냄새를 맡았다. "전혀 안 나요."

오늘 벌써 사진을 백 컷은 찍었다. 결혼식을 마칠 때까지 앞으로도 백 컷은 더 찍을 게 분명하다. 오늘 찍은 사진 중에 가장 맘에 드는 건 송 자매 셋이 트리나 아줌마를 둘러싸고 있는 모습이다. 사진 속의 마고 언니는 화장지로 아줌마의 눈가를 토닥거리고 있고, 키티는 휴대용 발판을 밟고 서서 아줌마의 머리를 만지작거리고 있고, 아줌마는 팔을 뻗어 옆에 있는 나를 안고 있다. 그리고 우리 네 사람 모두 활짝 웃는 얼굴이다. 모든 게 끝나는 것 같으면서도 동시에 새로 시작하고 있었다.

피터에게서는 아무 소식이 없었다. 집 앞에 차가 멈춰 설 때마다 피터인가 싶어 창가로 달려갔지만, 아니었다. 피터가 오지 않는다고 해서 원망할 마음은 없다. 하지만 피터가 왔으면 하는 희망을 버릴 수가 없었다. 내가 할 수 있는 게 희망을 품는 것뿐이기에…….

안마당은 온통 크리스마스 전등과 하얀 종이 등으로 뒤덮였다. 그렇다. 장미꽃으로 만든 벽은 없지만 이것도 꽤 근사하다. 의자도 모두 갖다놓았고, 트리나 아줌마가 입장할 통로에는 긴 융단을 깔았다.

나는 손님들이 올 때마다 나가서 맞았다. 인원이 쉰 명도 되지 않지만 안마당 결혼식에는 딱 적당한 규모다. 마고 언니는 외할머니, 친할머니, 트리나 아줌마의 아버지와 언니가 앉은 첫 줄에 함께 앉아서 말동무를 해드렸다. 그동안 나는 이리저리 돌아다니며 샤 아저씨네 가족, 캐리 이모, 빅터 이모부, 사촌 헤이븐에게 인사를 건넸다. 헤이븐은 내 드레스가 예쁘다며 칭찬해 줬다. 나는 계속 진입로를 바라보며 검은색 아우디를 기다렸지만 결국 나타나지 않았다.

딕시 칙스Dixie Chicks의 〈자장가Lullaby〉가 흘러나오자 키티, 마고 언니, 나는 우리 자리로 돌아왔다. 아빠가 걸어 나와 신랑 자리에 섰다. 다들 고개를 돌리고 집 쪽을 바라보자 트리나 아줌마가 천천히 걸어 나왔다. 그 모습이 눈부시게 아름다웠다.

두 분이 결혼 서약을 하는 동안 우리는 눈물을 줄줄 흘렸다. 절대 울지 않는 마고 언니까지 눈물을 흘렸다. 결혼 서약은 전통적인 서약식을 그대로 따랐다. 외할머니가 다니는 교회의 최 목사님이 "신부에게 키스하세요"라고 했을 때 아빠는 얼굴이 빨개지긴 했지만 약간 과장된 몸짓으로 트리나 아줌마에게 입을 맞췄다. 다들 박수를 치고 키티는 함성을 질렀다. 제이미 폭스피클도 왈왈 짖었다.

아빠와 딸들을 위한 댄스 타임은 트리나 아줌마의 아이디어였다. 트리나 아줌마는 이미 첫 번째 결혼식에서 다 경험해본 거라 다시 할 필요가 없을 것 같다면서, 대신 우리가 아빠와 함께 춤추는 게 훨씬 의미 있을 거라고 했다. 우리는 이번 주 초부터 아빠가 대여한 댄스 플로어에서 춤 연습을 했다.

마고 언니가 먼저 아빠와 딸의 댄스를 시작하면 중간에 내가 이어받고 마지막으로 키티에게 넘겨주는 식으로 안무를 짰다. 아빠가 선택한 곡은 〈예쁘지 않나요Isn't She Lovely〉였다. 스티비 원더Stevie Wonder가 첫 딸이 태어났을 때 쓴 곡이라고 했다.

키티와 나는 옆으로 비켜서서 리듬에 맞춰 박수를 쳤다. 키티는 내 춤을 끊고 들어올 생각에 벌써부터 신난 것 같았다.

아빠는 마고 언니를 놓아주기 전에 언니에게 가까이 다가가 귀에 무슨 말을 속삭였다. 그러자 언니의 눈에 눈물이 고였다. 아빠가 무슨 말씀을 하셨는지는 묻지 않을 것이다. 그건 두 사람만의 순간이니까.

아빠와 나는 몇 동작을 함께 연습했다. 나란히 춤추며 걷다가 함께 엉덩이를 흔들 때 하객들이 특히 재미있어했다.

"너무 자랑스럽다, 우리 둘째 딸." 이번에는 내 눈에 눈물이 고였다. 나는 아빠의 뺨에 입을 맞추고 키티에게 아빠의 손을 넘겨줬다. 아빠는 하모니카 연주가 시작되자 키티와 무대를 빙글빙글 돌았다.

나는 댄스 플로어에서 내려오다가 피터를 보았다. 피터가 정장을 입고 층층나무 옆에 서 있었다. 그 모습이 너무나 멋있어서 나는 저항할 수 없었다. 곧바로 마당을 가로질렀다. 피터는 가만히 선 채 다가오는 나를 바라봤다. 심장이 미친 듯이 두근거렸다. 나 때문에 온 걸까? 아니면 단지 우리 아빠랑 약속한 것 때문에 온 걸까?

"왔구나." 나는 피터 앞에 서서 인사를 건넸다.

"당연히 와야지." 피터가 시선을 돌리며 말했다.

나는 조심스레 말을 건넸다. "며칠 전에 내가 했던 말들 다 주워 담을 수만 있다면 그러고 싶어. 뭐라고 했는지 정확히 기억나지도 않지만."

피터가 고개를 숙이고 말했다. "어쨌든 진심이었잖아. 아니야? 네가 그런 말 한 게 차라리 다행이었어. 누군가는 먼저 이야기를 꺼내야 했고, 네 말이 틀린 것도 아니잖아."

"어떤 말?" 내가 낮은 목소리로 물었다.

"노스캐롤라이나에 관한 얘기. 나한테 편입하지 말라고 한 거." 피터가 고개를 들었다. 여전히 상처 입은 눈빛이었다. "하지만 우리 엄마가 너한테 그런 얘기 했다고 나한테도 말했어야지."

나는 불안하게 숨을 삼켰다. "네가 나한테 편입 얘기는 안 했잖아! 네 기분을 나한테 털어놓지도 않았고. 졸업식 날 이후로 마음을 걸어 잠그고 나를 들여보내 주지 않았어. 그저 다 잘될 거라고만 계속 말하고."

"나도 두려워서 그랬어!" 피터가 버럭 소리를 지르더니 누가 듣고 있지 않은지 두리번거렸다. 음악 소리가 큰 데다 다들 춤을 추느라 우리에게 신경 쓰는 사람은 없었다. 마치 안마당에 우리 둘만 있는 것 같았다.

"뭐가 그렇게 두려웠는데?"

피터는 두 팔을 아래로 떨군 채 주먹을 꽉 쥐고 서 있었다. 마침내 입을 열었을 땐 한참 동안 말하지 않았던 사람처럼 목소리가 갈라졌다. "네가 노스캐롤라이나 대학에 들어가면 나를 별볼일 없는 놈이라고 여기게 될까 봐, 그래서 나를 영영 떠날까봐 두려웠어."

나는 한 걸음 다가서서 한 손을 피터의 팔에 올렸다. 피터는 내 손을 떨쳐내지 않았다. "우리 가족을 제외하면 이 세상에서 나한테 가장 특별한 사람은 피터 너야. 그날 밤, 진심으로 한 말도 있었지만 한 챕터를 끝내기 위해서 너와 섹스하려고 한 건 결코 아니야. 너를 정말 사랑하기 때문에 너랑 섹스하고 싶었던 거야."

피터가 한 팔로 내 허리를 감싸며 나를 가까이 끌어당겼다. 그리고 나를 내려다보며 거칠게 말했다. "우리 둘 다 헤어지고 싶은 마음이 없는데 왜 헤어져야 해? 우리 엄마가 한, 그런 말 같지도 않은 소리 때문에? 네 언니도 그렇게 했기 때문에? 너는 네 언니와 전혀 달라, 라라 진. 너와 나는 마고 누나와 조시 형이 아니라고. 그냥 우리야. 그래, 쉽지는 않겠지. 하지만 어떤 여자를 만나든 내가 너한테 느낀 이런 감정을 다시 느낄 수는 없을 거야." 피터는 오직 10대 남자들에게서만 볼 수 있는 확신에 차서 말했다. 피터가 그 어느 때보다도 사랑스러웠다.

〈내 연인의 눈동자 속에서 사랑을Lovin' in My Baby's Eyes〉이 흘러나오자 피터가 내 손을 잡고 잔디밭으로 이끌었다.

피터와 나는 이런 템포의 노래에는 춤을 춰본 적이 없었다. 서로 눈을 맞추고 미소 지으며 함께 몸을 가볍게 흔들어야 하는 곡이다. 기분이 색달랐다. 나이 든 피터와 나이 든 라라 진이 되어 춤을 추는 기분이었다.

댄스 플로어 맞은편에서는 트리나 아줌마, 키티, 마고 언니가 외할머니를 둘러싸고 춤을 추고 있었다. 우리 아빠와 춤추고 있던 헤이븐은 나와 눈이 마주치자 입 모양으로 말했다. "진짜 귀여운데?" 아빠가 아니라 피터 얘기였다. 그래, 피터가 좀 귀엽지.

오늘 밤은 영원히 잊지 못할 것이다. 죽을 때까지 절대 잊지 않을 것이다. 언젠가 기회가 된다면 어느 소녀에게 내 이야기를 모두 들려주고 싶다. 스토미 할머니가 내게 들려주었던 것처럼. 그렇게 이야기를 하다 보면 인생을 다시 사는 기분이 들지 않을까.

늙어서 머리카락이 하얗게 물들면 이날 밤을 떠올려보며 지금 이 순간을 추억할 수 있기를.

지금.

우리는 지금 이 순간에 있다. 미래는 아직 오지 않았다.

그날 밤 손님들이 모두 돌아간 후 우리는 의자를 차곡차곡 쌓아서 정리하고 남은 음식을 냉장고에 넣었다. 옷을 갈아입으러 내 방에 올라갔더니 침대 위에 내 졸업 앨범이 놓여 있었다.

앨범을 뒤집어보니 피터가 내게 남긴 메시지가 있었다.

아, 메시지가 아니다. 계약서다.

라라 진과 피터의 계약서(수정본)

— 피터는 라라 진에게 일주일에 한 번 편지를 쓴다. 이메일이 아니라 손으로 직접 쓴다.

— 라라 진은 피터에게 하루에 한 번 전화한다. 가급적이면 잠자리에 들기 직전에 한다.

— 라라 진은 피터가 직접 고른 피터의 사진을 벽에 걸어놓는다.

— 피터는 여자친구가 있다는 걸 누구나 알 수 있도록 스크랩북을 항상 책상 위에 올려놓는다.

— 피터와 라라 진은 힘들더라도 서로 진실만을 이야기한다.

— 피터는 언제나 온 마음을 바쳐 라라 진을 사랑한다.

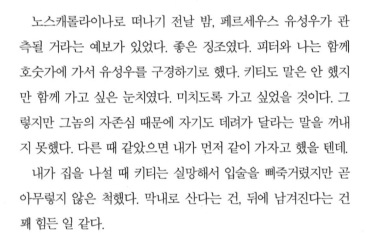

41

노스캐롤라이나로 떠나기 전날 밤, 페르세우스 유성우가 관측될 거라는 예보가 있었다. 좋은 징조였다. 피터와 나는 함께 호숫가에 가서 유성우를 구경하기로 했다. 키티도 말은 안 했지만 함께 가고 싶은 눈치였다. 미치도록 가고 싶었을 것이다. 그렇지만 그놈의 자존심 때문에 자기도 데려가 달라는 말을 꺼내지 못했다. 다른 때 같았으면 내가 먼저 같이 가자고 했을 텐데.

내가 집을 나설 때 키티는 실망해서 입술을 삐죽거렸지만 곧 아무렇지 않은 척했다. 막내로 산다는 건, 뒤에 남겨진다는 건 꽤 힘든 일 같다.

차를 타고 가면서도 남은 시간을 피터하고만 보내려고 욕심 부린 것 같아 키티에게 미안한 마음이 들었다. 키티와의 시간도 얼마 남지 않은 건 마찬가지인데…… 나처럼 못된 언니도 없을 것이다. 마고 언니였다면 키티를 데리고 왔을 텐데…….

"무슨 생각을 그렇게 해?" 피터가 물었다.

"아, 아니야." 키티를 떼놓고 와서 후회된다는 말을 입 밖으로 내기도 부끄러웠다.

가을방학에 집에 돌아오면 우리 셋이 함께할 수 있는 걸 찾

라라 진의 세 번째 이야기

아봐야겠다. 키티를 데리고 자동차 극장에 심야 영화를 보러 가는 것도 괜찮을 것 같다. 키티가 잠들 수도 있으니 파자마를 입고 가게 하고 내가 뒷좌석에 담요를 깔아줘도 된다. 하지만 오늘 밤은, 지금 이 순간만큼은 피터와 단둘이 있고 싶다. 이미 피터와 단둘이 가기로 이기적인 결정을 내려놓았으면서, 키티에게 미안해하며 이 소중한 밤을 망치는 건 시간 낭비다. 솔직히 말해서 몇 시간 전으로 되돌아간다고 해도 나는 똑같은 결정을 내릴 것이다. 그만큼 피터와 함께하는 마지막 순간이 너무나 소중했다. 지금은 피터가 나만 봐주었으면 좋겠고, 나도 피터하고만 이야기하고 싶다. 언젠가 키티도 내 마음을 이해할 날이 올 것이다. 키티도 사랑하는 남자가 생기면 그 남자를 혼자 독차지하며 그의 관심을 누구와도 나누고 싶지 않을 것이다.

"키티도 데리고 왔어야 했는데." 내가 불쑥 내뱉었다.

"그러게. 나도 마음이 안 좋다. 키티 화났겠지?"

"울적해 있겠지."

하지만 피터도 나도 차를 돌리고 키티를 데리러 가자는 말은 하지 않았다. 우리는 말없이 가만히 있다가 동시에 웃음을 터뜨렸다. 멋쩍긴 했지만 피터도 나와 같은 마음인 것 같아 다행이었다. 피터가 장담하듯 말했다. "다음엔 꼭 키티도 함께 가자."

"그래, 다음엔." 나는 팔을 뻗어 피터의 손을 잡고 깍지를 꼈다. 피터도 맞잡은 손을 꼭 쥐었다. 오늘 밤은 피터도 나와 같은 마음이라는 걸 확인하고 나니 마음이 편했다. 우리 둘 사이에 거리감이 느껴지지 않았다.

우리는 호숫가에 담요를 펴고 나란히 누웠다. 감색 밤하늘을 배경으로 떠 있는 달이 빙하처럼 보였다. 하늘에 별다른 점은 보이지 않았다. 내 눈에는 보통때와 똑같았다.

"산으로 갈 걸 그랬나 봐." 피터가 내 쪽으로 고개를 돌리고 말했다.

"아니야. 여기가 딱 좋아. 별을 관찰할 땐 끈기를 가지고 기다리는 게 중요하댔어. 어디서 보느냐는 중요하지 않아."

"기다리는 건 밤새 할 수 있어." 피터가 나를 끌어당겼다.

가끔은 우리가 스물일곱 살에 만났으면 더 좋지 않았을까 하는 생각이 든다. 스물일곱이면 인생을 함께할 동반자를 만나기에 좋은 나이가 아닌가. 또한 스물일곱은 여전히 젊지만 내가 추구하는 모습에 더 가까이 다가갈 수 있는 나이이기도 하니까.

하지만 아니다. 이 세상을 다 준다고 해도 피터와 함께한 열두 살, 열세 살, 열여섯 살, 열일곱 살을 포기할 수는 없다. 내 첫 키스, 첫 번째 가짜 남자친구, 첫 번째 진짜 남자친구. 내게 액세서리를 선물해준 첫 남자. 스토미 할머니는 첫 액세서리 선물이 그 무엇보다 중요한 이벤트라고 했다. 그건 남자가 나를 자기 여자로 여긴다는 의미라고 했다. 그런데 피터와 나의 경우에는 반대인 것 같다. 나는 피터에게 하트 로켓 목걸이를 받았을 때 피터가 내 남자라는 걸 느꼈으니까.

지금 이 순간을 영원히 기억하고 싶다. 지금 나를 바라보는 피터의 저 눈길. 피터가 내게 키스할 때 등줄기를 타고 흘러내리는 미묘한 떨림. 피터에 관한 모든 기억을 영원히 꽉 붙들어두고 싶다.

"6학년 첫 조회 때."

"응?" 나는 고개를 들어 피터의 얼굴을 바라봤다.

"너를 처음 본 날이야. 네가 내 바로 앞줄에 앉아 있었거든. 그때 너를 보고 귀엽다고 생각했어."

"음, 그럴듯해." 나는 웃으며 말했다. 피터가 로맨틱한 분위기를 연출하기 위해 노력하는 모습이 귀여웠다.

피터는 계속 이어갔다. "넌 그때도 머리카락이 엄청 길었고, 리본이 달린 머리띠를 하고 있었어. 네 머릿결은 그때나 지금이나 참 아름다운 것 같아."

"잘하고 있어, 피터." 나는 피터의 뺨을 톡톡 두드리며 말했다.

피터는 하던 이야기를 계속했다. "네 책가방에는 반짝이는 글자들이 붙어 있었는데, 라라 진이라는 이름도 있다는 걸 그때 처음 알았어."

나는 놀라서 입을 쩍 벌렸다. 그 반짝이 글자들은 내가 접착제로 직접 붙인 거였다! 똑바로 붙여야 하는데 줄을 맞추기가 쉽지 않아서 붙이는 데 한참 걸렸다. 내 기억에서 사라진 지 오래지만, 당시에는 엄청 아끼던 가방이었다.

"교장 선생님이 몇 명을 무대 위로 불러서 상품을 걸고 게임을 했어. 다들 게임에 끼워달라고 손을 드느라 아우성이었는데 너는 머리카락이 의자에 끼는 바람에 그걸 빼내느라 게임에 참여하지 못했지. 그때 너를 도와주고 싶었는데 그럼 좀 이상할 것 같아서 그냥 보고만 있었던 게 기억나."

"그걸 어떻게 기억하고 있어?" 나는 놀라서 물었다.

"몰라. 그냥 기억에 남아 있어." 피터가 미소 지으며 어깨를 으쓱했다.

키티는 이야기의 첫 부분이 얼마나 중요한지 늘 강조했다.

대학에 가서 사람들이 피터를 어떻게 만났느냐고 물으면 뭐라고 대답할까? 간단히 설명하면 어릴 때부터 같이 자랐다고 말할 수 있다. 하지만 그건 피터 대신 조시 오빠를 넣어도 마찬가지다. 고등학교 때의 연인? 그건 피터와 제너비브의 얘기다. 그럼 피터와 나 사이는 어떻게 설명할 수 있을까?

나는 연애편지 한 장으로 이 모든 이야기가 시작되었다고 말할 것이다.

"정말 멋진 시간이었어."

소녀는 행복에 취해 말했다.

"내 인생에서 영원히 잊지 못할 거야.

하지만 그중에서도 가장 멋진 이야기는

집으로 돌아가는 부분이지."

_ L. M. 몽고메리, 《빨간 머리 앤》

감사의 말

라라 진의 이야기를 또다시 책으로 쓰게 될 줄 몰랐습니다. 이 지면을 빌려 그동안 저를 도와주신 모든 분께 감사의 말씀을 전하고 싶습니다.

먼저 저의 에이전트인 에밀리 반 비크Emily van Beek와 폴리오 Folio 팀에게 감사의 말씀을 드립니다. 담당 편집자인 저런 재퍼리 Zareen Jaffery와 우리 S&S 가족들에게도 감사의 말을 전하며, 특히 저스틴 챈다Justin Chanda, 앤 저피안Anne Zafian, 크리시 노Chrissy Noh, 루시 커민스Lucy Cummins, 메키샤 텔퍼Mekisha Telfer, 케를리 호런KeriLee Horan, 오드리 기번스Audrey Gibbons, 케이티 허시버거Katy Hershberger, 캔디스 그린Candace Greene, 미셸 리오Michelle Leo, 도러시 그리빈Dorothy Gribbin에게 감사하다는 말씀을 드리고 싶습니다. 영화 에이전트인 미셸 와이너Michelle Weiner, 홍보 담당자인 브리앤 할버슨Brianne Halverson, 내 어시스턴트인 댄 존슨Dan Johnson에게도 고맙습니다.

또한 버지니아 대학교 입학처의 지닌 라론드Jeannine Lalonde와 버지니아 대학교 체육부의 빈센트 브리디스Vincent Briedis에게도 감사의 말씀을 드립니다. 제 원고를 읽어주고 조언을 아끼지 않으며 항상 응원해주는 친구들과 동료 작가들에게도 감사드립니다.

시오반 비비안Siobhan Vivian, 아델 그리핀Adele Griffin, 제니퍼 E. 스미스 Jennifer E. Smith, 멀리사 워커Melissa Walker, 애나 케리Anna Carey, 당신들이 아니었다면 이 이야기를 세상에 내놓는 게 불가능했을 것입니다. 또 원고 검토에 도움을 준 한국 사촌 지민 김Jimin Kim에게도 감사드려요. 당신은 최고예요!

　그리고 마지막으로 독자 여러분께 감사의 말씀을 드립니다. 여러분이 아니었다면 이 책을 쓰지 못했을 것입니다. 이 책은 여 러분을 위한 책입니다. 독자 여러분들이 이 이야기의 결말에 만 족하고 행복을 느꼈으면 하는 바람입니다. 이제는 저도 정말 라 라 진에게 작별을 고해야 할 것 같습니다. 하지만 라라 진은 영 원히 제 가슴속에 살아 있을 것입니다. 길을 가다 보면 언제나 모퉁이를 돌기 마련이니까요.

제니

옮긴이의 말

발★★ 토스터기가 죽은 식빵을 살려준다면, 어떤 영화는 죽은 연애세포를 살려준다고 한다. 수전 존슨 감독, 소피아 알바레즈 각본의 넷플릭스 오리지널 〈내가 사랑했던 모든 남자들에게〉가 바로 그런 영화다. 2018년 여름, 처음 스트리밍을 시작하고 예상외의 큰 성공을 거두면서(2018년 3분기 기준으로 8천만 명의 넷플릭스 구독자가 이 작품을 보았다고 한다) 원작 소설인 이 시리즈도 팬들의 큰 관심을 받게 되었다. 원작 소설의 독자로서 영화를 본 분들도 있겠지만, 영화를 계기로 원작 소설에 관심을 갖게 된 분들이 더 많으리라 본다.

영화와 시리즈 1권을 섭렵한 후 2, 3권을 목 빠지게 기다려온 팬들이라면 지난 2018년 12월, 반가운 소식을 들었을 것이다. 바로 영화 〈내가 사랑했던 모든 남자들에게〉의 속편이 제작된다는 소식이다. 2권 전반부의 주요 사건인 야외 온탕 스캔들이 영화 후반에 짤막하게 다뤄지면서 라라 진과 제너비브의 관계도 어쨌든 일단락되었다. 따라서 속편 영화의 주요 내용은 '존 앰브로즈 매클래런'에 얽힌 사건과 3권의 주요 내용인 대학 진학 이야기(그리고 어쩌면 아빠의 연애와 결혼 이야기)로 채워지지 않을까 한다.

　작가 제니 한도 어느 인터뷰에서 2권의 존재 이유가 존 앰브로즈 매클래런이라고 밝힌 바 있다. 어쩌면 1940년대 군복을 입은 존과 빅토리 롤 머리를 한 라라 진이 USO 파티에서 춤추는 모습을 상상하며 그 장면이 영화에 등장하길 기대하는 독자들도 있지 않을까? 빅토리 롤을 한 배우 라나 콘도어의 모습을 상상하면 너무 사랑스러워서 나도 모르게 미소를 짓게 된다(라나 콘도어를 라라 진으로 캐스팅한 분들을 향해 오늘도 절을 올립니다).

　이 작품의 흥미로운 요소 중 하나는 바로 우리의 송 자매가 한국계 미국인이라는 사실이다. 요구르트를 즐겨 마시고, 집 안에서 신발을 벗고, 한국 음식을 만들어 먹거나 한국제 마스크 팩을 쓰는 모습 때문에 라라 진과 커비 가족이 더욱 친숙하게 느껴진다. 한국 독자들에게도 분명 흥미로운 설정이지만 외국에서 나고 자란 한국계 독자들에게도 색다른 흥미로움을 안겨주리라 짐작한다.

　우리는 송 자매들의 일상을 통해 한국계 미국인의 삶뿐만 아니라 평범한 미국 고등학생의 일상까지 자세히 들여다볼 수 있다. 라라 진은 일상에서 경험하는 것들을 친한 친구에게 하듯 미주알고주알 이야기해준다. 무슨 시험을 보고 무슨 수업을 들었는지, 어떤 이름의 음식점에 가서 어떤 음식을 먹었는지, 무슨 음악을 듣고 무슨 영화를 보았는지, 또 어떤 쿠키를 어떤 식으로 구웠는지 등을 상냥하게 들려준다. 대충 말하고 넘어가는 경우가 없다. 심지어 등장하지 않는 인물들의 이름까지 말해준다. 그래서 라라 진의 이야기는 얼핏 사소하고 진부해 보이는 장면에서도 생명력이 넘친다. 이런 게 죽은 연애세포를 살리는 비결 중 하나가 아닐까 싶다.

이 시리즈의 매력을 설명하면서 빠뜨릴 수 없는 또 하나는 이런저런 갈등과 아픔 속에 더욱 끈끈해지는 '자매애'다. 엄마를 떠나보낸 후 엄마처럼 동생들을 돌보던 첫째 마고가 대학에 진학하면서 처음으로 집을 떠난다. 또 오래전의 연애편지가 화근이 되면서 마고와 라라 진 사이에 처음으로 어색한 벽이 생긴다. 언제나 해결점을 제시해주던 마고 언니의 빈자리를 느끼며 라라 진은 점점 더 비밀을 껴안게 되고, 키티와 티격태격할 때가 많다. 마고와 키티도 아빠의 재혼 문제로 서로 상처를 주고받는다. 하지만 송 자매들은 이런 갈등을 함께 헤쳐 나오며 더욱 따뜻한 마음으로 서로를 품어준다.

라라 진 송 커비의 이야기를 담은 원작 소설은 3권을 끝으로 막을 내렸다. 미국에서는 이 시리즈의 1권인 《내가 사랑했던 모든 남자들에게》가 2014년에 첫선을 보이고, 바로 다음 해 2권 《여전히 널 사랑해》가 출간된 후 2017년에야 마지막 권인 《언제나 그리고 영원히》가 출간되었다. 미국 독자들과 달리 1권과 2권 사이에 꽤 오랜 공백이 있었던 한국 독자들은 3권에서 느껴지는 시간의 경과가 다소 낯설게 다가올 수 있다. 2권의 마지막 부분, 라라 진이 다시 피터에게 돌아간 그때로부터 거의 1년이 지나고 새 봄이 시작되려고 할 때 3권의 이야기가 시작된다. 1권에서는 조시와, 2권에서는 존과 원치 않은 경쟁을 해야 했던 피터는 3권에서는 자꾸 못나지려 하는 자신을 극복하느라 힘든 시간을 보낸다. 하지만 그야말로 눈에 띄는 성장과 발전을 보여주는 사람은 바로 라라 진 송 커비다.

라라 진은 제너비브와 자신을 비교하며 잘못된 선택을 하기도 했고, 피터와의 관계 때문에 자신의 앞날에 대한 선택에 영향을 받기도 했다. 이런 라라 진을 보며 아마 독자들은 "안 돼, 제발 그러지 마!"라고 소리쳐주고 싶은 마음이 들기도 했을 것이다. 하지만 여기서 라라 진의 실수나 시련은 10대 소녀가 예방주사를 맞으며 어른이 되어가듯 반드시 치러내야 했던 통과의례일 뿐이다. 통과의례를 치르고 나면 더욱 큰 성장을 하는 만큼, 또 아직은 실수를 하더라도 다시 시작할 수 있는 젊은 나이인 만큼 독자로서 좀 더 느긋한 마음으로 라라 진의 앞날을 응원해주고 싶다.

작가 제니 한은 라라 진의 이야기는 이걸로 끝이라고 공식적으로 선언했다. 그러니 우리는 라라 진이 대학에 가서 어떤 경험을 할지, 피터와의 장거리 연애는 어떻게 될지, 라라 진의 첫 번째 남편은 누가 될지 등등을 각자의 머릿속에서 상상해보는 수밖에 없다. 재치 있고 재기 발랄한 키티 송 커비가 어떤 아가씨로 자랄지도 무척 궁금하지만 이 역시 마찬가지다. 성인이 된 키티는 동물보호 단체나 여성인권 단체의 활동가가 되어 있을 것도 같고, 집에서 티비 귀신이 되어 있을 것도 같다(물론 티비 귀신인 동시에 활동가가 될 수도 있을 것이다, 키티라면).

신기한 것은 이런 상상만으로도 즐겁다는 것이다. 초능력으로 세상으로 구하지 않아도, 뛰어난 신체 능력으로 범죄자들을 소탕하지 않아도, 부지런히 그들의 인생을 사는 것만으로도 우리에게 즐거움을 주고 위안이 되는 송 자매에게 고맙다는 말을 전하고 싶다.

2019년 5월
이성옥

언제나 그리고 영원히, 라라 진

1판 1쇄 인쇄 | 2019년 5월 15일
1판 1쇄 발행 | 2019년 5월 22일

지은이 제니 한
옮긴이 이성옥
펴낸이 김기옥

문학팀 제갈은영 | 마케팅 김주현
경영지원 고광현, 김형식, 임민진

인쇄·제본 (주)민언프린텍

펴낸곳 한스미디어(한즈미디어(주))
주소 (04037) 서울시 마포구 양화로 11길 13(서교동, 강원빌딩 5층)
전화 02-707-0337 | 팩스 02-707-0198 | 홈페이지 www.hansmedia.com
출판신고번호 제313-2003-227호 | 신고일자 2003년 6월 25일

ISBN 979-11-6007-366-9 04840
        979-11-6007-363-8 04840 (SET)

한스미디어 소설 카페 http://cafe.naver.com/ragno | 트위터 @hans_media
페이스북 www.facebook.com/hansmediabooks | 인스타그램 @hansmystery